项 目 名 称

国家社会科学基金重大项目“全宋词人年谱、行实考”（编号：17ZDA255）阶段性成果

中共山东省委党校（山东行政学院）科研支撑项目成果

别様的刀与筆

北宋边塞诗词研究

王金伟／著

人民出版社

序

王金伟同志数年前在南京师范大学跟从我攻读中国古代文学专业诗词学方向博士学位，撰写了这部博士学位论文，得到了盲审和答辩专家的好评。经过此后数年的不断修改完善，如今这部书稿终于得以正式出版，真是一件可喜可贺之事！

宋型文化是中国传统文化中最具软实力和包容性的内敛文化，这是由文武牵制而崇尚和平的政治体制与思想结构决定的，受这种环扣式上层建筑的影响，文学创作也以含蓄敛静的心态为之，这在边塞题材的诗词创作中尤为凸显。金伟同志的《别样的刀与笔——北宋边塞诗词研究》着眼于这种独特的、不同于盛唐边塞诗词的文学现象，对之进行跨越式对比研究，洞察了宋代边塞诗词在国家边防、民族关系、文化建设、士人需求、理想架构等多领域的形成机制，以整体把握和个案缕析相结合的思维方式描画了宋代边塞诗词的历史风貌，总结出其在宋代文学史上乃至整个边塞诗词史上的创作规律，揭示了文人对于边关事务的多种思考路径，对于全方位把握宋代边塞诗词创作的繁荣原因，具有重要的学术意义。因此，本书在选题意义上是值得肯定的。

这部书稿分为上、中、下三编，材料丰赡，

逻辑清晰，结构合理。上编结合北宋的时代背景，阐述北宋边塞诗词的创作生态和创作主体。中编将北宋边塞诗词划分为“实至边地”“心系边关”“廷议边事”三大创作类型，在文本阐释中，将边塞诗词分为描述性内容和论说性内容两大类，分别从范仲淹、梅尧臣、苏轼等典型作家个案入手，进行类型化的归纳分析。下编从“战与和”的角度阐析了北宋边塞诗词的内容价值，并且总结其在文学发展史中的艺术成就。文中对于实至边地诗词表达的论述、对于梅尧臣边塞题材诗作的开掘、关于杨家将故事的剖析，都是颇为深入且富有新意的。

王金伟同志来自齐鲁大地，具有山东人特有的淳朴品质。这个课题做得非常辛苦，不仅需要通读北宋边塞题材的诗词作品，还要深入探析北宋的政治、军事、地理等各方面的内容，又要从边塞文学的演变历史当中加以宏观把握和定位，确实颇费周章。该书的出版，使人们在唐代边塞诗歌诸多研究成果之外看到了另辟蹊径彰显北宋边塞诗歌的丰富内涵和独特价值的专著，相信会对该领域的学术探索提供诸多有益的启示，发挥积极推动作用。当然，北宋边塞诗词所涉及的问题非常繁杂，诸如重内轻外、崇文抑武、文官掌军等制度所造成的心态影响，值得更深层次地挖掘和剖析；北宋边塞诗词对于宋诗“以议论为诗”的创作倾向以及宋词豪放风格的拓展都有非常明显的彰显作用。相信金伟同志会在这一开放性很强的学术领域继续努力，不断取得新的创获，奉献出更为丰硕和厚重的卓著成果。

高　峰

2023 年 8 月 7 日

目录

前　言　*001*

上编

第一章　北宋边塞诗词的创作生态　*029*

第一节　北宋的疆域边界与边塞关隘　*029*

第二节　北宋的军政制度与外交政策　*041*

第三节　宋人的兵学研究与边塞诗观　*055*

第二章　北宋边塞诗词的创作主体　*072*

第一节　群体构成与代际更替　*073*

第二节　诗词酬赠与作家聚合　*088*

第三节　诗人转型与诗风丕变　*100*

中编

第三章　实至边地及其诗词表达　*117*

第一节　“塞草烟光阔”：基于亲身体验的描述　*118*

第二节　书生论剑式的论说　*145*

第三节　范仲淹的选择与边塞诗词　*153*

第四章 心系边关及其诗词表达 *164*

第一节 “吾闻壮士怀”：借助主观想象的描述 *164*

第二节 纸上谈兵式的论说 *174*

第三节 梅尧臣的热情与边塞诗 *180*

第五章 廷议边事及其诗词表达 *197*

第一节 “正坐喜论兵”：寄寓理性思考的描述 *197*

第二节 学士壮歌式的论说 *202*

第三节 苏轼的情志与边塞词 *209*

下编

第六章 北宋边塞诗词的战和书写 *233*

第一节 北宋与周边政权的战和格局 *233*

第二节 战事诗词与战争的文学呈现 *240*

第三节 奉使诗词与和平的文学建构 *258*

第七章 北宋边塞诗词的文学成就 *271*

第一节 承与变：北宋创作之于边塞诗 *271*

第二节 破与立：边塞题材之于北宋词 *278*

第三节 得与失：古典文学中的北宋边塞诗词 *298*

主要参考文献 *318*

后 记 *326*

前 言

中华诗国，气象万千，边塞诗歌无疑是其中重要而独具特色的一个门类。而诗分唐宋，又各有千秋，边塞诗当然也不唯盛唐一种“范式”。但近代以来，边塞诗“唯唐”观念一度盛行。这大抵由于此类诗在唐代尤其盛唐创作成就突出、主导风格鲜明，而其他时代相形见绌；同时，文学研究中又有尚流派、重“本色”“正体”、好举唯一以作匹配等偏颇。其实，既然边塞对一个国家有独特的重要意义，历代诗人又未停止过对战与和的关注，边塞作品必代不乏作。文献考察对此也予以佐证。且时代不同，边塞书写也各具面目。北宋的边塞诗、边塞词，于范式下丕变，借题材拓新境，呈现出别样的风味。断代以观，殊有新获。

一、边塞与边塞诗歌：古典文献中的诗类

边塞诗歌是围绕边塞防卫描绘风光、述写生活、表达情感及观点的文学。今所谓“边塞诗”，似乎其概念明确、边界清晰、风格鲜明，作为一个文学概念已毋庸再论。其实，尽管边塞、边塞诗古已有之，以“边塞”指称一类诗歌却并非古今一致，其外延、内涵也未达成共识。

首先，“边塞”的现实存在，是诗歌生成的前提。依照文字学典籍，“边”与“塞”既有区别又有联系。“边”本指悬崖末端，引申为“边缘”之义。“塞”在《说文解字》中被释为“隔”。其义项主要指国境线上屏隔内外的建筑、关塞、可据守的险要之处，或概指边境。因字义相近、关联，“边”与“塞”会混用，甚至相互释义，或两者一起出现同义连用，如“复言守边备塞，劝农力本，当世急务二事”（《汉书·晁错传》），是将“塞”作为“边”重要的构成部分而强调指出。由于“地形者，兵之助也”（《孙子兵法·地形篇》），“边”中有“塞”的地方自然成为军事防务的重点所在。《辞源》中“边塞”词条的解释为“边疆设防之处”，即扼要地点明了边塞定义的地理位置和现实功能两大要素——地处边疆、设置防务。显而易见，“边”对“塞”有所限定，因此国中域内险要的城池隘口不能称为“边塞”；“塞”是“边”的突出，是“线”上最具有军事功能的“点”，严格意义上不临近关隘的边境线也不能称为“边塞”。

古之史家意识到“边塞”对于社稷的重要性，并以“专边塞之思虑”（《史记·三王世家》）为武将尽忠朝廷的理所应当的职责。边塞之务事关重大，与之相关的文学书写便有了价值与意义。文学的视线投向特定的历史空间——边塞，以诗歌来写边地景，叙征战事，抒家国情，论攻守策等，即为边塞诗歌。

其次，“边塞”见于古典诗学文献，诗类得以酝酿。南朝梁锺嵘《诗品序》中有一段骈文，阐述了诗歌创作与情感表达的关联：

> 嘉会寄诗以亲，离群托诗以怨。至于楚臣去境，汉妾辞宫，或骨横朔野，或魂逐飞蓬；或负戈外戍，杀气雄边；塞客衣单，孀闺泪尽；又士有解佩出朝，一去忘返；女有扬蛾入宠，再盼倾国：凡斯种种，感荡心灵，非陈诗何以展其

义，非长歌何以骋其情？①

断句上通常将“边”字与“塞”字分割在两句中，但并不影响意义表达的连续，可视为古代诗论中边塞题材与诗歌发生的首次联系。此文点出了边塞文学得以形成的两方面因素：一是情感基础促发的创作动机——感荡心灵，故须陈诗展其义、长歌骋其情；二是潜在的作者群体——去国之臣、辞宫之姬、外戍将士、塞上游客等，而“楚臣”屈原与“汉妾”昭君去国怀乡的事迹成为后世怀古咏史的典故，也常出现在边塞文学中。

之后，中唐李益不仅有斐然的边塞诗创作实践，还有意识地进行了理论上的概括。其《从军诗序》中言：

> 其中虽流落南北，亦多在军戎，凡所作边塞诸文及书奏余事，同时幕府选辟，多出词人，或因军中酒酣；或时塞上兵寝，相与拔剑秉笔，散怀于斯文，率皆出于慷慨意气、武毅犷厉，本其凉国，则世将之后，乃西州之遗民欤！②

这是诗人自选诗集的序文，在其中，将“边塞”与作品（“从军诗”）、作家（“词人”）及创作状态等联系在一起，堪称边塞诗之“宣言”。尽管这些认识还相当简略，也非专论，但为后来的边塞诗歌批评作出了有益的准备。

再次，“边塞”被文集以类别辑录，诗类逐渐明确。“边塞”成为“诗”之类称，则由文学总集、选集完成。明确以“边塞”来归纳诗歌类型的，一般以宋初官修的大型文学类书《文苑英华》为最早。《文苑英华》卷二九九收录的军旅题材的诗细分为“讲阅”“征伐”“边塞”等小类别，明确将“边塞”列为一类，收诗54首。不

① 锺嵘撰，曹旭集注：《诗品集注》，上海古籍出版社1994年版，第47页。

② 王亦军、裴豫敏编：《李益集注》，甘肃人民出版社1989年版，第39页。

过，其他部分如卷一九六至二〇二乐府类诗中的《燕歌行》《将军行》《战城南》《塞上曲》《度关山》等、卷二九六至二九八中行迈类“奉使”诗以及卷二〇〇中的“边将”诗，大多也属后来意义上的边塞诗。该著的卷五〇一还录有边塞策类。《文苑英华》分类非常细琐，且只将唐人一部分诗归为“边塞”类，后人认为具有边塞诗歌特色的，如梁元帝的《燕歌行》、吴均的《战城南》等，均被归为他类。

稍后，姚铉选录《文苑英华》中的唐人作品，编成《唐文粹》，其卷十二诗丙与卷十七上诗十一各选录诗33首、3首，归为“边塞”类。《唐文粹》所选录的边塞诗作，刘希夷《将军行》、张籍《将军行》等见卷十二，张陵《虑思》、张谓《代北州老翁答》、崔颢《辽西》等见卷十七上。①《唐文粹》选诗全是唐诗，但却与《文苑英华》中的分类有所不同。如被姚铉归为“边塞”的刘希夷《将军行》，以及《塞上曲》《燕歌行》等乐府旧题诗在《文苑英华》中都归在“乐府”类。

尽管选取标准等具体问题在认识上与后代有一定差异，宋人已将“边塞”作为一种诗歌类型的称谓。郭茂倩《乐府诗集》在评论曹植《白马篇》时，引《乐府解题》之言“鲍照云：‘白马骍角弓。’沈约云：‘白马紫金鞍。’皆言边塞征战之事。”②将曹植、鲍照、沈约等人的诗都归为表现“边塞”的一类。陈旸《乐书・乐图论・诗中》中云：“或在芳晨美景，反为穷冬凄怆之声；或人对嘉客欢娱，反作羁孤怨别之状；或歌采桑之曲，而诵山居即事之篇；或咏边塞愁苦之歌，而奏宴乐欢游之什”③，则是将“边塞”当作诗歌（配以音乐）

① 姚铉编，许增校：《唐文粹》卷十二、十七，浙江人民出版社1986年版。

② 郭茂倩编撰，聂世美、仓阳卿校点：《乐府诗集》，上海古籍出版社1998年版，第698页。

③ 陈旸：《乐书・乐图论・诗中》卷一百六十，《文渊阁四库全书》本。

艺术的一种类型。至于南宋，赵孟奎《分门纂类唐歌诗》以两卷篇幅选录“兵师边塞类”诗，由于此著只余残卷，具体选录情况虽不得而知，但以边塞为“歌诗”之一类无疑。

宋元之际，方回《瀛奎律髓》卷三十选五言诗 51 首、七言诗 11 首，定为一大类“边塞类”。值得注意的是，这些诗不仅是唐诗，也有惠崇、宋祁、梅尧臣、王安石、王珪等宋代诗人的作品，如其选王荆公《次韵元厚之平戎献捷》：“朝廷今日四夷功，先以招怀后殪底下。胡地马牛归陇底，汉人烟火起湟中。投戈更讲诸儒艺，免胄争趋上将风。文武佐时惭吉甫，宣王征伐自肤公。”[①] 可见方回选取边塞诗并不拘于唐一代，其他时代（宋代）也有这方面创作并且取得了可观的成果。

最后，“边塞”被论者以类别选评，边塞诗类的固定已成共识。明代以“边塞”作为诗歌类型之名的也不乏其人。如朱升编《风林类选小诗》一卷录五言绝句，始于汉魏，终于晚唐，分三十八体，实为三十九门类，其中即有“边塞”一项。张之象《唐诗类苑》用两卷选录“边塞部”，占全书十分之一。被四库馆臣称为“《唐诗类苑》之流亚”的刘一相所编《诗宿》，也专辟“边塞”诗板块。

而“边塞”与“诗”直接连用，使“边塞诗”一词凝固使用，大约还在明清之际。蒋景祁编纂词选《瑶华集》于康熙二十五年（1686 年），刻成在次年[②]，其中选录了杜濬的一首边塞词《减字木兰花》：“阴山月黑，雪满弓刀行不得。远火星繁，知是前军保贺兰。度辽年小，三戍渔阳人已老。无定河边，可有春闺梦里缘”，

---

① 方回著，李庆甲集注校点：《瀛奎律髓汇评》，上海古籍出版社 1986 年版，第 1336 页。

② 严迪昌：《清词史》，人民文学出版社 2011 年版，第 224 页。

并有题序“秋夜概括唐人边塞诗语为词”①。杜濬生活在明清之际，可见“边塞诗”一词的最先使用不晚于明末。而陈元龙的《格致镜原》是一部类书，约成书于清康熙四十七年（1708 年），其卷五十三释“帘”的总论中言：“《山堂肆考》：席箕草可为帘，见王建边塞诗。”②然而回检明代彭大翼撰《山堂肆考》，其卷一百八十一的表述却是“‘席箕草可为帘’，见边塞王建诗”，清张英编《渊鉴类函》时只字未动地引用了此言。可见，“边塞诗”是陈氏无意中误引而连用的，但却反而将“边塞诗”的说法完整地使用了。稍后沈德潜在评论李益诗时言“君虞边塞诗最佳”③，也使用了“边塞诗”称谓。蒋景祁论词、陈元龙言诗，都表现出对边塞诗歌的关注，更毋论沈德潜这样的诗学大家。清代论诗者，对于边塞诗作为诗歌的一个门类已达成一定共识。其后诗学著作如李锳的《诗法易简录》（乾隆年间），诗话类著作如陈仅的《竹林答问》（嘉庆年间）都径用“边塞诗”一词。四库馆臣在提要明代宋绪所编十四卷《元诗体要》时言：“是集录元一代之诗，凡为体三十有六，各体之中或以体分，或以题分，体例颇不画一……其以题分者，香奁、无题、咏物即各为类，则行役、边塞、赠答诸门，将不胜载，更不免于挂漏。”将“边塞”门类视为诗歌不可“漏”的重要部分。这是对于元诗的评论，也可见时人对于边塞诗门类的认识。

现实中的边塞设置，为边塞题材的诗歌提供了生成前提。古人逐步认识到此类诗篇的独特性，先后以归类选录作品和专门诗学批

① 蒋景祁：《瑶华集》卷二，中华书局 1982 年版，上册，第 95—96 页。

② 陈元龙：《格致镜原》卷五十三，江苏广陵古籍刻印社 1989 年版，第 604 页。

③ 沈德潜选编，李克和等校点：《唐诗别裁集》卷四，岳麓书社 1998 年版，第 98 页。

评等方式，将边塞诗歌归为诗类的一种。古人对于“边塞”一类界定并不清晰，常与“征伐”“从军”等混用。但边塞诗歌是以题材论，不限审美风格，更不拘特定时代，是中华诗歌家族的重要成员。

二、流派或题材类型：近现代以来的研究

大多数的文学类型，研究是后于创作的。因内容选材而成的诗类，如山水田园诗、送别诗、咏史诗等，就更是如此。在时间上，先有了相当数量的作品和一定质量的创作，后有批评者在实践基础上的总结归纳。边塞诗歌概念的提出，是从诗歌批评角度入手，属于“古代文学的理论”范畴。而以古籍为本检讨不同历史时期“古代的文学理论”① 典籍，梳理“边塞”一类如何进入古人视野，进而被认定为诗歌一类的历程，无疑是当下进行边塞诗歌研究的前提。然而自近代始，百年来对于边塞诗歌的研究尽管几未间断，成果颇丰，但有些认识偏离了古来的传统，或失之狭隘，或过于宽泛，尚待完善。

（一）诗歌流派归纳与唯唐说

清人作文论诗好讲类别和流派，有所谓格调派、肌理派、性灵派、桐城派等。近代的边塞诗歌研究集中于“边塞诗派”的探讨，或受其影响：一是着眼于唐代诗人之流派。譬如文学史综论中，对唐代文学“边塞（宏壮）”一派进行类别专论，以诗人李颀、岑参、高适、王昌龄、王翰等为代表②。或论盛唐四派，以“边塞派”为

---

① 关于“古代的文学理论”和“古代文学的理论”的阐述，参见程千帆：《古典诗歌描写与结构中的一与多》，见张伯伟编：《程千帆诗论选集》，山西人民出版社 1990 年版。

② 徐嘉瑞：《中古文学概论》，民国丛书之一，亚东图书馆 1924 年版，第 175 页。此论一般认为是近代以来最先对边塞诗进行专题讨论的研究。

其一[①]。二是强调唐代边塞诗独特性。多数边塞诗的研究，都强调唐代边塞诗独一无二的贡献。高度评价边塞诗对唐代文学的贡献，唐人“描写最重要的对象和最大成功的作品，便是边塞诗”[②]。尽管纵观文学史，即使不否认先唐各历史时期文学的价值，但就边塞文学而言，先唐时代只是“准备”，如“汉代民间文学，描写征战的残酷，开唐代社会和边塞两派的先路”[③]，或举《从军行》为例指出其引出李颀、王维、王昌龄等“唐人不少的好文字”[④]。而与唐之后的时代作比较，又鲜明地标示“边塞派的诗实在是唐诗独具的特色”，且诗歌史上堪与唐诗一较高下的宋诗涉及边塞一类时却“消失唐代那种悲壮的边塞派的作风”[⑤]，相形见绌。

从20世纪20年代到三四十年代，研究界论及唐代文学时，“边塞”一类有了较为稳固的席位[⑥]。但这一时期大部分文学史、诗歌史著作都很简略，重在宏观通论，对于边塞题材的诗歌一般只能关注到唐代。因此唐代边塞诗由“典型代表”逐渐成为了“全权代表”。“古无所谓边塞诗，到了盛唐，岑、高辈大概受了北朝民歌的影响，乃用北地的风物，边塞的情况，咏为边塞诗，给诗坛开了一条新的

---

① 胡云翼：《新著中国文学史》，北新书店1932年版，第122页。

② 胡云翼：《唐诗研究》，商务印书馆1930年版，第72页。

③ 徐嘉瑞：《中古文学概论》，民国丛书之一，亚东图书馆1924年版，第65页。

④ 徐嘉瑞：《中古文学概论》，民国丛书之一，亚东图书馆1924年版，第65页。

⑤ 胡云翼：《宋诗研究》，商务印书馆1930年版，第7页。

⑥ 如苏雪林《唐诗概论》（上海商务印书馆1934年版）、贺昌群《论唐代的边塞诗》（1934年发表，后收入《贺昌群文集》第3卷《文论及其他》，商务印书馆2003年版）、杨启高《唐代诗学》（正中书局1935年版）等也对边塞诗有明确的认定。

出路”[①] 之类观点颇具代表性，已彰显出边塞诗“唯唐”倾向。

现代以来的古代文学研究对边塞诗歌关注渐多，单篇论文、专题论著、诗词选本、学术文集等均数量较多。该研究从量上看颇为丰硕，但其中异见甚多。单就边塞诗定义的问题，就出现了广义、狭义等不同观点，而又各有不足：“广义的概念缺点在于很难充分反映边塞诗的特征和独创性。而狭义概念的缺点则在于设置标准时的一些因素比较随意。”[②] 对于边塞诗歌外延的界定，创作时代只在盛唐、中唐[③]，还是可延及整个唐代[④]，抑或汉代以后即是[⑤]，或统称有边塞以来的所有历史时期[⑥]；探其源头，或溯至《诗经》[⑦]，或以蔡琰《胡笳十八拍》为发轫[⑧]，或认为产生于隋季唐初[⑨]；“边塞”的

---

① 刘经庵：《中国纯文学史纲》，上海书店据北平著者书店 1935 年版影印，第 95—96 页。原文“诗坛”误为“坛诗”，已改。

② 李浚植：《边塞诗概念小考》，《中国韵文学刊》2013 年第 1 期。

③ 西北师范学院学报编辑部等编：《唐代边塞诗研究论文选粹》，甘肃教育出版社 1988 年版，第 2 页。

④ 胡大浚：《边塞诗之涵义与唐代边塞诗的繁荣》，《西北师院学报》1986 年第 2 期。

⑤ 阎福玲：《汉唐边塞诗研究》，中华书局 2014 年版，第 7 页。

⑥ 黄刚：《边塞诗论稿》，黄山书社 1996 年版。

⑦ 持此观点者很多，较早的如石云涛《古代边塞诗探源》（《许昌学院学报（社会科学版）》1986 年第 4 期）、罗国良《边塞和边塞诗发展概况》（《惠阳师专学报（社会科学版）》1988 年第 1 期）等。

⑧ 祝纫秋：《边塞诗的起源探析》，《辽宁师专学院（社会科学版）》2008 年第 5 期。

⑨ 胡大浚：《边塞诗之涵义与唐代边塞诗的繁荣》，《唐代边塞诗研究论文选粹》，第 36 页。

地理位置限于长城一线西延至安西四镇[①]，或全方位的四境之地[②]；题材内容举凡描写边塞有直接或间接关联的皆属之[③]，还是“须与边塞防卫有关”[④]，等等，见仁见智。总体看，此间研究中的主要分歧即所谓的“狭义”和“广义”之别，但不同的研究者对于这两者的认定也存在差异。如边塞诗是否唯唐，所表现的地理方位是否限于西北，等等。

这些不同观点的出现，一是特定时代的学术环境造成的。近代以来，因为侧重宏观的视角，研究者只能择取边塞诗特色最为鲜明的盛唐时代作为研究对象，每以高、岑论之，而忽视了其他人、其他时代。20 世纪 50 年代，特定时期的政治导向造成了探讨文学时强调共性而相对忽视个性，以流派来考察的做法普遍存在。二是研究者个人认识的不同使然。譬如对于“唯唐”说，除了唐代边塞诗成就斐然的客观事实外，研究者个人的看法也是很大原因。如认为“边塞诗是中国文学史上产生于特定历史条件下的文学现象”，因而先唐及唐以后的不少诗篇尽管内容、形式、格调与唐代边塞诗十分接近，仍不作为边塞诗看待，这“只是从史的发展的宏观角度所建立的一种认识……是注重总体而忽略个别或部分，也是一种‘约定俗成’”[⑤]。

---

① 西北师范学院学报编辑部等编：《唐代边塞诗研究论文选粹》，甘肃教育出版社 1988 年版，第 2 页。

② 黄刚：《边塞诗论稿》，黄山书社 1996 年版。

③ 西北师范学院学报编辑部等编：《唐代边塞诗研究论文选粹》，甘肃教育出版社 1988 年版，第 356 页；张高评：《自成一家与宋诗宗风——兼论唐宋诗之异同》，万卷楼图书股份有限公司 2004 年版，第 250 页。

④ 阎福玲：《汉唐边塞诗研究》，中华书局 2014 年版，第 8 页。

⑤ 胡大浚：《边塞诗之涵义与唐代边塞诗的繁荣》，西北师范学院学报编辑部等编：《唐代边塞诗研究论文选粹》，甘肃教育出版社 1988 年版，第 36—37 页。

举典型以为类型之“代言”很有必要，尤其在文学史叙述上。唐代边塞诗取得的成就有目共睹，故“以盛唐边塞诗为宗，岑参、高适是尚”①是边塞诗突出风格的表现。“这一时期与边塞诗关系最深的两位诗人是高适和岑参”②也是共识。但典型个体不可取代整体，边塞诗“唯唐”说只是在近代以来文学研究或侧重通论或关注典型的风气下形成的不完善认识。古人并未将边塞诗限定在有唐一代：宋元之际方回已将宋人一些作品归为边塞类，清代四库馆臣也将“边塞”视为元诗中的一类。《中国百科大辞典》所谓“中国古代描写边塞风光、反映戍边将士生活的诗”，大致代表了大众认识。实际上，边塞文学并无特定时间限制，现当代也涌现了一批边塞题材的作品并已进入文学研究者的视野③。

（二）题材风格界定与专题论

民国时期虽“依他们描写的题材和倾向”④来审视边塞诗歌，但归纳类型还主要依据诗人群体，因作品主要呈现风格而认定类型也称为“派”（如“边塞派”）。20 世纪 50 年代之后，对边塞诗歌的认识有了新的推进，尤其是 80 年代以来自由开放的氛围促使文学研究突破了传统。

其一，边塞诗歌具有独特的文史价值。边塞诗歌有其他类型诗

---

① 张高评：《自成一家与宋诗宗风——兼论唐宋诗之异同》，万卷楼图书股份有限公司 2004 年版，第 250 页。

② ［美］宇文所安：《文化唐朝（650—1020）》，［美］孙康宜、宇文所安主编：《剑桥中国文学史》上卷，刘倩等译，生活·读书·新知三联书店 2013 年版，第 354 页。

③ 对当代“新边塞诗”创作的研究，如国家社科基金一般项目“20 世纪中国‘新边塞诗’研究”（编号：21BZW141）、论文如陈大为《田园诗的新疆模式——对当代“新边塞诗”的重新命名》（《江汉学术》2018 年第 4 期）等。

④ 胡云翼：《新著中国文学史》，北新书店 1932 年版，第 122 页。

歌所无法替代的特殊价值，如很强的政治性和社会性、鲜明的边塞地域性、特殊的时代性等[①]。但对这一诗类的激赏不应造成对边塞诗歌价值认定的拔高或偏离，尤其是对诗歌思想内容从价值评判的角度进行甄别。如20世纪五六十年代等特定历史时期，研究者在极力发掘唐代边塞诗取得的辉煌成就同时，无意识地将这一概念的界定标准引入价值判断标准的因素，强调爱国主义、为人民的艺术、为社会服务等主题，“边塞诗”也几乎被认定为思想上和艺术上优秀的、最好是两者俱佳的作品。只有写得好的才是边塞诗，写得不出色的，就不能被“边塞诗”范畴所容纳。这种观念甚至绵延至80年代，针对边塞诗中所涉及的战争是否为“正义”，学界还展开了热烈争鸣[②]。这实在是混淆了“作品”与“佳作”。

边塞诗歌显然具有突出的历史文献价值。文学研究也固然讲求考论结合、文史互证，但文学与历史毕竟不同，文学研究在文献考据之外还要有文艺辨析。具体到边塞诗歌，“为了唤起人们对于历史的复杂的回忆，激发人们对于地理上的辽阔的想象，让读者更深入地领略边塞将士的生活和他们的思想感情”[③]，诗中的地理方位、风光景致乃至人物事件都不见得完全符合历史真实，毋宁说更贴近“艺术真实”。这是边塞诗歌“实”与“虚”的问题。边塞诗“必须与边塞防卫之事有或明或暗的联系。缺少这种联系，离开边塞防卫

---

① 阎福玲：《汉唐边塞诗研究》，中华书局2014年版，第9—12页。

② 参见吴学恒、王绶青、刘先照、吴庚舜、禹克坤、胡大浚等人论文，主要见于西北师范学院学报编辑部等编：《唐代边塞诗研究论文选粹》，甘肃教育出版社1988年版。

③ 程千帆：《论唐人边塞诗中地名的方位、距离及其类似问题》，见《程千帆全集·第8卷·唐代进士行卷与文学、古诗考索》，河北教育出版社2000年版，第180页。

这一前提与背景……不是边塞诗”[①]，把握了“塞”对“边塞诗”的限定。这是边塞诗“实”的一面。尽管表现边关防务是边塞诗的重要功能，但这不代表边塞诗中所写的都是严格的史实。诗与史是不同的，文学有其特质，“艺术的真实”不等同于单一的写实，尤其是诗歌这样以抒情性为主导的文体，引发创作的根本因素是诗人的艺术体悟。这些体悟可以是真实的，如清王晫《今世说》评吴舒凫时所说的“历边塞，诗文益工”[②]，这是边塞风光的直接刺激；但也有可能是间接刺激，如陆游“心在天山，身老沧洲”中的“天山”并非真是当时国家边境，只是假设和想象。这又是边塞诗“虚”的一面。

在艺术形式方面，边塞题材催生了很多优秀的文学作品，还对不少文学的体裁、范式的形成有推动作用。如《战城南》《从军行》《出塞》等很多乐府诗题，都因集中表现边塞生活，才由零散的作品汇聚为一类，进而成为后世创作的定题。边塞诗歌主导的审美风格可用审美范畴上的崇高、悲剧性来描述，如晚清学人所言的“边塞诗沉雄易而绮丽难”[③]。边塞诗歌是因题材内容而别成一门的。它张扬了雄浑悲壮的美学风格，对文学发展起了推动作用。但边塞诗歌是否唯崇高悲壮一种风格，又另当别论。这是“正”与“变”的问题。边塞诗主要表现出崇高和悲美，盛唐边塞诗正是因为有了如此美学风格而成为典范。反过来，既定的风格又对边塞诗起到了一定的“约束”。似乎具备这样特点的才是“本色”的边塞诗，否则会被质疑。如宋代范仲淹边塞诗词就因格调偏于阴柔而被呼为“穷

---

① 阎福玲：《汉唐边塞诗研究》，中华书局 2014 年版，第 7 页。

② 王晫：《今世说》卷六，中华书局 1985 年版，丛书集成初编本，第 67 页。

③ 金武祥：《粟香随笔》卷四，光绪刻本。

塞主”，这是其作一定程度上偏离“正”的结果。边塞诗创作中，选用古题的，表现出了对于风格的依存；选用自由题的，则依赖内容。但即使是“自由题”创作的边塞诗，其中也一般有明确的字眼，如“塞（塞上、塞下、塞内、塞外、出塞、入塞）”“关”等。这些有助于判断一首作品是否属于边塞诗。故边塞诗又有“正”与“变”之别。

其二，边塞诗歌有别于相近相关诗类。一些非以“边塞”为题但内容与之有关联的，如外交出使、羁旅行役等主题的部分诗词作品实属边塞诗歌的，其研究也应作为参照①。但边塞诗须与相近、相关的诗类如边疆诗、军事（军旅）诗、战争（战事）诗、征戍诗等，概念应有所辨析。

同时，也需要辩证地认识到：作为类别划分之称，边塞诗歌概念有一定的相对性和“兼容”性。边塞的功用在于国家防务，边塞诗歌势必会与军事、战争联系密切。但单纯写一个边塞常用的孤立意象，如雁、刀等，而不涉及更多边关防卫内容的，不能算作边塞诗。如宋代张耒的《岁晚有感》中虽有“天静秋鸿来塞北”之句，但不是边塞诗。与此同时，虽然边地防卫一直存在，战争却不是时时都有，如北宋与辽的边境上大部分的时间是没有战争的。交战时期的情况反映在诗中是战事诗，而

① 如王水照的《论北宋使辽诗的两个问题》（《山西师范大学学报》1992年第2期）就使辽诗对士大夫心态反映和使辽诗未能繁盛的两个原因进行了探讨，考察了使臣的诸种心态，分析了宋代边塞诗未能独立而辉煌的原因。诸葛忆兵的《论北宋使辽诗》（《暨南学报》2006年第3期）指出，北宋前往辽国的使臣将出使期间的见闻与感受形诸歌咏，剖析途中、达到和归来后情绪的变化。另如陈大远《两宋出使辽金诗阐论》（《北方论丛》2012年第6期）、王辉斌《宋金元奉使诗探论》（《江淮论坛》2010年第2期）及相关学位论文等也有论述。

和平时期象征着友好的出使诗因为是作者越过边界创作的，也归于边塞诗歌中。

而以文学普及为目标的现当代的边塞诗词选本颇丰富[①]，也多以研究为基础，对于边塞诗歌概念界定各有不同。关于边塞诗歌的含义，在梳理检讨文献的基础上应该明确几点：第一，边塞诗概念得之于一定量的实际创作后研究者的归纳。古人对这一类题材作品的取舍情况，是对边塞诗合理科学界定的基本参照。不同时代的选诗、论诗者以“边塞”来指称一类文学作品，观点并不一致。边塞诗外延、内涵的确定存在一个发展变化的过程。第二，边塞是边塞诗的表现对象，但两者之间并不完全对应。边塞的具体地理位置在不同历史时期有很大差异，但边塞诗表现的基本意象与主题存在稳定性。“边塞”之于“边塞诗”是“必要不充分条件”。边塞诗的认定，既要考虑作品中实指性的内容，也要注意虚拟性的书写方式。因与主导风格的契合程度不同，边塞诗门类下的作品也较为丰富多样，研究中应该综合考量。第三，边塞诗的定义是一个诗学论题，也是一个诗歌研究史的问题。古人并未将边塞诗限定在特定时代。近代以后研究中对边塞诗狭义的界定，受特定时代氛围和个人观念所限，唐代边塞诗之于边塞诗，与长城（或长城一线）之于边塞，都是典型个体与整体之间的关系。作为一个历史地理概念，边塞不能单指北疆界线上特定部分。作为对题材、风格要求较为稳定的诗歌的一类，边塞诗不特指唐代（甚至盛唐）的作品，研究中

① 较早如许明善《唐宋边塞诗词选粹》（甘肃人民出版社 1986 年版）、孔凡信《历代边塞诗赏析》（明天出版社 1987 年版）、卢冀宁等《历代边塞诗选析》（军事谊文出版社 1997 年版）、更生选注《历朝边塞军旅诗：定西番卷》（华夏出版社 2000 年版）、李之亮等《边塞诗精华》（京华出版社 2002 年版），较近也有杨雪莹主编《小磨诗坊・边塞》（崇文书局 2019 年版），等等。

不可以偏概全。

其三，边塞诗歌不拘于特定时代。汉代、南朝、隋代等唐前时代，宋代等唐后时代的边塞诗歌都应当进入研究视野。自 20 世纪 80 年代起，唐前边塞诗的研究取得了不少成果，唐之后的边塞诗以及不同时期的边塞词等也渐渐引起研究者的注意[①]。宋代是其中地位特殊的一个时代。有宋一代文学繁盛，形成了堪与唐诗“抗衡”的宋诗，又新辟出标榜“别是一家”的宋词。对于宋代边塞诗词较有针对性的研究，可谓边塞诗歌断代研究的典型。

一是对宋代边塞诗有针对性的研究。其侧重点之一在于唐、宋两时代的比较。譬如将唐代与北宋对比，梳理发展轨迹，从作者身份、创作缘由、内容分类等方面，着重发掘北宋边塞诗的特色，尤其留意到其中“理性”的特征和风格演进[②]。侧重点之二在于选论宋代边塞诗中之“一”小部分。其中一时（段）如北宋或南宋[③]、

① 如谢承国《中国古代边塞词研究》（华中师范大学 2022 年博士学位论文）进行边塞词的通代研究。

② 如李迪《唐代与北宋边塞诗比较》（《华北水利水电学院学报（社科版）》2001 年第 1 期）、陈鸿秀《试论北宋边塞诗的特色》（《培训与研究（湖北教育学院学报）》2003 年第 1 期）、陈健《试论中唐边塞诗在唐宋边塞诗风演变中的意义》（《呼伦贝尔学院学报》2004 年第 1 期）、卢红军《唐宋边塞诗词的比较研究》（西北大学 2010 年硕士学位论文）等。

③ 丁沂璐博士专论北宋边塞诗，《北宋边塞诗研究》（上海古籍出版社 2022 年版）作为博士学位论文（兰州大学 2019 年）深化和多项课题及单篇专题论文的集成成果，以“方略与施治”“管控与焦虑”“忧边与救国”“竞逐与维稳”“筹谋与应对”“继承与新变”等为题，细致考论其背景、内容、成就。李晓丹《南宋边塞诗研究》（西南交通大学 2018 年硕士学位论文）则专论南宋。

一地如陕北[①]，一位或几位代表性诗人如范仲淹、梅尧臣[②]，一类如乐府题边塞诗[③]，一篇（或几篇）代表性作品[④]，等等。

二是对宋代边塞词的专项研究。从20世纪90年代起，对宋代边塞词的研究逐渐兴起。时间上较早的多为通论[⑤]，又或梳理发展史、发掘边塞词之发轫[⑥]，或从词的发展角度认识到突破言情艳风、开豪放词派的意义、作品量少的原因为宋王朝重文轻武政策、“花间”词风的笼罩、“诗庄词媚”文体观的局限[⑦]，或分析宋代未产生专门的边塞词人与词派的原因[⑧]，探讨其产生机制[⑨]。文学鉴赏角度

---

① 如樊文军的《空间诗学：回归文学生命意义现场——以北宋陕北地区边塞诗为例》（《兰州学刊》2015年第7期）等。

② 如诸葛忆兵《范仲淹的西北边塞诗作》（《古典文学知识》2011年第4期）专论范仲淹经略西北之诗，王启玮《梅尧臣、苏舜钦边塞诗的角色想象与诗史意义》（《文学遗产》2020年第2期）专论梅、苏边塞诗的角色想象与诗史意义，张忠智等《人在山阴，心系边塞——谈陆游的边塞诗》（《中国韵文学刊》2004年第1期）论陆游，张廷杰《宋夏战事诗研究》（甘肃文化出版社2002年版）中也有梅、苏等人专论。

③ 如吴彤英《宋代乐府题边塞诗研究》（河北师范大学2009年硕士学位论文）从发展脉络、取题分布、个体倾向三方面分析宋代乐府题边塞诗，与其导师阎福玲博士之汉唐边塞诗主题研究（中华书局2014年版专著《汉唐边塞诗研究》的前期成果）较为契合。

④ 如对于柳开《塞上》等名作关注较多，笔者也曾撰文专论此诗。

⑤ 黄垠大：《将军白发征夫泪——谈谈边塞词》，《文史知识》1994年第2期。

⑥ 陈德：《宋代“边塞词”思考》，《西南民族学院学报（哲学社会科学版）》1991年第5期。

⑦ 吴逢箴：《论北宋边塞词》，《西藏民族学院学报（社会科学版）》1990年第2期。

⑧ 如何尊沛《论宋代边塞词》（《四川师范学院学报（哲学社会科学版）》1994年第5期）等。

⑨ 牛菲：《两宋边塞词产生机制初探》，吉林大学2008年硕士学位论文。

的宋代边塞词"解读"[①]也常有新的阐发。相对而言，宋代边塞词的研究比较能够立足本体，不似边塞诗的研究那样时时有唐代边塞诗这一组潜在的"对照组"。比较研究虽有其长处，但若过分倚重对比，难免也会堕入"唐宋诗之争"或"一代有一代之文学"的局限，执拗于孰优孰劣的考虑中。近年来，引入新方法如用现场勘查来考察诗词名篇的研究也将范仲淹《渔家傲》（塞下秋来风景异）等宋代边塞词作为重要对象，深入、细致且兼顾了学术性与普及性[②]，颇具启发意义。

三是港台地区和域外学界的研究。作为一条相对独立的路线，港台地区和域外学界自晚清民国时即开始研究，且持续至今。相关著述在相当长时间内未得到学界的足够重视[③]，目前已明显改观。边塞诗研究最有代表性的为《宋代边塞诗钞》，对宋代边塞诗歌文献的专门整理堪称具有"补白"价值：选宋代边塞诗人 490 余家，搜录诗目 2300 余题，抄诗 780 余首，后又校补，"定诗目而补抄者千题以上"，"复补辑诗人七，补目三十九"，全书计上百万字，"可谓大而备矣"[④]。是著除编选大量的宋代边塞诗歌以外，还在篇末附录了依据丁福保《全汉三国晋南北朝诗》选辑的《全汉三国晋南北朝边塞诗目》，得诗人 137 人，诗题 344 条，这也是先唐

① 如董继兵有系列论文，见《青海社会科学》《名作欣赏》等，进行文学地理学、儒家文化方面的解读。

② 具有代表性的如肖鹏、王兆鹏：《重返宋词现场 · 将军为什么流泪》，东方出版中心 2021 年版。

③ 笔者 2014 年前后围绕江苏省普通高校研究生项目"北宋边塞诗研究"展开研究时，所见相关的综述类文章如《七十年边塞诗研究综述》《20 世纪边塞诗研究述评》《21 世纪边塞诗研究述略》等对其鲜有提及。

④ 黄麟书编，程少籍校补：《宋代边塞诗钞》，东明文化基金会 1989 年版，自序第 6 页。

边塞诗研究不可或缺的资料。需要特别认识到的是，其编纂依据了多种海外的文献材料，与《全宋诗》的整理分属二路，因此两者能相互补益，研究时可参照使用。另外，《边塞研究》与《边塞研究续集》二著[①]对于边塞历史史实和文学研究也颇有价值。新世纪以后，以北宋使辽诗和南宋使金诗来考察“宋代边塞诗之开拓与新变”[②]研究，明确将出使诗归入边塞诗的考察视野，与大陆学界相关研究形成了较好的交流互鉴。之前，南宋使金诗人的边塞诗已被注意到[③]。边塞词研究也有《两宋边塞词研究》[④]，较为详细扎实，考述了边塞诗、边塞词的源流，综论艺术风格、比较诗词异同。国外学者对边塞诗的诗学概念[⑤]的研究，于宋代边塞诗词的研究也有助益。

三、断代及诗词通论：参照又互补的探索

对边塞诗歌研究状况和边塞诗歌文献的基本梳理是研究的必要前提。对北宋时期的边塞诗与边塞词的研究，既应综合考察，也需分而论之。

（一）传统选题新探

边塞诗歌研究在当代可谓一个颇为传统、并不“时兴”的选题。近年来，以边塞诗歌(诗词）为主题的课题、著作、论文相对不多。

---

① 黄麟书：《边塞研究》（造阳文学社 1979 年版）、《边塞研究续集》（东明文化基金会 1986 年版）。

② 张高评：《自成一家与宋诗宗风——兼论唐宋诗之异同》，万卷楼图书股份有限公司 2004 年版，第 250 页。

③ 林珍莹：《南宋初年使金诗人边塞诗初探》，《宋代文学研究丛刊》第 5 期，丽文文化事业公司 1999 年版。

④ 蔡岚婷：《两宋边塞词研究》，台湾成功大学 2006 年硕士学位论文。

⑤ 李浚植：《边塞诗概念小考》，《中国韵文学刊》2013 年第 1 期。

2000年以来立项的相关国家社科基金项目只有3项①，以“边塞诗（词）”为选题的文著多为作品选或鉴赏类，学术专论相对较少，或涉及相关作品也不以“边塞诗歌”来论②。近年来，知名学术刊物和高端学术会议中此类选题的文著也不成系列。较之家族文学、地域文学、制度与文学、文体学、文章学等选题，边塞诗歌显得尤为“传统”，与“热点话题”相去甚远。

尽管如此，边塞诗歌对于文史研究乃至文化研究的价值尚需深入挖掘。首先，边塞诗歌对于文史研究有独特价值。边塞诗是反映边疆防卫、军事行动等内容的诗歌类型，可谓是将武事以文笔方式来表达、“文武结合”的产物。其题材内容“兵者，国之大事，死生之地，存亡之道”（《孙子·三略》），而表现手段“文章，经国之大业，不朽之盛事”（《典论·论文》），故边塞诗显得特别而重要。边塞诗的文本不仅是文学文献，也是很重要的历史文献，对于文史研究有独特价值。其次，边塞诗歌在古典诗歌“家族”中有独特地位。从创作主体上看，边塞诗的特质要求诗人有文学修养的基础上对于政治、军事又有一定的了解。边塞诗作者不必须有亲至塞上的经历，但其至少有相关的文学体验。从表现能力上看，边塞诗也具有较强的写景、抒情、议论乃至叙述能力，这是其他类别不可替代的。再次，边塞诗歌还有较高的文化学、民族学价值。由于边塞诗歌的书写中民族关系是重要的内容，因此中华民族作为共同体的体认在其中有明显的呈现。其中既有客观实际存在（即共同体本身）的描述，又有主观规范意义（即共同体意识）的构建。地理认同与

① 参见全国哲学社会科学工作办公室官网（http://www.nopss.gov.cn/）社科基金科研创新服务管理平台中的检索信息，以“边塞诗”为题的只有3项，无以“边塞词”为题者。

② 参见中国知网、读秀等网络资料库中的数据。

自然环境描摹的“山河相连”、利益认同与物质生活述写的“邦国互利”、价值认同与情感理念表达的“同为中华”，是中华民族共同体意识在边塞诗词中主题呈现的三个层面。从这个角度看，边塞诗歌研究的当代意义是较为突出的。

本书以“北宋边塞诗词研究”为题，在视角上，既充分以其他时代（主要是盛唐）边塞诗（及其主导风尚）为参照对比，又谨守宋代边塞诗词为“阵地”的本体研究，避免陷入“孰优孰劣”的片面探讨，进行总体认识，客观评价得失。主体研究打通诗、词，又兼顾文体特征，总分结合。方法上，除了传统的文本考索外，尤其强调实地考察，以地理现实（及其过去状态）为重要参考，深入发掘与作品相关的景致、情感、观点、风味的表现，总结其特色。由此，期待边塞诗歌这一看似“陈旧”的选题，或可作出一番新意来。

（二）典型时代专论

尽管边塞诗词研究不是“前沿”选题，但本书选取体量得当但关注相对不足的北宋边塞诗词进行断代的通论，或可期有所新见。

第一，宋代作为断代堪选，北宋更为典型。

宋代边塞诗词数量大、质量高、有特色，有独特的研究价值。边塞诗的创作向来多以唐代称盛，唐代边塞之作甚至成为边塞诗研究的唯一“热点”。事实上，宋代边塞诗词取得了不容忽视的成就，作家众多，作品数量巨大，且具有自身的特色，同样值得深入研究。北宋边塞诗词的创作扎根于时代生态，深受宋代军政制度与外交政策的影响。宋人繁盛的兵学研究与特别的边塞诗观也对边塞类作品的创作起到了一定作用。宋代的文献如《唐文粹》《乐府诗集》等对边塞诗有专门的选录，成书于宋元之交的方回的《瀛奎律髓》对于边塞诗更是进行了专门而细致的选、评，对边塞诗类别的形成与研究有重要意义。

具体而言，其一，初步文献考察即见北宋有百名以上作家，创作了逾1200首作品。其二，不乏名作如范仲淹《渔家傲》(塞下秋来风景异)；不乏大家如苏轼；也不乏整体创作水平有限但边塞诗成就突出者，如刘敞。其三，宋型文化影响下的文人含蓄敛静心态在边塞题材创作中尤为突出，宋代边塞作品呈现出与唐代既大异其趣又有共通之处的鲜明特色，在文、史两方面及整个宋代文学、边塞文学中都有不可替代的研究价值。

宏观上着眼于与盛唐边塞诗词不同的文学现象，进行跨越式对比研究，考察宋代边塞诗词在国家边防、民族关系、文化建设、士人需求、理想架构等多领域的形成机制，梳理边塞文学演进脉络，归纳创作模式、审美范式等文学规律，是对宋代文学和边塞文学以典型带动整体的研究。微观研究以代表作家个案为切入，发掘三类创作主体，在比较中探究模式和规律。

北宋边塞诗词又有特殊典型性。“靖康之难”造成的宋室南渡，使得赵宋王朝从历史上被一分为二。事实上，因为南宋朝廷丧失了黄河流域的大片故土，其疆界与北宋时期相差很大。两宋在北、西北和西几个方向的边疆地区迥异，甚至几乎可以被看作两个朝代。纵观整个宋代，边塞诗词的发展较盛唐呈现出丕变—沉淀—复归的趋势。就其特色而言，北宋又更有“别样”感。若说汉唐边塞诗构成了“独立自足的创作单元”，北宋边塞诗词也足以列为研究专题。

第二，综论北宋边塞诗词，既参照又互补。

认为边塞诗歌应独尊唐代的研究者，也未忽视边塞诗歌在宋代间有佳作、不可忽略的地位：“间有一两首作品，如范仲淹的《渔家傲》，辛弃疾的《破阵子》——那都是词而不是诗。”① 而此论正

① 胡云翼：《宋诗研究》，商务印书馆1930年版，第7页。

说明了词对于宋代边塞诗歌的不可或缺。究竟为何“宋诗消失唐代那种悲壮底(的)边塞派的作风”①，宋代的边塞诗在边塞诗歌史上处于怎样的地位，当然是难以避开的话题。而一向以花间范式为本色的词“遭遇”边塞题材会有何种发展，对边塞诗类又有何改造，这也是有趣的话题。

针对北宋时期（960—1127年），在宋王朝疆域内及宋使臣出使期间所至外邦区域内所创作的边塞诗、词，应进行系统的专门研究。本书对北宋边塞诗词的研究可归纳为七个方面：(1) 创作生态考察：北宋边疆边塞、宋代军政制度与外交政策、宋人的兵学研究与边塞观、边塞诗观。(2) 作家代群考察：整合三“主将”、三“梯队”、三类型及三阶段的“四个三”考察思路，纵向上以作家年辈为界考察前后相继的作家“梯队”；横向上归纳同代或跨代群组；类型上以是否有赴边经历为依据将全部作家分为三大类（“实至边地”“心系边关”“廷议边事”），为分论奠定基础。(3) 典型作家个案专论：相对独立的单元中，对具有类型和历史阶段双重代表性的范仲淹、梅尧臣、苏轼进行重点研究。(4) 边塞诗风的演进：宏观考察边塞诗词由唐入宋及由北（宋）而南（宋）的整体风貌和演进轨迹。(5) 创作模式研究：分析文人心态及其审美趣味的变化对于创作模式的影响，重点探讨诗中乐府旧题“命题创作”和其他“自由创作”两类，关注作家赴边经历对于创作模式的影响。(6) 艺术主题的流变：通过文本阐释考察宋代边塞诗对汉唐边塞诗主题的因与变，发掘其主要意象和美学特质。考察边塞题材对于宋词风格的改造作用及边塞词在词中的地位等。(7) 地位与影响分析：分析文学经典化视域中北宋边塞诗词的地位，从反映社会生活的深度、广

① 胡云翼：《宋诗研究》，商务印书馆1930年版，第7页。

度及其艺术表现评判其得与失。联系宋型文化的特质，从文学范式角度认识宋代边塞诗（词）“变体”的意义，重估其在文学史上的地位。

（三）本书写作思路

北宋边塞作家代群相继，诗词发展呈阶段性。北宋边塞诗词的创作群体中，以范仲淹等二十位作家最为重要，是北宋边塞诗词创作主体研究之纲。考述此二十家诗人各自与军事、外交相关的活动经历，总体认识他们诗词创作的概况，即把握了北宋边塞作家的总体情况。从作家年辈的角度考察，北宋时期边塞作家群体有前后相继的三个梯队，每个“群组”中占主导的作家身份有所不同，总体上与宋王朝在各个时期对外关系的情况大致契合。纵向上观察，北宋边塞诗词经历了发展、转向的三阶段，最终形成了具有宋代特色的风格。诗可以群，作家们以边塞诗词为媒介进行文学交流，形成群体。以往的研究缺乏这方面的关注。通过对诗词作品内容的把握，可以梳理出作家们的交往网络，由交往活动联接交织可以剖析作家群体活动的情况。

北宋边塞诗词总体呈现出与作家代群相契合的三大类，揭示了边塞诗词演进的轨迹。按照创作与现实的关系论，北宋边塞诗词有“实至边地”“心系边关”“廷议边事”三类。北宋边塞作家以有无亲身到达边塞地区经历为标准，参考作家的主要身份，可归为三类，这与上述前三者相对应。亲至边塞者，以范仲淹为代表，其创作受亲身体验的影响，作品中描述性的内容表现出真实感。实至边地的经历对于边塞诗词的创作有直接的影响，论说性内容有“书生论剑”的特点。范仲淹“徘徊文武之间”的人生选择和边塞诗词创作在北宋颇具代表性。以梅尧臣为代表的一批作家体现了心系边塞与诗词创作的成就，其创作有耽于幻想的倾向，对于塞上生活的描述只能基于艺术的想象，而作品中论说性内容则表现出“纸上谈兵”的特点。梅尧臣有饱满的报国热情，以突出的边塞诗创作成就引领了诗风，是此类作家中的典型个案。而苏轼为代表的翰苑文臣，满怀报国热情，边塞诗词以唐诗作为参照，遵循了一定的“本色”，又表现出了有宋一代的特色。

北宋边塞诗词对于战争与和平有异于叙述文学的书写。“战争与和平”是边塞文学的核心论题，北宋边塞诗词于北宋对外关系中的战与和均有艺术的反映。以战争为主要表现对象的诗词纪实性强，与后世叙事文学相比有很大不同。后世的小说相比北宋时代的诗词，写宋与辽、宋与西夏的战争呈现“曲解”与“映射”的特点。以和平为主要表现对象的奉使之作是北宋边塞诗词的重要部分，主要表现对和平的守望、对羁旅的慨叹和对远边的描绘。

北宋边塞诗词构建了“唐诗范式”以外的新艺术。边塞诗发展到北宋，较汉唐时期的作品在主题上发生了一定的变化。征战和思乡主题被承袭下来，苦寒、风俗主题发生变异，而尚武主题被削弱与移位。北宋边塞词数量不算多，但在边塞词发展史上有独特的地位。边塞词风格研究中，“穷塞主之词”是一个著名论题，范仲淹以“真元帅”身份写出了有阴柔风格的《渔家傲》（塞下秋来风景异），背后透射出复杂的时代政治背景。北宋边塞词在抒情上向着东坡范式发展，叙述议论功能也有所增强。边塞题材对于词这一文体有“破与立”之“催化剂”的作用。北宋边塞诗词取得了值得重视的艺术成就，在文学经典化的过程中有一席之地。

本书主要内容共分三编七章，整体上采取“总—分—总”结构。上编两章，考察北宋边塞诗词的创作生态及创作主体情况。中编分论有三章，分别研究因作家主要身份及有无赴边经历而归纳出北宋边塞诗词的三大类。下编两章综合分论所得，宏观把握北宋边塞诗词的内容和艺术成就。本书文字力争增加些许形象化的呈现形式，多借助示意图表来说明。全书主要内容框架，如图 0–1 所示。

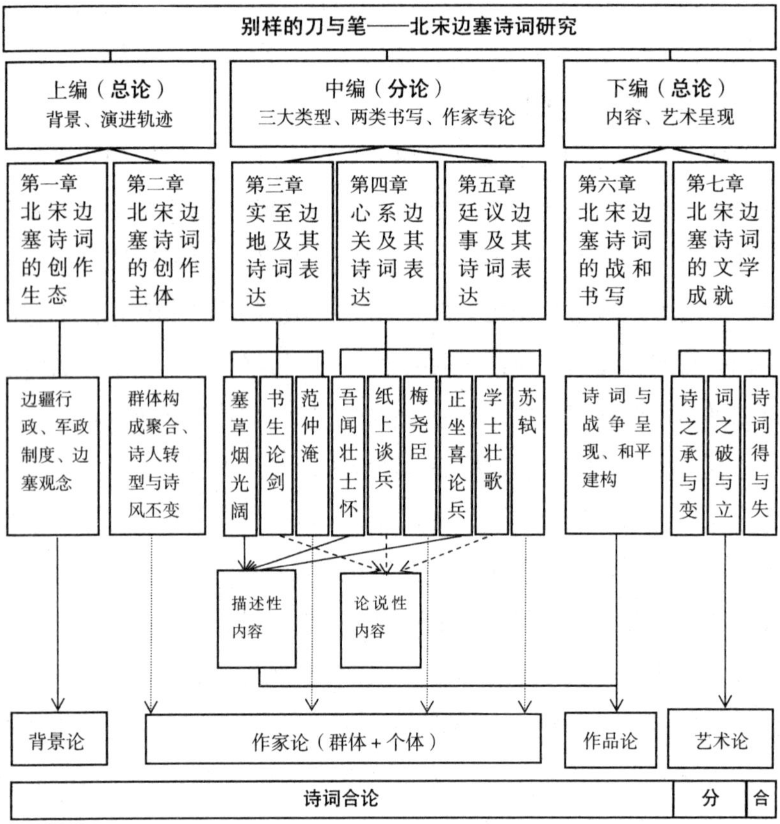

图 0–1　全书主要内容框架

上编

在号称统一的中原王朝中，宋朝颇为特别，以版图拘狭、武力不显的基础创造了绚烂异常的文化，甚至得到后世“造极”的盛赞。不同于南渡后的“偏安”，北宋在与辽、西夏等的对峙中形成了独特的军政制度和外交政策，催生了关于边塞及边塞诗歌的特定观念。这与现实中建造的边防关塞一起，构成了此间边塞诗词创作的前提条件。北宋的边塞诗词创作者，虽未形成所谓“诗派”，但也确有实绩。近两百家、千余首的作品，既筚路蓝缕、为宋代边塞文学赢得一席之地，为古典诗词捧出“塞下秋来风景异”等名篇，也为“新范式”宋诗、“一代之文学”宋词的确立贡献了力量。

第一章

北宋边塞诗词的创作生态

特定历史时期的边疆与边塞情况是边塞诗词作品产生的基础。终北宋一代，北方、西北方向有辽（契丹）、西夏与之峙立，西南和南向上还有吐蕃、大理以及越李朝这些民族政权并存。宋代颇具特色的军政制度和外交政策深刻影响着边塞诗词的创作。宋人对于兵学研究用力甚深，文学文献的编选整理推助了边塞诗观的形成。

第一节　北宋的疆域边界与边塞关隘

虽然两宋前后相继，在政统传承上是同一王朝，但疆域相差很大，尤其在北方和西方几乎完全不同。北宋延续五代而来，大部分时间主要与辽（契丹）、西夏等并立，边疆也非稳定不变。作为边塞诗词生成条件和表现对象的“北宋边塞”，并不局限于“点”状存在的关塞隘口，也依托于“线”状的缘边军事防御带，乃至延展为边疆戍防地区的“面”。因此，探寻文学意义上的北宋边塞，要基于历史的考索，更应有文学的解读。循着边地—边线—边关的思路，是从宏观的整体鸟瞰到微观的细部关注，也是“重返现场”[①]、深入理解诗词可取的路径。

一、边地：北宋边疆戍防和行政区

北宋的行政区划在不同历史时期有较大变动，“至道三年，分天下为十五路，天圣析为十八，元丰又析为二十三”（《宋史》卷八十五《地理一》），总体趋势是愈加细小。北宋 160 年间在“路”一级行政区划上变化很频繁、分合情况颇为复杂，全国总数大致为太宗时太平兴国四年（979 年）的 21 路、太平兴国七年（982 年）的 19 路、淳化三年(992 年）的 16 路、至道三年(997 年）的 15 路，真宗时咸平四年(1001 年）的 17 路、天禧四年(1020 年）的 18 路，神宗时熙宁五年(1072 年）的 21 路、熙宁六年(1073 年）的 22 路、熙宁七年(1074 年）的 23 路，徽宗时崇宁四年(1105 年）的 24 路、宣和四年(1122 年）的 26 路[②]。整体上行政区划的变动自然也关系边疆戍防区在行政上的归属及其职能的发挥。

北宋时期处于边疆地区的各路、军（有分合变动）主要为河北路（河北东、河北西）、河东路——与辽（契丹）交界；陕西路（永兴军、秦凤）——与西夏、吐蕃交界；利州路、成都府路——与吐蕃交界；梓州路、广南西路——与大理交界。具体如表 1-1。

---

① 参见肖鹏、王兆鹏：《重返宋词现场——宋词可以这样读》，东方出版中心 2021 年版。

② 参见郭黎安编著：《宋史地理志汇释》，安徽教育出版社 2002 年版。

表 1-1　北宋时期边地各路（军）设置变动简表

<table>
<tr><th colspan="2">主要交界邻邦</th><th colspan="3">辽（契丹）</th><th colspan="4">西夏（夏州）</th><th colspan="2">吐蕃诸部</th><th colspan="2">大理</th><th>越李朝</th></tr>
<tr><td rowspan="5">历史时期</td><td>太宗
至道三年
（997 年）</td><td colspan="2">河北</td><td>河东</td><td colspan="4">陕西</td><td colspan="2">西川</td><td colspan="2">峡西</td><td>广南西</td></tr>
<tr><td>真宗
天禧四年
（1020 年）</td><td colspan="2">河北</td><td>河东</td><td colspan="4">陕西</td><td>利州</td><td>益州</td><td>梓州</td><td>夔州</td><td>广南西</td></tr>
<tr><td>仁宗
庆历年间
（1041—1048 年）</td><td colspan="2">河北</td><td>河东</td><td>鄜延</td><td>环庆</td><td>泾原</td><td>秦凤</td><td>利州</td><td>益州</td><td>梓州</td><td>夔州</td><td>广南西</td></tr>
<tr><td>神宗
熙宁、元丰间
（1068—1085 年）</td><td>河北东</td><td>河北西</td><td>河东</td><td colspan="2">永兴军</td><td colspan="2">秦凤</td><td>利州</td><td>成都府</td><td>梓州</td><td>夔州</td><td>广南西</td></tr>
<tr><td>徽宗
崇宁至宣和间
（1101—1126 年）</td><td>河北东</td><td>河北西</td><td>河东</td><td colspan="2">永兴军</td><td colspan="2">秦凤</td><td>利州</td><td>成都府</td><td>梓州</td><td>夔州</td><td>广南西</td></tr>
</table>

以历史地理的视角考察，宋朝所辖范围较汉唐已大为缩小。其中最为明显的变化是北向和西北向的边界线朝内陆推进。以往中原王朝与北方民族政权交界的区域，后人习称为“燕云十六州”或“幽云十六州”“幽蓟十六州”，其天然的山川地势，在战略上具有重要意义。譬如燕州“地处雄要，北倚山险，南压区夏”（《金史》卷九六《梁襄传》）、云州“东连上谷，南达并恒，西界黄河，北控沙漠，居边隅之要害，为京师之藩屏”（顾祖禹《读史方舆纪要》卷四四《山西六 · 大同府》），这一带历来被认为是兵家必争之地。但十六州在前代丢失，北宋失却了一道由燕山、太行山等山脉，以及秦、汉、北朝等历代所筑长城共同构建的屏障。因此，其国家防卫在某种程度上不得不依赖一定的战略纵深。这也是延展成“面”的边疆戍防区的原因。以宋朝军事布防及其与辽、夏乃至金爆发的战

争为据，可见北宋主要的戍防区由东向西大体为：河北区（河北东路、河北西路）、河东区、西北区（鄜延、环庆、泾原、秦凤等）。

从文学地理的视角看，边塞诗词所呈现的边地范围更加宽泛。诗词的创作地与作品中地点的实际所指不同，文学意象辐射更为广阔。譬如位于京东东路的密州，并未在前线，但因有苏轼的边塞词创作而成为重要的地点。这就使得边塞诗词中北宋的“边地”成为一个更大且边界模糊的“面”。关于北宋边地诸路、军、府，如图1-1所示。

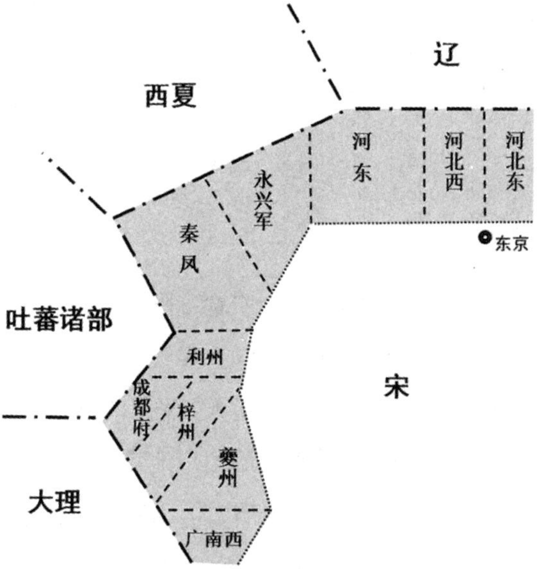

图1-1　北宋边疆“面”状戍防区示意图

二、边线：北宋缘边军事防御带

出于安全考虑，王朝针对周边政权设置军事防御带是常态化和必需的。缘边的军事防御带与边境界线既契合又不重合，是人为规划和客观角逐综合作用的结果。北宋防御带有其独特性。从基本走向上看，北宋边线主要为东西向和东北—西南向，因为辽、夏是北宋王朝最主要的威胁。以收复石晋所割燕云之地为主要战略目标，宋朝自立国到北进攻灭北汉，又与辽经过了二十余年的战争，但随着真宗景德元年（1004 年）十一月澶渊之盟缔结，宋、辽数年间基本言和，因此北宋针对辽的边线相对稳定。而北宋与西夏的战争却连绵百年，针对西北方向的边线时常处于变动之中。

一方面，北宋的缘边军事防御布局偏离了重点依托长城的传统防卫模式，形成了自身的特点。

北向上，宋朝在宋辽边境设置了三道军事防御线[①]，实际上形成了外、中、内三层防卫曲线。外圈层是最边防线，主要依托为大清河、易水及其他自然条件。中圈层是中间防线，主要依托的是滹沱河等自然条件。内圈层是最里的防线，以黄河为自然依托，护卫东京开封府汴梁、西京河间府洛阳，是最后防线。当时的黄河在河南武陟县境内东北向流，约略循今卫河河道，经过滑州、澶州、博州，到今天平原南、商县南入海。

西北方向上，宋朝在陕西诸路（军）等与西夏交界地区构建防御带。宋朝针对西夏的边防措施主要是在宋初设立的陕西路，但这一地区的行政区划在后来又多有变动。仁宗时，因为党项首领元昊称帝建国，且此时双方对局中夏攻宋守，故宋朝廷对陕西的国防非常重视。这一时期大概分为六区：永兴军路（以长安为中心）、鄜延路、环庆路、泾原路、秦凤路、熙河路。国防线东起横山，西至环州、原州、巩州、熙州、河州、洮州一线，以永兴、凤翔、秦州（今天水）三地为据点。这一带主要依凭的是处于"第二阶梯"上

① 参见台湾三军大学编著：《中国历代战争史》第 11 册《宋、辽、金、夏（上）》，中信出版社 2013 年版。

的山原丘陵。

西及西南方向上，宋朝在与吐蕃、大理以及越李朝交界地区设置了若干羁縻州县。这些羁縻区的设置有助于宋王朝在维持朝廷统治的前提下，调动少数民族聚居的边区力量，北拒西夏，西拒吐蕃。其中主要的羁縻州县大概有成都府路的黎州、雅州、茂州、威州，梓州路的戎州、泸州，广南路的邕州等①。

以四面之边而非只是北面之边为“边”，无疑是摒弃陈旧观念、全面考察一个王朝边疆边塞的正确取向。但长城一线象征了“华夷边界”，是传统意义上最“有意义的塞徼”②，仍然是四面边塞中最突出的部分。因此，宋代被称为“没有长城的王朝”③，虽不准确，但揭示了北宋不同于汉唐以来重点依托长城构建防卫体系、形成了自身模式的特点。

另一方面，北宋朝廷也基于自身需求修筑了一些点、线结合的防御工事。

宋朝所辖范围缩至秦、汉长城之南。但为争夺领土、人口与财物等资源，抵御辽、夏、金的先后侵袭，宋廷也进行了一些努力。太宗在位时，多次主动攻辽失利，于是转向防御。在西起保州（今河北保定）东至泥姑海口（今塘沽附近）的区域（东西九百里、南北六七十里之间），依托河水湖泊，建造寨、铺，建设防御线。“宋太平兴国五年，筑长城于草城川，沿天涧堡。长城，城北一里，俗

① 安国楼：《宋朝周边民族政策研究》，文津出版社1997年版。

② 朱圣明：《华夷之间：秦汉时期族群的身份与认同》，厦门大学出版社2017年版。

③ 如燕君：《两宋烟雨三百年·没有长城的王朝》，民主与建设出版社2014年版。

呼长城梁。”[①]《武经·边防》中也记载“景德中筑长城，控扼贼路”。这即所谓“宋长城”。今山西岢岚一带有流传至今唯一的“宋长城”遗址。因此，也可以认为，在有限条件下北宋逐步构建了一定的“长城”戍防区及其军事指挥体系。

具体到各路，河北路东起泥沽口（大沽口），西有霸州、雄州，而至白沟河及界河（拒马河），以北属辽，以南属宋。界河西至飞狐口之线，为宋之河北国防线。霸州以东洼泽地带，临近海滨，若遇到大雨、潮水就会成为泽国，不便于军事行动。故宋辽战争期间，辽军最常进犯的地区，为雄州以东至易州间的太行山山麓地带，因为这里便于骑兵活动。高梁河、岐沟关之战败后，宋弱，辽常以燕京为军事策源地，发动攻势。故宋朝以镇、定为核心，常驻重兵于此。河东路自飞狐口以南亘灵丘，西至勾注山山脉、宁武、岢岚军、丰州，达鄂尔多斯右翼，是为河东防线。以太原为中心，驻守重兵。以雁门关、宁武关、岢岚军为最前线之据点。西北以府州为中心，丰州、麟州为据点。辽入侵多自雁门关、宁武关入。北宋在此地带筑城堡群防卫。而在实际来往中，宋、辽两国送伴使护送对方使者出境，均以白沟桥南北分界线为限，不入对方境内。这是北宋针对辽国的战略防御线的设置。

而在西北，在与诡谲多变的西夏较量中，宋朝也主动或被动地构筑了一些防御堡寨和沟壕。北宋的西北戍防区主要包括鄜延路、环庆路、泾原路，这是宋、夏的交界处，也是战争爆发区。大概地划，宋、夏双方实际控制线自东往西为银州—夏州—宥州—盐州。

总起来看，这若干条虚线即是现实中军事防御带的体现。北宋

---

① 《乾隆太原府志》卷七《关隘》，参见安捷主编，太原市地方志编纂委员会整理：《太原府志集全》，山西人民出版社 2005 年版，第 669 页。

之北疆抵御辽“边线”如图 1–2 所示。

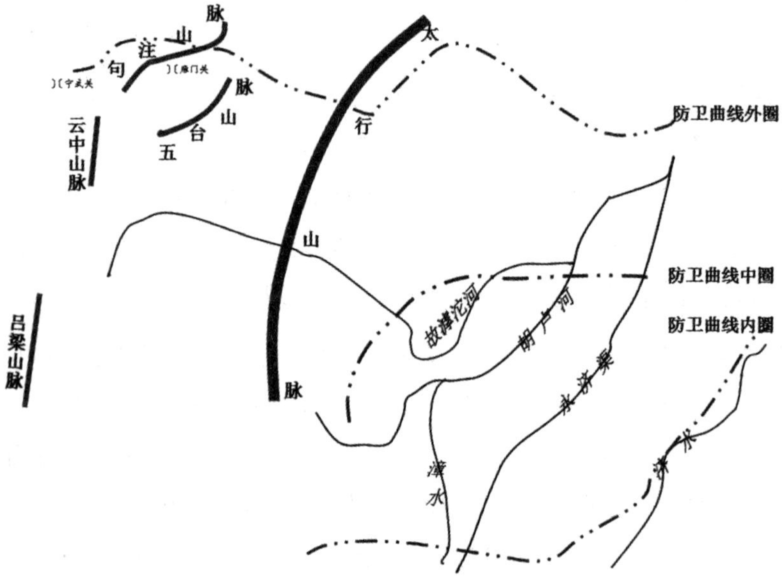

图 1–2　北宋北疆御辽“线”状防卫带示意简图

三、边关：北宋缘边关隘要塞

边地关塞之于国家的重要性，从“边塞”的词义即可见一斑。“边”本指悬崖末端，引申为“边缘”之义。《说文解字注 · 辵字部》释“边”：“行垂崖也。”《尔雅》则云：“边，垂也。”《广韵》解释为“畔也，边陲也，近也，厓也，方也”。可见其意思由“山崖之边缘”的本义，引申为“位置居于边缘”。“边”的“边疆”之义，也是本于古籍，如《礼记 · 玉藻》中“其在边邑”、《国语 · 吴语》中“顿颡于边”、《左传 · 昭公十一年》中“臣闻五大不在边，五细不在庭”的“边”，即指国家之边界地区。“塞”在《说文解字》中被释为“隔”。其主要义项，可参见《汉语大字典》等，主要指国境线上屏隔内外的建筑、关塞、可据守的险要之处，或概指边境。先秦的文献中，如“晋侯使詹嘉处瑕，以守桃林之塞”（《左传·文公十三年》）、“世主不敢交阳侯之塞”（《战国策·秦策》）是指边境上建筑之类的关卡；“山有九塞，泽有九薮”（《吕氏春秋·有始》）、“完要塞”（《礼记·月令》）等，均指可据守的险要处。可见，“塞”指具有防守功能的据点，常常是在自然地势基础上再加以人工修筑而成。与“塞”相近的有“徼”。《汉书·邓通传》：“盗出徼外铸钱。”颜师古注曰：“徼，犹塞也。东北谓之塞，西南谓之徼。”因字义的相近和关联，“边”与“塞”也会混用，甚至相互释义，《广韵》所云“塞，边塞也”即是以“边”释“塞”；《荀子·强国》“筑明堂于塞外而朝诸侯”中“塞”则泛指边境，与“边”意义相近。或两者一起出现，同义连用，如《汉书·晁错传》所载：“错复言守边备塞，劝农力本，当世急务二事”，是将“塞”作为“边”重要的构成部分而强调指出。若连用，便是“边塞”。

先秦典籍中“边”与“塞”联系并不很密切，汉代文献中“边塞”则使用较多。如《史记·三王世家》中“宜专边塞之思虑”，《汉书·昭帝纪》中“以边塞阔远，取天水、陇西、张掖郡各二县置金城郡”等。边塞概念大致上随着秦汉时期有一定疆域的统一国家形成而逐渐确定。军事防御上，势必会依托一些关冲、要塞作为据点。这样的地方一般要有合适的自然条件，如山丘、水泊等，然后加以人工构筑，形成城墙、堤坝，以作为防御工事。中国古代的关塞，以长城最为著名。长城是自然地势与人工建造结合的产物，由于修筑于列国战争频仍的周秦时代，同时是中原汉民族与北方游牧民族势力范围的主要界线，长城一线成为古代中国“边塞”防线的最重要代表。但长城不能涵盖整个边塞。历史上不同王朝疆域不同，边塞的具体实指也存在差异。因此构成边塞的这一组地标“点”也是动态的。另外，不同时代的人对于边塞的认识也不尽相同。

概括地看，“边”本来是指政治因素造成的不同国家在地理位置上分野的边缘处，“塞”则强调因特定地貌而形成的具有军事战略价值的位置，即《孙子兵法》中所云“隘”地形。两者并不完全统一，一个国家与他者交接之处并非全都有险可守，而险要的地方又不见得完全处在边疆。但“地形者，兵之助也”（《孙子兵法·地形篇》），“边”中有“塞”的地方是边疆防务的重点地带。《辞源》中相关词条的解释是：“边塞：边疆设防之处”，扼要地点明边塞定义的两大要素，一是处在边疆，二是设置防务。“塞”对于“边”有重要的限定作用。因此，边塞有别于边疆、边境之处，在于这是一个小于后两者、但也最能代表后两者特点的概念。边塞小于边疆，后者范围很大，可包括陆疆和海疆等，但只有其中具备防御功能的才能称边塞。相比而言，边界应该是线状的，而边塞是处于或靠近这条线的一组“点”。

总体上看，因为北宋最大的威胁是辽，比较扰心者是西夏，西南方向则不是其防御的重点。

北宋对辽的防卫，防线的外圈层控制范围内的主要有霸州、雄州、易州、定州、保州、祁州等州县。第一道防线中的关冲要塞主要有拒马河、三关（益津关、瓦桥关、岐沟关），易水之南有燕长城故地、黑卢堤等。中圈层主要有瀛洲、沧州、冀州、贝州、邢州等地方，这是中间防线的要点，以此从军事上控制“面”。内圈层以大名、滑州、澶州、濮州、郓州、德州、无棣、齐州等为战略要点，以卫汴京。这些城池即为边线上的“点”。

北宋对西夏先是疏于提防，之后长期重点防御，时战时和。宋在西北设置安塞区，为安定边塞之意。在西北内陆黄土高原腹地、鄂尔多斯盆地边缘进行了一些建设，充分利用这里地表沟壑纵横、川道狭长、墚峁遍布，有延河、杏子河、西川河等山川的特点。在秦凤路，北宋修凿了十余个堡寨并连成了全长约二百八十里的壕道，具体为：弓门、冶坊、床穰、静戎、三阳、定西、伏羌、永宁、小落门、威远（《续资治通鉴长编》卷八七）。这些是宋王朝西北边关的一部分所在。经由壕道，"点"状的防卫单元串联了起来。如图 1–3 所示。

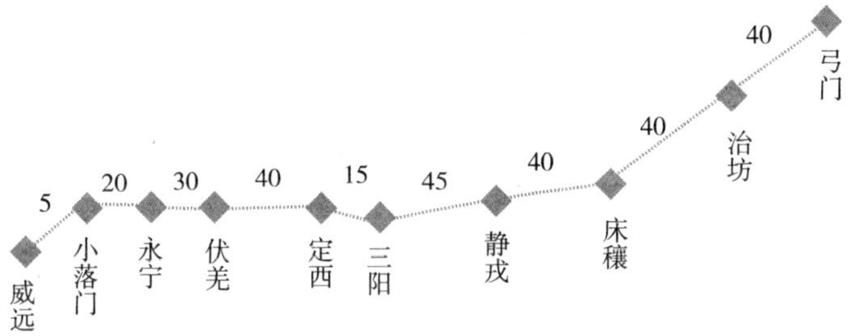

图 1–3　北宋西北秦凤路修建的"点"状防卫单元示意图①

以上是北宋在西北以人为修筑为主的防卫要塞，是常备的。放大地图的比例尺到最大（以识别寨堡为准），考察可见一连串的"点"。这是微观的考察。而在宋与西夏争战时期的重要地点——无定河界周边，其防卫要地也呈现出"点"状分布。这需要将地图的比例尺缩小（以识别州县为准）。这则是中观的考察。如图 1–4 所示。

现实中存在的疆域边界、边塞关隘为边塞诗词形成提供了物质前提，也必然是其描写的重要对象。但文学与现实是有差距的，"边塞"并非北宋边塞诗词表现的核心，作品中的地点也并非与现

① 按：各寨堡的相对位置大致如图所示，其中数字为两寨所距华里数。

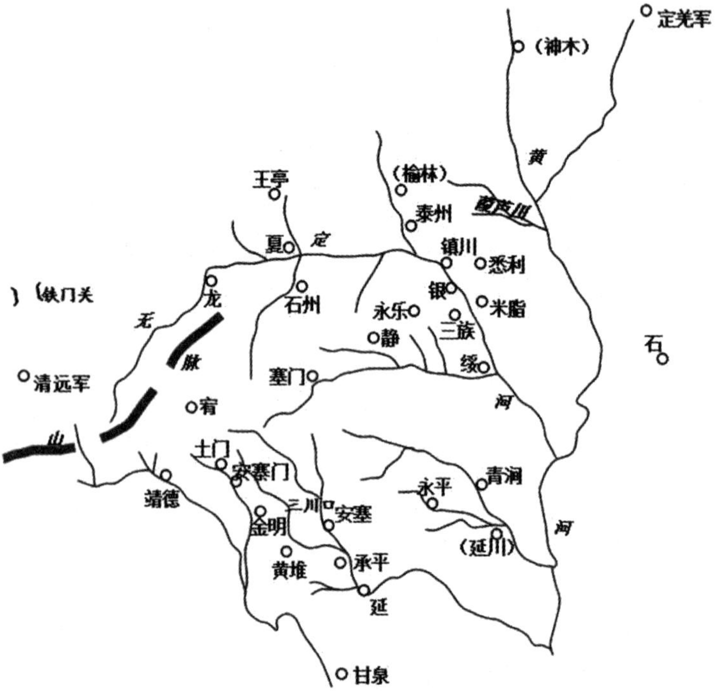

图 1-4　宋夏战争无定河界周边关塞“点”状分布示意图

实一一对应。毋宁说只是为边塞诗词成为类别准备了一个“名词”，是一个必要但不充分的条件。中国古典诗歌的两大本质是“抒情与超越”[①]，而异于西方史诗般的记录、叙述。北宋的疆域边界与边塞关隘固然是相关的存在，但边塞诗词主要书写的还是边塞之人、边地之事、边人之情志。

① 莫砺锋：《唐诗与宋词》，南京大学出版社 2017 年版，第 7 页。

第二节　北宋的军政制度与外交政策

北宋边塞诗词萌发、生长于边疆关塞现实生活的土壤之中。而当时军政制度与外交政策等，则如同光、水、温度等生态环境要素之于幼苗，其影响也不可忽略。宋朝之制，讲求文治、抑制武力的倾向鲜明，并且有一系列相关的具体制度。宋朝军事部署奉行“守内虚外”，对外关系方面整体上也偏于温和，虽对有威胁的“大国”多有防范，但以自保为主，少有进攻，加之善用经济手段、追求和平友好，在军政外交上形成了特色，这也对诗词创作产生了影响。

一、兴文抑武与守内虚外

其一，北宋大兴文业、抑制武事①，构建了文人为主体、文治为目标的政治制度。

一方面是鲜明的讲文治、兴文教。宋朝历代统治者均重儒尚文，这似乎来自于皇室——赵家的家风。《宋史》卷四载，太祖和太宗之父、被尊奉为“宣祖”的赵弘殷在将兵作战、攻破州县后，

---

① 传统认识中常以宋代为“重文轻武”，何忠礼等提出“崇文抑武”说法（见何忠礼:《王嗣宗手搏得状元辨析》，《浙江学刊》1984 年第 3 期）。陈峰提出“崇文抑武”为宋代治国方略和北宋社会风气（可参其系列论文论著如《从“文不换武”现象看北宋社会的崇文抑武风气》，《中国史研究》2001 年第 2 期；《中国古代治国理念及其转变——以宋朝“崇文抑武”治国理念为中心》，《文史哲》2013 年第 3 期；《武士的悲哀：北宋崇文抑武现象研究》，人民出版社 2011 年版；《武士的悲哀：崇文抑武与北宋兴亡》，重庆出版社 2021 年版；等等），得到学界普遍接受和沿用。也有研究者指出“重文轻武”只是一种赵宋王朝的“潜规则”（张邦炜：《重文轻武：赵宋王朝的潜规则》，《四川师范大学学报（社会科学版）》2015 年第 1 期），或云“崇文并不抑武”（刘广丰：《大忠之臣：寇准》，辽宁人民出版社 2021 年版）。本书借用古籍原文表述“兴文抑武”，侧重考察与边塞诗词有关的制度。

对战胜所获的财物悉数不取，而是搜求古书典籍给儿子。太祖赵匡胤“亲近儒生”，“讲文治以抑武功”①，并因年号拟制之失而“益重儒臣”并定下了“宰相须用读书人”②的原则。

太宗对于文事的崇尚更逾乃兄，史书对此多有记载，如《宋史·太宗本纪》中称之“工文业，多艺能”，《宋会要辑稿·崇儒三》中说他“崇尚文史”。而《续资治通鉴长编》卷十八详细记录了太平兴国二年（977年）春正月开科考试、招募文才的盛事，其中太宗的表现亮明了“意方欲兴文教，抑武事”的取向：一是有强烈的以文选才的意愿。太宗甫即位就认识到“疆宇至远，吏员益众”，因此“欲博求俊乂于科场中”，可谓求贤若渴。他虽宣称“非敢望拔十得五，止得一二，亦可为致治之具矣”，但当考官薛居正等人担心取人太多、用人太骤时，太宗又“弗听”。最终，在其坚持下选得五百人之众：以河南吕蒙正为代表的进士一百零九人、赐及第的二百零七人、赐出身的一百八十四人，可谓收获甚丰。二是亲自过问，制定并优化了一套选拔用人制度。太宗先后命太子中允直舍人院张洎、右补阙石熙载试进士，左赞善大夫侯陶等试诸科，户部郎中侯陟监之；又命翰林学士李昉、扈蒙定复试进士之优劣为三等，又诏礼部阅贡籍，亲自参与的环节则是驾临讲武殿出诗赋题。又确定了考取等级与授予官职的安排制度，如“第一、第二等进士并《九经》授将作监丞、大理评事，通判诸州。同出身进士及诸科并送吏部免选，优等注拟初资职事，判司、簿、尉”。产生于唐代的“闻喜宴”制度得以确立，并形成传统。这直

① 彭龟年：《乞复祖宗旧制重经筵亲儒士置夜直之员疏》，《止堂集》卷二，丛书集成初编本，中华书局1985年版，第17页。

② 李焘《续资治通鉴长编》卷七、《宋史》卷三及范祖禹《帝学》、孔平仲《谈苑》等均有相关记载。

接催生了"闻喜宴诗"，对于文学繁荣起到了推动作用[①]。这些都对后来诸朝有重要影响。三是以物质、精神多方赏赐以示文士之优宠。对于考中的士子，"皆先赐绿袍靴笏，锡宴开宝寺，上自为诗二章赐之"，"赐装钱，人二十万"。赐诗显示出对于文臣的崇高礼遇，破格录取体现了最高统治者对于文臣的宽容。或许赵宋"不杀文士"的传统从此得到了加强。其目的是明确的，谕云"到治所，事有不便于民者，疾置以闻"，强化了这些先前的文士、其时的文臣直接为帝王负责的责任，也是朝廷重视文臣的体现。四是因特定人才而打破陈规。《九经》七人"不中格，上怜其老，特赐同《三传》出身"。洛阳人张齐贤当初因献十策而引起太祖重视，但却因固执己见触怒太祖而被"卫士拽出"。后来张氏来考进士，太宗想给予他靠前的名次，但"有司第其名适在数十人后"，于是皇帝"乃诏进士尽第二等及《九经》凡一百三十人"，一干同年考友都沾了光。总之，文士所获得的"宠章殊异，历代所未有也"，"兴文教，抑武事"的大旗由此张扬。太宗不遗余力地推行"崇文"还"殃及"军队。太平兴国二年（977 年），太宗"诏以美名易禁军旧号：铁骑曰日骑，控鹤曰天武，龙骑曰龙卫，虎捷曰神卫"（《续资治通鉴长编》卷一八），连军队的名字都文雅化，真有点"宋挥玉斧"[②]的意味。更毋论后来"宋代四大部书"中的《太平广记》《太平御览》《文苑英华》三部都在这一朝编成，文化事业欣欣向荣。

崇尚文治的理念经过了几代君王的强化，付诸具体的各项政策

---

① 黄权才的《宋代闻喜宴诗研究》（《广西师范学院学报（哲学社会科学版）》2011 年第 4 期）对此有研究，并据此对《全宋诗》进行了补辑。

② 这一典故后文将详述。此处取陈峰所言，"玉斧"有"代表了高雅与富贵，玩物的意义大于武器的用途"之义。

中，唐及以前那种如杜甫《送陵州路使君赴任》所说的“高官皆武臣”的局面由此开始改变。发展到后来，以至于有宋一代“用人，大举以文词进。大臣，文士也；近侍之臣，文士也；钱谷之司，文士也；边防大帅，文士也；天下转运使，文士也；知州郡，文士也。虽有武臣，盖仅有之”①，“用天下之士人以易武臣之任事者”，“本朝以儒立国，而儒道之振独优于前代”②，文人政治体制得到了前所未有的彰显。

另一方面是潜在的抑武事、防武将。北宋的军政体制大致经过了前期的由军政相兼逐渐到“二元割裂”和后期的向一元化回归③。无论是事实上的“三权分立”，还是“二府并行”，分析统治者对于制度进行变更的动机，都是加强中央集权，最大程度上维护君主最高权威、最大限度的控制力。而对于皇权威胁最大的，文的一面是相权，武的一面是兵权。

纵观唐宋史，中唐以后传统士族势力衰微，庶族势力成为士大夫阶层的主体。对于庶族地主来说，以武职为升官阶梯、通过立军功来掌握军权进而取得政权的方式，在初期是特别有效的。因为庶族士大夫的特点是没有深厚的家族背景和势力，即使某一个出身寒门的士子成为宰执大臣，也不足以威胁到皇权，这与六朝门阀士族控制政权不同。唐季五代的局面是“梁太祖以来，军国大权，天子多与崇政枢密使议，宰相受成命，行制敕，讲典故，治文书而

① 蔡襄：《国论要目·任材》，陈庆元等校注：《蔡襄全集》，福建人民出版社1994年版，第32页。

② 陈亮：《上孝宗皇帝第三书》，邓广铭点校：《陈亮集》，河北教育出版社2003年版，第11页。

③ 苏启明：《宋代军政二元体制的创设及实际》，《中国历史学会史学集刊》1970年第2期。

已”①，权力移位至握有军权的武官手中。因此赵宋立国后，势必要解决这一问题。而随着“三省”的虚化、宰相无常任、官阶与差遣制度的确立，宰相的任免全凭皇帝个人的意志，完全无法对君主权威构成威胁。因而在制度设置上，最大限度地控制兵权成为了宋朝君主的首要任务，“抑武”制度由是建立起来。

需要明确的是，“抑武”不是轻视军事，而恰恰是因为尤其重视才实施了一系列举措。一是通过建制进行军事分权。皇帝直掌军队总体建置、调动和指挥的诸项大权。具体的差遣事务由三个机构分任：枢密院掌军权、军令，三衙（殿前都指挥司、侍卫马军司、侍卫步军司）分别统领禁军和厢军，率臣为禁军出征或镇戍是临时委任的将帅，统领地分属三衙的禁军，事毕皆撤销。二是严密防范有兵权之人。可以说，宋初诸帝仍在一定程度上被“禁军是承五代的余习，时时想把天子卖给别人”②的前代“阴影”笼罩，因此对武将都颇有芥蒂。太祖“杯酒释兵权”，削夺大将兵权，但他仍知任将帅，军中之事还许以便宜行事的自由。但到太宗则反其道，“将从中御”，进一步剥夺了将帅独立自主的军事指挥权。后来的各代君主也特别注意军权有可能造成的威胁。向来以开明睿智著称的宋仁宗即是典型。庆历元年（1041年）正值宋、夏交战，夏主元昊送来有辱宋廷的书信，边帅范仲淹焚其书、录副本上报。这本是范氏“将在外，君命有所不受”的便宜行事，目的是维护朝廷的尊严，但面对宋庠等大臣请斩仲淹的奏疏，仁宗尽管“薄责”，但还是表现出对于边塞将帅的高度警惕。范仲淹作为文臣在朝时几次直

---

① 司马光编著:《资治通鉴》卷二八二《后晋高祖天福四年》，中华书局2009年版。

② 吕思勉:《大中国史》，吉林出版集团有限公司2011年版，第334页。

言顶撞帝后宰相，都只是被贬出京；但当其镇守边疆、手握兵权时就出现了上述危机。三是一些法规也助力“抑武”。宋朝廷鼓励士人享受文治的繁荣，不喜言武，甚至在宋初对于兵法典籍的传播也严格限制。真宗时即有诏令：“天文兵法，私习有刑，著在律文，用妨奸伪。”① 即使在宋朝与西夏军事冲突最严重的仁宗年间，“除《孙子》《吴子》，历代史《天文》《律历》《五行志》，并《通典》所引诸家兵法外，余系为禁书”（《续资治通鉴长编》卷一二三）的规定也仍然存在。

其二，北宋部署军力强干弱枝，布局呈现出“守内虚外”的总体特点。

有鉴于梁、晋已降武官做大，“昏君弱主，失控驭之方，朝廷小有机宜，裨将列校，皆得预御坐而参议，其姑息武臣乃如此”（《续资治通鉴长编》卷三七），宋王朝采取强干弱枝、守内为重的做法。宋朝军队有不同的档次：天子之卫兵，用来守卫京师、预备征戍，称禁军；诸州之镇兵，用来分给役使，称厢军；选于户籍或应募之兵士，使之团结训练，在当地防守，则称乡兵。与晚唐五代藩镇割据，各自拥兵于临边交界处不同，宋朝陈重兵于京畿地区，护卫宫苑，与外邦交接的边疆地区却是委以数量不少但质量不高的厢军。

宋初对于契丹军事行动的失利，也养成了宋朝从上而下的对外防御上的保守态度。“帝王用心，常须谨此”，“国家若无外忧，必有内患。外忧不过边事，皆可预防。惟奸邪无状，若为内患，深可惧也”（《续资治通鉴长编》卷二三）；而臣工中“家六合者以天下为心，岂止争尺寸之事，角强弱之势而已乎。是故圣人先本而后

① 《宋大诏令集》卷一九九《禁天文兵书诏》，中华书局 1962 年版。

末，安内以养外。人民本也，疆土末也”（《续资治通鉴长编》卷二一），追求形而上的“道义胜”的观念也绝非个例。

国家的力量总是有限的，厚此必然薄彼。将精锐的军事力量置于内地，边防势必会大大削弱。正如吕祖谦《历代制度详说》卷十《屯田》中批评的，这种将重兵不置于边塞要冲而屯聚于国内“阃奥至安之地”，也即位居地域中心且位置安全，是“斥地于敌，守内虚外”。其结果常常是“将帅愚懦，郡国空虚”“出戍则亡，遇敌则溃”，在对外战争中败多胜少，大多时间处于被动状态。

二、重辽轻夏与以赎代伐

其一，北宋在对外关系上，针对不同的对象分而待之，基本上采取的是重辽轻夏的战略方针。

宋朝来华使节中最高等级的国信使“发源于宋朝与辽朝的外交关系”①，在接待时“馆伴契丹，例用尚书、学士”②，两者之间的函文采用国书，而对西夏则不然。归纳起来，原因主要有几点。

一是国力方面宋、辽相当，而宋、夏悬殊。尽管向来与汉、晋、隋、唐并称，宋朝的疆域不仅无法与汉、唐大一统王朝相比，甚至连西晋都比不上。从这个意义上说，赵宋王朝被奉为正朔，作为汉族政权以及华夏中原王朝在 10 世纪中叶到 13 世纪中叶的代言，实在勉为其难。甚至可以认为“宋辽对峙时期，虽然名为两国，实……是我国第二次南北朝”③，也足见宋、辽两国在实力上的

① 吕英亭：《唐宋时期涉外法律研究》，光明日报出版社 2011 年版，第 86 页。

② 叶梦得：《石林燕语》卷七，中华书局 1984 年版，第 95 页。

③ 杨树森：《辽朝统一北方和有效行政管辖》，吕一燃等：《中国边疆史地论集 1990》，黑龙江教育出版社 1991 年版，第 147 页。

相当。而从时间上看，契丹政权的建立早于赵宋王朝。若以 916 年（时为后梁末帝贞明二年）耶律阿保机称帝、建立契丹国为始，至 960 年赵匡胤通过陈桥兵变建立宋朝时，契丹（辽）已建国四十余年，历经四帝。因此从这个角度看，中华民族历史舞台上的辽政权甚至还可谓宋政权之“兄”，而实际上宋、辽澶渊之盟中两国也确实约为兄弟之国——彼时辽帝圣宗年幼，称宋真宗为“兄”。

而西夏则不然。从唐初盘踞在今宁夏一带的党项族人即一直臣服于中原汉民族政权。唐僖宗时，党项部首领拓跋思恭受封夏州节度使，并被赐当时的帝姓“李”。五代十国时期，中原大地政权更迭迅速，但李（拓跋）氏的夏州政权皆对其称臣，以换取统治和经济上的利益。宋朝建立，李氏也对宋廷称臣，因此名义上夏州原是受到册封的附庸之地。尽管元昊在位时称帝建国，并开启了对于宋朝长达百年的袭扰，但都只是局部战争。总体上西夏在各方面的实力上还落后于宋朝很多。

二是在“法制”形式的认定上，宋与辽平等，对西夏则居高临下。在真宗景德元年宋、辽“澶渊之誓”的盟约中，宋与辽约为兄弟之国，后世仍以齿论，两者是对等的关系。宋、辽南北分治的事实也得到了一定程度外交上的默认，史载：“真宗与北戎修好，遣使称北朝，公卿以下谓事适然，无异论。时王曾为著作郎、直史馆，独抗章曰：‘古者尊中国贱夷狄，真若首足。二汉虽议和亲，然礼亦不至均。今若是，是与之抗立，首足并处，失孰甚焉？臣恐久之，非但并处，又病倒植，顾其国号契丹足矣。’真宗深所赏激。然使者业已往，遂已，识者是之。”[①]宋人并非意识不到从传统地位

① 田况：《儒林公议》，朱易安、傅璇琮主编：《全宋笔记（第 1 编）》，大象出版社 2003 年版，第 119 页。

和“尊严”层面的不妥，但最终还是对契丹称“北朝”，应该不只是使者已追之不及这样偶然的原因，更是国力博弈的结果。而对西夏却不予承认，在公函中仍居高临下地称“诏”“制”，使臣定级为进奉使或入贡使①，宋臣如范仲淹仍在对西夏的书函中用“赵元昊”的名字。

三是在宋朝统治者的心理认定中，辽、夏的地位也不同。宋朝向来视辽为心腹大患，针对辽国设置了三道防线，而对西夏只设置了一道防线，也可说明问题。另外，幽云十六州的失而终不可得又使宋人形成了深沉的“燕云情结”②，这都表现出以契丹为喉中之鲠的倾向。而党项族部落对于中原朝廷长期臣服，甚至李继捧在为首领时“率族人入朝”于宋，被任命为节度使并赐姓“赵”。后世小说《三国演义》中蔑称曾两弑义父的吕布为“三姓家奴”，在大力宣扬儒家节孝来革除五代士人品德沦丧的宋人那里，类似的心理难免存在。因此当向来的藩属夏州政权举兵自立，宋人即称其为“奴”“贼”“寇”“属羌”，以其行为作“叛”。宋人边塞诗中可见一斑，如祖无择诗题为《夏州叛》、梅尧臣《寄永兴招讨夏太尉》云“宝元元年西夏叛”、刘敞《豫章儒者》云“一闻西戎叛”，而路振《代棘篇》的表述是“索头丑奴搔河壖”。基于这种根深蒂固的观念，在对外关系中，北宋势必会对辽、夏区分对待。

重辽轻夏的方针使宋朝得失参半。值得肯定的一面是此举抓住了主要矛盾。自古以来北方游牧民族都是中原政权的最大威胁，至于唐宋之际“幽云十六州”也失之于彼，而事实证明造成两宋后来

① 吕英亭：《唐宋时期涉外法律研究》，光明日报出版社 2011 年版，第 86 页。

② 杨小敏：《宋人对辽朝的畏惧心理和“燕云”情结》，《史学集刊》2008 年第 5 期。

亡国的军事力量也都来自北方。但另一方面，过分重视对辽关系而忽视了西夏等也造成了很大的失误。事实上北宋一代，战争多是来自西方，而因为对夏的鄙视，宋军的军事行动每每败于轻敌盲进，造成了巨大损失，损兵折将也丢失颜面。于此，仁宗朝重臣富弼说："契丹自得燕蓟以北，拓跋自得灵夏以西，所生英豪皆为其用。得中国土地，役中国人民，称中国位号，仿中国官属，任中国贤才，读中国书籍，用中国车服，行中国法令。是二虏所为，皆与中国等，而又劲兵骁将，长于中国。中国所有，彼尽得之，彼之所长，中国不及。我当以中国勍敌待之，庶几可御，岂可以古之夷待二虏邪?"①此论正是指出了轻视敌手的不可取。

其二，处理对外争端中，北宋多以赎代战、采取柔远方针。

宋朝对外关系上实行了"柔远"的总体方针。《宋史》卷四百八十五《外国一·夏国上》集中细致地例数与宋王朝来往的外邦："宋祖受命，诸国削平，海内清谧。于是东若高丽、渤海，虽阻隔辽壤，而航海远来，不惮跋涉。西若天竺、于阗、回鹘、大食、高昌、龟兹、拂林等国，虽介辽、夏之间，筐篚亦至，屡勤馆人。党项、吐蕃唃厮啰、董毡、瞎征诸部，夏国兵力之所必争者也，宋之威德亦及其地，又间获其助焉。交阯、占城、真腊、蒲耳、大理滨海诸蕃，自刘鋹、陈洪进来归，接踵修贡。"这里尤为强调的是宋朝的友好态度："宋之待遇亦得其道，厚其委积而不计其贡输，假之荣名而不责以烦缛；来则不拒，去则不追；边圉相接，时有侵轶，命将致讨，服则舍之，不黩以武。"宋廷对于周边民族政权多予少取、不吝荣名而不较实务，来者不拒，去则不追，偶有

① 富弼：《上仁宗河北守御十三策》，赵汝愚编：《宋朝诸臣奏议》卷一三五，上海古籍出版社1999年版，第1592页。

征讨也是服之而已，“不黩以武”。总之，“先王柔远之制岂复有加于是哉”！

在这种怀柔思想的指导下，宋朝常用经济赎买的方式来解决与辽、夏之间的争端，这与之前历代主要通过战争来实现目的不同。北方幽云之地对于中原王朝在战略上非常重要，也是宋初君主一心想收复的，但实现的途径却并非限于诉诸武力。太宗即位后一度主动向辽发起进攻，意在以力夺取，但在接连遭遇失败后不再言兵。其实早在太祖时代已做好经济赎买的准备。史载太祖设置封桩库，做了一定储备，并且为之准备了一套冠冕堂皇的理由：“石晋苟利于己，割幽蓟以赂契丹，使一方之人独陷境外，朕甚悯之。欲俟斯库所蓄满三五十万，即遣使与契丹约，苟能归我土地民庶，则当尽此金帛充其赎直。如曰不可，朕将散滞财，募勇士，俾图攻取耳。”[①] 这段言论虽属太祖与近臣的“密语”，但揭示了北宋君臣拟定的“以赎代伐”思路。这既遵循儒家仁义之道、摒弃了用兵的“下策”的理念，也通过与石晋的比较获得了道义上的优胜，实际上也为后来对外经济交易为先的策略奠定了基础。

宋朝通过“岁币”维系与对峙政权和平的方式是颇具特色的。北宋时代对外邦的岁币支出大概主要有三次议定和修改：一是真宗景德元年（1004 年）宋、辽澶渊订约议和后，由宋每年输辽银十万两、绢二十万匹；二是仁宗庆历二年（1042 年），为维系之前形成的和平局面，避免因辽索取关南之地而引起的冲突，宋许辽增银十万两、绢十万匹，如此合旧有之数共为银二十万两、绢三十万匹；三是仁宗庆历四年（1044 年），宋与西夏议和，赐岁贡银绢茶

① 李焘《续资治通鉴长编》卷十九《太平兴国三年十月》载，彭百川《太平治迹统类》中也有类似记录。

彩银七万二千两、绢十五万三千匹、茶三万斤等。

同样，经济赎买方式有利也有弊。积极的一面是避免了战争的损耗，维持了和平的局势，“契丹五十年不敢南入为寇者，贪金缯之利厚也”①；而通过边境互市等方式，获取了超过支出的经济利益。和平为发展赢得了时间，有宋一代经济繁荣、文化繁盛，客观上与王朝主动征战减少带来相对稳定的局面关系很大。一些远离边境的地区如江南，更是借助有利时机取得了文化的长足发展，以之为“产地”②的词文学由之逐渐成长为“一代之文学”。消极的一面是退缩保守、“以钱买和”的方式带有很大成分的“城下之盟”和“不败而败”的意味，对于民族自尊心颇有损害。《宋史》卷二百八十一《寇准传》中就载有大臣王钦若对澶渊以金钱媾和危害的激烈言论：“城下之盟，《春秋》耻之。澶渊之举，以万乘之贵而为城下盟，何耻如之！”放下兵戈、奉上金帛，可谓赢得了“和气”，输掉了“骨气”。

三、经制西南与“宋挥玉斧”

宋朝西南方向，在诸多由少数民族聚居的地区，还有吐蕃、大理等政权。因为“朝廷交接四夷，莫如辽夏之重”③，这一区域是宋代边防中的次要部分，宋廷对其主要施行安抚、羁縻之策，偶有叛乱，如广西侬智高等，也较快地平复了。西南和南方的各个民族政

---

① 范镇：《上仁宗论益兵困民（第二状）》，赵汝愚编：《宋朝诸臣奏议》，上海古籍出版社 1999 年版，第 1322 页。

② 杨海明：《唐宋词史》（《杨海明词学文集》第 2 卷），江苏大学出版社 2020 年版，第 9 页。

③ 苏辙：《上哲宗乞裁损抑高丽人使》，赵汝愚编：《宋朝诸臣奏议》，上海古籍出版社 1999 年版，第 1597 页。

权，与宋朝大致上能比较友好地相处。

（一）宋朝与西邻吐蕃

吐蕃是由古代藏族在青藏高原建立的政权，一直以来对于中原王朝都有较强的依附性。宋朝立国后，部落首领唃厮啰通过努力，在邈川、青唐周边的青海湟水流域建立政权，这可以作为当时吐蕃诸部的代表。地域上，吐蕃诸部主要是与宋朝交界的路一级的行政区，主要区域位于宋初的陕西路和西川路，后来改为泾原路、秦凤路、利州路等，主要的邻近州县有秦州、渭州、原州、泾州、兰州、会州、熙州、河州等。吐蕃有诸多的部落，在首领唃厮啰建立起权威之后，作为这一地区少数民族政权的代表，多次遣使向宋纳贡，而宋朝廷也通过封赏与之友好相处。如仁宗封唃厮啰为宁远大将军、爱州团练使。至徽宗政和年间，唃厮啰部地区全部改为宋朝郡县，直接由宋廷掌控。

由于吐蕃对宋朝在经济、军事、政治、文化等方面存在很强的依赖，在北宋大部分的时间里，主要通过政治上给予一定高度的地位、经济上给予物质资助。其主要的措施，一是结以“恩信”，施以“赏赂”；二是刑诛惩罚，纳质控制①。

（二）宋朝与南疆大理

历史上的大理国，主要存在于五代十国至于宋末时期，主要盘踞在今云南、贵州、四川西南部，以及今缅甸、老挝、越南北部部分地区。唐朝时，南诏是附属于唐王朝之下带有羁縻性质的政权。但随着天宝之乱至五代十国，中原朝廷对于这一带的控制能力式微，南诏政权先后被郑买嗣的“大长和”、赵善政的“大天兴”和杨干贞的“大义宁”等几个短命王朝取代。后晋天福元年（936 年），

① 刘建丽：《宋代西北吐蕃研究》，甘肃文化出版社 1998 年版。

段氏掌握了政权，段思平建立起大理国。这个政权正式取代了李唐时代的南诏，成为与赵宋王朝同时代的少数民族政权。其政区与南诏相当，东至普安路之横山（今贵州普安），西至缅甸之江头城（今缅甸杰沙），南至临安路之鹿沧江（今越南莱州北部的黑河），北至大渡河，约有今云南省三倍的面积。

关于宋朝与大理的关系，《滇载记》载："王全斌既平蜀，欲因兵威取滇，以图进于上，太祖鉴唐之祸基于南诏，以玉斧画大渡河曰：'此非吾有也。'由是云南三百年不通中国，段氏得以睨临僰爨，以长世焉。"这大概就是"宋挥玉斧"的来历。清乾隆年间名士孙髯翁登大观楼所作长联中的"汉习楼船，唐标铁柱，宋挥玉斧，元跨革囊"，正是对这一事件的艺术化表达。宋朝对于大理的政策是划水而治，和平相处，这也是宋朝对外一贯柔远、羁縻政策的表现。事实上，宋王朝面临的北有辽、西有夏的威胁，"于河外置城邑，边衅开，非中国之福"①，对大理采取友好态度，确是不错的策略。

（三）宋朝设羁縻州县

"羁縻"是笼络控制之义。《史记·司马相如传》索隐云："羁，马络头也；縻，牛靷也。"唐朝通过承认当地土著贵族统治的方式对一些边远少数民族采用羁縻政策。一是在唐朝军事力量笼罩之下的地区设立的羁縻州、县；二是内属国，如南诏、回纥等；三是"敌国"或称"绝域之国"，如吐蕃、日本等。这种使之名义上归属中央管制，并拥有一定自由的方式，对于唐朝管理西部和西南民族关系复杂的地区确也颇为奏效。

宋朝羁縻州的设置，主要的路一级区域有：荆湖路（有北江、

① 尤中校注：《僰古通纪浅述校注》，云南人民出版社1989年版，第109页。

南江)、成都府路（黎州、雅州、茂州、威州)、梓州路（戎州、泸州)、夔州路（黔州、渝州)、广南路（雍州、融州、宜州）等①。

比较而言，南部地区是宋朝对外关系中的非重点，如宋祁所言“天下根本在河北，河北根本在镇、定，以其扼贼冲，为国门户”(《宋史》卷二百八十四《宋祁传》)。因而外交使用比较缓和的方式，既契合了宋人以和为主、怀柔内敛的总体外交政策，又比较有效地对这一地区加以控制和管理。

文武制度与内外策略深深地影响了包括边塞诗词作者在内的广大士人。作为文学形成的基本要素②，北宋的军政外交制度是“世界”，通过对创作主体即“作家”产生影响，进而参与构建了边塞诗词。因为整个时代社会崇尚文治、大兴文事，边塞诗人们关注边事却又在身份上坚守文臣本位，不肯从将军的角度思考问题，动辄以王朝大局而论。诸多亲赴边关的帅臣本是文人，用兵也往往不务实效。好论兵道者，以儒家思想为出发点，所论有时也脱离实际。诗词中的种种表现，与背后的政治生态关系密切。

第三节 宋人的兵学研究与边塞诗观

一、宋代的军事技术与兵学研究

宋代崇文抑武的治国方略与对外战争中的败多胜少，很容易给

---

① 安国楼:《宋朝周边民族政策研究》，文津出版社 1997 年版。

② ［美］M.H. 艾布拉姆斯的《镜与灯——浪漫主义文论及批评传统》(郦稚牛等译，王宁校，北京大学出版社 1989 年版，第 5—6 页）提出文学是由艺术家（作家)、作品、世界和欣赏者（读者）四要素构成的，其构造呈“三角形”。而［美］刘象愚的《中国文学理论》(杜国清译，江苏教育出版社 2006 年版，第 13 页)，参照艾氏理论并易之为“环形”结构。

人造成一种错觉——宋代人对于军事、战争漠不关心，宋代的学者对于兵学研究无所贡献。这显然是错误的认识。事实上，宋代的军事学相当发达。

（一）军事科技的突出发展

军事科技的进步是人们对于军事进行研究、积极创新发明的结果。宋代的科学技术发展很快，其军工技术也较前代有很大的突破，是冷兵器的时代火药武器投入使用具有转折性的时代，宋、辽、金堪称人类使用火药的奠基期。

一些初级的火器在宋代得到了相当程度的使用。开宝八年(975年)，宋攻灭南唐时就使用了“火炮”——一种可燃烧弹丸的投石机。靖康年间，李纲在抗击金兵围攻汴京时曾用“霹雳炮”：“夜发霹雳炮以击贼，军皆惊呼。”《宋史》中对于“火炮”“火箭”等火器的使用有很多记述。如卷四百五十列传第二百九十有载：“汉水方生，发舟百艘，稍进团山下。越二日，进高头港口，结方陈，各船置火枪、火炮、炽炭、巨斧、劲弩。”列出了多种火器。又如卷一百九十七《兵十一》载，真宗咸平年间“神卫水军队长唐福献所制火箭、火球、火蒺藜，造船务匠项绾等献海战船式”。而卷二百四十七中又记录了靖康间的战争中宗室赵士珸“砺将士死守，飞火炮碎其攻具，以计生得其首领，敌乃解围去”。神宗时边防的军队中已有大量的火药弓箭、火药火炮箭等兵器配备，元丰年间抗击西夏的兰州战役中这些武器颇显威力。军械的制造也获得重视。《宋会要·职官》卷三十等史料中也记载，当时汴京有“火药窑子作”等专门的“兵工厂”，火药制坊也在建康府、江陵府等地有所建设。北宋编纂的军事学文献《武经总要》对于“火箭”制作中火药的配方、具体的流程等有较为详尽的记述。

辽、宋、金时代火药兵器的进步，对于后世兵器的发展起到了重要的引领作用。

（二）军事论著的空前繁盛

宋代军事论著的繁盛，表现在：一是数量多。仅就孙子兵学来说，宋代就“文献空前繁盛，各类研究和评论之作层出不穷，形成了孙子兵学史上继战国之后的又一个高潮”①，如北宋边塞诗创作的代表之一梅尧臣，就有对《孙子》注解阐释的著述。应该说，现实要求的刺激是兵学繁盛的外因，“仁庙时，天下承平久，人不习兵。元昊既叛，边将数败，朝廷颇访知兵者，士大夫人人言兵矣。故本朝注解孙武书者，大抵皆当时人也”②，于是《武经总要》这样大型的官修军事著作因之问世。神宗元丰年间又颁定刊行了由《孙子兵法》《吴子兵法》《六韬》《司马法》《三略》《尉缭子》《李卫公问对》七部著名兵书汇编而成的《武经七书》，还成就了中国历史上第一位武学博士何去非。宋代注释、校刊古代军事文献成绩斐然，甚至出现了学派规模。以陈傅良、叶适为代表的永嘉学派极为重视兵学研究，陈氏就有《历代兵制》等专门的军事著作。

二是质量高。宋代的兵学研究，一定程度上改变了以往“重道轻器”的兵学著述倾向，又使兵书内容更加通俗易懂，从根本上改变了以往兵学神秘而不为常人所知晓的面貌③。宋代也被认为是中国传统兵学发展史上的第二个高潮，是上承汉初、下接明中后期的重要阶段④。

---

① 魏鸿编著：《宋代孙子兵学研究》，军事科学出版社 2011 年版，第 13 页。

② 晁公武撰，孙猛校证：《郡斋读书志校证》卷一四，上海古籍出版社 1990 年版，第 643 页。

③ 刘庆：《文人论兵和宋代兵学的发展》，《社会科学家》1994 年第 5 期。

④ 刘庆：《论中国古代兵学发展的三个阶段与三次高潮》，《军事历史研究》1997 年第 4 期。

三是文案化。总体上看，宋代兵学研究有很大的文人化倾向。在文化教育偏重读书人的古代，识文断字的不在行伍而在书斋。客观上，文人较兵将等行伍之人有理论研究方面的优势。这也有助于理论的推进。研究主体是文人，如古文家苏洵喜“言兵”，因有很多关于军事、兵法的论述。故其理论性强，但实践的有效性则值得怀疑。这也是理论脱离实践造成的必然结果。文案化使很多兵学研究成果得以保存、流传，比军人口耳相传的零散经验更有助于军事文化的发展。宋代兵学研究的繁盛和“文案化”对于边塞文学的影响是明显的，亲历边地者的边塞诗创作“书生论剑”，未至边塞者则“纸上谈兵”，堪称一代特色。

二、宋人的边塞诗选录与类别归纳

文学创作与文学研究虽非一致，但有关联。同时代的人若对某种题材有明确的关注，也会助长创作之势。南北朝时期，钟嵘《诗品·序》中近距离使用了“边”和“塞”来阐述诗歌与情感表达的关联，认识虽是初步的、朦胧的，但对于南北朝边塞文学的发展实有贡献。唐代边塞诗名家名作辈出，甚至形成了被后人称为“边塞诗派”的文学群体，对于边塞诗的理论性认识也有一定的表述。边塞诗创作成绩斐然的中唐诗人李益将边塞与作品、作家及创作状态联系在一起：“其中虽流落南北，亦多在军戎，凡所作边塞诸文及书奏余事，同时幕府选辟，多出词人，或因军中酒酣；或时塞上兵寝，相与拔剑秉笔，散怀于斯文，率皆出于慷慨意气、武毅犷厉，本其凉国，则世将之后，乃西州之遗民欤！”①北宋的文士学人，既颇多边塞诗词创作，也对边塞诗这种诗歌类别有一定的认识。宋代

① 王亦军、裴豫敏编：《李益集注》，甘肃人民出版社 1989 年版，第 39 页。

在边塞诗概念的形成中在各个时代中具有典型性，而其观念反映在他们对于边塞类型作品的选录和评点中。

（一）《文苑英华》列“边塞”类但实收有阙

《文苑英华》是编成于北宋的大型文学类书，与百科类书《太平御览》、史学类书《册府元龟》、小说类书《太平广记》被合称为宋“四大部书”。这部古代诗文总集长达千卷，选录上起萧梁下讫唐五代的诗文作家近 2200 人，作品近二万篇。

北宋初年，希望在文学上取得业绩的宋太宗热心于一些大型书籍的编纂。太平兴国七年（982 年），因《太平广记》与《太平御览》将完成，太宗遂从后者的纂修人员中抽调将近半数，如《续资治通鉴长编》卷二七所载：“以诸家文集其数实繁，虽各擅所长，亦榛芜相间，乃命翰林学士宋白等精加铨择，以类编次为《文苑英华》一千卷”。这部继《文选》之后的大型总集，至雍熙三年（986 年）年底方告完成。

《文苑英华》上接《昭明文选》而仿《文选》体例，分为赋、诗、歌行、杂文等三十七类。其中卷一五一到三三〇的“诗”类和卷三三一到三五〇的“歌行”是选录诗歌作品的部分，计有诗近万首。而这二百卷又被细分为天部（八卷）、地部（八卷）、帝德（一卷）、应制（十一卷）、应令（一卷）等四十二个部。其中，卷二九九、卷三百是“军旅”类，更细分为“讲阅”（3 首）、“征伐”（19 首）、“边塞”（54 首）、“边将”（64 首）等小类别①。

由此可见，《文苑英华》明确将“边塞”列为一类，这应是文学史上首次以“边塞”来命名一种诗歌类别。包含边塞诗在内的诗歌选录活动由此开启。《文苑英华》“边塞”之属收诗 53 首，以其

---

① 李昉等编：《文苑英华》第二册、第三册，中华书局 1966 年版。

原题呈现即为：《于北平作》（唐太宗）、《和边城秋气早》（李义府）、《冀北春望》（崔液）、《边愁》（崔湜）、《早春边城还归》（前人）、《塞外三首》（郑愔）、《边秋薄暮》（苏颋）、《送张判官赴河西》（王维）、《送元二使安西》（前人）、《送刘司直赴安西》（前人）、《辽西作》（崔颢）、《发临洮赴北庭留别》（岑参）、《碛西头送李判官入京》（前人）、《度碛》（前人）、《营州》（高适）、《凉州》（王之涣）、《边头作》（李端）、《过五原至饮马泉》（李益）、《塞北行次度破讷沙》（前人）、《上黄堆峰》（前人）、《送客还幽州》（前人）、《早发破讷沙》（前人）、《宿金河戍》（张震）、《边词》（张敬忠）、《边行书事》（李昌符）、《近无西耗》（李敬芳）、《送张司直往单于》（于鹄）、《边思》（杨衡）、《思游边友人》（贾岛）、《送友人游塞》（前人）、《塞上行作》（刘得仁）、《登临洮望萧关》（李昌符）、《送友人出塞》（姚鹄）、《边游》（项斯）、《边城写眺》（马戴）、《送友人边游回》（薛能）、《送李溟出塞》（前人）、《送友人出塞》（前人）、《回中作》（温庭筠）、《送人往北寒》（李频）、《代北言怀》（喻坦之）、《书边事二首》（张乔）、《送人游边》（郑谷）、《京西即事》（韩宗）、《边思》（周朴）、《边庭送别》（张蠙）、《登单于台》（前人）、《过萧关》（前人）、《蓟北书事》（前人）、《朔方书事》（前人）、《边夜》（罗隐）。①

从上面的诗目单可见，《文苑英华》中定位为“边塞”类的诗全是唐诗。可见其宽窄界定是有局限的。依照后世观念，《文苑英华》中整个“军旅”类140首诗大多也属于边塞诗。如“征伐”中的祖珽《从北征诗》：“翠旗临塞道，灵鼓出桑干。祁山敛雰雾，瀚海息波澜。戍亭秋雨急，关门朔气寒。方系单于颈，歌舞入长安”，即是典型的边塞诗。而被置于“边将”类别中的陈子昂的《送魏大

① 李昉等编：《文苑英华》第二册，目录第212—213页。

从军》："匈奴犹未灭，魏绛复从戎。怅别三河道，言追六郡雄。雁山横代北，狐塞接云中。勿使燕然上，惟留汉将功"，堪称边塞诗中的佳作。如是，"边塞"一类就非唐人所独有，当然唐诗是其中当之无愧的代表。

另外，在《文苑英华》的其他部分，有很多与"边塞"类在内容选材上非常相近，也属于后来意义上的边塞诗的作品。如卷一九六至二〇二乐府类诗中的《燕歌行》《将军行》《战城南》《塞上曲》《度关山》等，单看题名就知道是边塞诗中的常用古题。又如卷二九六至二九八中行迈类"奉使"诗，举一首唐权德舆《送张曹长工部大夫奉使西番》为例："殊邻覆露同，奉使小司空。西候车徒出，南台节印雄。吊祠将渥命，导驿畅皇风。故地山河在，新恩玉帛通。塞云凝废垒，关月照惊蓬。青史书归日，翻轻五利功。"也是典型的边塞诗。此外，是著在卷五〇一还录有"边塞策"类，对于理解这部类书在对"边塞"类别进行界定的时候有参考作用。

由此可见，《文苑英华》分类非常细琐，且其只将唐人一部分诗归为"边塞"类，后人认为具有边塞诗特色的，有很多均被归为他类。

（二）《唐文粹》专选边塞唐诗且唯取古体

《文苑英华》所收唐代作品最多，约占全书的十分之九。稍后，姚铉选录《文苑英华》中的唐人作品，编成《唐文粹》。姚铉（967—1020年），字宝之，庐州合肥（今安徽合肥）人，宋太宗太平兴国八年（983年）进士，仕至两浙路转运使，《宋史》卷四百四十一有传。《唐文粹》是他在两浙路转运使任上开始编纂的，经十年努力于大中祥符四年（1011年）完成了全书一百卷的选编工作。

《唐文粹》卷十二诗丙与卷十七上诗十一各选录诗33首、3首，归为"边塞"类。选录的诗作有：刘希夷《将军行》、张籍《将军行》、崔颢《霍将军》、王维《老将行》、李贺《雁门太守行》、刘长卿《从军行》六首、戎昱《塞上曲》、郎士元《塞下曲》、王季友《塞下曲》、刘湾《出塞曲》、高适《燕歌行》、王维《燕支行》与《陇头吟》、白居易《阴山道》、李白《胡无人》、释子兰《饮马长城窟》、张籍《关山月》、王翰《古长城吟》、鲍溶《长城作》、元稹《古筑城曲》五首、张籍《筑城词》、陆龟蒙《筑城词》二首、李颀《听董大弹胡笳声兼语弄寄房给事》（以上见卷十二）；张陵《虑思》、张谓《代北州老翁答》、崔颢《辽西》（以上见卷十七上）。

选诗全是唐诗，但通过比较却可以发现，其与《文苑英华》中的分类有所不同。如被姚铉归为“边塞”的刘希夷《将军行》，以及《塞上曲》、《燕歌行》等乐府旧题诗在《文苑英华》中都归在“乐府”类。

《唐文粹》选诗的特点，如《四库全书总目》所说的，“诗歌亦惟取古体，而五七言近体不录”。这一限定事实上对于诗歌的选录限制很大，对于边塞诗的选录影响也是明显的。因为以此标准，诸如王昌龄《出塞》等边塞诗中的名篇必不能见诸此著，这不能不说是一大问题。

（三）《乐府诗集》选编边塞诗并凝成乐府定题

继前两种文集后，郭茂倩编录《乐府诗集》则是专收古体诗歌的总集，收录了大量的边塞诗作品。

《乐府诗集》现存一百卷，是现存收集乐府歌辞最完备的一部，收存了汉朝、魏晋、南北朝民歌的精华，共5000多首。是著搜集广泛，各类有总序，每曲有题解，由郭茂倩编集。郭茂倩（1041—1099年），字德粲，北宋郓州须城（今山东东平）人，曾为河南府法曹参军。

《乐府诗集》根据乐府诗性质、用途、音乐形成、时代特点等把乐府诗分为十二大类：郊庙歌辞、鼓吹歌辞、相和歌辞、横吹歌辞、清商歌辞、燕射歌辞、琴曲歌辞、舞曲歌辞、近代曲辞、杂曲歌辞、新乐府歌辞和杂歌谣辞。其中的鼓吹歌辞、相和歌辞、横吹歌辞、琴曲歌辞、杂曲歌辞、新乐府歌辞等类别中都收存了大量边塞诗，而清商歌辞、近代曲辞等类别中也有少量边塞诗。经过笔者的考索，其中有“边塞”字眼的诗被选录的情况如下：唐代梁献《王昭君》（有句“泪点关山月，衣销边塞尘”）、唐末宋初郭元振《王昭君三首》其二（有句“厌践冰霜域，嗟为边塞人”）、唐代雍陶《明月照高楼》（“愿为边塞尘，因风委君颜”）均入“相和歌辞”；唐代李白《独不见》（有句“白马谁家子，黄龙边塞儿”）入“杂曲歌辞”；唐代欧阳詹《塞上行》（有句“骁雄已许将军用，边塞无劳天子忧”）、唐代曹松《塞上》（有句“边塞来处阔，今日复明朝”）均入“新乐府歌辞”。

另外，郭茂倩在评论曹植《白马篇》时也直接使用“边塞”这个词：

> 白马者，见乘白马而为此曲。言人当立功立事，尽力为国，不可念私也。《乐府解题》曰：“鲍照云：‘白马骍角弓。’沈约云：‘白马紫金鞍。’皆言边塞征战之事。”①

一些成为边塞诗创作固定题目的曲题，如《陇头水》《出塞》《入塞》《折杨柳》《望行人》《关山月》《度关山》《燕歌行》《从军行》《苦寒行》《饮马长城窟行》《胡无人行》《长歌行》等，都经由郭氏的总结归纳而成为边塞诗“命题”性创作的依据。

（四）《乐书》《分门纂类唐歌诗》亦有选录或论述

《乐书》是一部较早的规模较大的音乐百科全书，由陈旸编成。

① 郭茂倩编撰，聂世美、仓阳卿校点：《乐府诗集》，上海古籍出版社1998年版，第698页。

陈旸（1064—1128 年），字晋之，闽清县人。因其精于乐律，参加神宗至哲宗时“升之文馆”的《乐书》编纂，后主其事。该书 200 卷，目录 20 卷。这部音乐著作在《乐图论・诗中》云：“或在芳晨美景，反为穷冬凄怆之声；或人对嘉客欢娱，反作羁孤怨别之状；或歌采桑之曲，而诵山居即事之篇；或咏边塞愁苦之歌，而奏宴乐欢游之什”。[①] 表达愁苦之情的“边塞”类型成为了音乐的一种。众所周知，古代的诗歌与音乐有密切的关联，陈氏此论其实也就是将“边塞”作为诗歌类型的一种进行认识。

至于南宋，赵孟奎编选了一部规模宏大的诗歌总集《分门纂类唐歌诗》。该集专收唐诗，原有一百卷，共收录 1353 位诗人的 40791 首诗。此著按类分编，共有八大类——天地山川类（三十二卷）、朝会宫阙类（八卷）、经史诗集类（三卷）、城郭园庐类（二十卷）、仙释观寺类（十二卷）、服食器用类（十一卷）、兵师边塞类（二卷）、草木虫鱼类（十二卷），而每类下面再分小类。《分门纂类唐歌诗》以两卷篇幅选录“兵师边塞类”诗，由于此著只余残卷，具体选录情况不得而知。

（五）《瀛奎律髓》专选律诗并集宋代选评边塞诗之成

宋元之际，方回编选《瀛奎律髓》，评点唐宋律诗，其中专列“边塞类”。方回（1227—1306 年），字万里，号虚谷，徽州歙县（今属安徽）人，宋理宗景定三年（1262 年）别省登第，曾提领池阳茶盐，累迁知严州。宋亡仕元，后又有悔意。方回的人生跨越宋、元两代，但他及其著作应归入宋代[②]。原因有二：其一，方回生活

① 陈旸：《乐书・乐图论・诗中》卷一百六十，《文渊阁四库全书》本。

② 许多文学史将方回及其著作列入元代，近如饶龙隼编的《简明中国文学批评史教程》（上海大学出版社 2021 年版）将其归为“金元文学批评”之列。

的大部分时间在宋不在元，尽管他后来由宋入元，但时已年逾五旬，且其心理上有遗民倾向；其二，《瀛奎律髓》编成于宋亡不久的元至元二十年（1283 年），但却是一部“最早具有条件对宋诗作出整体观照”的“结果”① 性著作，其诗学思想偏向江西诗派但又能全面观照宋诗，也主要形成于宋代。故此，方回应被视为宋代诗论家，《瀛奎律髓》也应当作宋代著述。

《瀛奎律髓》是一部专选唐宋五七言律诗的诗歌总集，共有 49 卷，按作品题材分为 49 类，如登览、朝省、怀古、风土、升平、宦情、寄赠、迁谪等。全书计收 376 位唐宋诗人的五言、七言律诗 3014 首（其中有 22 首重出，故实为 2992 首），其中唐诗 1249 首、宋诗 1765 首。每卷中顺序是先五言、后七言，并以时代先后为次。因为广收唐宋诗歌，《瀛奎律髓》中也存录了大量边塞诗，对于边塞诗的文献保存与批评研究作出了卓越贡献。

第一，也是最为突出的是，《瀛奎律髓》有边塞诗的专题性存录。

此著在卷三十选五言诗 51 首、七言诗 11 首，定为一大类“边塞类”。其中所选录的作品，五言诗见表 1–2，七言诗如下：王建《赠索暹将军》，韩偓《老将》，刘长卿《献淮宁节度李相公》，张司业（张籍）《送李仆射赴镇凤翔》，向文简（向敏中）《偶吟遣怀》，胡文恭（胡宿）《飞将》，王荆公（王安石）《次韵元厚之平戎献捷》《和蔡副枢贺平戎庆捷》，王岐公（王珪）《依韵和元厚之内翰平羌》《依韵和蔡枢密岷洮恢复部落迎降》《闻种谔米脂川大捷》。

① 莫砺锋：《从〈瀛奎律髓〉看方回的宋诗观》，《唐宋诗歌论集》，凤凰出版社 2007 年版。

表 1-2 《瀛奎律髓》卷三十边塞类所收录五言诗表

作者	诗题	作者	诗题	作者	诗题
陈子昂	《和陆明甫赠将军重出塞》	岑参	《首秋轮台》	张籍	《没蕃故人》
沈佺期	《塞北》		《北庭作》	柳中庸	《愁怨》
骆宾王	《在军中赠先还知己》		《武威春暮闻宇文判官西使还已到晋昌》	郑鏦	《入塞曲》
杨巨源	《长城闻笛》	郎士元	《送杨中丞和蕃》	卢纶	《送都尉归边》
窦巩	《老将吟》		《送李将军赴定州》	崔颢	《赠梁州张都督》
窦庠	《夜行古战场》	卢象	《杂诗》	项斯	《边游》
徐照	《送翁灵舒游边》	贾岛	《赠王将军》		《边州客舍》
许棠	《塞外书事》		《送邹明府游灵武》	王建	《塞上逢故人》
耿湋	《入塞曲》	马戴	《塞下曲》	宋祁	《尹学士自濠梁移倅秦州》
顾非熊	《送李骑曹之武宁》	于鹄	《送客游边》	李商隐	《少将》
戎昱	《泾州观元戎出师》	杨凝	《从军行》	梅尧臣	《兵》
	《和蕃》	李宣远	《塞下》		《故原有战卒死而复苏来说当时事》
岑参	《轮台即事》	高适	《部落曲》		《拟王维观猎》
	《过酒泉忆杜陵别业》	僧惠崇	《塞上赠王太尉》	王操	《塞上》
	《奉陪封大夫宴时封公兼鸿胪卿》	僧宇昭	《塞上赠王太尉》		《游边上》
	《题金城临河驿楼》	张籍	《征西将》		《并州道中》
	《宿铁关西馆》		《渔阳将》	刘长卿	《和袁郎中破贼后军行过剡中山水谨上太尉》

第二，《瀛奎律髓》通过类别前的题解和具体作品的评点，对边塞诗进行了较为系统的阐发。

该著卷三十边塞类前有如下的题解：

征战守戍，大而将帅，小而卒伍，其情不同。《采薇》以遣之，《杕杜》以劳之，此周之诗然也。后世之边塞非古矣，从军有乐，问所从谁。六月于迈，言观其师。文人才士，类能言之。凡兵马射猎等，亦附此。①

这段文字堪称边塞诗研究的"纲领性文件"。在这篇序言中，方回指出，边塞类诗歌的创作缘由是，"征战守戍"因为有"情"待抒，表现对象是"大而将帅，小而卒伍"，上接的源头是《诗经》中的《采薇》《杕杜》篇，创作主体是"文人才士"，相关的内容有从军之乐、兵马射猎等。

而在具体的篇目中，《瀛奎律髓》也对边塞诗的一些特质有所认识。如评杨凝《从军行》（都尉出居延）"起句壮，末句悲老将不成功者也"；王建《赠索暹将军》有"老兵之常态也"，而其《塞上逢故人》"第五句最好，非边上则此句未为奇也"；等等。

《瀛奎律髓》有边塞诗的专列专论，具备了文献的保存和作品批评的双重价值。而且，这与《瀛奎律髓》对于古典诗歌研究的整体性价值是一致的。

第三，《瀛奎律髓》中第三十卷之外的其他多个板块中也收录了大量唐宋边塞诗，并进行了点评。

除了卷三十有边塞诗的专题，《瀛奎律髓》在其他的部分还散乱收入了很多边塞诗作。在送别类、忠愤类、远外类等多个类别中

① 方回著，李庆甲集注校点：《瀛奎律髓汇评》，上海古籍出版社 1986 年版，第 1303 页。

也收录保存了很多边塞诗作品，详见表 1–3。其中的“送别类”更是有相当数量的边塞诗，这反映了边塞诗与送别事件存在一定微妙的联系——这个论题颇有趣味和价值，后文将详述。

表 1–3　方回《瀛奎律髓》收边塞诗概况一览表

所在部分		时代		类型		类别总量
卷数	类别名	唐代	宋代	五言	七言	
三	怀古	2	1	2	1	3
四	风土	0	2	2	0	2
五	升平	1	1	0	2	2
六	宦情	1	1	1	1	1
十二	秋日	1	0	0	1	1
十四	晨朝	1	0	1	0	1
十五	暮夜	0	1	1	0	1
十六	节序	1	0	1	0	1
二一	雪	0	2	1	1	2
二二	月	2	0	2	0	2
二四	送别	13	22	18	17	35
二七	着题	3	3	3	3	6
二八	陵庙	1	0	0	1	1
三十	边塞	45	17	51	11	62
三二	忠愤	2	11	10	3	13
三八	远外	16	0	12	4	16
四二	寄赠	1	0	0	1	1
四三	迁谪	1	0	1	0	1
各列总量统计		91	61	106	46	152

应该认识到，方回对于唐宋律诗的分类，并非以严格的“非此即彼”的方式来分割，而是在不同类别有一定的兼容性。有的作品

可能属于他列出的几种不同类型，只因分布剪裁之故，才将其寄于某个类别之下。如姚合《送李侍御过夏州》一诗，《瀛奎律髓》选取并置于卷二四“送别类”，但在诗后的评点中方回又明确表示这首诗写出了边塞风光：“此诗以‘虏近少闲兵’一句能道边塞间难道之景，故取之。”① 足见方回本人也认为这首《送李侍御过夏州》，既属送别诗，又是边塞诗，只是暂寄在送别类之下了。

第四，专选律诗，故可与之前的专选古体和乐府的边塞诗文献互相补益。

宋代自《文苑英华》中提出了边塞诗这个类别，并通过选录作品对于边塞诗进行了界定。但《文苑英华》《唐文粹》《乐书》等，都只关注古体诗，对于唐代以后定型且甚具代表性的近体诗没有涉及，因而《瀛奎律髓》起到了弥补的作用。其中大量谈论诗律，如评价沈佺期《塞北》时说此诗“八韵十六句，无一句一字不工，唐律诗之祖也”，赞扬卢纶《送都尉归边》“诗律响亮整齐”等，在诗歌艺术史的评价方面更有独特的价值。

第五，选评边塞诗突破“唯唐”的限制，对宋代边塞诗给予了充分重视。

对于宋代边塞诗的重视，可以说是《瀛奎律髓》对之前边塞诗文献的最大突破。其卷三十专论中共计选宋代诗人 10 人，诗 17 首（其中五言 10 首、七言 7 首）。而在其他部分，又选了多家宋代诗人的 44 首边塞诗。这与《文苑英华》《唐文粹》是明显不同的。

方回对包括边塞类在内的宋诗给予了充分的重视。从编排顺序上看，唐、宋不同时代的作品偶有混排现象。徐照、僧惠崇、僧宇

---

① 方回著，李庆甲集注校点：《瀛奎律髓汇评》，上海古籍出版社 1986 年版，第 1054 页。

昭的作品都是混在唐人中间。徐照的《送翁灵舒游边》编排到了前面，纪昀即说其“误编于前”，或非如此。这也许表现出方回唐、宋诗并重的观念。而对于耿湋《入塞曲》中所表现的“将军带十围，重锦制戎衣。猿臂销弓力，虬须长剑威。首登平乐宴，新破大宛归。楼上姝姬笑，门前问客稀”，认为是“将帅富贵如此，然千百人无一人也”，似乎也是站在宋人常有的立场上说的话，因为崇文抑武的宋代，将帅鲜有富贵者。

方回的诗学观具有以下特点。一是边塞诗向来以唐代称盛，但方回独具匠心，选录了相当数量的宋代诗歌归入边塞类。由此可见其重视宋诗的倾向，反映出宋人有以边塞诗来与唐代“争胜”之念，也对宋诗突破唐诗范式、拓出新路有推动作用。二是对边塞诗的整体性研究有益，是边塞诗“唯唐论”的有力反动，对于考察边塞诗界定问题非常重要。这也更新了人们原有观念中的边塞诗歌，边塞诗不只是唐代甚至盛唐中写得好的一类诗，而是一种特定题材风格、几乎代有佳作的诗类。这也是边塞诗歌应有的待遇。三是为宋代边塞诗研究——边塞诗的断代研究提供了重要的参考。但是，《瀛奎律髓》只选律诗，而古体和近体中的绝句在边塞诗中占据了相当大的分量，故用律诗去选边塞诗，无疑会遗失很大部分。四是方回选诗，以平淡为标准，体现了宋诗的主导特色，讲求自然浑朴。但边塞题材常常要求审美风格崇高和悲美，因此这两者之间又存在了矛盾之处；而且偏好江西诗风，与边塞题材不契合。单就诗人而言，《瀛奎律髓》中选陆游最多，但边塞类中却一首未选入——实则陆游是创作边塞诗的大家，方回最推崇的诗人陈师道也没有作品入选边塞类。尽管宋代边塞诗成就斐然，但毕竟较之唐诗为弱。可见方回的认识是比较全面的。其有独特价值，也存在不足。

通过对宋人边塞诗观念的考察，不难发现：其一，宋人首先明确将“边塞”作为一个诗歌类别的名词来使用，并选取了属于该类别的具体作品。其二，宋代对诗歌分类细琐，使诗歌中的边塞类别独立而出的同时又被淹没。由于过分细致，“自立门户”的边塞类类型特征不够明显，划分标准模糊。其三，类别的界定标准并非统一，如“宦情”“怀古”是按写作内容，“乐府”是按照作品体式等。这就造成了一首作品可能同时属于几个类别。这是边塞诗类别从诞生之日起就存在的问题。边塞诗与军旅、征战、思怀乃至送别、寄赠有着密切的联系，很多类别有兼容性，不是说一首诗属于其中一种，就不再属于其他种类。其四，宋人未限定边塞诗只是唐诗。后世出现的“唯唐论”只是在研究中某个阶段认识上的偏差，以“约定俗成”作为界定标准有很大的局限性。

总之，疆域边界与边塞关隘是现实的存在，作为一个“召唤”的实体“期待”着在诗歌中得以呈现。军政制度与外交政策影响了不能独立于大环境而存在的诗人，也会对其笔下的文字产生作用。兵学研究与边塞诗观也与边塞诗词创作存在联系。无论“物”的外部环境，还是“人”的内在因素，边塞诗词都因特定的生态而产生。

第二章

北宋边塞诗词的创作主体

宋代诗人、词人众多，诗词作品数量巨大。这些作家中哪些算边塞作家，这些作品中哪些应为边塞诗词，两个问题并非相互印证，而是单向证明的关系。唯创作了相当数量并且有一定水平的边塞诗词的诗（词）人方可称为边塞作家。因此要考察边塞诗词的创作主体，首先从作品本身入手。作家的“身份”需由作品来认定。不妨形象地加以理解，从唐代杜甫边塞诗名作获得启示：“射人先射马”，诗词作品如同“马”，“射”中边塞作品之“马”，从“马”上“翻下来”的就是边塞作家。通过这一步，北宋近两百位有边塞诗词作品的作家，连同其一千二百余首作品，因为细琐的爬梳整理和综合的筛选认定，就从卷帙浩繁的文献中“浮出纸面”。然而，这一研究对象仍然比较庞大、难以把握。“擒贼先擒王”，考察北宋边塞诗词的创作主体，首要任务是找出创作数量最多、质量最高的若干代表性个体。进而由典型个体扩展到作家群体。对于群体，则切换视角，从横向、纵向等不同维度加以审视，从而对北宋边塞诗词创作主体形成准确可靠的认识。

第一节　群体构成与代际更替

北宋时期进行边塞诗、词创作的作家人数众多，且前后分布跨度很大。总数近两百人的边塞诗词创作主体，构成了一支在人员数量上不逊于唐代的作家队伍。若譬之为一支创作的“大军”，则其构成是：二十位“将帅”主导发展，三个“梯队”前后相继，四个“方阵”压住阵脚。

一、“将帅”：北宋的主要边塞作家

主要边塞作家的遴选，应当以实际的边塞诗词创作数量为主要条件，并将作品的思想艺术水准，如作品在同类作品中的代表性、在当时或后世的影响力与传播广度等作为重要的参考标准。此番考索颇有所获——范仲淹等二十家的边塞诗词创作数量最多、水平最高。他们是在这支创作“大军”中堪居“元帅”或“大将”地位者。若凭此撰一部北宋边塞诗词史，此二十家当是“世家”，余众如柳开、寇准等当为“列传”①。北宋主要边塞作家之简历如下：

范仲淹（989—1052 年），字希文，苏州人（其先居邠州，后徙家江南，遂为苏州吴县人）。太宗端拱二年（989 年）生，仁宗皇祐四年（1052 年）卒，仕真宗、仁宗二朝。真宗大中祥符八年（1015 年）举进士。康定元年（1040 年），复天章阁待制，知永兴军，未至永兴而改陕西都转运使，又迁龙图阁直学士，与韩琦同任陕西经略安抚招讨副使（时夏竦为陕西经略安抚招讨使）、同管勾

① 肖鹏的《宋词通史》（凤凰出版社 2013 年版）仿《史记》体例，按照各人在宋词史上的贡献和地位，选出“世家”“列传”若干，而“本纪”专以计因某一个或几个帝王在位而形成的历史分期。

都部署司事。后迁户部郎中，代替张存兼知延州。仲淹取“屯田久守”方针，巩固西北边防，奏请修筑承平、永平等要塞，改十二座旧要塞建而为城，便于流民回归。主张守而不攻，因与元昊通信贬为户部员外郎、知耀州，职如故。改知庆州，兼环庆路都部署司事。主持修筑大顺城，修葺细腰、胡芦等军寨。庆历元年（1041年）朝廷分陕西为四路，仲淹帅环庆。庆历二年（1042年）连上三表坚辞邠州观察使之任命。后加枢密直学士、右谏议大夫，任鄜延路都部署、经略安抚招讨使。庆历三年（1043年）与韩琦同除枢密副使，旋拜参知政事，主持新政，次年出守，罢参政，改资政殿学士、知邠州，兼陕西四路缘边安抚使。皇祐四年（1052年），卒于徐州，谥号文正。曾授狄青以《春秋左传》，勉张载以《中庸》。《宋史》卷三百一十四有传，文集为《范文正公集》。范仲淹主要身份是帅臣诗人①，其边塞作品大约有诗16首、词1首，代表作有诗《城大顺回道中作》《依韵答梁坚运判见寄》，词《渔家傲》（塞下秋来风景异）等。

宋祁（998—1061年），字子京，祖籍雍丘（今河南省民权县）。真宗咸平元年（998年）生，仁宗嘉祐六年（1061年）卒，仕仁宗朝。天圣二年（1024年）与其兄宋庠同举进士，累官知制诰、工部尚书、翰林学士承旨，卒谥景文。于仁宗景祐三年（1036年）为生辰使出使契丹。《宋史》卷二百八十四《宋庠传》附有传，文集为《景文集》。宋祁主要的身份是使臣诗人，其边塞作品有诗30余首，代表作有《尹学士自濠梁移倅秦州》，该诗被方回《瀛奎律髓》收入“边塞类”。

---

① 肖鹏的《宋词通史》（凤凰出版社2013年版）以范仲淹为帅守词人的代表，本书采用“帅臣诗人”。

梅尧臣（1002—1060 年），字圣俞，宣州宣城（今属安徽）人。因籍贯宣城古称宛陵，故称宛陵先生。真宗咸平五年（1002 年）生，嘉祐五年（1060 年）卒，仕仁宗朝。梅尧臣是曾任陕西转运使、枢密直学士知并州梅询之从子。屡试不第，皇祐三年（1051 年）仁宗召试，赐同进士出身。为太常博士，历镇安军节度判官，累迁国子监直讲、尚书都官员外郎，世称“梅直讲”“梅都官”。曾注《孙子》十三篇。《宋史》卷四百四十三《文苑五》有传，文集为《宛陵集》。梅尧臣主要的身份是文士诗人，是北宋创作边塞诗最多的诗人之一，作品约有 81 首，代表作有《兵》《故原有战卒死而复苏来说当时事》《拟王维观猎》，此几篇均被方回《瀛奎律髓》收入“边塞类”，另有《故原战》等。

欧阳修（1007—1072 年），字永叔，号醉翁、六一居士，吉州永丰（今江西省吉安市永丰县）人。因吉州原属庐陵郡，故有“庐陵”之称。真宗景德四年（1007 年）生，神宗熙宁五年（1072 年）卒，主要仕仁、英、神三朝。天圣八年（1030 年）举进士。官至翰林学士、枢密副使、参知政事，谥号文忠。宝元二年（1039 年）权武成军节度判官厅公事。康定间辞不就范仲淹掌书记之辟。庆历中与范仲淹、富弼等主持新政。庆历四年（1044 年）押伴契丹贺生辰人使御筵于都亭驿，使河东，除龙图阁直学士、河北都转运按察使。至和二年（1055 年）假右谏议大夫充贺契丹国母生辰使，会虏主殂，改充贺登位国信使。嘉祐元年（1056 年）使还，进《北使语录》。二年（1057 年）被差押伴契丹贺正旦人使御筵于都亭驿。五年（1060 年）拜枢密副使，六年（1061 年）拜参知政事，后又任刑部尚书、兵部尚书，充京东东路安抚使等。《宋史》卷三百一十九有传，文集为《欧阳文忠公集》。欧阳修主要身份是使臣诗人，其边塞作品约有诗 32 首、词 1 首。代表作有《边户》及奉使组诗等。

韩琦（1008—1075年），字稚圭，自号赣叟，相州安阳（今河南安阳）人。真宗大中祥符元年（1008年）生，神宗熙宁八年（1075年）卒，谥忠献。天圣五年（1027年）举进士，主要仕仁、英、神三朝。宝元元年（1038年）以太常少卿、昭文馆直学士充北朝正旦国信使。二年（1039年）被任为益、利两路体量安抚使。康定元年（1040年）与范仲淹同任陕西经略安抚招讨副使（时夏竦为陕西经略安抚招讨使）。主持泾原路，对待西夏策略上持主攻策，与范仲淹不同。好水川之败后，贬为右司谏、知秦州。后与范仲淹屯驻泾州（今甘肃泾川），同心共守西陲。庆历三年（1043年）与范同除枢密副使。又受命宣抚陕西。七年（1047年）为京西路安抚使。皇祐五年（1053年）以武康军节度使徙知并州（今山西太原）。嘉祐元年（1056年）召还为三司使，后拜枢密使。三年（1058年）拜中书门下平章事、集贤殿大学士，后迁昭文馆大学士、监修国史。英宗治平元年（1064年）进右仆射，封魏国公。《宋史》卷三百一十二有传，文集为《安阳集》。韩琦身份比较复杂，既为边帅，又曾为使节，还是历相三朝的重臣，但主要可视其为帅守诗人。其边塞诗约有36首，代表作有《寄题广信军四望亭》《过故关》等。

苏舜钦（1008—1049年），字子美，祖籍梓州铜山（今四川中江），曾祖时迁至开封（今属河南）。真宗大中祥符元年（1008年）生，仁宗庆历八年十二月（公元已入1049年）卒，在仁宗朝沉沦下僚或闲居，景祐元年（1034年）进士，曾任县令、大理评事、集贤殿校理等。《宋史》卷四百四十二《文苑四》有传，文集为《苏学士文集》。苏舜钦主要身份是文士诗人。其边塞诗约有12首，代表作如《庆州败》及与其兄苏舜元联吟而成的《瓦亭联句》等。

刘敞（1019—1068年），字原父（甫），临江新喻荻斜（今属江西樟树）人，史学家、经学家。真宗天禧三年（1019年）生，神宗熙宁元年（1068年）卒。主要仕仁宗朝。庆历六年（1046年）与弟刘攽同科进士（合称“二刘”）。至和二年（1055年）奉使契丹，因丰厚学识为辽人敬服，在彼一年而还京。迁起居舍人，知郓州（今山东东平县），兼京东西路安抚使。主动请命，遂以翰林学士充永兴军路安抚使，兼知永兴军府事。嘉祐八年（1063年）八月奉召还朝，判三班院，徙判太常寺。《宋史》卷三百一十九有传，文集为《公是集》。刘敞主要身份为使臣诗人。其边塞诗大约有45首，代表作有《初出古北口大风》等。

司马光（1019—1086年），字君实，号迂叟，陕州夏县（今山西夏县）涑水乡人，文学家、史学家，世称涑水先生。真宗天禧三年（1019年）生，哲宗元祐元年（1086年）卒，历仕仁、英、神、哲四朝，卒赠太师、温国公，谥文正。宝元元年（1038年）举进士，至和二年（1055年）随庞籍在河东路任职，通判并州，主持建堡垒制夏人。神宗熙宁三年（1070年）擢枢密副使，光以不通财务、不习军旅为由坚辞，后以端明殿学士知永兴军。哲宗年间拜相。《宋史》卷三百三十六有传，文集为《温国文正司马公文集》。司马光主要身份为朝臣诗人，其边塞诗约有32首，代表作如《塞上》等。

苏颂（1020—1101年），字子容，原籍福建泉州府同安县（今属厦门市同安区）人，后徙居润州丹阳（今镇江），天文学家、天文机械制造家、药物学家。真宗天禧四年（1020年）生，徽宗建中靖国元年（1101年）卒，年八十二，为高寿诗人。主要仕仁、英、神、哲四朝，累封赵郡公，卒后追赠司空，后追封魏国公，理宗时追谥正简。庆历二年（1042年）举进士。官至刑部尚书、吏部尚书。英宗治平四年（1067年）任辽朝使臣的伴送使；熙宁元年（1068年）又任贺辽太后生辰使，出使辽朝；二年（1069年）复任辽朝贺生辰伴使；十年（1077年）再任贺辽主生辰使。元丰五年（1082年），他又一次任辽贺正馆伴使。奉使期间十分注重了解辽之政治制度、经济实力、军事设施、山川地理、风俗民情、外交礼仪等。两次使辽，他写下《前使辽诗》和《后使辽诗》，记录出使的路线和所见所闻。元丰三年（1080年）知沧州。六年（1083年）编成《鲁卫信录》，保存了大量宋辽间的交往史料。《宋史》卷三百四十有传，文集为《苏魏公文集》。苏颂主要身份是使节诗人，其边塞诗约有27首，代表作有《虏中纪事》等。

王安石（1021—1086年），字介甫，号半山，临川（今江西抚州市临川区）人。真宗天禧五年（1021年）生，哲宗元祐元年（1086年）卒，主要仕仁、英、神三朝。卒赠太傅，谥号文。仁宗庆历二年（1042年）举进士。嘉祐四年（1059年）十、十一月，任陪伴使护送辽国使臣至宋辽边界处，单程十八天，来回需月余；五年（1060年）、六年（1061年）有机会使辽而未行，作《尹村道中》；八年（1063年）春四月出使辽国，有《奉使诗录》。神宗时两度拜相，主持变法。《宋史》卷三百二十七有传，文集为《临川先生文集》。王安石的身份比较复杂，先有出使经历，后又成为朝廷重臣，可归入使节诗人。其边塞诗约有38首，代表作有《和蔡副枢贺平戎庆捷》《次韵元厚之平戎庆捷》，被方回《瀛奎律髓》收入“边塞类”。

强至（1022—1076年），字几圣，杭州（今属浙江）人。真宗乾兴元年（1022年）生，神宗熙宁九年（1076年）卒。主要在仁、英、神朝沉沦下僚。仁宗庆历六年（1046年）进士，充泗州司理参军，历官浦江、东阳、元城令。英宗治平四年（1067年）为韩琦聘为主管机宜文字，后在陕西幕府六年。《宋史》无其传记，有文集《祠部集》。强至主要身份是文士诗人，有边地生活经历，边塞诗约有 13 首，代表作为《送刘嗣复都官赴辟秦州幕府四首》等。

刘攽（1023—1089 年），字贡夫（父）、赣父，号公非，临江新喻荻斜（今属江西樟树）人，刘敞弟，史学家。宋真宗乾兴二年（1023 年）生，哲宗元祐四年（1089 年）卒。主要仕仁、英、神三朝。与兄敞同举仁宗庆历六年（1046 年）进士。《宋史》卷三百一十九《刘敞传》附有传，文集为《彭城集》。刘攽是朝臣诗人，边塞诗约有 20 首，代表作为《寄韩庆州》等。

沈遘（1025—1067 年），字文通，杭州钱塘（今浙江杭州）人，沈括从侄。宋仁宗天圣三年（1025 年）生，英宗治平四年（1067 年）卒。皇祐元年（1049 年）举进士。曾除集贤校理、迁龙图阁直学士、拜翰林学士。嘉祐四年（1059 年）出使契丹。《宋史》卷三百三十一有传，著有《西溪集》。边塞诗约有 20 首，代表作为《和王微之渔阳图》等。

范纯仁（1027—1101 年），字尧夫，谥忠宣，范仲淹次子。仁宗天圣五年（1027 年）生，徽宗建中靖国元年（1101 年）卒，主要仕英、神、哲三朝。皇祐元年（1049 年）进士。历京西提点刑狱、京西陕西转运副使。神宗时拜兵部员外郎，后历成都路转运使、加龙图阁知庆州、知信阳军。哲宗时复龙图阁知庆州，后同知枢密院事，拜尚书右仆射兼中书侍郎，后贬武安军节度副使等。《宋史》卷三百一十四《范仲淹传》后附有传，文集为《范忠宣集》。范纯仁既曾任边地守臣，又是朝廷重臣，可归为帅守诗人，其边塞诗约有 42 首，代表作为《酬王定国》等。

苏轼（1037—1101 年），字子瞻，又字和仲，号东坡居士，眉州眉山（今属四川省眉山市）人，祖籍栾城。高宗时追赠太师，谥号文忠。生于仁宗景祐三年十二月（入 1037 年），卒于徽宗建中靖国元年（1101 年），主要仕仁、英、神、哲四朝。嘉祐二年（1057 年）与弟苏辙同举进士。六年（1061 年）授大理评事、签书凤翔府判官。神宗时曾在凤翔、密州等地任职。哲宗时为翰林学士、侍读学士、礼部尚书等职，出知定州等地。《宋史》卷三百三十八有传，文集为《东坡集》。苏轼有边地任职经历，其边塞作品，诗约有 42 首，词 4 首，数量大致居于北宋前三位。代表作有诗《闻捷》，词有《江城子·密州出猎》《调笑令》（归雁）等。

苏辙（1039—1112 年），字子由，晚号颍滨遗老，眉州眉山（今属四川）人，苏轼弟。南宋绍兴间获赠太师，封魏国公，淳熙间又追谥文定。生于仁宗宝元二年（1039 年），卒于徽宗政和二年（1112 年），经仕仁、英、神、哲、徽朝。嘉祐二年（1057 年）与兄苏轼同举进士。神宗时有针对西夏请城之议。哲宗元祐四年（1089 年）与刑部侍郎赵君锡为贺辽主生辰国信使。《宋史》卷三百三十九有传，文集为《栾城集》。苏辙主要是使节诗人，其边塞诗约有 30 首，代表作为《奉使契丹二十八首》。

彭汝砺（1041—1095 年），字器资，饶州鄱阳（今江西鄱阳）人，祖籍袁州。生于仁宗康定二年（1041 年），卒于哲宗绍圣二年（1095 年），历仁、英、神、哲几朝。英宗治平二年（1065 年）乙巳科状元。历保信军推官、武安军掌书记、潭州军事推官。入权兵部侍郎。元祐六年（1091 年）为贺辽主生辰使。《宋史》卷三百四十六有传，文集为《鄱阳集》。彭汝砺主要作为使节诗人名列边塞作家群中，其边塞诗约有 28 首，代表作为《过右北平》等。

黄庭坚（1045—1105 年），字鲁直，号山谷道人，晚号涪翁，洪州分宁（今江西修水县）人。庆历五年（1045 年）生，徽宗崇宁四年（1105 年）卒。治平四年（1067 年）举进士，曾签书宁国军判官。《宋史》卷四百四十四《文苑六》有载，文集为《山谷集》。黄庭坚是文士诗人，其边塞作品约有诗 22 首，词 2 首，代表作为《送范德孺知庆州》等。

李复（1052—？年），字履中，被称潏水先生，本籍开封，又云长安人[①]。元丰二年（1079 年）进士。元符二年（1099 年），以朝散郎管勾熙河路经略安抚司机宜文字。徽宗崇宁初，迁直秘阁、熙河转运使，四年（1105 年）改知冀州，后除河东转运副使。靖康、建炎间死于金寇。《宋元学案》卷三一《吕范诸儒学案》有传。文集为《潏水集》。李复有边塞诗约 15 首。

晁说之（1059—1129 年），字以道、伯以，自号景迂生，钜野（今属山东）人。生于宋仁宗嘉祐四年（1059 年），卒于高宗建炎三年（1129 年）。元丰五年（1082 年）举进士，被称为苏（轼）门学士之一。文集为《嵩山景迂生集》。晁说之是文士诗人，边塞诗有约 14 首。

以上二十位作家构成了这一时期边塞诗词创作的主体，可以视为一份“点将录”。这份“点将录”的形成主要遵循以下原则：

其一，甄选了作家信息。除了稍显赘余地介绍各位作家的基本信息外，重点是对各位作家涉及军事、边防的任职经历的关注和梳理。这些履历与其边塞诗词创作有内在关联，可视为各人写作前的心理层面的准备。以其为纲梳理他们的生平事迹，正是对于这些诗人作家人生体验的概观。而对各家进行汇总，也会发现一定的共性。

① 黄宗羲：《宋元学案》，《黄宗羲全集》第四册，浙江古籍出版社 1992 年版，第 388 页。

其二，精选了“首席作家”。以上所举二十家是北宋边塞诗词创作数量最多的，他们的作品总数逾六百二十首，占据了总量的半数以上。其中居于首位的是范仲淹。法国作家罗曼·罗兰撰写《名人传》，由三位艺术家组成，而“把首席给予坚强与纯洁的贝多芬”，大概源自传主所富有的在遭受磨难中所呈现出来的“英雄气息”、激情的饱满程度[①]。由此，北宋边塞诗词创作主体的“点将录”理应把“首席”给予忧国忧民、“将军白发”的范仲淹。

其三，斟酌了作家序列。对范仲淹的评定是对时间先后和作品数量衡定综合考虑的结果，也是对他在北宋时期边塞作家转型历程中贡献的彰显。整个序列也是依此标准。范氏之后，诸人分布于北宋不同时段，在边塞诗词发展的各个阶段均有代表，也基本契合了宋代文学的发展进程。如梅尧臣、苏舜钦是宋诗特色化进程中有代表意义的诗人，欧阳修是诗文革新的主将，司马光、王安石既为名相又是文学家，而苏轼更是北宋一代文学的杰出代表。

此外，在认识北宋边塞诗词的创作成就时，要注意到其与宋诗、宋词总体创作上成就大小并不一致。并非大作家的边塞作品就写得好，小作家就一定水平不济。如作为江西诗派“三宗”之一的陈师道就极少进行边塞诗创作，词坛上有重要地位的晏殊也未着意于边塞词。但李师中这样的小作家，却创作了词佳情真的边塞诗作，如《韩魏公席上作》云：“愿得貔貅十万兵，西戎巢穴一时平。归来不用封侯印，只问君王乞爱卿”，自然流畅而又豪气干云，有唐代边塞诗的气魄。此诗用词平易，在用典较多且密集的宋诗中较为难得。

---

① 汪洪章：《比较文学与欧美文学研究》，学林出版社 2004 年版。

二、"梯队"：北宋边塞作家的代群

"梯队"本是军事用语，后来也被借来形容人力资源前后相继的构成单元。现代汉语中，梯队大概指军队战斗或行军时按任务和行动顺序划分的部分。北宋边塞诗词作家人员众多，集体构成了一支边塞诗词创作的雄师。而以群体的视角来考察，按照年辈和主要生活的历史时期划分，北宋边塞诗词作家的二十位主要诗人可以归为前后相继的三个"梯队"。

（一）帅守作家为中心的第一梯队

第一组是范仲淹、宋祁、梅尧臣、欧阳修、苏舜钦。他们主要的生活、创作时期在宋初的太宗、真宗、仁宗时期，是北宋边塞诗人中的第一代。其中出生于太宗端拱初年的范仲淹年辈最高，他较排在最后的苏舜钦年长近二十岁，从辈分上已跨越一代。这一组"上将"中，边地帅臣的身份是最鲜明的，范仲淹、韩琦在整个有宋一代都赫赫有名，成为宋廷抵御外敌的标杆性人物——"军中有一韩，西贼闻之心骨寒；军中有一范，西贼闻之惊破胆"。他们后来或也成为朝廷重臣，甚至书写了政治生涯中更为辉煌的笔墨（如范仲淹主持庆历新政，韩琦仕三朝、身居高位），但其仕途是以经略边疆、建立战功为跃进的资本的（范、韩二人都是曾因军功被仁宗拟擢观察使的高衔，又都由边帅回朝拜枢密副使，进而改作参政，成为皇帝最倚重的宰执）。正如后来的黄庭坚在寄赠仲淹少子范纯粹（字德孺）的诗中写到的，"乃翁知国如知兵，塞垣草木识威名""平生端有活国计，百不一试薶九京"（《送范德孺知庆州》），他们首先通过"知兵"来"活国"，进而获得了"知国"的机遇。

北宋前期，宋廷面临辽、夏两方面的威胁，战争主题主导了边塞诗词创作正契合第一梯队的基本情况。属于第一组的，其他比较重要的诗人有：徐铉、田锡、张咏、柳开、向敏中、王禹偁、寇准、杨亿、夏竦、范雍、宋庠、胡宿、余靖、尹洙、石介、祖无择、文彦博、张方平、蔡襄等。第一梯队中的作家，大部分都有亲至边地的经历，其中还有很多人曾作为边帅或者守臣较长时间在边疆地区任职、生活。如夏竦、范雍、范仲淹、韩琦是仁宗朝对西夏作战的重要帅臣。张咏曾于淳化五年（994 年）至咸平元年（998 年）、咸平六年（1003 年）至景德三年（1006 年）知益州；柳开则先后知贝州、桂州、邠州、邢州、代州等；向敏中先后知京兆府、延安府；寇准先后知同州、凤翔府、陕州、大名府、京兆府、相州等。而宋祁、欧阳修等人有出使经历。

（二）使臣作家为主导的第二梯队

第二组创作主体主要是使臣，刘敞、苏颂、王安石、沈遘都曾为使节。其次是边疆帅守和有幕府经历的文士。这与宋夏战争自仁宗后期随着夏主元昊的去世而稍缓和、神宗时重开争端的情况契合。这一时期战事稍歇，以友好相处的气氛为主。这一时间段中边塞诗创作的主要缘起是出使外邦，可以说“和平”是主题。

第二梯队末位的范纯仁是第一梯队范仲淹之子。父子自然是两代人，而为父的文正公和为子的忠宣公恰好分居两组的首席和末位。属于第二组的其他比较重要的诗人有曾巩、王珪、郑獬、张舜民、徐积、沈括、沈辽等，大多有出使经历。如王珪于仁宗皇祐三年（1051 年）以太常博士、直集贤院同修起居注衔充贺契丹正旦使；刘敞于仁宗至和元年（1054 年）为契丹国母生辰使；沈遘于仁宗嘉祐四年（1059 年）以太常博士、集贤校理、判理欠凭由司为契丹正旦使；王安石于嘉祐八年（1063 年）春使辽；郑獬于嘉祐七年（1062 年）以右司谏、直集贤院、同修起居注使辽；陈襄于治平四年（1067 年）神宗即位时以开封府推官、盐铁判官充皇帝登宝位告北朝皇太后国信使；苏颂于神宗熙宁元年（1068年）为使赴辽贺生辰、正旦；刘挚于神宗元丰五年（1082年）以朝奉郎守礼部郎中为贺辽主正旦使；等等。

（三）文士作家为主体的第三梯队

第三梯队的作家以不同于前两组的文士为主。这一组中之人与前两组有密切的联系，考察他们之间的联系，有助于把握整个脉络。第三梯队的首席是苏轼，他在整个边塞作家代群中有特殊的位置，是认清三代作家前后相继的关键人物。第一，苏轼以第一代作家为师为长。第一梯队首席范仲淹是苏轼敬仰的前辈，苏轼曾以平生未能得见范仲淹而为遗憾①。苏轼与第一代中的欧阳修，有师生之谊，但二人年龄相差三十岁。欧氏在第一代中属于较晚的，因此他的门生苏轼成长为领袖时，就绵延至第三代了。第二，苏轼与第二代作家年辈相仿而稍晚。范仲淹之子范纯仁是第二梯队的殿军、与苏轼在代群中的位置接近。第三，第三代中诸君均为苏轼的弟子晚辈。其中，位列苏门学士之一、而年纪较大的诗人黄庭坚在第三梯队中位列中间。晁家兄弟多出于苏轼门下，年纪较轻的晁说之居于边塞作家“点将录”的最末位。第三梯队中的作家主要生活在北宋后期。

这一组作家以文士为主。其中只有苏轼曾在定州等边疆州郡任职，苏辙、彭汝砺曾为使臣，其他大部分人的主要身份都是普通的文士，相比前两代人，政治地位不高。北宋后期（尤其是徽宗朝）

---

① 苏轼《范文正公文集叙》中说他早年求学时读到石介的《庆历圣德诗》，仰慕“四贤”盛名，后来举进士得入门欧阳修，并“因公以识韩、富”，唯至范仲淹去世而未能得见，“得其为人，盖十有五年，而不一见其面，岂非命也欤”“恨予不识范文正公”。后世即有所谓“苏轼私识范仲淹”之说。

诗人政治地位普遍下降，而创作趋于保守。这种情况在边塞诗词中也有体现。

属于第三梯队的其他重要的诗人有：毕仲游、孔武仲、孔平仲、贺铸、晁补之、陈师道、杨时、张耒、李之仪、宗泽、李廌、唐庚、苏过、吴则礼、叶梦得等。

当然，边塞作家三个梯队的划分并非严密无误地把作家群进行简单机械的割裂，只是大致梳理了传承发展的脉络。通常，后面一个梯队中年纪较长者在上一个时代已有所成就，年辈较晚者也有的进入下一时代。这与北宋三大文人集团中成员的"文学群体，代代相沿，成一系列：前一集团都为后一集团培养了盟主，后一集团的领袖都是前一集团的骨干成员"[①]颇为契合。正是因为有这样的薪火相传，北宋边塞诗词才得以开拓创新，走出了自己的道路。

三、"方阵"：北宋边塞作家籍贯地

对于诗词作家，不仅要在横向的群体维度中了解其位置，从纵向的世代中观察其地位，也应该从其出生、生活的地理位置中加以认识。对于北宋边塞作家进行占籍考，是符合诗词学研究传统的[②]。

以二十家边塞作家将帅为对象进行考论，回到地理场域中观察，各家的籍贯是此项考察的主要依据，同时兼顾其他因素。如范仲淹祖籍西北，籍贯苏州，但却成长于齐鲁之地，仍以其为苏州

① 王水照：《北宋三大文人集团》，上海古籍出版社 2021 年版，第 2—3 页。

② 如词学家唐圭璋研究宋代词人，就从文献的角度进行两宋词人占籍考。参见唐圭璋：《词学论丛》，上海古籍出版社 1986 年版。

人。其子范纯仁亦然。又如苏颂本籍泉州，后来迁徙到润州，由此可以归入“江南方阵”。

北宋主要边塞作家组成了四个方阵，分别为：

其一为北方方阵，共5人：宋祁，祖籍雍丘（今河南省民权县）；韩琦，相州安阳（今河南安阳）人；司马光，陕州夏县（今山西夏县）涑水乡人；李复，本籍开封；晁说之，钜野（今属山东）人。

其二为江南方阵，共6人：范仲淹、范纯仁父子，苏州人；梅尧臣，宣州宣城（今属安徽）人；苏颂，居润州丹阳；强至，杭州（今属浙江）人；沈遘，杭州钱塘（今浙江杭州）人。

其三为江西方阵，共6人：欧阳修，吉州永丰（今江西省吉安市永丰县）人；王安石，临川（今江西抚州市临川区）人；刘敞、刘攽兄弟，临江新喻荻斜（今属江西樟树）人；彭汝砺，饶州鄱阳（今江西鄱阳）人；黄庭坚，洪州分宁（今江西修水县）人。

其四为西川方阵，共3人：苏舜钦，祖籍梓州铜山（今四川中江）；苏轼、苏辙兄弟，眉州眉山人。

历史地理的研究是有价值的，因为不同籍贯和生活地点的作家对于边塞客观风貌的体会和想象是有差异的。范仲淹大部分时间生活在内陆，忽至边关才容易触发“风景异”的感叹。苏轼首次至于临近北边、迥乎江南等地的密州，才抒发出“聊发少年狂”的感情。南宋时代，辛弃疾、陆游同为深负爱国情怀的词人，故乡一个远在沦于敌手的齐鲁，一个在临近边地的江南，词作对故乡情感的表达就有所差异。因此，考察“方阵”，实为探求北宋边塞诗词的地理内涵。

如图 2–1 所示，其中虚心圆为单个作家籍贯地、实心圆为多个作家籍贯地。

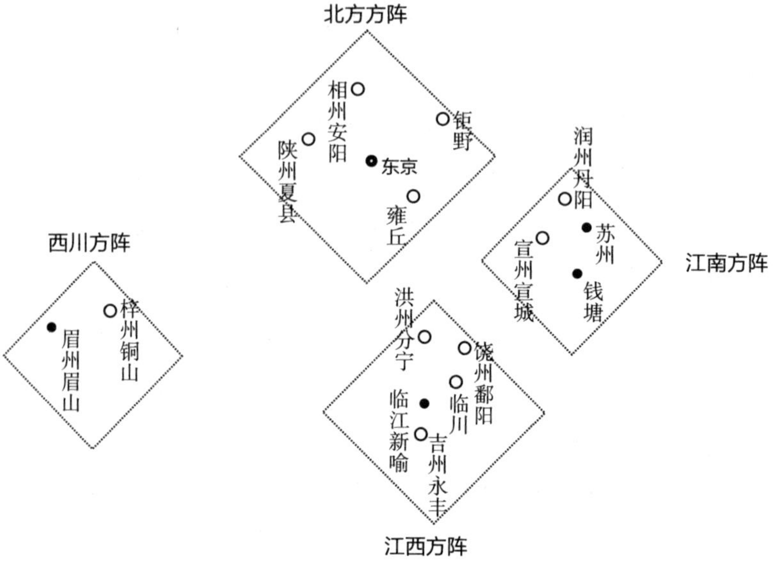

图 2-1　北宋主要边塞作家“方阵”示意图

第二节　诗词酬赠与作家聚合

一、边塞“诗派”何以论

传统的认识中“边塞诗派”特指盛唐以高适、岑参等为代表的边塞诗人群体。当然，这种对创作主体的派系认定基本上不是当时人的约定或有意识的聚合，而更多的来自于后人的评定。

后世多认为宋代边塞诗佳作不多，宋代的边塞诗人更谈不上形成边塞诗派。“宋代边塞作品的作家也远比唐代要少。宋代虽有陆游、辛弃疾这样写作边塞诗词的作家，但与唐代高适、岑参等边塞诗大家相比，不管是量还是质，都有不小的距离。许多作家写边塞，仅是偶一为之。况且，宋代一些写作边塞诗词的作家虽然互相来往，却从未形成类似盛唐边塞诗派这样的创作群体。”[①]此论充分肯定唐代边塞文学，认为边塞诗创作成就总体上宋不如唐，是基本合理的。但认为宋代边塞作家呈现散乱状态、未形成群体的看法却有待商榷。

“宋代边塞诗派”的说法也并非没有。如“寇准表现出超人的胆魄和眼光。他与那位小老弟范仲淹经略西北，出入军旅，完全有可能再造宋代的边塞诗派，引领曲子词的悲壮苍凉”[②]，虽是文艺式的表达，但提出了宋代边塞诗派产生的可能性。“范仲淹词作宏大开阔，沉郁苍凉，开创了宋代的边塞诗派”[③]的论述，则明确地认定了“诗派”。

客观中和地看，北宋的边塞诗较唐诗确实相形见绌。如果认为北宋边塞词胜过唐边塞词，又是不公允的，因为词在唐代还是初兴的历史阶段。其实，这与唐诗在前的优势属于同样的问题。以历史的眼光看待，可以进行唐、宋的比较，但强论优劣高下则不可取。因此，宋代的边塞诗词论“派”，不如论“群”。无论“宋夏战事诗作家群”[④]，还是将使辽诗人作为一个群体来进行考察[⑤]等，都从作家群体的视角来考察宋代边塞诗词，思路是有益的。“流派”的认定见仁见智，但群体的存在是比较客观的。北宋边塞作家的“群”，无论纵向上的代群，还是横向上的交流群，都是作家聚合的表现。

① 葛培岭、余义芳：《唐代边塞诗论》，河南省社科规划项目报告书，2004年。原文略有文字舛误，已改。

② 肖鹏：《宋词通史》，凤凰出版社2013年版，第79页。

③ 李伟权、李时、关莹编著：《艺术鉴赏》，清华大学出版社2013年版，第11页。

④ 张廷杰：《宋夏战事诗研究》，甘肃文化出版社2002年版，第46页。

⑤ 参见张高评：《自成一家与宋诗宗风——兼论唐宋诗之异同》，万卷楼图书股份有限公司2004年版。

二、创作困境同遭遇

边塞作家之群聚，得之于某种“同频共振”，即对于诗词创作的自觉。宋代“体验诗学”有两个突出的主题：“一是‘穷而后工’，强调社会经历对诗人的玉成；二是‘江山之助’，重视自然世界对诗人的激发。”① 边塞诗中，“江山之助”的特点是显而易见的。因为边地独特的自然风光、地理物候通过对创作主体进行刺激，直接诱发了边塞诗词创作，也成为创作的第一素材。然而，要认识宋代边塞诗中的“穷而后工”，就需要我们进行深入分析，进而认识这一时期作家们所面临边塞诗歌共同的创作困境。

宋诗面临边塞题材创作的困境必须寻求突破。由于边塞题材是唐诗的代表性题材之一，唐代边塞诗尤其是盛唐边塞诗成就辉煌，几乎成为了边塞诗类型的代表。那么边塞题材之于宋诗，就成为创新的“瓶颈选题”。这种创新的困境，恰如宋诗中著名的论题——“诗穷而后工”。颇为有趣的是，该题的提出者欧阳修和实践者梅尧臣，是北宋边塞诗词的两位代表性作家。欧之理论归纳与梅之创作实践，鲜明地体现出宋人面临唐代边塞诗巨大成就后难以为继的困境以及因此而进行的创新和开拓。

对于宋代边塞诗人的“穷而后工”，可以从微观的作家个体和宏观的国势大局这两个层面深入考察：从作家个体层面看，“穷”可谓是作家个人在以政治处境为中心的人生中不得志。其核心因素是情感主体对于现实的不满足。边塞诗的作者队伍中确实不乏“穷”者。失意的文人如梅尧臣、悲哀的武士如柳开、无奈的帅臣如范仲淹、附丽的使臣如欧阳修等，都在经邦济世政治志向上不得志。从

① 周裕锴：《宋代诗学通论》，上海古籍出版社2007年版，第116页。

国家大局、时代形势层面，宋王朝较之汉、唐，军事能力可谓弱小。面对环伺的强敌，消极迎战、积极媾和。无论宋初针对契丹收复幽云故地的失败，真宗时澶渊盟约所带来的买和，还是仁宗时西夏的反叛，乃至于靖康之耻的发生，赵宋王朝都堪称“穷”之至。但国家军事实力的弱势，却刺激了文化成就的辉煌。这种“不平衡”①，也可以说是国“穷”而使文化“工”的一种表现。另外，宋诗面临着唐诗“范式”，进行创新存在着来自前代的巨大压力。尤其边塞诗，更有些鼎盛之后无以为继的意味。这就造成了宋代边塞诗创新的困境——这是宋诗面临的“穷”境。“穷而后工”是“穷者以不幸的生活为代价换来的另一精神上的特权”②。推而广之，不妨认为，时代造成了边塞题材的“穷”，也迫使其在重大的压力下寻求突破，“宋诗中卓绝处，即在学唐变唐”③。

宋诗对于边塞题材的创作取得了一定成就，但探索中也有一些不甚成功甚或成败参半之处。有的作品语言散文化倾向明显，诗味淡薄。如刘敞《寄范十九》中写：“君毋走马君竞走，走马蹶块伤君手。蹭蹬翻成折臂翁，世间肯要三公否。西郊虏骑非常壮，年年犯边杀边将。劲弓长剑如君徒，始堪追逐青海上。功名弃置时未可，意气激昂人所望。侧身万里风雪寒，无由赠子黄金丹。”遣词造句甚至浅白如话。而且宋诗的说理化倾向也损害了诗歌蕴藏真情实感的品质，柔化的情态又削弱了边塞诗的刚健之美。因此北宋边塞诗颇有“雌声”之感。靖康浩劫之后，由经历南渡的诗人引领，

① 张高评：《自成一家与宋诗宗风——兼论唐宋诗之异同》，万卷楼图书股份有限公司 2004 年版，第 274 页。

② 周裕锴：《宋代诗学通论》，上海古籍出版社 2007 年版，第 123 页。

③ 张高评：《自成一家与宋诗宗风——兼论唐宋诗之异同》，万卷楼图书股份有限公司 2004 年版，第 280 页。

南宋前中期的边塞诗找回了些许“骨气”。陆游也因此获得了成为宋代边塞诗人代表的机遇，其边塞诗词也成为了他个人文学的重要代表。对平淡美的追求也使北宋边塞诗大量作品过于平实，有的甚至有雷同的感觉。如王珪的两首诗：

神兵十万忽乘秋，西碛妖氛一夕收。匹马不嘶榆塞外，长城自起玉关头。君王别绘凌烟阁，将帅今轻定远侯。莫道无人能报国，红旗行去取凉州。——《闻种谔米脂川大捷》

河湟形胜厌西陲，忽觉连营列汉旗。天子坐筹星两两，将军归旆印累累。称觞别殿传新曲，衔璧名王按旧仪。《江汉》一篇犹未美，周宣方事伐淮夷。——《和蔡枢密岷洮恢复部落迎降》

两者在用词、造句上很相似，所用的都是典故，词汇都是常用的边塞诗语。加之两诗都是写西线捷报，因此相似度更高。试想，若不考虑音韵问题而将两诗中的句子打乱、重新整合，或许很难被发现这是两首诗。这就是作品缺乏特色，作家惯于进行类型化写作的结果。

三、边塞诗词“可以群”

古代的行军作战中，鼓锣号角是用以发号施令，做出军队集结或分散、进攻或退守的指令设备。《后汉书·公孙瓒传》中之言“鼓角鸣于地中，日穷月急”与《宋书·张兴世传》中的“我虽田舍老公，乐闻鼓角”说明了这一点。因此鼓角是古代军队中重要的联络工具和交流媒介。由于北宋边塞诗词具备一定程度上的交往功能，众多的作家通过边塞诗词的酬答发表意见、交流情感，使得群体得以联系在一起。从这种意义上讲，边塞诗词就如同边塞作家“大军”中的鼓角。孔子言“诗可以群”，当时的《诗三百》有联络人们的作用。其实后世乃至所有时代的诗歌都有相似的功能。实际上，边塞诗词也有对于人们的凝聚、协调作用。通过“言志”的功能，爱国的价值理念可以从个体角度表达出来；经由“歌唱”等方式，爱国之情得到了传播推广；最终，边塞诗词把诸多个体中有共性也有个性的爱国之情凝聚在一起，形成了具有共识性质的爱国精神，完成了对爱国价值观念的构建。

边塞诗中常常有送别或寄赠诗，也有与友朋之间的唱和诗。送别诗创作的起因一般是友人要赴边任职或游历。送别一般是面对面的告别，寄赠则是两人身处不同地方，通过诗词来传达感情。唱和诗则因为来往寄赠而联络感情。在现存一千余首北宋边塞诗中，与赠送交往有关的作品占了很大的分量。方回所谓“因送行言风土，佳句甚多”，有时候送行是因为友人赴任边地，那么诗歌就联络了诗人和友人。如姚合《送李侍御过夏州》一诗，《瀛奎律髓》选取并置于卷二四“送别类”，但在诗后的评点中方回又明确表示这首诗写出了边塞风光：“此诗以‘虏近少闲兵’一句能道边塞间难道之景，故取之。”① 即说明了边塞诗与寄赠类型的关联。

前代的边塞诗或为旧题（乐府古题或古、近体的既定题目），或为新题，但是专门写边塞。与前代不同，宋代的边塞诗内容更加丰富。写作的主要目的是为了联络感情，或阐发观点、发表议论，边塞内容只是其中一部分，如同一种“兼论”。很多边塞诗词并非为写边塞而写边塞，这或许正是宋代边塞诗没有能够在边塞文学家族中凸显的重要原因。以边塞诗创作总量居于前列的 20 家诗人为样本进行考察，标题中明确是赠送的有 307 首，占了 20 位作家创

---

① 方回著，李庆甲集注校点：《瀛奎律髓汇评》，上海古籍出版社 1986 年版，第 1054 页。

作总量 587 首的过半数。而从选本来看，亦有这种情形[①]。

北宋边塞诗词的创作，多是因友朋同僚赴任边疆，以诗寄情，如苏颂致祖无择的《送祖择之少卿学士出疆》、郑獬致文彦博的《奉诏赴琼林苑燕饯太尉潞国文公出镇西都》、李复致沈括的《上延帅沈内翰》等；或赠予出使番邦者，《全辽诗话》中收录的“送人使辽诗”若干首，梅尧臣 15 首、司马光 3 首、刘攽 6 首、苏轼 2 首、毕仲游 2 首[②]，就是例证。众人写出了大量边塞诗词，并以之为联系纽带，取得了一定范围内的聚合，由是形成了北宋边塞诗词的创作群体。

诗词酬答又是文人交往的重要方式，由边塞诗酬答联络而成了作家交往之网。以北宋时期的边塞诗词作为基本资料，通过考辨作品的创作缘由，可以梳理出作家们之间的交往关系。

友人身赴边疆、为国效力，身留内地者专门创作诗词以送行，或遥寄问候，是很自然的事。身至边塞的诗人，也会对内地的诗友有所回应，如庞籍《到塞后有怀青社》、夏竦《到任泾州寄长安府学诸先辈》、宋祁《余将北征先送同解》等都属此类。如此有来有往，边塞诗人的交往网逐渐织就。可以说，因为边防军国要事，文臣武将之心聚集起来；而他们之间“文艺范”的交往又以边塞诗的形式得以维系。经由边塞诗，北宋许多文臣武将、高官小吏都被联系在了一起，边塞作家因此实现了一定程度的聚合。

宋初朝廷南征北战，兵戈不止，广大文士将这些状况诉诸笔端。由于文献的佚失，这一时期的诗作保存很不完全，词作更是稀

① 如佘正松《边塞诗选》（凤凰出版社 2012 年版）诗题中有“赠”“送（奉送）”“答（代答）”“贺”“献”“和”“酬”“次韵”“别”“呈”等字眼的就有 37 首（其中唐前有 3 首，唐代 29 首，宋代 2 首，宋以后 3 首），占总数的大约 14.5%。

② 蒋祖怡、张涤云整理：《全辽诗话》，岳麓书社 1992 年版。

少。从现存的作品看，北宋最早的边塞诗词作家主要有徐铉、田锡、王嗣宗、张咏、柳开、向敏中、王禹偁、寇准、杨亿等人。他们的创作也主要是自发的、个体性的，其创作也多是古体或是依照《塞上》等边塞诗旧题的作品。数量有限的诗歌作品之中，也可以发现诗人之间进行联络的痕迹。如柳开主动请求任职边疆，潘阆写诗《寄赠柳殿院开授崇仪使赴边上》赠之；梅询赴任边郡，寇准作《送转运梅学士询巡边郡四首》、黄觉作《送梅昌言出镇太原》赠之。彼时，送友人至边地的诗中写边塞题材的已有不少，如寇准《送人游边》、穆修《送人之边寨》、夏竦《送人游关右》等，杨亿《郑工部陕西随军转运》《黄从事随军》《钱大夫赴并州》也是此类作品。这支宋代边塞诗的"先头部队"多是散布的个体作家，联系不够紧密，也未出现创作大家。此期边塞诗创作不足以表现宋初平定南北各地的割据势力的过程，对宋辽战争也表现不够，反映史实功能总体上较弱。

与宋辽战争在边塞诗中的描写不足相比，持续百年的宋夏战争则在诗中得到了很好的书写。这一时期的诗人有更加自觉的创作意识，他们之间的联系也得到了加强，因此名家辈出。以范仲淹、宋祁、梅尧臣、欧阳修、韩琦、苏舜钦等为代表，以他们为中心，围绕宋朝与西夏等少数民族政权战和的大环境，借助出任边地官职等事由，边塞诗作家群体得以形成。

范仲淹是北宋第一位具有典型意义的边塞诗人。他在年辈上与夏竦、庞籍等相仿，比梅尧臣、欧阳修年长，但与他们都有交往。范仲淹有突出的创作实绩，后文将详述。另有一些人，自身没有或有少量边塞诗词创作，但因身居守边要职而收获了很多他人的寄赠，他们成为北宋边塞诗人群体中的重要"联络人"，如梅询、夏竦、庞籍、滕宗谅、张亢即是如此。他们年辈都较长，梅询是梅尧臣之叔，显然早于以梅尧臣为代表的一批诗人；夏、庞、滕、张都是生于太宗雍熙至于至道年间，是欧阳修、韩琦、苏舜钦等人的长辈。夏竦（985—1051 年），字子乔，江州德安（今江西省德安县）人，以文学起家，后在对外战事中颇有建树。仁宗庆历年间任陕西经略、安抚、招讨使等职，知任范仲淹为边帅，在好水川之败中能清醒地为韩琦辩护，因父承皓死于契丹入侵之战中拒任使臣。梅询曾作《送夏子乔招讨西夏》，后来梅尧臣也作《寄永兴招讨夏太尉》，诗注“代人”，如朱东润先生所言，或正是代梅询作。庞籍（988—1063 年），字醇之，单州成武（今山东成武县）人。曾以龙图阁直学士、知延州，俄兼鄜延都总管、经略安抚缘边招讨使，在抵御西夏入侵中有战绩。范仲淹写给庞籍的有《和延安庞龙图寄岳阳滕同年》《依韵和延安庞龙图柳湖》；余靖也作《次韵奉和到塞下有怀青社之作》；而宋祁更是有多首诗写给庞籍，如《答庞丞相》《和庞丞相》《祗答相国庞公将至并部马上垂寄》《次韵天平观文庞相公以久留塞下见寄》《和延州经略庞龙图八咏》等；庞的学生司马光也写有《奉和经略庞龙图延州城南八咏》。滕宗谅（990—1047 年），字子京，河南洛阳人，与范仲淹是同年挚友，庆历间知庆州。范仲淹作有《和延安庞龙图寄岳阳滕同年》，后辈王珪作有《滕学士移河朔》等。张亢（998—1061 年），字公寿，京东临濮（今山东菏泽西北）人，起自儒生，晓兵法韬略，庆历元年（1041 年）出任并代钤辖、专管勾麟府军马公事，任内用兵收复要塞琉璃堡等，屡败西夏兵。余靖作《送张如京知安肃军》，梅尧臣有《环州通判张殿丞》，欧阳修作《送张如京知安肃军》。其边塞经历在一定程度上引领了梅尧臣、欧阳修等年轻一辈，有助于年轻一辈形成较为密切的边塞诗人群体。

梅尧臣是又一位具有典型意义的宋代边塞诗人。他虽有宏大的抱负，也通过亲注兵书《孙子》等实际行动表明了立功边疆的意愿，但却终未能如愿。因而他的边塞作品大多是寄赠身赴边地的友朋的。而通过这些作品，梅尧臣联络了很多边塞诗人，形成了北宋边塞诗人群体的一个重要部分。如写给任职边地的友人的，如致尹洙的《闻尹师鲁赴泾州幕》，写给刘敞、欧阳修的《次韵和永叔赠别择之赴陕府》，送祖无择的《送祖择之赴陕府》；写给使臣的，如送谢绛的《送谢舍人奉使北朝》，几次送祖无择《送祖择之学士北使》《重送祖择之北使》；另外还有一些赠送之作，如致蔡襄的《蔡君谟示古大弩牙》，给刘敞的《依韵和原甫昭君辞》《再依韵》，给滕宗谅的《题滕学士九华山书堂》等。梅尧臣的好友中，尹洙因曾有边疆任职经历，很多边塞诗人与他有诗词的寄赠。尹洙（1001—1047年），字师鲁，洛阳（今河南洛阳市）人，好论兵，陕西用兵时被用为经略判官，累迁右司谏、知渭州，兼领泾原路经略公事。他与范仲淹、宋祁、梅尧臣等有交往，文学上是古文的倡导者，而此期间不少边塞诗即是写给他的。如宋祁作《尹学士自濠梁移倅秦州》，梅尧臣作《闻尹师鲁赴泾州幕》，刘敞有《贺尹学士辟经略府》。

欧阳修是一代文坛盟主，与梅尧臣、尹洙等人有交谊，边塞诗在他的作品中也占重要一席，如其《病中代书奉寄圣俞二十五兄》是写给梅尧臣的，《奉使契丹道中答刘原父桑干河见寄之作》《重赠刘原父》是写给刘敞的，《唐崇徽公主手痕和韩内翰》是写给韩绛的。在交往中，韩氏兄弟——韩绛、韩维、韩缜，也创作了一些边塞作品。韩维于仁宗年间由欧阳修荐知太常礼院，后通判泾州。他有写给刘敞的《奉答原甫登契丹岭见寄》，又有致苏舜钦的《答苏子美见寄》。韩缜于神宗时自龙图阁直学士进知枢密院事，曾出使西夏，作为朝廷代表接待辽使。韩维则有写给范仲淹之子范纯粹的《寄庆州德孺待制》。苏舜钦作《寄富彦国》赠富弼，《瓦亭联句》则是他与兄长苏舜元共同创作的作品。

主要活跃于仁宗朝的边塞诗人中，刘敞是重要的一位，甚至被称仁宗时期文人的典型[①]。他与其他边塞诗人有密切联系。刘敞父刘立之与范仲淹有交游，他本人也对范氏颇为钦服，曾作《贺范龙图兼知延安》敬献给这位前辈。仁宗庆历、皇祐年间，刘敞与欧阳修交往甚多，他先后作《寄永叔》《留别永叔》《次韵和永叔岁旦对雪见寄时某于上源驿典护契丹朝正使人日当归前一日始得此诗》，两人都曾出使辽国，颇多共鸣。刘敞的诗，如写给梅尧臣的《重一首同圣俞邻几持国作用前韵》、赠贺尹洙的《贺尹学士辟经略府》等，都是有联谊功用的边塞诗。

在仁宗朝抵御西夏的边帅中，范、韩无疑是一时之典范。这两位经略西北、兵拒西夏的名臣之间自然少不了诗文酬唱，如韩琦作《与余杭希文资政经时两绝音问忽得讯正与近致书同日因以诗寄》赠范仲淹。但二人虽为镇守西北、回朝参政的“同事”，实际上生于真宗大中祥符元年（1008 年）的韩琦，年龄比范仲淹小很多。故此“连线”是“上达”前辈的。而平辈、晚辈也以边塞诗与韩多有酬答，如与韩同庚的赵抃有《送韩丞相琦出镇陕右》，晚辈邵雍有《和人闻韩魏公出镇永兴过洛》、李师中《韩魏公席上作》，多作于韩琦功成名就之后。

王安石在仁宗朝曾为外交使节，在神宗朝两度拜相，对当时的军国大事影响甚大。很多诗人创作边塞诗赠寄于他，如曾巩有《秋日感事示介甫》，沈遘有《过冀州闻介甫送虏使当相遇继得移文以故事请避诸路又以诗见寄次韵和答》等。王安石创作的以王昭君为

① 李强：《和而不同的文人世界——北宋庆历时期的士风与文学》，中国社会科学出版社 2014 年版，第 169 页。

题材的咏史诗得到了很多人的应和，成为边塞诗中的重要“主题”。如嘉祐四年（1059 年）王安石作《明妃曲二首》，欧阳修、司马光、曾巩、刘敞等皆有和诗。王安石也积极与众人以边塞诗词互动，如写给刘攽的《送刘贡父赴秦州清水》，写给元绛的《次韵元厚之平戎庆捷》，写给蔡襄的《和蔡副枢贺平戎庆捷》。其中后两者都是就神宗年间宋朝收复河湟地区之事而发的。熙宁六年（1073 年），王韶（字禹玉）击败青海东部吐蕃首领，收复河（今甘肃临夏西南）、洮（今临潭）、岷（今岷县）、宕（今宕昌）等地。这是北宋对外战争中的一次重要胜利，朝野士人颇受鼓舞，故当时即有不少人作诗以记，其中元绛之作反响不小。元绛（1008—1083 年），字厚之，钱塘人，举进士，受范仲淹荐，侬智高叛岭南时以直集贤院为广东转运使。他的庆捷诗《贺王禹玉》云“前殿听宣中禁制，南宫看集外朝班。星辰影落三阶下，桃李阴成四海闲”，得到了多人的唱和，除上面所提的王安石之作，王珪也有《和元厚之平羌》等。此次是北宋边塞诗的一次成系列的集中创作，颇有意义。

北宋后期，苏轼是边塞诗创作成就最大的作家，可谓一时之中心。各年辈的诗人多有与苏轼的诗词酬答。年纪较长的如张先有《定风波令 · 次子瞻韵送元素内翰》、刘攽有《次韵苏子瞻韩干马赠李伯时》、孙觉有《闻朝议以子瞻送高丽》，晚辈如秦观有《子瞻使高丽不成》等。苏轼为人热情，他的积极回应也催生了很多边塞诗词，如《次韵范淳父（甫）送秦少章》《次韵蒋颖叔二首》《送蒋颖叔帅熙河》及《再送二首》《次韵颖叔观灯》《次韵钱穆父马上寄蒋颖叔二首》《送范纯粹守庆州》《送范德孺》，分别写给范祖禹（字淳父）、蒋之奇（字颖叔）、钱勰（字穆父）、范纯粹（字德孺）等。各人之间又有很多联络，如蒋之奇受赠的，如范祖禹《送蒋颖叔赴熙河》、彭汝砺《送颖叔帅临洮》、毕仲游《熙州蒋颖叔侍郎席上》、秦观《送蒋颖叔帅熙河二首》《次韵出省马上有怀蒋颖叔》等；范纯粹收到的有毕仲游《送范德孺使辽》、黄庭坚《送范德孺知庆州》、晁补之《送龙图范丈德孺帅庆》等。

苏轼、苏辙兄弟终生亲密无间、酬唱不断。大苏曾任职定州等边疆州郡，小苏则有出使契丹经历，二人的唱和之作中就有很多边塞诗词，如苏轼写给苏辙的《九月二十日微雪怀子由弟二首》《和子由苦寒见寄》《送子由使契丹》《次韵子由使契丹至涿州见寄四首》，苏辙写给苏轼的则有《神水馆寄子瞻兄四绝》《次韵子瞻人日猎城西》《次韵子瞻山村五绝（其四）》等。

宋人有相当自觉的联络乃至结盟意识，北宋文人“比起前人来显得更为强烈和自觉，已演成与文人们价值取向稳固相连的、普遍的社会心理”①。不同于集句诗等“文字游戏”色彩比较重的诗类，边塞诗词寄寓了深沉的家国之思。因此边塞诗词更易于成为志士文人创作的选择。边塞诗词也“不负所望”，其创作也极大地加强了诗人们之间的联系。他们一同关心着国家大事，一同进行诗词创作，有意无意地推动了文学的发展。

第三节　诗人转型与诗风不变

边塞诗发展到宋代产生了很多新变。这一时期，进行边塞诗创作的作家主要有任职边地的帅守、出使外邦的使臣和其他文士等几种社会身份，他们各自对边塞的接触和感受程度由深到浅，创作内容的写实程度逐渐降低，整体在创作上由实际型向虚拟型转化的轨迹较为明显。造成这种变化的主要原因大致有三个方面：一是地域

① 王水照：《北宋三大文人集团》，上海古籍出版社2021年版，第5页。

文化的差异与生活经历的影响。二是宋朝崇文抑武国策的影响。三是宋王朝在对外战争及外交政策中的怀柔倾向造成的影响。

一、北士主导与唐风之余韵

宋代文学发展阶段划分的标准不一。北宋边塞诗歌(以诗为主，词为辅）的总体发展可分为三个阶段。范仲淹堪称第一位具有代表性的诗人，故以其为分界点。范氏之前出生的作家生活的时代可作为“宋初”，主要是出生于宋立国之前与宋太祖、太宗两朝的诗人。宋初边塞诗创作主体中，以北方文士居多。这一时期，诗中尚有唐风余绪。

（一）北人主导的创作主体

宋初进行边塞诗词创作的大多数是北方人，他们或出生、或长期生活在北方地区。《宋史・文苑传》之一、二卷中收录的是主要活动于太祖、太宗朝的文士，其中北方士人有 17 人，南方士人只有 4 人。对这一时期有边塞诗词作品创作的诗人进行梳理，可比较清晰地看出，出生于宋建立之前或太祖、太宗朝的北方诗人占据了边塞诗词创作的主体。据统计，太祖、太宗朝及其之前出生的边塞诗人共计 25 人，其中 5 人籍贯难以考定，可判断为北方人的大约有 11 人，如表 2-1 所示。

表 2-1　宋初有边塞诗词创作的北方士人

诗人	籍贯	备注
王嗣宗 （944—1021 年）	汾州（今山西汾阳）	曾任职并州、陕州、邠州等地
张咏 （946—1015 年）	濮州鄄城（今山东鄄城）	曾任职益州、永兴军等地
柳开 （948—1001 年）	大名（今属河北）	曾任职邠州、邢州、代州等地

续表

诗人	籍贯	备注
向敏中（949—1020年）	开封（今河南开封）	曾任职永兴军、延州等地
王禹偁（954—1001年）	济州钜野（今山东巨野）	
寇准（961—1023年）	华州下邽（今陕西渭南）	曾任职凤翔、陕州、大名府等地
潘阆（？—1009年）	大名（今属河北）	一说钱塘人
穆修（979—1032年）	郓州汶阳（今属山东汶上）	
范雍（981—1046年）	世家太原，祖葬洛阳	
范仲淹（989—1052年）	吴县（今江苏苏州）	生于真定府（今属河北），少随母改嫁至淄州长山（今属山东）并成长于彼
石延年（994—1041年）	世家幽州，迁南京宋城（今河南商丘）	

上表中所列北方诗人，都有一定量的边塞诗创作。除范仲淹是北宋边塞诗一大家外，作品比较多的是王禹偁和寇准，各有7首；张咏有5首边塞诗。有的诗人作品虽然不多，如王嗣宗、柳开、向敏中各自只有1首诗算作边塞诗，但写得比较好。柳诗《塞上》更是被许多选本选录的宋代边塞诗佳作。这一阶段的南方诗人中，杨亿大概有6首边塞诗，是其中作品最多的，其余人如林逋、钱惟演，边塞诗创作量很少且无特色。由此可见，宋初二朝的近四十年中，边塞诗词的创作是北方作家占据着主导地位。

宋初边塞诗人“北多南少”的格局与北宋政策上“重北轻南”的倾向有关。因为中原朝廷的自身定位，宋朝统治者从最初就较为重视北方士人、轻视南方士人。宋人笔记如邵伯温《邵氏闻见录》、赵彦卫《云麓漫钞》和无名氏《道山清话》中都有对太祖曾立下不用南人为相之言有所记载。如《云麓漫钞》载：“艺祖御笔：‘用南人为相，杀谏官，非吾子孙。’石刻在东京内中。”[①] 此类内容在《实录》《国史》也皆有所载，《开基万年录》《开宝史谱》等也对此事有详细叙述，皆云太祖曾亲写“南人不得坐此堂”之类的话刻于政事堂之石上。

所谓“南舟北车”，南、北方的士人在习惯、性情风格上多有不同。《礼记·中庸》中记孔子之言：“宽柔以教，不报无道，南方之强也”，“衽金革，死而不厌，北方之强也。而强者居之。”这大概正说明了南方人性柔、北方人性刚的差异。《宋史》卷二百九十一载，有朝臣曾奏称“河北、陕西、河东举子，性朴茂”，也说明了当时来自北方地区的应考士子朴实厚道的特点。对南北人的差异，鲁迅先生曾略带戏谑地指出，“北方人可怜南方人太文弱，便教给他们许多拳脚”，“南方人也可怜北方人太简单了，便送上许多文章”[②]，可谓简洁而形象。

相对而言，北人性格上较为粗犷，有漫游之习，多任侠精神，这与以盛唐边塞诗为代表的边塞文学中通常表现出的豪壮、尚武之风是相契合的。自然科学方面的研究认为，南北人性格差异与自然环境及气候有很大关联。较之南方，北方气候相对寒冷，风沙大。边塞诗中重要的主题之一即苦寒，正是北方边疆地区自然环境的表现。因此，若要给不同的诗歌类型按照地域进行归类的话，边塞诗大概会被归入北方文学。

（二）边塞诗的“唐风”余韵

北方文士主导的宋初诗坛上，边塞诗的创作中仍见唐代边塞诗

---

① 赵彦卫：《云麓漫钞》卷十，中华书局 1996 年版，第 178 页。

② 鲁迅：《有无相通》，《鲁迅全集》第一卷《热风》，人民文学出版社 1982 年版。

的余韵。以寇准、王禹偁、范仲淹等为代表的诗人，边塞诗中还可以看到不少与唐代边塞诗风格相近的作品。如寇准所作《塞上》：

春风千里动，榆塞雪方休。晚角数声起，交河冰未流。征人临迥碛，归雁别沧州。我欲思投笔，期封定远侯。

这首边塞诗通过对风、雪、冰、沙碛、归雁、号角等常见意象的描写表现了苍凉雄浑的意境。结句是鲜明的主观意愿直抒——欲与汉代班超一般，投笔从戎，到边塞建功立业。诗中洋溢的刚健之风，其景之雄，其志之壮，颇有盛唐风味。这一时期的边塞诗，壮阔雄放的特点还比较明显，如胡宿《飞将》被方回评为“壮丽”，颇有一些唐风余韵的意味。

这一时期的边塞诗作中展现出自信、乐观的精神风貌，也与唐诗类似。如张咏《寄程说傅逸人》中的“手扶大白口谈天，得意相欢不知老。一从召入金马门，三载长缨事边徼”所表现的开怀畅谈，一旦入职边疆三载坚守的爽性，与唐人很接近。又如向敏中《偶吟遣怀》中写道“昔为宰辅居黄阁，今作元戎控夏台”“将相官荣如我少”，表现出出将入相、功成名就的积极面貌。再如潘阆《寄赠柳殿院开授崇仪使赴边上》中“从来长见说兵机，今日君恩志岂违。骢马不骑骑铁马，绣衣休挂挂戎衣。雄师已听心皆伏，丑虏将闻魄尽飞”也表现出王师威武、敌军胆颤的自信。此外，王禹偁《战城南》、寇准《冬日偶成》等诗之深沉，也与唐代边塞诗有相似处。

诗歌在宋初基本上还停留在学习唐诗的阶段，因此宋初有所谓白体、西昆体、晚唐体“三体”。三者均以唐人诗歌作为师法对象，无论学习白居易、李商隐，还是贾岛、姚合，都是以唐诗为规范。边塞诗是唐诗重要的“代言”之一，宋初的边塞作品尚未形成独有的风格，作品中承袭唐风有一定必然性。

二、内争外战与诗风之转向

（一）对外战争与朝中党争的基本生态

从真宗到仁宗中后期，北宋在内政、外交上都存在着很大的争斗。朝廷内部大臣团体之间因为异见而发生的党争，在对外关系上是与辽、西夏的大规模军事冲突。

北汉灭后，宋、辽在国土上直接接壤，因此军事上的对峙格局形成。宋廷以收复燕云之地而主动攻辽，辽反击，其后更主动南侵。从太平兴国四年（979 年）宋、辽高梁河之战，至真宗景德元年（1004 年）澶渊之盟的订立，二十年间两国之间发生了十次左右大规模的战役，各有胜负。但随着缔结盟约，之后的岁月中宋、辽基本保持和平。仁宗景祐五年（1038 年）党项首领元昊称帝，积患已久的矛盾终于大规模爆发。宋与西夏的战争若自李继迁时期算起，前后绵延百年，其中尤以仁宗宝元、庆历间的战事最为突出。尽管经历了三川砦、好水川、定川等败，宋军也取得了一些胜利，并最终促成了和议。

朋党之争是北宋时期重要的政治现象，对于文学发展也有很大影响。北宋党争以神宗熙宁、元丰年间围绕新法实施在新、旧两派之间的争执最为突出，但在仁宗时期乃至更早时也有表现，北宋党争的四个阶段中，范仲淹在仁宗初年的三谏三贬以及由此引起的文人分野为第一阶段，主要围绕庆历新政进行的党争为第二阶段。①庆历党争是由范仲淹等人主持新政而引发的，以改革失败、诸君被贬告终。

这一时期，宋廷与对峙政权的战争基本完成后，以皇帝为核心

① 巩本栋：《北宋党争与文学》，《文献》1991 年第 4 期。

的统治者又对于内部不同政治派别的矛盾进行了处置。宋朝在对外关系中与其他政权之争的表现形式是战争，尽管也需要进行唇枪舌剑的谈判，但主要方式仍是战场上的军事攻守，主要是“动手”的。而朝中的党派之争，主要方式则是口诛笔伐的“动口”。

这期间的争斗，对于边塞诗发展产生了深远影响。第一，战争为边塞诗创作提供了基本素材。反映宋夏战争的诗作是北宋边塞诗的第一大类，其数量多、质量高，堪称战争主旨在北宋诗歌中的集中表现。第二，兴文抑武的国策得到深化，文学中的尚武成分遭到削弱。宋朝崇尚文治，因而一定程度上“纵容”了文士议论之风。仁宗庆历年间甚至出现了石介、蔡襄等“诗文干政”[①]，这在一方面使诗文应用功能得到发挥和强化，另一方面其抒情功能遭到削弱。对武力的作用进行各个方面的压制，尤其对手握兵权的文臣武将颇多猜忌，范仲淹、狄青正是颇有代表性的例子。前者因在边地“自作主张”而被贬斥，后者虽因战功擢升高职但终究难安其位，被迫离开。对于文治的过分强调也造成了文学进一步“柔化”，边塞诗这种主要追求阳刚美的文学甚至因此被“去特征化”。第三，宋廷对外政策中的以赎代伐和退缩柔远的态度打击了文人从军报国的积极性，对士风中刚健因素颇有折损。宋朝在对外战争中败多胜少，总体表现相当“疲软不振”，在对西夏攻守策略上，韩琦等主动出击遭遇失败，实践的验证再次打击了宋廷的自信心；而范仲淹保守地采取“守”的策略，只求保境安民，不图拓展疆域，这也促进了宋朝内敛性政策的贯彻。一些士人积极从军的愿望遭到打击，如梅尧臣满腔报国热情就得不到重用。

---

① 李强：《北宋“诗文干政”与士风——以仁宗庆历之际为中心》，《东岳论丛》2008 年第 2 期。

（二）诗风的转向

这一时期“争斗”的基本环境对于边塞诗议论性的加强产生了重要影响。因为无论表达对于辽、夏外交关系的看法，还是发表对于朝政的意见，都需要大量的论说。反映在边塞诗歌中，就是议论性内容的大量增加。议论原本就是边塞诗的基本内容之一，到宋代得到了加强。宋代边塞诗议论性成分的增多是其特色之一。但大批文人热衷于议论朝政，寻求同志者而反对不同意见，这也使得诗文在某种程度上甚至沦为表达个人或“同党”政治观点的工具。当关注的重心放在了观点的争论，甚至异化为党同伐异的意气之争，则对于国家大义的情感就流于表面化，很多边塞诗中的议论蜕化为片面的“书生论剑”和无益的“纸上谈兵”。宋代边塞诗的“虚拟化”加深，距离唐代边塞诗的特征越来越远。而这种发展也是朝着与边塞文学主导风格相反的方向发展。

宏观上，宋诗的“革新”朝着平淡美的追求发展，而边塞诗受到的影响就是过分激情、夸张的表达都成为非主流。因为“‘平淡’不只是技艺问题，更是个情感问题”①，范仲淹著名的《岳阳楼记》中“不以物喜，不以己悲”鲜明地体现了诗人中庸平正的审美取向。而边塞诗要求的是以激昂的情绪为主导，那么平淡追求势必会对既有的边塞诗主导风格产生影响。可以说，边塞诗“宋代化”的代价就是一般印象中崇高、悲壮、激烈的特色被大大削弱，甚至于“宋诗消失唐代那种悲壮的边塞派的作风”②。这也不得不说是后世轻视北宋边塞诗的原因。

在北宋的边塞作家中，范仲淹比较特别，他的社会地位、文学

---

① 程杰：《北宋诗文革新研究》，内蒙古教育出版社 2000 年版，第 419 页。

② 胡云翼：《宋诗研究》，巴蜀书社 1993 年版，第 5—6 页。

成就都具有代表性，而其人生经历对于北宋边塞诗人的转型又颇有象征意义。范家本世居邠州，晚唐迁居江南。因此一般以范仲淹为吴县（今苏州）人，即是典型的江南人。但范仲淹早年经历了父丧后从母改嫁，后来又改回本姓的过程。他出生在河北真定，淳化元年（990年）父范墉病卒后，母亲谢氏贫困无依，携带幼年范仲淹改嫁淄州长山朱文翰，仲淹也改从其姓，取名朱说。大中祥符四年（1011年），范仲淹得知家世后颇为伤感，由是辞家苦读，于大中祥符八年（1015年）一举中第。因此，可以说，在近三十岁之前，范仲淹无论从身份上还是从心理上都是北方人。真宗天禧元年（1017年），范仲淹任集庆军节度推官时，上书皇帝，归宗复姓，恢复范氏之名姓[①]。这对于他的人生有很大的意义，对于北宋边塞诗风的转向也有一定的象征意义。先前他的北方人身份转为南方人，也一定程度上与当时朝廷的态度有所契合。宋初“重北轻南”的政策在后来有所改变。《邵氏闻见录》卷一载：“祖宗开国，所用将相皆北人，太祖刻石禁中……至真宗朝始用闽人，其刻不存矣。”若说“朱说”是范仲淹的北方身份，那么复姓后的范则有所不同。范仲淹可称是北宋时期边塞诗由唐诗风味向宋诗风味转向的衔接人物。

三、南士主导与类型化写作

（一）边塞诗人向南方文士主导的转型

《宋史·文苑传》第三卷中收录主要活跃于真宗朝的北方文士与南方文士，其比例变为2∶15。这较之活跃于太祖、太宗朝北、

① 一说范仲淹是待其母卒服除后方改为本姓，如王偁《东都事略》、曾巩《隆平集》卷八等均有记载。

南文士比例的 17∶4，产生了很大的“逆转”。这基本说明了宋初二朝中北方文士占据主导地位，而南士后来居上，最终成为了文坛主导的发展概况。

从整个文坛看，北宋各个时期具有盟主地位的“领军人物”或代表作家分别是，太宗朝的王禹偁，真宗朝的寇准、杨亿，仁宗朝的晏殊、欧阳修，英宗、神宗朝的王安石，元祐时代的苏轼，后元祐时代的黄庭坚等。这些文学发展中的核心人物代表了文学发展的大致趋向，即由北方文人主导文坛向南方文人主导的转变。边塞诗的创作主体的转型过程契合了文坛发展的总趋势。

由于“江浙举人专业词赋，以取科名”，“南人喜诵诗赋”①，在文学创作上南方人取得了优势地位。若说边塞诗是北方人有“创作优势”的文学类型，那么当创作主体以南士为主导时，作品的风貌势必发生很大的变化，边塞诗中的刚健之风进一步消退。因此“宋代文人，惟老苏之作，间近昌黎。欧、曾之文，虽沉详整静，茂美渊懿，训词深厚，然‘平弱’之讥，曷云克免？岂非昌黎之文，固非南人所能效哉？”② 正指出南方人很难“效”北方体式的文学。

（二）边塞诗写作趋于类型化

由于缺乏边塞实地生活经历，很多边塞作家的创作都是基于想象基础上的。边塞诗在北宋的发展中，越往后来诗人实至边地的经历越少，而其作品的虚拟成分也越来越大。边塞诗中的很多题目，如《出塞》《入塞》《塞上》《关山月》等都是旧题，很多创作就如同“命题作诗”，成为了一种类型化的写作。

---

① 徐松辑：《宋会要辑稿》之《选举》，中华书局 1957 年版。

② 刘师培：《南北学派不同论》，《国学发微（外五种）》，广陵书社 2013 年版，第 256 页。

早在宋初，西昆体的诗歌创作者们已经进行了大量类型化写作的实践。因为杨亿、钱惟演等西昆诗人片面追求李商隐诗歌形式美，其创作很多都是主题创作，缺乏实际内容的支撑。类型化创作的作品中非常缺乏情感投入，如刘勰《文心雕龙·情采》言："文章，述志为本，言与志反，文岂足征"，这样的文学必然缺乏感染力，成就不高。如钱惟演的边塞诗断句"置酒军中乐，闻笳塞上情"，所使用的酒、乐、笳都是很常见的边塞诗中意象。仅读此诗句，既无特别的体验，也无特别的新知。又如杨亿的《闻北师克捷喜而成咏》：

岁晏层冰合，烟尘起羯陲。文昌先命将，羽檄便徵师。天迴星狼灭，宵寒月魄亏。前军临瀚海，后骑缚阏氏。蓟北胡沙静，河南露版驰。辽阳诸父老，重睹汉官仪。

此诗但从文本上看，写得还是较佳的。但此诗既题"闻北师克捷喜而成咏"，当是有所本事的。但因为诗中多用代指，"星狼""瀚海""阏氏""蓟北""辽阳"等，皆为虚指。如此就使得诗作缺少特别性，进而使人难以判断是确乎因事赋诗，还是简单的填句至某个诗题下写作。

边塞诗的创作中，还出现了围绕一个中心主题唱和的创作。如王安石的《明妃曲》得到了很多人的唱和：嘉祐四年（1059 年）王安石作《明妃曲二首》，欧阳修、司马光、曾巩、刘敞等有和诗。王安石又有《明妃曲》集句诗。其诗友也纷纷有相关的创作，如梅尧臣《和介甫明妃曲》、欧阳修《明妃曲和王介甫作》《再和明妃曲》《明妃小引》、司马光《和王介甫明妃曲》、刘敞《王昭君》《同永叔和介甫昭君曲》、曾巩《明妃曲二首》等。王昭君事迹和明妃曲的同题诗创作多与边塞有关，因此与边塞诗颇有关联。北宋时，除了上述诗人与王安石和答切磋外，还有文同的《王昭君四首》、刘攽

《昭君怨》、沈辽《昭君操》等。王昭君是中原汉族王朝和亲制度的代表人物。唐代和亲回纥的崇徽公主也进入北宋的边塞诗，成为了宋人笔下的一个人物，如欧阳修《唐崇徽公主手痕和韩内翰》、梅尧臣《景彝率和唐崇徽公主手痕诗》等都是例子。这一类诗与咏史、怀古类诗关系密切，也是典型的类型化写作。

总体上，北宋边塞诗在样式上的发展大致经过了初期的较多旧题、古体，到后来的自由题创作，再到后来旧题、古体创作与自由题创作这两种各有千秋。宋初如田锡、柳开、寇准、王操、郭昭著等人都有《塞上》，田锡作《圣主靖边歌》古体长诗，王禹偁《战城南》、路振《伐棘篇》等都是旧题创作，张咏《竹枝词》七首也有不少作品是写边塞内容。到了后期，王安石有《明妃曲》《胡笳十八拍》等，标志着又重新重视古题创作。这类创作，起初多是将基于实际题材创作的“新”作品“装”进古题的“旧瓶”中，但后来的古题创作，则更多的是类型化创作了。

（三）古题新作与纪实虚拟

边塞诗若依题目的形式可归为固定题（如乐府旧题）和自由题两类；若按照体式则可分为古体诗和近体诗。那么古体旧题边塞诗与自由题近体诗相比有何区别？北宋边塞诗的创作，大体有如下“公式”：

纪实—（内容关联）实际事件—（形式）自由题——（功用）酬唱寄赠

虚拟—（内容关联）典故遗迹—（形式）固定题——（功用）咏史怀古

因为边塞诗的内容有纪实、有虚写。能与具体的历史事件相联系的，即可谓纪实诗；否则即是咏怀之类的虚写诗。

纪实类型的诗中，常出现“闻”之类的字眼。这类诗很明显与当时发生的具体事情有关。有的是关系国家大计的重大事件，如杨亿《闻北师克捷喜而成咏》，苏轼《闻捷》《闻洮西捷报》，刘敞《闻官输竹箭毛翎》《闻西使到关》，王珪《闻种谔米脂川大捷》，刘攽《闻西戎乞降》，孔武仲《闻王师破洮河城获鬼章》，杨时《安西闻捷三首》等，事由是胜利的战役、军政法令、迎送来使等，都与当时边疆防务或对外关系相关；有的涉及友朋的任职，同时也反映了军政事件的，如徐铉《贡院锁宿闻吕员外使高丽赠送》，梅尧臣《闻尹师鲁赴泾州幕》《闻韩仲文使归》，邵雍《和人闻韩魏公出镇永兴过洛》，刘敞《闻伯庸再安抚泾原》，司马光《和不疑送虏使还道中闻江邻几梅圣俞长逝作诗哭之》，沈遘《过冀州闻介甫送虏使当相遇继得移文以故事请避诸路又以诗见寄次韵和答》，孙觉《闻朝议以子瞻送高丽》，黄庭坚《次韵游景叔闻洮河捷报寄诸将四首》，王安中《闻帅府大阅军作诗送梁帅》，苏过《闻郭太尉出师大捷奚人擒契丹酋领四军者来献作长句古调一首》等；其他的，虽然不是震惊朝野的大事件，也非朋友、同事出行等具体事件，如宋祁《闻归雁》、张维《闻砧》、李廌《闻角叹》、韦骧《闻新雁》，只是偶然目击的自然或社会现象，也是因事而诗，这与全然以旧诗题"填"进内容的作品不同，更毋论彭汝砺《过古北口始闻鸡》这样的使臣途经边关有感而发的作品。因为这些作品都是因事而为、有情而抒，就与一些咏史怀古的旧题作品中常有的陈词滥调不同，即使没有太多新意，也至少是真实可感的。而传统类型的，或是直接使用旧题，非旧题的也多有"拟""效""代""仿"等字眼。如梅尧臣《拟王维观猎》、黄庭坚《丙寅十四首效韦苏州并序之十二》等。

很多近体诗在一定程度上被形式的格律所束缚。如王珪、胡宿、王安石、范仲淹的几首七律，尤其献捷诗，相似度很高，创新性弱。究其原因，或是多数诗人才力有限，较大精力放在了技艺上，关心字句的推敲。又缺乏亲临边地、经受战火洗礼的经历，故作品流于浮泛，写不出震撼人心的效果。议论性强、抒情性弱，崇尚质朴诗风。故相近的表述很多，不乏雷同的意象、名词。又耽于议论，疏于感情，因此与唐诗相比，宋代边塞诗佳作有限，脍炙人口的名篇偏少。

由此观之，军国大事牵动了诗人的心，他们诉诸笔端，很多边塞诗遂得以产生。以诗文相交，又堪称文人之间独特的联络渠道，而边塞诗词也因而具备了联络功能，由交往活动联接交织而成若干个作家群体。由唐入宋，边塞诗风丕变。边塞诗词继续发展嬗变，呈现出异乎唐诗“范式”的新面貌。

中编

边塞文学有较强的纪实性，比其他文学更关注社会现实。虽然诗词创作反映实际生活、表达真实情感并非要求作家必须有亲到边塞实地的经历，但有无亲身体验，作品的情况有所不同。当然，“不同”不等同“高下”，只是“别样”。北宋边塞作家人数较多，生活经历各有不同，或曾实际镇守边地多年，或终一生未及边关半步，有人只是途经边境、走马观花，有人可能驻扎边州、尝尽风沙。各人的主要身份也不同，有守边将帅、幕僚，有文士、小吏，还有外交使节与邻边州郡的官员，等等。故而，诗词也面目各异——边景奇特，战争残酷，将士不易，亲历者固然感触深挚，远望者也未必感情不真挚，更有职务与边疆防务“若即若离”、对边塞生活“似懂非懂”之士，也以文字表达了个人对于边塞的理解。这些诗词丰富而繁杂，可粗归几个小类，又难以泾渭分明，合于一处共同完成了对北宋边塞诗意的建构。

第三章

实至边地及其诗词表达

北宋边塞诗词的第一种面貌，因其作者都有实际到达边疆地区而形成。在这种诗词呈现中，有亲身经历作保障，为描写生动、抒情真切提供实践基础，作家亲身体验的价值就凸显出来。“谁要描写人和生活，就得经常亲自熟悉生活，而不是从书本上去研究它”①，陆游诗《冬夜读书示子聿》中所谓“纸上得来终觉浅，绝知此事要躬行”即为此理。向来被视为宋代边塞诗代表作家的陆游，就曾在诗中阐述边塞经历对其创作的巨大影响：他原本“我昔学诗未有得，残余未免从人乞。力孱气馁心自知，妄取虚名有惭色”，可以说对于作诗尚未入门，但当经历了“四十从戎驻南郑，酣宴军中夜连日。打毬筑场一千步，阅马列厩三万匹。华灯纵博声满楼，宝钗艳舞光照席。琵琶弦急冰雹乱，羯鼓手匀风雨疾”种种体验之后，“诗家三昧忽见前，屈贾在眼元历历。天机云锦用在我，剪裁妙处非刀尺”②，此时窥破诗家法门，下笔如有神助，可谓豁然开朗

① ［俄］安·巴·契诃夫：《契诃夫论文学》，汝龙译，人民文学出版社 1958 年版，第 399 页。

② 陆游：《九月一日夜读诗稿有感走笔作歌》，钱仲联校注：《剑南诗稿》卷二五，上海古籍出版社 1985 年版。

了。唐、宋边塞诗之所以风格迥异，原因之一大概就在于诗人的生活经历相差很大。仅就北宋的边塞作家来说，有无实至塞上的经历、有无从军战斗的体验，直接影响作品的表现力。如《西夏纪事本末》卷十三所载，当时的边帅韩琦在好水川大败后："还至半途，阵亡者之父、兄、妻、子散千人号于马首，持故衣、纸钱，招魂而哭曰：'汝昔从招讨出征，今招讨归而汝死矣，汝之魂亦能从招讨以归乎？'既而哀痛声震天地，琦不胜悲愤，掩泣驻马不能前者数刻。"如此惨痛的场面必须亲身经历才能感受到，只在朝堂上看那些文字和数字是很难获取深刻的震慑体验的。

第一节 "塞草烟光阔"：基于亲身体验的描述

实至边地的作家，通常是受命而往，因此为官履职是主要使命，诗词写作只是"副产品"。但有了边地风光景致、边疆风土人情、边塞经历生活的亲身体验，创作的诗词往往真实感更强。

一、身在边地，公务为先

北宋边塞诗词描写的直接地理对象是北宋的边疆地区，不独局限于"边塞"。严格意义上，边界、边疆、边塞是不同的——边界是分割不同国家、政权行使主权的界线，其几何形状应该是一条线；边疆是靠近国界的一片宽度不等的疆土地带，几何形状是面；而边塞的几何形状则是边疆范围内的一组点，将其连接则大致上与边界契合。边塞与边疆不等同，边塞诗和边疆诗也有所区别。但从创作主体的主观感受和体验分析，所谓"实至边地"对作家的作用，主要来源于由边塞所在地理环境造成的视觉刺激、边塞所具备的军事防御功能造成的紧张气氛和压迫感。由于气候、地貌、民俗风情等自然、人文地理因素有一定范围的辐射功能，并非一城一池之隔就差异很大。而特定的历史条件下，尤其是战争频发的时期，边塞的军事防御功能也会延展开，使边疆很大的区域都统摄其中，成为“战区”“军区”等军事区划。如北宋针对辽设置了三道军事防线，其广度已涵盖了“路”一级的广大区域，前文有“‘面’状戍防区示意简图”可供直观参考。因此边塞对创作主体的作用，在很大范围内的边疆地区都有效。而且，文学的表现又非完全的写实，就边塞诗的创作而言，作家到达距离边界不远的州郡，他获得的感受与亲临关隘壕寨，在大多时候是相当的。实际上，这般认定对于普遍缺乏“临塞”经历的宋人来说，更合乎实际。与唐代边塞诗人相比，北宋边塞诗词的作者亲临边塞的经历少了很多。北宋有其特殊的时代背景，边塞诗词的创作正反映出当时的时代特点，与唐诗不同，正是它独特价值所在。

就任一定的官职（差遣）并完成指定的任务是士人赴边的主要缘由。因此，无论是主持一方军政还是出任地方长官的幕僚，无论主观上乐意还是被迫无奈，士人到达边地大都是为了完成“政治任务”。有实至边地经历的北宋士人，主要为经略边疆的帅臣、出守边州的文臣和相关的幕僚。有的作家有多重经历，如刘敞既曾为边疆帅守，又曾作为使臣出使外邦，主要应归为帅守诗人[①]。有一些文臣，曾在处于边疆的州郡任职，但时间太短，不能归为帅守之类。如宋庠出判相州的时间只嘉祐八年（1063 年）一年，且此时已是其晚年；而司马光于熙宁三年（1070 年）九月知永兴军，次年（1071 年）二月即离任。他们在边地驻留的时间太短，如此短暂的经历对其创作影响甚微。相比于永兴军的任职经历，司马光的

① 肖鹏：《宋词通史》，凤凰出版社 2013 年版，将刘敞定位为“帅守”词人。

主要形象是立于朝堂、廷争面议，应该归为廷议边事一类的作家。真正较长时间在边地的大有人在。边塞作家在边地的主要活动大致如下。

一是经略边关、主持边战。北宋年间，边塞诗词创作有所成就的边帅有多人。除范仲淹、韩琦、刘敞、范纯仁等“将帅”之外，夏竦、寇准、范雍、沈括等亦为此类作家的重要代表。他们作品不多，但质量较高。这或许正得益于他们与边塞和战争零距离接触的实践经历，以及因之而带来的切身感受。

亲历战争者，其体验往往是最为深刻的。亲历宋辽战争的诗人，寇准是典型代表。而且他是澶渊盟约之前真宗御驾亲征、与辽交战的总指挥。寇准（961—1023年），字平仲，华州下邽（今陕西渭南）人，太平兴国五年（980年）进士，历同知枢密院事、参知政事，曾两度入相，一任枢密使，出为使相。寇准最大政绩可以说是坚决劝说真宗御驾亲征、抗击辽军入侵。《宋史》卷二百八十一《寇准传》有详细记载：“（景德元年）是冬，契丹果大入。急书一夕凡五至，准不发，饮笑自如。明日，同列以闻，帝大骇，以问准……因请帝幸澶州。同列惧，欲退，准止之，令候驾起。帝难之，欲还内，准曰：‘陛下入则臣不得见，大事去矣，请毋还而行。’帝乃议亲征”，“及至南城，契丹兵方盛，众请驻跸以觇军势。准固请”，“帝遂渡河，御北城门楼”，“帝尽以军事委准，准承制专决”。由此最后断语云：“河北罢兵，准之力也。”在国家危亡之际，寇准起到了柱石作用，他具备东晋名相谢安一样的沉稳，又坚毅果敢、熟知兵事，最终达到“河北罢兵”的战略目的。

诗人柳开也亲身经历了宋辽战争。柳开（947—1000年），原名肩愈，后改名开，字仲涂，号东郊野夫、补亡先生，魏州（又称大名府，今属河北）人，太祖开宝六年（973年）进士，曾为宋州录事参军，尝从太宗平北汉，督运楚、泗八州粮草，后因与兵马都监纷争被贬，雍熙间自请从武，遂改以崇仪使（武官官阶）、知宁边军等，真宗时加如京使（武官官阶），咸平三年迁沧州。柳开是进士出身，本来一直是文职，他自请换为武阶。《宋史》卷一百九十九载："会大举北征，开部送军粮，将至涿州，有契丹酋长领万骑与米信战，相持不解，俄遣使给言求降，开谓信曰：'兵法云："无约而请和，谋也。"彼将有谋，急攻之必胜。'信迟疑不决。逾二日，贼复引兵挑战，后侦知果以矢尽，俟取于幽州也。师还，诣阙上书，愿从边军效死，太宗怜之，复授殿中侍御史。雍熙中，使河北，因抗疏曰：'臣受非常恩，未有以报，年裁四十，胆力方壮。今契丹未灭，愿陛下赐臣步骑数千，任以河北用兵之地，必能出生入死，为陛下复幽、蓟，虽身没战场，臣之愿也。'上以五代战争以来，自节镇至刺史皆用武臣，多不晓政事，人受其弊。欲兼用文士，乃以侍御史郑宣、户部员外郎赵载、司门员外郎刘墀并为如京使，左拾遗刘庆为西京作坊使，开为崇仪使、知宁边军。"柳开是宋初由文改武、主动从军的士人的典型代表。柳开存诗很少，但一首《塞上》（鸣髇直上一千尺）是当之无愧的宋代边塞诗精品，而《一寸金》（井络天开）也是北宋边塞词中的佳作。

宋夏战争之际，范雍、夏竦、范仲淹、韩琦等经略宋朝西北的知名帅臣，既是战争的亲历者、边防的主持者，也是边塞诗词的重要创作者。他们军事才能上有长有短，战功有大有小，但对战争的体验却是大略相似的。范雍（981—1046年），字伯纯，真宗咸平初进士，仁宗时以文奉武为边帅，明道二年（1033年）罢知陕州；宝元二年（1039年），以资政殿学士、吏部侍郎为振武军节度使，知延州。范雍人称"大范老子"以与"小范老子"范仲淹区分，军事才能有限，在抵御西夏的战争中常有军事指挥上的过错，但其闭门坚守也常使城得不陷，犹算有功。庆历元年（1041年）二月，西夏主元昊率军攻渭州。同年四月，夏竦被诏为宣徽南院使兼陕西四路经略安抚招讨等使，判永兴军，韩琦、范仲淹为副使。宋军在好水川被全歼，大将任福战死，夏竦上书言责不在韩琦。他又能识人，保荐范仲淹任副使，对于安定西北的局势有重要贡献，自身也深受战火洗礼。大宋边疆得以保全，与这些帅臣的辛劳分不开。他们忙碌的身影留在了边关，也因边塞诗词为后人所铭记。

二是知边州、守边郡。北宋时处在边疆的诸路，也是广大边塞作家担任地方官的所在。他们在这里担任知州，也或兼有其他相关的职务、差遣。若跨越时空进行一次“全知全能”的扫视，沿着国境线由东往西，许多有边塞诗词创作的诗人的身影会进入视野。

宋王朝北方边境上的河北、河东路的诸州，有很多诗人在此任职。如苏颂曾在沧州，欧阳修、韩琦曾在镇州（真定府），田锡、韩琦曾在相州，韩琦、宋祁、苏轼曾在定州，王嗣宗、梅询、夏竦、韩琦、富弼、庞籍、王安礼等曾在并州（太原府），尹洙曾在晋州（平阳府），柳开曾在代州。西北方向陕西诸州，是与西夏对峙的重要阵地，有大批边塞作家在此任职，如寇准、王嗣宗、梅询、范雍、祖无择、张舜民等先后在陕州任职，向敏中、范雍、范仲淹、庞籍、沈括、孔平仲先后主持延州（延安府）的军政，范仲淹、滕宗谅、尹洙、蔡挺、范纯仁、范纯粹、孔平仲、宇文虚中先后知庆州（庆阳府），而柳开、王嗣宗先后于淳化年间和庆历年间知邠州，韩琦、文彦博、张方平、李师中曾任职秦州，寇准、滕宗谅、李师中则在凤翔府任职，等等。这些诗人任职边州，时间上有长有短，次数上有多有少。如寇准曾到同州、凤翔府、陕州等六处边地任职；张咏两次到任益州（成都府），累计任职时间前后跨九个年份；韩琦曾四次挂名相州等。

曾知边州的边塞诗人重要的有王嗣宗、张咏、向敏中、梅询、庞籍等。王嗣宗（944—1021年），字希阮，汾州（今山西汾阳）人，是一位前朝出生的士人。他是太祖开宝八年（975年）乙亥科状元，被认为“其在朝廷，风采尤厉”[①]，又在司马光《涑水记闻》等被记载有武力，堪称“能文能武”。太宗征河东时他上书陈边事，后来又知永兴军府、邠州等。回京后为枢密副使，后又知陕州。王嗣宗有较多的边地经历，其为数不多的边塞诗之一《题关右寺壁》，顾名思义即题写于西北边塞的一处墙壁上，可谓边塞诗“现场创作”的典例。

张咏（946—1015年），字复之，号乖崖，濮州鄄城（今山东鄄城）人，太平兴国年间进士，累擢枢密直学士，拜礼部尚书，淳化四年（993年）、景德二年（1005年）二度掌三班院。张咏曾于淳化五年（994年）至咸平元年（998年）、咸平六年（1003年）至景德三年（1006年）两度知益州；咸平五年（1002年）、六年（1003年）知永兴军。张咏知益州颇有政绩。《宋史》卷二百九十三载，其首任时正值李顺作乱，但主管的将领停兵不前，张咏就在饯行酒席间劝勉军官们，既深受国恩，就“无以塞责，此行当直抵寇垒，平荡丑类”，但旷日持久士气衰落，此地将会成为死地。张咏知兵，他主张“一鼓作气”，为后来的胜利奠定了基础。

向敏中（949—1020年），字常之，开封（今河南开封）人。曾任枢密副使，咸平初年授官兵部侍郎、参知政事，随真宗前往大名，代理兼知枢密院事，后为河北、河东安抚大使至边郡，景德二年（1005年）为鄜延路都部署兼知延州。向敏中颇得真宗器重，《宋

① 苏颂：《赠太师王嗣宗谥景庄议》，曾枣庄、刘琳主编：《全宋文》第61册，上海辞书出版社、安徽教育出版社2006年版，第65页。

史》卷二百八十二载“真宗幸澶渊，赐敏中密诏，尽付西鄙，许便宜从事”，并赞扬云“大臣出临四方，惟敏中尽心于民事尔”。其边塞诗如《延安守岁》正是在西北塞上过年的实地书写。

梅询（964—1041年），字昌言，宣州宣城（今属安徽）人，诗人梅尧臣之叔，端拱二年（989年）进士，真宗咸平三年（1000年）以进士考官被真宗引为知己，升任集贤院。当北敌契丹屡犯河北、西面夏州首领李继迁又强攻灵州的边事危急之时，梅询上书献策，建议收买吐蕃使之牵制夏人，并慷慨请缨：“苟活灵州而罢西兵，何惜一梅询！”[①] 梅询关注边事，其诗作《送夏子乔招讨西夏》是送给赴边抵御西夏的友人的，虽不是他亲自在边地，但却在边地战争的大场域之中，也应视为实地创作。

此类另如李师中（1013—1078年），字诚之，楚丘（今山东曹县）人，累官提点广西刑狱，摄帅事，熙宁初历河东转运使，知秦州、舒州、瀛州。尹洙曾以右司谏兼领泾原路经略公事，《宋史》卷二百九十五《尹洙传》载其“自元昊不庭，洙未尝不在兵间，于西事尤为练习”。曾知边地州郡的边塞诗词作家如表3-1所示。

表3-1　北宋边塞作家知边地州郡概况简表[②]

作家	任职时间	任职地
田锡	太平兴国七年（982）、八年（983）、九年（984）、雍熙二年（985）	相州

① 欧阳修：《翰林侍读学士给事中梅公墓志》，李之亮笺注：《欧阳修集编年笺注》，巴蜀书社2007年版，第390页。

② 本表系笔者据李之亮的《宋代郡守通考》丛书（巴蜀书社2001年版）等钩辑制作。

续表

作家	任职时间	任职地
王嗣宗	淳化二年（991）、三年（992）、四年（993）	兴元府
	咸平六年（1003）、景德元年（1004）、二年（1005）	并州、太原府
	大中祥符四年（1011）	京兆府、永兴军
	大中祥符五年（1012）、六年（1013）、七年（1014）	镇州、真定府
	天禧二年（1018）、三年（1019）、四年（1020）	陕州
	庆历五年（1045）	邠州
张咏	淳化五年（994）、至道元年（995）、二年（996）、三年（997）、咸平元年（998）、[又]咸平六年（1003）、景德元年（1004）、二年（1005）、三年（1006）	益州、成都府
	咸平五年（1002）、六年（1003）	京兆府、永兴军
李至	咸平元年（998）、二年（999）、三年（1000）	遂州、遂宁府
柳开	太平兴国八年（983）、九年（984）、雍熙二年（985）	贝州、恩州
	淳化二年（991）	桂州、静江府
	淳化五年（994）	邠州
	至道二年（996）、三年（997）	邢州、信德府
	咸平元年（998）、二年（999）	代州
向敏中	咸平六年（1003）、景德元年（1004）、二年（1005）	京兆府、永兴军
	景德二年（1005）、三年（1006）、四年（1007）	延州、延安府
寇准	咸平二年（999）、三年（1000）	同州
	咸平三年（1000）、四年（1001）、五年（1002）	凤翔府
	景德三年（1006）、四年（1007）、大中祥符元年（1008）	陕州
	大中祥符元年（1008）、二年（1009）、三年（1010）、四年（1011）、五年（1012）、六年（1013）	大名府
	大中祥符九年（1016）、天禧元年（1017）、二年（1018）、三年（1019）	京兆府、永兴军
	天禧四年（1020）	相州
梅询	天圣五年（1027）、六年（1028）	陕州
	明道二年（1033）、景祐元年（1034）、二年（1035）	并州、太原府
范雍	明道二年（1033）	陕州
	明道二年（1033）、景祐元年（1034）、二年（1035）、[又]康定二年即庆历元年（1041）	京兆府、永兴军
	宝元二年（1039）、宝元三年即康定元年（1040）	延州、延安府
	康定二年即庆历元年（1041）	河中府

续表

作家	任职时间	任职地
夏竦	景祐五年即宝元元年（1038）、宝元二年（1039）、宝元三年即康定元年（1040）、康定二年即庆历元年（1041）	京兆府、永兴军
	宝元二年（1039）、宝元三年即康定元年（1040）	泾州
	康定二年即庆历元年（1041）、庆历二年（1042）	河中府
	庆历五年（1045）、六年（1046）	并州、太原府
	庆历六年（1046）、七年（1047）	大名府
庞籍	宝元三年（1040）	同州
	康定二年即庆历元年（1041）、庆历二年（1042）、三年（1043）、四年（1044）、五年（1045）	延州、延安府
	至和二年（1055）、至和三年即嘉祐元年（1056）、嘉祐二年（1057）	并州、太原府
范仲淹	宝元三年（1040）	京兆府、永兴军
	宝元三年即康定元年（1040）、康定二年即庆历元年（1041）	延州、延安府
	庆历元年（1041）、二年（1042）	庆州、庆阳府
张先	嘉祐四年（1059）、五年（1060）	虢州
滕宗谅	宝元三年即康定元年（1040）、康定二年即庆历元年（1041）、庆历二年（1042）	泾州
	庆历二年（1042）、三年（1043）	庆州、庆阳府
	庆历三年（1043）、四年（1044）	凤翔府
晏殊	皇祐三年（1051）、四年（1052）、五年（1053）	京兆府、永兴军
宋庠	嘉祐八年（1063）	相州
宋祁	皇祐四年（1052）、五年（1053）	镇州、真定府
	皇祐五年（1053）、六年（1054）、至和二年（1055）、三年（1056）	定州、中山府
	嘉祐二年（1057）、三年（1058）	益州、成都府
余靖	皇祐四年（1052）、五年（1053）、皇祐六年即至和元年（1054）、至和二年（1055）	桂州、静江府
尹洙	庆历三年（1043）	泾州
	庆历三年（1043）、四年（1044）	渭州
	庆历四年（1044）	晋州、平阳府
	庆历四年（1044）	庆州、庆阳府
	庆历四年（1044）、五年（1045）	潞州、隆德府

续表

作家	任职时间	任职地
富弼	至和二年（1055）	并州、太原府
文彦博	庆历二年（1042）	渭州
	庆历二年(1042)、三年(1043)、四年(1044)、[又]皇祐五年（1053）	秦州
	庆历四年（1044）、五年（1045）、六年（1046）、七年（1047）	益州、成都府
	皇祐五年（1053）、皇祐六年即至和元年（1054）、至和二年（1055）、[又]治平二年（1065）	京兆府、永兴军
	嘉祐五年(1060)、六年(1061)、七年(1062)、[又]熙宁八年(1075)、九年(1076)、元丰元年(1078)、二年（1079）、三年（1080）	大名府
	嘉祐七年（1062）	并州、太原府
祖无择	嘉祐四年（1059）、五年（1060）	陕州
欧阳修	庆历五年（1045）	镇州、真定府
	熙宁三年（1070）	并州、太原府
张方平	皇祐六年即至和元年（1054）	渭州
	皇祐六年（1054）、七年（1055）、八年（1056）	益州、成都府
	嘉祐五年（1060）、六年（1061）、七年（1062）	秦州
	熙宁八年（1075）	京兆府、永兴军
韩琦	康定二年即庆历元年（1041）、庆历二年（1042）	秦州
	庆历七年（1047）、八年（1048）	镇州、真定府
	庆历八年(1048)、皇祐元年(1049)、二年(1050)、三年（1051）、四年（1052）、五年（1053）	定州、中山府
	皇祐五年（1053）、皇祐六年即至和元年（1054）、至和二年（1055）	并州、太原府
	至和二年（1055）、三年（1056）、[又]治平四年（1067）、[又]熙宁元年（1068）、[又]熙宁六年（1073）、七年（1074）、八年（1075）	相州
	治平四年（1067）、熙宁元年（1068）	京兆府、永兴军
	熙宁元年（1068）、二年（1069）、三年（1070）、四年（1071）、五年（1072）、六年（1073）	大名府
李师中	嘉祐五年（1060）、六年（1061）	桂州、静江府
	熙宁二年（1069）、三年（1070）	秦州
	治平四年（1067）、熙宁元年（1068）	凤翔府

续表

作家	任职时间	任职地
蔡挺	治平三年（1066）、四年（1067）	庆州、庆阳府
	治平四年（1067）、熙宁元年（1068）、二年（1069）、三年（1070）、四年（1071）、五年（1072）	渭州
陶弼	治平二年（1065）、三年（1066）、四年（1067）、熙宁元年（1068）、二年（1069）、三年（1070）、四年（1071）、[又]熙宁九年（1076）、十年（1077）	邕州
文同	熙宁五年（1072）、六年（1073）、七年（1074）、八年（1075）	兴元府
刘敞	嘉祐五年（1060）、六年（1061）、七年（1062）、八年（1063）	京兆府、永兴军
司马光	熙宁三年（1070）、四年（1071）	京兆府、永兴军
苏颂	元丰三年（1080）、四年（1081）	沧州
范纯仁	元祐五年（1090）、六年（1091）	并州、太原府
	熙宁三年（1070）、四年（1071）、[又]元丰七年（1084）、八年（1085）	河中府
	熙宁七年（1074）、八年（1075）、九年（1076）、十年（1077）、[又]元丰八年（1085）	庆州、庆阳府
沈括	元丰三年（1080）、四年（1081）、五年（1082）	延州、延安府
王安礼	元祐三年（1088）	益州、成都府
	元祐九年即绍圣元年（1094）、绍圣二年（1095）	京兆府、永兴军
	绍圣二年（1095）、三年（1096）	并州、太原府
时彦	元符三年（1100）、建中靖国元年（1101）、崇宁元年（1102）	晋州、平阳府
苏轼	熙宁九年（1076）[未行]	河中府
	元祐八年（1093）、九年（1094）	定州、中山府
游师雄	绍圣三年（1096）	熙州
毕仲游	绍圣二年（1095）、三年（1096）	虢州
晁补之	元符三年（1100）、建中靖国元年（1101）、崇宁元年（1102）	河中府
周邦彦	政和元年（1111）、二年（1112）	河中府
	政和二年（1112）、三年（1113）、四年（1114）、五年（1115）	潞州、隆德府
李复	大观三年（1109）、四年（1110）	夔州

续表

作家	任职时间	任职地
张舜民	绍圣二年（1095）、三年（1096）	陕州
	崇宁元年（1102）	定州、中山府
	崇宁元年（1102）	同州
吴则礼	绍圣五年即元符元年（1098）、元符二年（1099）、三年（1100）	虢州
孔平仲	崇宁二年（1103）、三年（1104）	延州、延安府
	崇宁四年（1105）	庆州、庆阳府
宇文虚中	宣和四年（1122）、五年（1123）、六年（1124）	庆州、庆阳府

三是出使邻邦，途经边塞。进行边塞诗词创作的使臣有宋祁、欧阳修、刘敞、王安石、沈遘、苏辙、苏颂、彭汝砺、刘跂、王珪、张舜民、余靖、陈襄、郑獬、刘挚、王钦臣等。

值得注意的是，有的作家既曾为边地帅守，也曾作出聘邻邦的使臣，几次到达边塞的身份有所差异。如韩琦既是经略西北、抗击西夏的著名帅臣，又曾于仁宗年间出使契丹；苏颂曾于神宗熙宁元年（1068 年）和十年（1077 年）两次出使辽国，是外交上颇有成绩的使臣，也在元丰三年（1080 年）、四年（1081 年）知沧州。又如张方平曾知边州，也曾为使臣，边塞诗有十余首。张方平（1007—1091 年），字安道，号乐全居士，应天府南京（今河南商丘）人。《宋史》卷三百一十八《张方平传》载其对于周边局势有较为清晰的认识："得新附之小羌，失久和之强敌，非计也。宜赐元昊诏，使之审处，但嫌隙朝除，则封册暮下。如此，于西、北为两得矣。"嘉祐五年（1060 年）至七年（1062 年）知秦州，仁宗年间以修起居注使契丹。另外，著名的科学家沈括也是兼有两种身份，他既是一位颇有成绩的使臣，也曾为西北边地帅臣。

沈括（1031—1095 年），字存中，号梦溪丈人，浙江杭州钱塘县人，政治家、科学家。仁宗嘉祐八年（1063年）进士及第，神宗时参与熙宁变法，颇受王安石器重。熙宁七年（1074年），沈括出任河北西路察访使，提举义勇、保甲诸事，任上积极改革军政，巩固北疆国防，返京又上疏提出多项整改意见。熙宁八年（1075年），宋、辽两国就边界问题产生分歧，辽使来京问询。沈括以官方所存文献为解决争端作出了重要贡献，接着受神宗之命，以回谢使身份出使辽国。使辽中，沈括不辱使命，据理力争，维护了宋朝的利益。沈括是著名的科学家，精通术数物理、天文地理，他借助使辽的机会绘出《熙宁使辽图抄》这一重要的边界考察报告性资料。元丰三年（1080年），沈括出知延州，兼任鄜延路经略安抚使，驻守边境，抵御西夏，元丰四年（1081年）、五年（1082年）仍在任。沈括颇具军事才能，他在任期间取得了夺取浮图、吴堡、义合等城池之功。

其他的，如徐铉（916—991年），字鼎臣，广陵（今江苏扬州）人。由南唐入宋，曾随太宗征太原，师还，加给事中。他有少量边塞诗创作，如《赋得霍将军辞第》曰“汉将承恩久，图勋肯顾私。匈奴犹未灭，安用以家为”“宁烦张老颂，无待晏婴辞”，既是咏史，也抒己怀，颇有壮气。宋初士人，因当时战火频仍，即使纯乎文人，也有不少人曾有边地经历，并进行了一定的边塞诗词创作。这反映了实际体验对于创作的重要意义。

二、亲见边景，真实描绘

对异乎内陆的自然风光进行描绘是边塞诗词的重要功能之一。但诗词中的风光景致是亲眼所见并进行有限范围内的艺术加工，还是未曾亲见、完全凭借想象与艺术虚构，需由作品及其本事来看。因为唐人一度漫游成风，很多士人都有亲临边塞的经历。北宋边塞诗人对边塞的实际经历相对贫乏。有实至边地经历作家之作与无真实经历为基础而全凭想象创作的作品对比，大概有助于认识北宋边塞诗词的描写功能。

边塞风景最大的特点是与内地的差异。如王操为数不多的诗作出色地写出了边塞特有的风光。王操，字正美，生卒年不详，生活在太宗年间，但颇有文名。他曾奉使陇右，亲身体会了边塞独特的环境，因此写得格外真切。如其《游边上》："佩剑游边地，胡风卷败莎。雕饥窥坏冢，马渴嗅冰河。塞阔人烟绝，春深霰雪多。蕃戎如画看，散骑立高坡"，方回《瀛奎律髓》评之"尾句真如画也"。《并州道中》写道："从军无住计，近猎塞门行。风劈面疑裂，冻粘髭有声。太阳过午暗，暮雪照人明。马上闻吹角，依依认汉城"，写边地"风劈面疑裂，冻粘髭有声"的极端天气，正是岑参笔下《走马川行奉送出师西征》中"风头如刀面如割""马毛带雪汗气蒸，五花连钱旋作冰"的再现。

边塞的四季颇见特色。边塞之春，如寇准《边城春望》写道："独望原西路，离襟倍黯然。青山遮故国，绝塞度新年。风聚沙迷岸，烟开烧满川。归心正无际，骠骑莫留连。"写青山连绵，风沙迷岸，而水烟弥漫的状态。塞上之春，寒气未消，常与雪相伴，王操《游边上》说是"塞阔人烟绝，春深霰雪多"，其《塞上》又云"风高雪洒春"。因为寒冷，所以"春暖花开"就推迟了，范仲淹《城大顺回道中作》就写道"三月二十七，羌山始见花"。

夏季的基本特征是炎热，但边塞的夏则不见得如此。不同的人感觉可能有所不同。李觏《送路拯北游》言"六月地欲赤"，而徐积《寄吕帅五首》之五却说"边城八月已如秋"。吕南公《送人游边二首》之一云："六月洮河上，惊飚雹似拳。"这当然是用了艺术的夸张，说冰雹大似拳头，但这也是基于西北边地严寒的基本气候特点而言的。陶弼《塞上》写道："星落胡王死，河穷汉使归。雪山经夏冷，天马入秋肥"，被刘克庄视为集中佳句。陶弼（1015—1078年），字商翁，永州（今湖南省祁阳县）人，倜傥知兵，又能诗，有"左诗书，右孙吴"[①]之誉，庆历中将兵作战，有战功，换崇仪副使，迁为使，曾两知地处南疆的邕州，对安抚少数民族贡献颇大。他是在边地和军中生活过的诗人，有实际的体悟。其诗言"雪山经夏冷"，仍是强调塞上寒冷的环境。文同《大热过散关因寄里中友人》详细地写出了夏日经过大散关的炎热感受：

六月日正午，大暑若沸镬。时行古关道，十步九立脚。烟云炙尽散，树木晒欲落。喉鼻喘不接，齿舌津屡涸。担血憧破领，鞍汗马濡膊。幽坑困猿狖，密莽渴鸟雀。至此因自谓，胡为就名缚。所利缘底物，奔走冒炎恶。尘心日夜迫，欲住不能略。因念吾故园，左右悉林薄。昔我未第时，此有文酒乐。长松借高荫，飞瀑与清濯。层崖对僧咏，大石引客酌。畏景虽赫然，无由此流烁。于今只梦想，欲往途路邈。所效殊未立，期归尚谁约。徒尔发短歌，回首谢岩壑。

此诗写夏日正午天气炙热，行人难以立足——"十步九立脚"，口干舌燥，用了一系列人、畜的表现来极写热的程度。这与前引例中所写的塞上夏季也冷出现很大的偏差。但从综合看，或是严寒，或是炎热，总之是气候极端，与内地殊异。

宋代边塞诗词中写秋天，以范仲淹"塞下秋来风景异"最为著名，但除此之外，也有不少佳作。韩琦于皇祐五年（1053年）、至和元年（1054年）知并州时作的两首诗：

---

① 黄庭坚：《东上阁门使康州团练使知顺州陶君墓志铭》，刘琳等点校：《黄庭坚全集》，四川大学出版社2001年版，第815页。

莫赋悲哉学楚骚，塞庭秋色一时高。霜严猎卫鹰权峻，风入弓胶士气豪。对月清吟森玳瑁，吹花芳酌醉葡萄。汾波照骨银河淡，晓夕寒光助帐刀。——《并塞晚秋》

轻雨来秋晚，郊园对客樽。暂和春气味，将冷雪肧浑。声入关榆苦，阴缠塞岭昏。黄花应自笑，摇落独承恩。——《北园秋雨》

两诗均写边塞之秋，也都写到了酒，为自然的描写增添了不少人文意趣。前者点明秋色高，使用了一系列借代或比喻性的语句，如“森玳瑁”“醉葡萄”等，后者将秋与春、冬相对比，写景的时候也不免透露出“苦”的意思。“苦”在寇准《塞上秋怀》又表现了出来：“未识穷边苦，今游信有之。秋林残照后，关路独行时。碛迥风长急，天寒雁度迟。离心已无赖，更听戍楼鼙。”残照、沙碛、寒雁等意象极力渲染边塞的萧索秋意，为“苦”的感情作有力的衬托。

塞上苦寒，而冬来更加明显。彭汝砺《塞外冬至》写道：

今年至日是今朝，日影方长路更遥。霜雪辛勤白榆塞，鵷鸿怅望紫宸朝。阴冥丘壑云长暗，阳触渊泉冻欲销。欲问春来消息近，几多垂柳在溪桥。

本诗描写冬至节气里的边塞。冬至日是北半球广大地区一年中白日最短的一天，霜雪遍布塞上，天阴云暗，寒冷异常。但即使在如此的时节，于镇守边疆、保家卫国的将士来说，军事的训练仍是不可或缺的。如韩琦《甲午冬阅》即是写冬季里的阅兵活动，诗中“锐”“干”“湍”以硬质的词语写出了冬日里练兵的艰辛。阅兵是室外的活动，那么若是在室内，且是饮酒取暖，又当如何？同样是边地，同是冬至这一天，苏颂《冬至日瓦桥与李綖少卿会饮》云：“使传驱驰同被命，边城迢递偶相从。风霜正急偏催老，岁月如流又过冬。方念去家千里远，无辞沈醉十分浓。须知此会洵堪喜，北上河桥便寡悰。”可见犹然未忘“风霜正急”的大环境，寒意笼罩了整个世界。

边塞地之寒，多是因为地理位置在北，受冬季风影响大的缘故。而风行时带沙土，风沙成了边地突出的现象，也成为边塞诗词中的重要意象。张咏《新秦遣怀》所谓“风动沙昏昼，寒多雪折松”并不少见。欧阳修《风吹沙》即云：

> 北风吹沙千里黄，马行确荦悲摧藏。当冬万物惨颜色，冰雪射日生光芒。一年百日风尘道，安得朱颜长美好。揽鞍鞭马行匆迟，酒熟花开二月时。

该诗集中描绘边地风沙之猛烈，表现了寒冬中在风沙的肆虐下“万物惨颜色”“射日生光芒”的情景。而在《木叶山》中，欧阳修写道“奚田可耕凿，辽土直沙漠。蓬荆不复生，条干何由作。兹山亦沙阜，短短见丛薄。冰霜叶堕尽，鸟兽纷无托”，北地的寒冬简直成为荒凉的绝漠，植物枯萎，动物无所藏匿，萧索的气氛弥漫。

韩琦北使日所作的《紫蒙遇风》则如是写道：“草白岗长暮驿赊，朔风终日起平沙。寒鞭易促鄣泥跃，冷袖难胜便面遮。回岭卷回云旗破，远天吹入雁行斜。土囊微乞缄余怒，留送归程任摆花。”紫蒙是古地名，在今辽宁省朝阳县境内，曾为古时出兵之地，在北宋时出使契丹也必经此路。韩诗写沙尘的持久以及造成的强烈不适感。使臣郑獬《被恩出使》亦云：“镜湖清浅越山寒，好倚秋云刮眼看。万里尘沙卷飞雪，却持汉节使呼韩。”

既然是冬季，雪是少不了的。沈遘《出都日大雪》如此写道：“朔风万里来，一夜卷飞雪。漫漫国门路，转毂失故辙。鸟翼压不开，马蹄僵欲折。问我行安之，衔命使胡羯。君恩念勤远，敦遣礼无缺。赐金戒私装，卜日出汉节。太官载供张，厩马先简阅。光华自难胜，敢复诉劳茶。独哀徒御众，驱驰犯寒切。每怀实靡及，勖尔保嘉烈。”诗中不吝夸张笔法，说大雪在一夜之间借着万里的劲风而来，席卷了整个世界，使得行车失辙，鸟不能飞，马不得行。其威力惊人！释惠崇《塞上赠王太尉》云“河冰坚度马，塞雪密藏雕”，雪与冰联袂出场，为冬日边塞之寒助力。雪作为冬的代言，更使塞上之人认为它是不可或缺的，以至于无雪的时候还会念叨，如刘敞《答张给事途中微雪见寄四韵》就说：“空行万里塞，不见六花飞。”沈括《延州诗》中则云“二郎山下雪纷纷，旋卓穹庐学塞人。化尽素衣冬不老，石油多似洛阳尘”，将纷纷落于二郎山下的大雪譬为冬之素衣，并为之葆有“青春不老”。颇有意思的是，这首诗中还提到了边地的特有物产——“石油”，沈括在其《梦溪笔谈》中首次以“石油”为其命名。

这些对于边地寒雪的描绘是建立在亲身体验基础上的。其文字尽管多借助夸张的笔法来实现艺术效果，但真实感却鲜明。不妨以之与身在内地的诗人的边塞诗作对比，更能体现二者的差异。林逋《雪三首》之一：“瓦沟如粉叠楼腰，高会谁能解酒貂。清夹晓林初落索，冷和春雨转飘萧。”此作同是写雪，但因作者常年身处内地，春雪写得颇为温柔轻巧，与塞上惯为狂风席卷的雪一个优美、一个豪壮。

另外，身处边地时间长了，不仅能感受到那里严酷的环境，有时也能找到些许惬意。如韩琦的五律《寒食》写道：“塞上逢寒食，郊园此重临。一时行乐意，万室欲春心。节物随人好，风光得处深。只思民尽适，守鬓忘霜侵。”“节物随人好，风光得处深”写出了唯有身处其中并沉浸之“深”者才能得其妙处的意味，这与匆匆经过边塞或从未有到达边塞经历者的“浅尝辄止”和耽于幻想是明显不同的。而其《初秋塘上》所云“池塘凉意早，秋色动边关。酷暑不终暴，清风来自闲。畏螳蝉屡起，辞幕燕将还。尽日当轩卧，看云归故山”，其中流露的些许优雅闲适，与范仲淹《依韵和延安庞龙图柳湖》的“江景来秦塞，风情属庾楼”之句一样，颇见久驻塞上生出的闲情之感。沈括的《延州柳湖三首》其三也堪称其中佳作：“日暖闲园草半薰，不堪春兴蝶纷纷。山烟梦松成微雨，关月帘纤出断云。三弄倚楼喧晚操，六花分队驻新军。终年不见江淮信，吟向胡笳永夜闻。”山烟、梦松、微雨，竟是如是轻柔，与上文所引林逋写雪诗的感觉相近。但须知两者的区别在于，林诗是“第一层面”上实写雪，而这里沈诗是“第三层面”上的“看山还是山”，是久在边地生出的一种新的感觉。庞籍的《到塞后有怀青社》是身至塞上时，回想内地并与之对比：“初到营陵春始回，泱泱风物接梧台。鱼盐利重通阛盛，筝瑟声和宴席开。天际肤云连岱色，海中灵药慕仙才。早知未许身闲去，悔舍尧田石涧来。”此诗进行的描写可作参照。司马光于庆历年间任武成军节度判官出使延州时作《塞上》四首，作于他仅有的一段赴边生活中：

节物正防秋，关山落叶稠。霜风壮金鼓，雾气湿旌裘。未得西羌灭，终为大汉羞。惭非班定远，弃笔取封侯。

鸿雁秋先到，牛羊夕未还。旌旗遥背水，亭候远依山。落日衔西塞，阴烟澹北关。何时献戎捷，鞍甲一朝闲。

瀚海秋风至，萧萧木叶飞。如何逢汉使，犹未寄征衣。不叹千里远，难甘一信稀。年年沙漠雁，随意得南归。

剑客苍鹰队，将军白虎牙。分兵逻圊水，纵骑猎鸣沙。浪有书藏袖，难凭信达家。不堪闻晓角，吹尽落梅花。

其中对关塞秋日的描绘，“霜风壮金鼓，雾气湿旌裘”，“鸿雁秋先到，牛羊夕未还”，“旌旗遥背水，亭候远依山”，“落日衔西塞，阴烟澹北关”，都写得颇为壮阔美丽，显然是亲自体验的结果。

诗词中写边塞地貌之非凡并不鲜见。韩琦庆历八年（1048 年）

知定州时所作的《北岳》：

四海尊方岳，常推朔镇雄。阳为中夏胜，阴与北胡穷。孕秀贤豪出，宣灵造化通。斗乘天位正，乾发帝基隆。盛畜严凝气，横障广莫风。举头瞻骏极，危坐压崆峒。殖物资坤德，栖真固坎宫。星缠函毕昴，祀典轶王公。俗仰良材富，年随喜泽丰。左肱挥渤澥，右股跨獯戎。地险祠庭革，时平戍垒空。岚光朝扑黛，宝色夜舒虹。有药皆奇种，无花不异丛。层巅健雕鹗，怪穴老罴熊。肆觐仪虽阔，斯民望未充。何时清大漠，封牒纪宸功。

诗作写出了北岳的面貌，可谓“形胜”。而此山岳又有分隔华、胡的特点——“阳为中夏胜，阴与北胡穷”，因此地理位置显要，是当之无愧的关塞。北岳雄伟非凡，储存了能量巨大的“严凝气”，阻挡了“广莫风”即北风，其作用巨大。《礼记·乡饮酒》云：“天地严凝之气，始于西南而盛于西北，此天地之尊严气也，此天地之义气也。”诗人赋予了此岳以“推”“尊”的象征意义。此类描写在词中也有，如裴湘《浪淘沙令》其一：

雁塞说并门。郡枕西汾。山形高下远相吞。古寺楼台依碧嶂，烟景遥分。晋庙锁溪云。箫鼓仍存。牛羊斜日自归村。惟有故城禾黍地，前事消魂。

其上片尽写雁门关地理位置之险峻，以西汾为枕，吞高山峻岭，堪称雄关，为下片叹史烘托气氛。作者裴湘本系仁宗时以应制诗著称的内臣，少有机会见识塞上风景。但这首词是他担任河东路走马承受时所作，是其“善为小词”的代表作[①]。据《宋史·职官七》等

① 吴处厚：《青箱杂记》，程毅中主编：《宋人诗话外编》上册，国际文化出版公司1996年版，第143页。

载，走马承受是宋代在沿边诸路设置的一种以内侍等充任的职务，直接对皇帝负责，无事时每年一次入奏，边地有警时则可随时直接驰报大内，堪称帝王外派的耳目。为不负皇命，“裴走马”必然勤走在边徼，对于古为晋地、当时河东路的山川形势非常熟悉。对雁门关、并州城、汾河、晋祠这些边塞形胜了然于胸，即使写进时人尚且不是很瞧得起的小词中，仍然能够大气磅礴、引人入胜。这就是亲见边景的真实描绘所富有的魅力。

三、亲务边防，纪实书写

边塞诗词对军旅生活的描述是其主体内容之一。而在那些作为边疆大吏、主持边塞防务的诗人笔下，叙述、描写都更真实，抒情更能有所依托。其中，韩琦是典型代表。

韩琦是一代名臣，在军事、政治、外交等方面都颇有建树，与他的“前辈同事”范仲淹因镇守西北、抵御西夏而并称。韩琦有丰富的边地经历。作为边帅，他在朝廷对西夏用兵时任陕西经略安抚副使，主持泾原路，后为秦州观察使，长期主掌边防军务；作为州守，他曾先后于康定二年即庆历元年（1041 年）、庆历二年（1042 年）知秦州，庆历七年（1047 年）、八年（1048 年）知镇州，庆历八年（1048 年）至皇祐五年（1053 年）知定州，皇祐五年（1053 年）至至和二年（1055 年）知并州，至和二年（1055 年）、三年（1056 年）和治平四年（1067 年），又熙宁六年（1073 年）至八年（1075 年）屡次知相州，治平四年（1067 年）、熙宁元年（1068 年）知京兆府（永兴军年），熙宁元年（1068 年）至六年（1073 年）知大名府，其任职地跨北边、西北多处；作为使臣，他又曾于仁宗宝元元年（1038 年）以右司谏、直集贤院假太常少卿、直昭文馆充贺契丹正旦使，出使辽朝。韩琦几乎是北宋一代边地生活经历最为长久、多样的代表。

韩琦饱受战火洗礼，对于战争有深切的体会。史载，他在兵败回返途中遇到战死士卒亲人“招魂”，甚为震恸。他的边塞诗词对于边防的方方面面多有纪实性描写。如其《甲午冬阅》：

> 练士当时阅，临高共一观。势凭朝气锐，令入晓霜寒。事重三军国，形存八阵滩。烧烘旗帜动，雷吼鼓鼙干。画守谁能犯，循环莫见端。赴溪驱稚子，飘石走惊湍。弹压提封静，周旋四野宽。机深天地秘，知少古今难。寨巧花齐出，营新月未圆。全师充国慎，坚卧亚夫安。鹅鹳行虽卷，貔貅伎要殚。撒缰驰铁骑，叠箭取银盘。避槊身藏镫，扬尘足挂鞍。弩飞三刃剑，炮掷百星丸。铙管喧归队，肴觞足犒餐。父兄人自卫，凫藻众胥欢。有志铭燕石，无劳误汉坛。壮心徒内激，神武正胜残。

本诗详细地描写了至和元年（1054年）的一次阅兵活动。《续资治通鉴长编》卷一二八载：“（康定元年）九月，诏河北、河东路强壮，陕西、京东西路新置弓手，年二十系籍，六十免。听私置弓弩。每岁十月后、正月前分番上州教阅，半月即遣归农。”本诗即作于如此背景下。诗的开头即点明了阅兵的主题，后文中对军队的雄武进行了详细的描绘，行伍之形状、行动之特点、武器之装备，都一一展示。因为诗人正是一位久经沙场的元帅，生平曾多次检阅军队，写起来就能滔滔不绝但均有所依托，极尽夸饰却不令人生冗赘之感。又如其《常山出郊马上口占》是庆历八年（1048年）知真定府时作：“旌旗乘晓出郊原，五马临风一慨然。山势似屏西限晋，地形如掌北擒燕。麦含丰泽催齐秀，蚕饱柔桑起大眠。守帅勉希廉与蔺，九重高枕不忧边。”本诗从诗题即能看出是于马上随口而成，其中对于山势地形如屏似掌的峥嵘风貌的描绘颇具动感，正是作者外出巡查、加强防备时处在行进中的真实写照。韩氏的另两首诗，《黑沙岭路平定军西》云“诘曲榆关道，终朝险复平。后旌绿磴下，前骑半天行。举目自山水，劳生徒利名。报君殊未效，何暇及归耕”，《过吴儿谷》道“晓入吴儿谷，危途信不虚。千峰疑绝路，一迳俯容车。山鸟过云语，田夫半岭锄。时平尽周道，天险欲何如”。前者为诗人皇祐五年（1053 年）知并州途中作，后者乃其至和二年（1055 年）由并州回相州途中作，二作也均写出了行进之感。

对于边防事务桩桩件件亲力而为，本身就为创作准备了许多素材。诗人或许只需落笔，此类作品就纷至沓来：

边兵未云备，竞矜弓弩强。斯人久衔恩，献力固所当。上山伐檀栾，入林候飞翔。岂无解网心，大义须勤王。安得会稽岭，集居共工旁。安得解羽泽，在君礼义乡。剪翎副之箭，一一坚且良。朝发摧西戎，夕发毙东羌。不烦天下民，万里坐宁康。——刘敞《闻官输竹箭毛翎》

和亲虽复用诸儒，圣德由来北服胡。天子今成大父行，匈奴自号儿单于。女真守燎羯围马，渤海西道奚前驱。塞外始知汉使贵，留犁挠酒直区区。——刘敞《自入北界虏人候迓供帐每进益恭少尝至契丹者皆云异他日示陈副使希元》

边关本是苦寒地，况复严冬入虏乡。一带土河犹未冻，数朝晴日但凝霜。上心固已推恩信，天意从兹变燠旸。最是使人知幸处，轻裘不觉在殊方。——苏颂《中京纪事》

夷俗华风事事违，矫情随物动非宜。腥膻肴膳尝皆遍，繁促声音听自悲。沙眯目看朱似碧，火熏衣染素成缁。退之南食犹成咏，若到穷荒更费辞。——苏颂《虏中纪事》

莽莽寒郊昼起尘，翩翩戎骑小围分。引弓上下人鸣镝，罗草纵横兽轶群。画马今无胡待诏，射雕犹惧李将军。山川自是

从禽地，一眼平芜接暮云。——苏颂《观北人围猎》

这几首都是使臣之作。刘敞的《闻官输竹箭毛翎》是军备事务——制造羽箭的纪实。因为缺少原材料，官方常常向民间征集，给百姓带来很大负担。诗人一面关心着边防，一面更加同情百姓。他无奈地祈盼军力增强之后安定天下，使黎民从此安居乐业。刘敞后一首与苏颂的几首诗都是出使契丹，在彼处见闻的异域风俗的记录。《中京纪事》题注云："十一月十六日到中京，未经苦寒，天气温煦几类河朔。行人皆知厚幸，纪事书呈同事阁使。"《虏中纪事》题注云："虏中饮食风物皆异中华，行人颇以为苦，纪事书呈同事阁使。"《观北人围猎》题注云："北人以百骑飞放谓之罗草，终日才获兔数枚，颇有愧色。顾谓予曰：道次小围不足观，常时千人已上为大围，则所获甚多，其乐无涯也。"皆是必要的辅助说明，与诗作主体一起，成为记录他们越过边境线、完成邦交友好事务的诗体"工作日志"。

韩琦也曾为使臣，其《使回戏成》云："专对惭非出使才，拭圭申好敛旌回。礼烦偏苦元正拜，户大犹轻永寿杯。欹枕顿无归梦扰，据鞍潜觉旅怀开。明朝便是侵星去，不怕东风拂面来。"此诗作于宝元二年（1039年）使辽时。《辽史·兴宗纪》载："（重熙）八年春正月壬辰朔，宋遣韩琦、王从益来贺。"重熙八年正是宋宝元二年。"永寿"，据作者自注为"虏主元辰节名，其日以大白酌南使"，在辽帝生辰节庆时他们一行使者受到了对方的款待。而"礼烦偏苦元正拜"句下自注"虏廷元日拜礼最烦"，写出了诗人对于胡人节日礼仪的一种旁观的感觉。

此类内容在边塞词中也有体现，如吴则礼《红楼慢·赠太守杨太尉》："声慑燕然，势压横山，镇西名重榆塞。干霄百雉朱阑下，极目长河如带。玉垒凉生过雨，帘卷晴岚凝黛。有城头、钟鼓连云，殷春雷天外。长啸，畴昔驰边骑。听陇底鸣笳，风搴双旆。霜髯飞将曾百战，欲掳名王朝帝。锦带吴钩未解，谁识凭栏深意。空沙场，牧马萧萧晚无际。”词的前半部分细致地描写景致，下片进入对战争的回忆，也有一定的纪实作用。

四、亲处边地，真切抒怀

一是写驻守边地的感受。人在边地时间久了，必然产生一定孤独寂寞或者思乡之情，或许一声暮角，就能唤起诗人的情绪，如王操《塞上》言，“边城吹暮角，久客自悲辛”。张咏《新秦遣怀》写道：“貂褐久从戎，因令笔砚慵。梳中见白发，枕上忆孤峰。风动沙昏昼，寒多雪折松。此心无与问，长愿酒盈钟。”这首诗大概作于张咏太平兴国年间通判麟州、相州期间，写出了作者久驻边地的感受。因为“以我观物，物皆着我之色”，貂褐、笔砚似乎有了灵性，也能因为“久从戎”而慵懒。梳上白发、枕头上孤峰都映衬出作者的孤独寂寞。又如向敏中《延安守岁》云“律管风生消暮景，塞原烟静绝妖氛。坐移残烛光阴变，故旧年华一夜分”，写出在新年来临之际处在边地的人们感受到的漫长的时间感，从人的主观认识上强化了特定片段的光阴。这在韩琦《次韵答致政杜公小诗见戏》得到了相似的表达，该诗写道：“塞上区区罄拙勤，回头芳岁已三旬。何须更殢中山酒，日日忧边似醉人。”向诗中的“光阴变”是“故旧年华一夜分”的一个夜晚来实现的，而韩诗中是“回头芳岁已三旬”，有种疏忽之间鬓见白发之感。又如王嗣宗在真宗朝曾为枢密副使，以大同军节度知许州，其《题关右寺壁》写得颇具豪气：“欲挂衣冠神武门，先寻水竹渭南村。却将旧斩楼兰剑，买得黄牛教子孙。”这大概也是很多空想的边塞诗词作者所缺乏的。韩琦在庆历五年（1045 年）至七年（1047 年）间在知扬州时作的《答孙植太博后园宴射》中，写作为宴会娱乐节目的射艺活动“呼宾习射次序升……当筵主筹令难犯，大白时举出正罚。此礼自古尤所重，矍圃去留宜有别。五善大抵主和容，不止穿杨与穿札”，由此联想起了当年戍边的经历：“因忆当年黠羌叛，非才误授将军钺。帐下貔貅十万师，力过生犀心似铁。大仁未许覆凶巢，饬谨封垂御侵越。悍夫猛士志待骋，贮填愤气何由泄。正值高秋天气寒，塞场霜重严风刮。约束偏裨整队兵，旌旗烁电戈矛雪。驱出长郊阅奇阵，离合应麾皆有节。次引精锐较绝技，控弦命中无虚发。气豪马健走危坡，直下千寻未尝蹶。收军校猎围平原，犬顺人呼鹰解绁。山麋冲铁犯劲矢，岗兔奔逃迷狡穴。大雕盘空不轻搏，老狐仰视肝胆裂。驻鞍赏获犒部曲，浪泻酒车轮染血。将军未酣众心醉，耳后风生鼻头热。此日淮藩奉宽诏，朱轮慢辗行春辙。”韩琦“一生经历丰富，曾两度经略陕西，亲临当时边患最重的宋、夏前线，绝非老于馆阁的文臣”①，此诗详细阐发了当时的情景。若非亲身经历、铭记在心，很难写得如此生动。

二是写行途见闻感受。欧阳修《过塞二首》之一写道：“身驱汉马踏胡霜，每叹劳生祗自伤。气候愈寒人愈北，不如征雁解随阳。”《欧阳文忠公年谱》中记：“（至和二年）八月辛丑，假右谏议大夫，充贺契丹国母生辰使，将持送仁宗御容，会虏主殂。癸丑，改充贺登位国信使。十二月庚戌，宿虏界松山。”这正是此诗创作的背景。诗中征雁南归而诗人北上，两相对比，羁旅之感顿时显现出来。

三是抒写离别情谊。送别功用是边塞诗词重要的“附加”因素。对于一般人来说，边塞的地理位置势必遥远；另外，边塞的存在本

① 莫砺锋：《论北宋名臣韩琦的诗歌》，《文学遗产》2014 年第 1 期。

身就有战略防御功能，因此靠近边塞的地方就容易发生战争，也就意味着有一定的危险存在，而若身兼任职边地甚至戍守边塞的使命的话，其危险性就更大。边塞诗词即是关于边塞战斗、生活的文学，故从该角度看，边塞诗词与书写离别情感之间存在一定契合之处。边塞诗词中有不少表达了真切的离别情谊。如寇准《阳关引》：

塞草烟光阔。渭水波声咽。春朝雨霁轻尘歇。征鞍发。指青青杨柳，又是轻攀折。动黯然、知有后会甚时节。更尽一杯酒，歌一阕。叹人生，最难欢聚易离别。且莫辞沉醉，听取阳关彻。念故人、千里自此共明月。

本词融入送别名作《阳关曲》，写出了具有普遍意义的别离情感。词中“共明月”的写法更是颇具启发意义，甚至演绎到后来出现了表达亲友珍重的名句“但愿人长久，千里共婵娟”。又如沈遘《城北别亲友》写道：“朝出北门道，后车何轰轰。顾皆我亲友，送我胡中行。置酒古寺堂，劝酌纷纵横。饮阑视四坐，悄若意弗平。试问坐上客，客言安敢承。谓我自慷慨，固无儿女情。幸当无事时，奚忽为北征。怜我不受辱，往拜单于营。忧我衰病余，跋涉万里程。二者所不堪，奈何谁使令。我笑谓坐客，我岂徇利名。仕既不得已，王命方丁宁。上羞傅介子，下愧苏子卿。第结匈奴心，以保先帝盟。惓惓谢亲友，敢辞醽余觥。”该诗细致地描写了作者自城北向亲友辞别的情形。“我”将远行，且是去往胡地，“往拜单于营”，目的是出使番邦维持和平，“第结匈奴心，以保先帝盟”。亲友来送行，置酒劝酌，藉此话别。诗中还写出了作者身负使命，非是“徇利名”，因而“仕既不得已，王命方丁宁”，并以汉代傅介子和苏武自勉，希望不辱使命，圆满完成任务。情意真切，颇为感人。

第二节　书生论剑式的论说

宋人好议论，是那个时代的文人给予后世的一个集体印象。诗词也是他们议论的重要阵地，何况边塞题材是被称为“国之大事”的“戎”，非常值得一论。言志、说事、论时，边塞诗词为北宋作家提供了特别的载体。

一、普遍的“书生”身份认同

宋代奉行“以文御武”的制度，因此多是文臣带兵，无论是中央军事部门，还是边疆，首脑多是文臣。如苏颂的边塞之作《和吴仲庶待制见寄》中所云，“元帅本由诗礼选，行人愧匪语言才”，可见以文才来选拔元帅是传统，在诗人看来理所应当。张方平《读孙子二首》诗“其二”中有“勿使有功臣，功大将骑虎”之言，正是以臣子的自觉心态表现出宋朝由上到下对于武将的防范意识，也暗含了文人对自身身份的某种坚持。

从创作主体角度看，边塞诗词的作者普遍具备文臣、儒士的身份。边塞诗词的作者、作品中涉及的人物身份为儒士，熟悉文事，在作品中屡屡被提及。如欧阳修《寄秦州田元均》云：“由来边将用儒臣，坐以威名抚汉军”“梦回夜帐闻羌笛，诗就高楼对陇云”，正是点明了边地多由儒臣把持军权。这种书生身份也使得边塞诗的创作具备了一定程度的“便利”。张方平《送冀州李太傅》中说：“多君贵主子，材识乃名儒。青海渥洼种，丹山鸾凤雏。兵家左车后，书法右军无。拥帷羞纨绔，怀章就隼旟。亭台烟水阔，楼堞暮云扶。析木元分冀，滹沱渐近胡。双觥虽蕴藉，重闭勿须臾。谁道长城远，今观出上都。”此诗写出了边地守臣身为名儒、文武兼备的优秀素质，可见“儒生自古贵，忠信行蛮貊。虽令博望侯，何敢轻逢掖”（刘攽《次韵穆父送仲至使北》）的观念颇为郑重。客观上，书生有较高的文化水准，更能将边塞之事付诸笔端。

边塞诗词中有很多边塞帅守、外出使臣进行文学创作的表述。比如著名的帅臣韩琦之作：

一从西北困边尘，瀛馆仙游更莫亲。只惯弯弧挥太白，几曾横槊赋青春。晴郊按猎长侵暮，夜橐飞邮不待晨。多羡甘棠阒无讼，时将佳句恼粗人。——《再答陕府春卿资政》

十年西北保疆垂，只恐非才误委毗。报国心诚虽慷慨，背时踪迹极孤危。欲求褒贬明千古，直把穷通托二仪。多谢高篇远相劳，《召南》风格本王基。——《次韵答渭州王龙图》

二诗颇有相似之处。在前半部分都紧扣边疆军事防务的特点，明白地指出“西北”的地点和“困边尘”“保疆垂”的事务。其后又谈“横槊赋青春”，使用了三国时期曹操横槊赋诗的典故，“横槊赋”三字在语意上暗藏了一个“诗”字，接下来的“佳句”“高篇”等词更清晰地表达出“诗”的意思。出有征战边塞的实务，归又“能述以文者”（欧阳修《醉翁亭记》），既是称许赠答的友人（陕府春卿资政和渭州王龙图），又何尝不是韩大帅的夫子自道！

韩琦善于此道，皇祐三年（1051 年）知定州时所作的边塞诗《览渭帅王龙图西行诗集》，从题名上就看出是作者读王龙图所撰的诗集有感而发的作品。其诗云：“久陟风骚上将坛，更持旄钺抚边关。山川满目吟虽苦，戈甲藏胸意自闲。威望昔尝流塞外，雅歌今复奏兵间。禁中日夜思颇牧，四牡看随杕杜还。”诗中赞扬王素本熟谙风骚，是有成就的文学之士，今持旄钺戍守边关，军务并未阻挠其文学创作，他犹然将满目的山河壮景和军旅之行诉诸笔端，以使雅歌奏于兵间，进而汇成诗集，是非常值得肯定之举。

再看使臣欧阳修之作：

忆昨初受命，同下紫宸朝。问君当何之，笑指北斗杓。共念到几时，春风约回镳。所持既异事，前后忽相辽。岁月坐易失，山川行知遥。回头三千里，双阙在紫霄。我老倦鞍马，安能事吟嘲。君才绰有余，新句益飘飘。前日逢吕郭，解鞍憩山腰。僮仆相问喜，马鸣亦萧萧。出君桑干诗，寄我慰寂寥。又喜前见君，相期驻征轺。虽知不久留，一笑乐亦聊。归路践冰雪，还家脱狐貂。君行我即至，春酒待相邀。——《奉使契丹道中答刘原父桑干河见寄之作》

欧阳修诗是其出使契丹的行路上所作。尽管出使活动紧凑繁忙，路途行之不易，他犹记得以诗文来与友朋进行交流，“君才绰有余，新句益飘飘”“出君桑干诗，寄我慰寂寥”。而其寄诗对象是刘敞，也是著名的使臣，由诗意知，先前他曾有桑干河诗作寄给欧阳修，这里欧阳修答之。足见这些使臣在边塞诗中写文学创作已司空见惯。因此韩琦所谓“多谢高篇远相劳”“时将佳句恼粗人”所言不虚，将兵守边与诗词切磋并不矛盾，无论是否手掌兵权，写诗之时其身份确乎是书生。

二、言说报国经略之志

边塞诗词中，报国的经济志向是常见的内容之一。而这在那些曾亲至边地的作者笔下，写得更加真切，也更能落到实处，正所谓“欲得心如外貌欢，报国之诚尽摅豁”（韩琦《答孙植太博后园宴射》）。

看韩琦的几首作品：

一志事边徼，难甘景物催。流年花易落，久戍雁频回。细叶未成幄，飞蚊还聚雷。颠毛从自变，肯使壮心摧。——《一志》

常山画野直天街，寄重如何付不才。跃马敢辞奔命去，扞羌曾是奋身来。军中纪律劳人葺，林下罇罍得意开。引领恩轩无路到，几临风月独徘徊。——《移帅真定次韵答致政杜公》

西北连忧寄责深，十年回首失光阴。丹心报国期输尽，白日当天荷照临。赐钺何劳诚觍面，扞边虽久即甘心。孤根只有衰危甚，不得终身被傅霖。——《次韵答致政杜公以加节见寄》

几首诗把从军报国的热情抒发得淋漓尽致。《一志》点明“事边徼”的志向，表达时不我待之感，“颠毛从自变，肯使壮心摧”颇有后来岳飞《满江红》（怒发冲冠）中“莫等闲，白了少年头，空悲切”的意思。《移帅真定次韵答致政杜公》与前引《次韵答渭州王龙图》相似，“跃马敢辞奔命去，扞羌曾是奋身来”，寄友人并自勉。末一首中的“丹心报国期输尽，白日当天荷照临”又是直抒胸臆，与第一首有相似之处。

又如刘敞《送张四隐直游边》：“吾昔读汉书，远嘉马文渊。慷慨有大志，不辞走穷边。尝言功名期，当及少壮年。生图万里勋，死裹马革还。此语颇豪荡，书之在青编。其人虽已亡，其意犹凛焉。羌戎未伏诛，王旅多丧偏。安得如此人，西行陇与汧。借筹资方略，还为天子言。海上惟叹息，今时岂无贤。忽闻张公子，奋起殊欣然。历览泾渭旁，究观敌根源。宁复谢古人，正堪豁忧煎。卫青出行伍，去病幸有天。相继取封侯，有若翻手间。男儿谁不如，可得甘弃捐。读书反三黜，何用师孔宣。我岂少游徒，规规守乡田。力弱非志弱，送君心长悬。”诗作虽是写别人，表明了作者的报国情志，这与韩诗寄友的情况有相近之处，刘敞诗中“男儿谁不如”一言即流露出作者深切认同，也即有其所志之感。由此不难理解宋代士人的一份拳拳报国心。与范仲淹《过长安醉别资政郑侍郎》“有为须报国，无事即颐神”、祖无择《袁州庆丰堂十闲咏之九》中“渐老无功业，闲思惜壮年。桑榆如有得，犹可勒燕然”，其志相近。

报国之情在边塞词中也时有流露。晁端礼《望海潮》的下片：“安边暂倚元戎。看纶巾对酒，羽扇摇风。金勒少年，吴钩壮士，宁论卫霍前功。乃眷在清衷。恐凤池虚久，归去匆匆。幸有佳人锦瑟，玉笋且轻拢。”词中的金勒少年、吴钩壮士其中也寄托了词人自己的情感和志向。王安中《菩萨蛮·六军阅罢，犒饮兵将官》：“中军玉帐旌旗绕，吴钩锦带明霜晓。铁马去追风，弓声惊塞鸿。分兵闲细柳，金字回飞奏。犒饮上恩浓，燕然思勒功。”上片以写景为下文张本，下片写阅兵，“燕然思勒功”的表达已成为了抒写志向的习用表达方式了。当以边塞为创作的题材，向来用以“言志”的诗，与本色偏于“缘情”的词，实现了某种程度的统一。如同在爱国报国面前不分丈夫还是女子，诗、词融合之路中边塞题材贡献良多。

三、评议战和进退得失

边塞诗词中对战争与和平看法的议论是很多的。如欧阳修《送任处士归太原》：“自古王者师，有征而不战。胜败系人谋，得失由庙算。”指出本来仁义之师是不尚武力的。如刘敞《入山》：

> 连山何丛丛，相背复相向。盘溪殆千曲，险石弥万状。或疑天地翻，斗起渤碣浪。蹙沓更腾凌，变化倏奇壮。舟车未为用，夷夏永觖望。凿空伊谁氏，重译肇霸王。茫茫千万岁，冉冉道交丧。薄伐策已卑，割据事逾妄。衣冠惨分裂，玉帛敝辞让。至仁有柔服，远驭耻惩创。非无一丸泥，不乏万人将。齐鲋纾九世，鲁锦轻百两。羊肠劳跻攀，鱼齿困沿并。彼岐亦云

岨，易简德固旷。大哉天作诗，因见圣者量。

该诗有大段的关于经邦济世主张的阐发，“薄伐策已卑，割据事逾妄”表达传统的统一观念，“玉帛敝辞让”“至仁有柔服”又表达出有宋一代贯彻的怀柔服远、以和为贵的理念。

有的作品写对于和平的追求，如欧阳修《边户》：“家世为边户，年年常备胡。儿僮习鞍马，妇女能弯弧。胡尘朝夕起，虏骑蔑如无。邂逅辄相射，杀伤两常俱。自从澶州盟，南北结欢娱。虽云免战斗，两地供赋租。将吏戒生事，庙堂为远图。身居界河上，不敢界河渔。”写边界人民的生活状况，关怀民瘼，针砭时弊。也对于“兵闲四十年，士不识金革”（欧阳修《韩公阅古堂》）的现实有深刻的认识。

又如蔡挺（1014—1079 年），字子政，宋城（今河南商丘）人，景祐元年（1034 年）进士，官至直龙图阁，知庆州，屡拒西夏犯边，神宗时拜枢密副使。他的《喜迁莺》（霜天清晓）是边塞词中的名篇：

霜天清晓。望紫塞古垒，寒云衰草。汗马嘶风，边鸿翻月，垄上铁衣寒早。剑歌骑曲悲壮，尽道君恩难报。塞垣乐，尽双鞬锦带，山西年少。谈笑。刁斗静。烽火一把，常送平安耗。圣主忧边，威灵遐布，骄虏且宽天讨。岁华向晚愁思，谁念玉关人老。太平也，且欢娱，不惜金尊频倒。

蔡词写出了“圣主忧边，威灵遐布，骄虏且宽天讨”和欢娱于太平的观点。相似的，如刘潜《水调歌头》（落日塞垣路）中所云：“堂有经纶贤相，边有纵横谋将，不作翠蛾羞。戎虏和乐也，圣主永无忧。”亦是对于圣主明政下胡汉和平的论说。

边塞诗词中写出了国需良将的情况。邵雍《和人闻韩魏公出镇永兴过洛》：“佐命三朝为太宰，名垂千古号元功。栽培桃李满天下，出入风涛半海中。虎帐夜寒心益壮，凤池波暖位犹空。君王鼎盛子仪在，万里河湟不足攻。”该诗赠寄韩琦，使用了大量赞美的文辞，还表达诗人对于韩魏公作为国之良将的高度肯定。而如欧阳修《送李太傅知冀州》也有相似之处，只是具体表达有所不同，其诗云：“吾慕李汉超，为将勇无俦。养士三千人，人人百貔貅。关南三十年，天子不北忧。吾爱李允则，善觇多计筹。虏动静寝食，皎如在双眸。出入若变化，谈笑摧敌谋。恩信浃南北，声名落燕幽。二公材各异，战守两堪尤。天下不用兵，尔来三十秋。今其继者谁，守冀得李侯。李侯年尚少，文武学彬彪。河朔一尺雪，北风暖貂裘。上马擘长弓，白羽飞金鍭。临行问我言，我惭本儒鲰。汉超虽已久，故老尚歌讴。允则事最近，犹能想风流。将此聊为赠，勉哉行无留。”其中点名的李汉超、李允则均为宋初名将。在欧氏看来，虽二公材各异，但却能够战、守“两堪尤”，真是有才能的国之栋梁。

宋代文人颇有士大夫的担当，表现出来常常是对于当前的重大事件或客观形势的评说批判。宋王朝对于文士的宽厚政策也纵容了其评判时政的风气。边塞诗词多关系军政大事，其中自然也不乏对于时务的批判之词，常有就特定局势提出看法的作品。

如文同《五原行》：“云萧萧，草摇摇，风吹黄沙昏沉寥。胡儿满窟卧寒日，卓旗系马人一匹。夜来烽火连篝起，银鹘呼兵捷如鬼。齐集弓刀上陇行，犬嗥狐嗥绕空垒。羌人钞暴为常事，见敌不争收若雨。自高声势叙边功，岁岁年年皆一同。将军玩寇五原上，朝廷不知但推赏。”讽刺批评边将玩忽职守，却欺罔朝廷以赚得封赏的恶行。

作为边帅，范仲淹强调“岂信忧边处，胡兵隔一川”，提醒广大边将提高警惕，常有危机意识。又如彭汝砺《过右北平》云“太平天子不言兵，拥节来经右北平。论将无人思李广，笑谈樽俎倚儒生”，“寓贬于褒，微言讽刺”[①]，对厌言兵但实无益于边防的情况进行了批判。

边塞诗词中，对于一些儒臣思取报国的处境也有论说。如刘敞《豫章儒者》中用了很多篇幅写一位有志报国的儒者虽有志有才，却不得重用：“豫章有儒者，读书三十年。但识上古风，不知时俗迁。一闻西戎叛，有意摧群顽。诣阙上封章，臣知用兵权。不在劳士卒，不须役戈鋋。要先正其本，本正末自安。臣观朝廷中，或有可废员。臣观草泽中，或有可用贤。国家既失此，奸吏随矫虔。奸吏万事隳，外患随因缘。所以子玉存，文公积愁颜。所以汲黯亡，淮南为无难。天子览表叹，当朝常拳拳。回头谓群公，可付史馆编。可使靡好爵，以补风化源。岂知贵臣忌，投尔南海壖。不得面指陈，胸襟曷由宣。卒走驱使行，行行酌贪泉。名与囚隶俱，位乃胥校联。九重竟不知，犹谓列王官。奈何乐尧舜，乃是取危颠。谁云遇明主，未免遭弃捐。遂令天下士，齚舌戒勿言。宁有死壑中，安有议君前。浮云蔽白日，自古同所叹。岂为此生悲，我歌愿胪传。”诗中作者明确肯定了豫章儒者的能力——“读书三十年”，赞扬了其积极报国之心——“一闻西戎叛，有意摧群顽”，并对其“谁云遇明主，未免遭弃捐”的境遇深表同情。颇有趣味的是，此诗本便是议论结构，诗中更有豫章儒者的大段论说之辞：“臣知用兵权”“臣观朝廷中”“臣观草泽中”，将“书生论剑”论说的功能发挥到了淋漓尽致，值得关注。

---

① 张高评：《自成一家与宋诗宗风——兼论唐宋诗之异同》，万卷楼图书股份有限公司2004年版，第291页。

第三节　范仲淹的选择与边塞诗词

在中国古代的文人士大夫中，北宋政治家、文学家范仲淹无疑是一位具有典范意义的人物。他凭借卓越的政治才能和高洁操行，成为百世之“标杆”。范仲淹的仕进远非坦途，而是经历了“徘徊文武之间”的纠结。边塞帅守的经历是范仲淹人生中至关重要的一环，成为他出将入相、施展政治抱负的关键环节，也体现了他“先天下之忧而忧”的国士担当以及不改初衷的操守。镇守边疆时，他领略到那里异于内地的风光，亲身体会了驻守塞上的艰辛，并将见闻、感受和体悟诉诸诗词。守边期间创作的优秀诗词作品也是其文学成就的重要体现。考察范仲淹的初心和面临国家需要时的人生抉择，可以将其边塞诗词和相关奏议文章作为一个整体来看。如果说“人如其文”，范仲淹本人的诗词文章必然是其高尚品行以及其对于士林的积极意义的最直接呈现。剖析范氏纠结于文臣武将之间的心路历程，解读其作品，也有助于深入认识古代士人的精神面貌和文学创作。

一、仕进抉择：儒臣、帅才的纠结

范仲淹一生于文教武功都有所建树，他有儒士的修养学问、文臣的政治能力，又具备将帅的军事才能。但从主观意愿上看，范仲淹有以儒臣为本位的倾向。

其一，范仲淹经历了特定历史条件下由文臣到帅守的“错位”。范仲淹早年苦读，深受儒家经典影响。他通过典型的文士晋身途径——科举考试步入仕途，政治理想是“尧舜累代仁，弦歌始能治”（《上汉谣》），其实现途径是“以理定区中，文经天下”（《铸剑戟为农器赋》），并非诉诸武力。入仕后他更孜孜以求，通过积极参政、直言进谏等方式，努力践行自己的主张。

然而时势不由人，作为文臣的范仲淹一再遭到贬黜，“三出蓴城鬓似丝”（《郡斋即事》）。文治的功业未能建立，立功疆场的机遇却不期而来。宋仁宗宝元二年（1039年），党项族首领元昊兴兵犯境，来势汹汹，赵宋朝野震惊。在这样特殊的情势下，“天子以仲淹士望所属，拔用之”①。康定元年（1040年）三月，范仲淹以天章阁待制出知永兴军；七月，擢龙图阁直学士，为陕西经略安抚副使；八月，请知延州。由此，他作为掌管边疆军政要务的重臣，坐镇西北，抵御西夏，后又为枢密直学士、右谏议大夫，任鄜延路都部署、经略安抚招讨使等。范仲淹“以儒者奉武事”（富弼《范文正公仲淹墓志铭》），由任职地方的文臣转而成为经略边关的帅臣。

宝元年间战事起时，范仲淹已被贬出朝、任职地方三年，政治上郁郁不得志。但国家危难之际，他立志报国，不以个人得失为意。在范仲淹看来，“今之刺史古诸侯，孰敢不分天子忧”（《依韵答贾黯监丞贺雪》），而“用兵之际，事系安危”“国家急难之际，边鄙乏人”（《让观察使第一表》），因此义不容辞、当仁不让。当时朝臣“命者必辞”，他却毅然“独请之”，且“马星驰”，奔赴边疆。此举正是范仲淹顾全大局的反映，鲜明地体现了他的士大夫担当。

其二，范仲淹坚持自身对儒臣定位的初衷，不愿以文易武。尽管担任率兵御敌的经略安抚使和边邑知州，证明范仲淹确有军事才能，但他骨子里仍是文人品质。他掌管军队，思想、行事与很多力持主动出击的武将不同，而是主张采取积极防御战术；他治军注重“修文德”，宽以待人，因而“诸蕃质子，纵其出入，无一人逃

① 脱脱等：《宋史》，中华书局1977年版，第10275页。

者”；[1] 他“据要害，屯兵营田，为持久计”，以期达到“茶山、横山之民，必挈族来归矣……羌汉之民，相踵归业”[2] 的目标。范仲淹认为干戈“不得已而用”，在《铸剑戟为农器赋》中开篇明了地重申“兵者凶器”，主张“任甲胄于忠信，施干橹于礼义”。这种“圣政惟新，文德来远”（《铸剑戟为农器赋》）的思想近乎孔子“远人不服，则修文德以来之”（《论语·季氏》）的观念，正是儒家仁政思想的体现。

范仲淹主张“儒者自有名教，何事于兵”[3] 的观念，也认为“儒者报国，以言为先”（《让观察使第一表》）。富弼说他正是韩愈所说的“信道笃而自知明者”，即儒家思想的坚守者。范仲淹在后来的上表中强调自己接受掌管军政的职务是“非常之命，既出于丝纶”，是“以事君之心”而受命（《让观察使第一表》），一定程度上隐含了自身不情愿的因素。他非常看重自己“龙图老子”的身份。若说任职边疆是特殊情况下的一时权宜，不愿以文资换武阶则是他真正的人生选择。因此，庆历二年（1042 年）四月，朝廷诏命除范仲淹等四路帅为观察使时，他连上三表坚辞，又致信宰相吕夷简，表明了坚决的态度。

范仲淹的选择，是宋代独有的文官政治与重文抑武政策造成的。宋代文人士大夫待遇优厚、受到重用，而武官则一直备受猜忌防范。北宋时狄青、南渡后的宗泽及岳飞等人，虽战功赫赫，却均以悲剧收场。范仲淹所言“儒生后进，换入武帅，或居于上，则多

① 欧阳修：《资政殿学士户部侍郎文正范公神道碑铭》，《欧阳修全集》，中华书局 2001 年版，第 334 页。

② 脱脱等：《宋史》卷三百一十四，中华书局 1977 年版，第 10270 页。

③ 楼钥：《范文正公年谱》，《范仲淹全集》，四川大学出版社 2007 年版，第 890 页。

憎愤”(《让观察使第二表》),可谓诛心之论。他深谙个中利害,因此谨守“得带内朝职名节制边事”(《让观察使第二表》)的方式来使用兵权,始终坚持了自己文臣的身份。

二、赋诗抒怀:履职、生活的书写

身为边疆大帅的范仲淹,凭借卓越的军事才能抵御了西夏的入侵,维护了国家的安全;身为文士作家的范仲淹,又以文学创作来浇胸中块垒,用诗词描写边疆生活、抒发人生感慨。履职边地生活虽然时间不太长,但深刻影响了范仲淹的创作,使其诗词呈现出新的内容与独特品质。

其一,范仲淹的边塞诗词描绘了边地特有的自然风光与人文景致。

范仲淹籍贯苏州,生于成德军(今河北正定),少年时代在淄川长山(今山东邹平)读书,后游学南都,入仕后或在京为官,或任职地方,一直都生活在内地。边疆地区的自然风光与他先前生活过的“姑苏台下水如蓝”(《送常熟钱尉》)、“春波千顷碧如铺”(《忆杭州西湖》)显然是迥异的。塞下州郡,如《续资治通鉴长编》卷一四六所言“风沙至恶,触目愁人”,新奇的环境使他获得了前所未有的感受,对于他的创作起到了刺激作用。

范仲淹领略到了西北边塞自然风貌的粗犷峥嵘,一些地域性特征鲜明的意象出现在他笔下。“长河出紫塞,太行入青云。天然作雄屏,览者怀忠勋”(《送河东提刑张太博》),横流的大河、纵耸的高山,都张扬着姿态,是塞上最具代表性的自然风貌。其雄浑壮丽,甚至于“长河匹练小,太华一拳低”(《雕鹗在秋天》)。因为深处内陆,温暖的季风难及,这里节令与内地也有较大不同,春迟秋早。“三月二十七,羌山始见花”(《城大顺回道中作》),是“春老”

即晚春的景象。范仲淹著名的《渔家傲》则是写边塞之秋。该词云："塞下秋来风景异，衡阳雁去无留意。四面边声连角起。千嶂里，长烟落日孤城闭。浊酒一杯家万里，燕然未勒归无计。羌管悠悠霜满地。人不寐，将军白发征夫泪。"起笔直写边塞风土景致的奇特，一个"异"字总起式地概括出边疆较内地的不同。特别的主观感受因之而产生："衡阳雁"与"长烟落日"调动视觉，"边声连角"与"羌管悠悠"鼓舞听觉，"浊酒"引起味觉，"霜满地"则直接激发读者的寒冷感觉。各种感觉配合在一起，熔铸成了这首词的宏大气势和豪迈风格。这首词是词中名篇，也是宋代边塞词的代表作之一。词作所具有的强烈震动人心的效果，很容易引起后人共鸣。明初瞿佑即评之："予久羁关外，每诵此词，风景宛然在目，未尝不为之慨叹也。"①这首词甚至成为用词来传递边塞自然风景和主观情怀的范作。

边地自然环境基本格调崇高壮美，军中的事物也显得气势辉赫，"耸动军前檄，峥嵘席上珍"（《寄秦州幕明化基寺丞》）。由于地处两国交接之处，"从来宿兵地，北与胡汉分"（《送河东提刑张太博》），边塞景致又兼具了自然和人文因素，别有一番意境。《野色》仿佛一幅水墨画："非烟亦非雾，羃羃映楼台。白鸟忽点破，夕阳还照开。肯随芳草歇，疑逐远帆来。谁谓山公意，登高醉始回。"若隐若现的岚气似烟似雾，又非烟非雾，飘忽不定。因为难以定位，诗人寻找一个可以固定的物体——楼台作为参照物。夕阳西下，白鸟飞起，野色也仿佛有了灵魂，不肯因芳草而停步，却又好似跟随远来的船帆而行。整个画面动静结合，色彩淡雅。诗人以

① 瞿佑：《归田诗话》中"渔家傲"条，参见丁福保辑：《历代诗话续编》，中华书局 1983 年版，第 1251 页。

画家的技法，借助实物来表现虚化的景物，使原本不易捕捉的事物具体形象化，如论者指出的“此梅圣俞所谓‘状难写之景如在目前’也”。[①]“野色”本可概指野外风景，前人如李白、杜甫、姚合于此均曾着笔。而范仲淹用来表现边境郊野的风光，却又别具风味。这首诗作于他初至陕西主持防务之时。诗中所写的难以捉摸的朦胧野色，其实是这里的旷野在战争背景下形成的一种特殊氛围。它本是自然风光，却又融汇了人文的因素。因为空旷的原野被用于争战，楼台用来据守，疆场用来布兵，“戎马之后，原野萧条”（《上枢密尚书书》），特有的气息由此生成。这种由于战争造成的特殊氛围，在范仲淹其他的作品中也偶尔会见到。《依韵答梁坚运判见寄》中云：“蔽野旌旗色，满山笳吹声”，旌旗和胡笳都是人造物，是边塞很有代表性的事物。在范仲淹的笔下，塞外雄浑的自然风光渗透了人类战争的气息，进而形成了独特的景致。

其二，范仲淹的边塞诗词抒写了镇守边关的报国热情与人生感怀。

范仲淹远赴边塞是形势所迫，但也与他一腔报国热情分不开。“壮士蒙知，必怀报效，列于边塞，足备非常”（《奏上时务书》）。在他看来，家与国唇齿相依，“腹心苟不守，皮肤安得存”（《送河东提刑张太博》）。因而当此外敌入侵、生灵涂炭之时，慷慨赴难、保家卫国，责无旁贷，“有为须报国，无事即颐神”（《过长安醉别资政郑侍郎》）。他在《谢安定屯田》中说：“某早以孤贱，荷国家不次之遇，夙夜不遑，思所以报，故竭其诚心”，表明了他把出守边州视为报效朝廷的一次机遇。万里赴戎机，自然需要奋不顾身

① 吴子良：《荆溪林下偶谈》卷二《行色野色诗》，王水照编：《历代文话》第1册，复旦大学出版社2007年版，第554页。

的精神，“远护玉关犹竭力，入陪金铉敢周身”（《酬李光化见寄二首·之一》）；爱国爱民，赤心拳拳，对于兵卒因而也如子弟生徒一般爱护，“二十四万兵，抚之若青衿”（《阅古堂诗》）；为国鞠躬尽瘁，繁重的事务又令其殚精竭虑，“岂敢懈夙夜，未尝摅笑言”（《送河东提刑张太博》）。范仲淹的爱国落实在行动上，也于不经意间流诸笔端。抒发爱国之情是边塞文学的主题之一，范仲淹之作无疑正是百年宋夏战争中表达戍边将士爱国衷情的优秀作品。

范仲淹经略西北，代表朝廷担负了保境安民的重任。作为统帅，他不能有牢骚怨怼，不能有丝毫脆弱表现。但人的情感是不由自主的，远在边地，故园千里，思乡念家是人之常情。“晚色动边思，去年犹未归。戍楼人已冷，目断望征衣”（《和李光化秋咏四首·晚》），正是浓浓的思乡情感的真切写照。“浊酒一杯家万里，燕然未勒归无计。羌管悠悠霜满地。人不寐。将军白发征夫泪”（《渔家傲》），也是典型的征夫之歌。“燕然未勒”，于国家未消除外患，于个人未建功立业，故“归无计”，只能在悠悠的羌管声和满地的秋霜中辗转难寐。白发、清泪成为戍边将士柔性情感的艺术化代言。边防的巩固非一朝一夕可完备，因而“将军了边事，春老未还家”（《城大顺回道中作》）的状态也不得不长时间地保持着。甚至于轻松闲适的心情都成为奢望，“争教我辈无欢绪”（《定风波·自前二府镇穰下营百花洲亲制》），进而几乎上升为一种憧憬，如《依韵和延安庞龙图柳湖》末句所言“主公多雅故，思去共仙舟”，带上了理想化色彩。

其三，范仲淹的边塞诗词偏重写实，风格悲壮。

范仲淹用诗词纪实叙事，展示宋夏边界地区军民的各方面生活。如《送河东提刑张太博》，详细记述了庆历二年（1042 年）三月大顺城的修筑、闰九月大将葛怀敏定川砦败亡等事实：“作城大顺川，扼胡来路津。汉军始屯集，虏骑俄纷纶。诸将稍畏怯，偶语辞艰辛。君跃匹马去，入险将死滨……是秋怀敏败，虏势侵泾源。”该诗叙事通过与友人同忆过往的形式实现，表面上虽然主要是表达对张太博的赞赏，但一桩桩交织血泪的战争往事随着追忆展开时，其中的辛酸和悲壮就难以克制了。《阅古堂诗》写给另一位经略西北的帅臣韩琦，因而宝元初年西夏大举入侵给边界地区人民带来的痛苦与灾难自然而然地表达出来：“仆思宝元初，叛羌弄千镡。王师生太平，苦战诚未禁。赤子餵犬彘，塞翁泪涔涔。中原固为辱，天子动宸襟。”李清臣《韩忠献公琦行状》载其本事：“公（韩琦）与范公同召拜枢密使副。公自请捍边，至五表不听。既至，又与范公伸前议，同决策上前，期以兵覆元昊。会夏国送款，公谋不果用。范公每恨龃龉功不就，故作《阅古堂诗》叙其事，传于世。”① 当然，边塞的生活也并非只是战争，日常中也偶有一些难得的轻松时刻，“旋拨醅头酒，新炰缩项鳊。宦情须淡薄，诗意定连绵”（《和延安庞龙图寄岳阳滕同年》），即描绘了边关将士在战事缓和的间隙中以诗、酒自娱，暂时忘却烦恼的情形。因为亲历战与和，范仲淹用诗歌记录了军事调度、部署边防及边塞日常生活的方方面面，这些作品具有纪实作用，甚至一定程度上有“诗史”的价值。

范仲淹的边塞诗词主格调是沉郁悲壮的。范仲淹胸怀大志却仕途不得志，因而长久以来心底积压了很深的压抑情绪。经略西北时他已年逾五十，体弱多病。宋朝军队“冗兵”“冗费”现象严重，战斗力低下，沉疴痼疾，非朝夕可治理，面对的敌手又是强悍的北方游牧民族。这些因素，都是范仲淹内心悲苦愁闷乃至诗词悲壮的原因。“王师生太平，苦战诚未禁”（《阅古堂诗》），现实的各方面

---

① 杜大珪：《新刊名臣碑传琬琰之集》卷四八，北京图书馆出版社 2003 年版。

困难迫在眉睫。范仲淹《上枢密尚书书》中言当时“秋霖弗止，禾穗未收，斯民之心，在忧如割”，这其实正是其《渔家傲》词中“人不寐”的症结。悲苦愁闷的心绪诉诸笔端，诗词便基调低沉。《和延安庞龙图寄岳阳滕同年》写明了低迷情绪的直接原因：“迥是偷安地，仍当饱事年。只应天下乐，无出日高眠。岂信忧边处，胡兵隔一川”，也即近在咫尺的胡兵是他无法“偷安”潇洒的症结。“屈指细寻思，争如共刘伶一醉”（《剔银灯·与欧阳公席上分题》）只是虚拟的逃避方式，“南豳日日接英标”（《依韵酬邠州通判王稷太博》）才是躲不过的现实。

范仲淹边塞诗词立足现实的悲壮风格，与唐代高适有相似之处。高、范二人都有较长时间驻守边塞的经历，因而得以深入体会戍边生活的艰辛苦楚。与范仲淹相比，宋代其他边塞诗颇有成就者如欧阳修等也曾亲临边塞，但他们只是途经，未曾长时间驻守。因此他们无法切实理解一位镇守边疆的帅臣在特殊的军事体制下苦心孤诣地抵御外敌、维系国家安全的心境，也不容易感受到范仲淹那样交织着个人家国情怀的复杂感情。欧阳修称范仲淹的《渔家傲》（塞下秋来风景异）为“穷塞主”之词，正是这种差异造成的。

三、引领风气：担当、品质之彰显

边塞经历事实上成就了范仲淹其人其文。取得战功为范仲淹回朝执政、进入中枢奠定了基础。边塞征战也塑造了范仲淹豪放的诗词风貌。范仲淹也以其政坛和文坛地位，影响了当朝文学风气，其操行更引领了后世的士风。

一方面，范仲淹的创作影响了文学风气。范仲淹的边塞诗词为宋词引入一股豪放之风，对于矫正晚唐五代以来纤弱的词风起到了积极作用。其《剔银灯·与欧阳公席上分题》词将这种豪气表现得淋漓尽致："昨夜因看蜀志。笑曹操、孙权、刘备。用尽机关，徒劳心力，只得三分天地"，是何等豪放，比后来的苏、辛有过之而无不及——纵使苏轼也"亲射虎，看孙郎"，辛弃疾也称"英雄无觅孙仲谋处"，"天下英雄谁敌手，曹刘"，而这三位枭雄在范大将军面前，却被讥笑机关算尽而"只得三分天地"。一个"笑"字将其狂放豪壮之气和盘托出。这大概是宋词的首次"跋扈"，可谓豪放词之先风。边塞词，经过了"带有某种'意淫'的反讽意味"①的稚嫩阶段，到了范仲淹时落到实处。现实的土壤催生了开风气的作家，促进了边塞词的迅速成长。大约同时的蔡挺也写出了风格相近的《喜迁莺》（霜天清晓）词，或是受到范词影响。而这一干豪气延续下去，在宋代形成了豪放风格鲜明的"帅臣词人"②类型，诸如辛弃疾、叶梦得、张孝祥、李曾伯等都可归入其中。另外，边塞诗的雄风接济了五代以来的风气纤弱，为在白体、西昆、晚唐"三体"中苦觅出路的宋初诗歌乃至整个文坛都带来一股清新刚健之风，对宋代文学朝着具有自身特色的方向发展起到了积极作用。

另一方面，范仲淹又为士林引入一股高洁刚健、积极有为的风气。范仲淹远离了朝中勾心斗角的争执，面对严酷的现实沉潜了心灵，人生境界也得以升华。特定环境对于人品、文品有重要作用，南北朝时著名诗人庾信由南而北，在"词义贞刚""重乎气质"的河朔文风的影响下，"文章"得以"老更成"。严谨儒雅的范仲淹，受西北边塞的刺激，一股豪气得以激发，表现出了"幽燕老将"一般的气质。《雕鹗在秋天》诗中他自喻为雕鹗："雄心肯木栖""下眄群毛遁，横过百鸟睽"，壮志豪情凛然。《河朔吟》抒发蕴含心中

① 赵崇祚编，杨景龙校注：《花间集校注》前言，中华书局 2014 年版。

② 肖鹏：《宋词通史》，凤凰出版社 2013 年版，第 663 页。

的文韬武略、仁人之心，表达愿为国家运筹帷幄、统率军队的雄心壮志："太平燕赵许闲游，三十从知壮士羞。敢话诗书为上将，犹怜仁义对诸侯"，并以古代名臣良将自比，"子房帷幄方无事，李牧耕桑合有秋。民得袴襦兵得帅，御戎何必问严尤"。而"功名早晚就，裴度亦书生"（《依韵答梁坚运判见寄》）表现出了唐代边塞诗般的豪情。

范仲淹人、文相一，尤其是面临国家需要与个人本愿冲突时的选择，彰显了国士之担当。如其《岳阳楼记》所归结的，"先天下之忧而忧，后天下之乐而乐"，范公赢得后世的普遍尊重和敬仰。当宋之时，吕中、罗大经等人就评其为当朝人物第一，其后元好问更言"求之千百年间，概不一二见，非但为一代宗臣而已"。[①]这些都说明，范仲淹这位历史人物具有跨越时代的典范意义，对于当代仍有启示。

范仲淹以儒者奉武事，仍坚持文臣的自我定位，可谓不改初衷。这种徘徊文武之间的"矛盾"反映了宋代特殊政治模式下士人的选择。其边塞诗词写景抒情，风格悲壮，对于文坛也产生了积极影响。范仲淹"先忧后乐"，勇于担当，凭借一腔报国热情镇守边疆，建立功勋，引领了当时的士风，也成为后世的精神楷模。

诗词作家实至边地的体验，对于边塞诗词有不容小觑的作用。寇准《塞上秋怀》中说"未识穷边苦，今游信有之"，正是表达了亲身到达边地之后才对"边苦"有了深刻的认识。北宋边塞诗词中有一类作品，无论写感性的体悟还是理性的判断，无论描述还是论说，都有比较明显的真实感。从典型作家个体看如此，从群体看亦然。

---

① 元好问：《范文正公真赞》，《遗山先生文集》卷第三十八，万有文库本，商务印书馆 1937 年版。

第四章

心系边关及其诗词表达

北宋边塞诗词的第二种面貌，是由存在于作者自身的一组“矛盾”——客观上缺少实际到达边塞的经历而主观上却富有关心边事的热情——共同作用的结果。相当数量的宋代边塞诗词，是作者身在内地而心系边关的产物。他们对于边塞的了解源自间接的“吾闻”和主观的想象，因此，对于塞上生活的描绘和相关的议论呈现出“别样”特点。

第一节 “吾闻壮士怀”：借助主观想象的描述

文学艺术源于生活、书写现实，北宋边塞诗词写边塞却在很大程度上仰仗诗人主观积极的艺术想象。因为从现实的边塞，诸如城池关隘，到诗中的边塞意象，要跨过诸多“不同”。一是不同时代边塞实际地理位置的不同。边塞与特定的国家、政权密切相关，不同时代国家疆域的变化直接造成了边塞具体所指地点的变化。唐代白居易的《西凉伎》中写道“平时安西万里疆，今日边防在凤翔”，说明中唐时边塞与先前已有所不同。宋代又更加特别，其疆域比秦、汉、隋、唐小，边塞也与前代差异很大。二是不同时代人们对边塞认定的不同。《宋代边塞诗钞》对此有精辟的论述：

> 边塞云者随时代不同而其地不同，随学人而其义不同。《史记》名秦皇长城为“塞”，且对“故塞”而言曰：“蒙恬所为塞”，此可略知其端倪。《汉书》“出塞”大多指秦城汉塞而言。秦汉以后，至于隋，长城迭有增筑，唐人诗仍《史》《汉》之义，指定襄五原以北至玉门、阳关以外者固多，指北齐隋之长城者，亦复不少。至于宋代，晋隋长城，且沦为辽夏所占据，以白沟河为塞，延州、庆州为塞下，甚且以淮水为塞，长安、宝鸡为塞外。诗人于此，固有难言之痛矣。①

朝代更迭、边塞有变，但人的观念却不一定很快转变。学者常有追随前人的习惯，因此不少唐人仍然以秦汉时代的边塞为边塞。但宋朝疆域与汉唐相差太大，宋代诗人无法再追随前人，在比较之中难免会产生“难言之痛”了。三是同一时代不同诗人对边塞的理解也不同。有机会亲身到达过边疆地区乃至塞上的作家具有实写的条件，但没有实际体验的作家不具备直观考察的优势，在创作时只能另辟蹊径。幸而诗词对现实的呈现，原本就大多是虚实结合，边塞诗词写边塞，在符合基本史实的前提下，通常也有相当分量的内容属于虚拟。而无论实写还是虚构，优秀的作家都能写出佳作。即使没有足够真实详尽的依据，作家也可以在作品中通过艺术想象构建起一套颇为完备的系统，譬如南宋陆游就在自己的诗歌中构想了四道边塞②。这恰恰实现了文学对现实、虚构

---

① 黄麟书编，程少籍校补：《宋代边塞诗钞》，东明文化基金会1989年版，自序第6页。

② 参见黄麟书：《读陆游放翁边塞诗随笔》，《边塞研究续集》，东明文化基金会1986年版，第101—134页。

与想象的“三元合一”①。北宋时期，梅尧臣、苏舜钦、曾巩、黄庭坚、李复等诗人，因种种原因缺少了亲身赴边的经历。但失之东隅，收之桑榆，他们凭借高超的艺术想象进行了大量的边塞诗词创作，且从作品数量和质量上都值得重视。

一、情怀：强大的创作内力

在北宋边塞诗词创作中，经历的缺失是一些作家难以克服但身不由己的缺陷，高度的热情成为弥补其先天不足甚至由此实现超越的后天优势。这类作家热情主动，“虽不能至，然心向往之”，其可贵之处反而得到彰显。深切的情怀也为诗词创作提供了强大内驱力，因为爱国情怀自古以来就是边塞诗词中最为核心的情感内容，边塞诗词从文学与历史角度都具有构建爱国精神的独特价值。

一方面，边塞题材彰显了爱国精神。边塞诗词的题材内容对于爱国精神的构建具有独特的优势。相比于山水田园诗、宫廷诗、书斋诗等文学题材，边塞题材对爱国主义的表达更为突出。

一是“同仇敌忾”，国家危亡激发了团结的力量。战争无论在任何时代都是关乎国家政权命运的大事，也无不深刻地影响着每一个人。个人命运与国家存亡紧密相连，这在“日常无事”状态中难以被体察，一旦战争爆发就会凸显出来。古典诗歌自来有爱国书写的传统，边疆防务和国家安全也一直牵动诗人的心。三国时期曹植的《白马篇》正是以曲折动人的情节，塑造了性格鲜明、生动感人的青年爱国英雄形象。因为“边城多警急，虏骑数迁移”，爱国志士以身报国。强烈的责任感出于“名编壮士籍”，因而“弃身锋刃端，

① ［德］沃尔夫冈·伊瑟尔：《虚构与想象——文学人类学疆界》，陈定家、汪正龙等译，吉林人民出版社 2011 年版，第 2 页。

性命安可怀”，以致“捐躯赴国难，视死忽如归”。南宋陆游的许多作品字字血泪，《秋夜将晓出篱门迎凉有感》满怀深情歌咏心中祖国的大好河山，进而直抒胸臆——“遗民泪尽胡尘里，南望王师又一年”。保家卫国的战争更易激发广大民众的民族自信心、自豪感。置身其中，对于战争的思考与对于和平的渴望，对于正义的坚持与对于不义的讨伐，使得人民将政治性和道德性统一在一起，爱国由此成为一种强大的力量。

二是“家国一体”，思乡与爱国情感得以重叠。中国人历来抱有家国情怀。古代士大夫尤其讲究“齐家、治国、平天下”，家国一体同构是中华民族特有的传统。古典文献《汉纪》《晋书》等较早地保存了古人对于“爱国如家”的表述。家国一体的认识，在戍边远征中更加强化。从文学主题的角度分析，乡恋是汉唐边塞诗的五大主题之一，且在宋代及其以后的边塞诗词中得到承袭。思乡情怀几乎成为边塞文学不可或缺的基本内容之一。边塞诗词表现边疆将士的情感，因为国事而远离家乡，思乡之情更容易与爱国之心重叠在一起，落实到行动中就是奋勇杀敌、保家卫国，进而更加彰显了爱国热情。《白马篇》大义凛然，因有国之大义，“父母且不顾，何言子与妻”，家的要求只能后置。宋代范仲淹《渔家傲》（塞下秋来风景异）写道：“浊酒一杯家万里，燕然未勒归无计”，正是因国事未竟而不可归家，因为家国一体。因为题材关乎国家大计，边塞诗词中抒写的情感与爱国精神有着天然的联系。这与山水田园诗重在描绘景致、表现闲情，宫廷诗、书斋诗等表现较为局限的贵族或文人情调相比，更具有崇高的审美因素，更具有群体意识的倾向，更能为构建民族精神发挥作用。

另一方面，诗词文体更易于传播爱国精神。边塞诗词的文学体裁和呈现形式对于爱国主义精神的构建也具有优势。较之散文、小说、戏曲等文学样式，诗词的短小精悍和适于传唱等都是其形式上的优胜之处。

一是“诗可言志”。《尚书·舜典》有云，“诗言志，歌永言”，诗歌有表达人的思想愿望的基本功能。“诗言志”的传统在古人那里得到了贯彻。“言志”即是价值观念的表达。边塞诗词是反映边疆将士和故乡家人心声的文学，爱国之情志是其中抒发的最主要部分之一。但爱国之志的具体表现又有所差异，如唐、宋就颇为不同，这在边塞诗词中有突出表现。边塞诗比较集中地体现了唐人以边疆报国来实现人生价值的重要倾向。如杜甫“丈夫四方志，安可辞固穷”（《前出塞》九首其九）、岑参“功名只向马上取，真是英雄一丈夫”（《送李副使赴碛西官车》）、杨炯“丈夫皆有志，会见立功勋”（《出塞》）的诗句，都是说明。但宋人却强调书生报国，这与宋代兴文抑武、以文驭武的国策是契合的。唐代陈子昂说“宁知班定远，犹是一书生”（《和陆明府赠将军重出塞》），是鼓励书生出身的将军建功立业；而宋代范仲淹却说“功名早晚就，裴度亦书生”（《依韵答梁坚运判见寄》），则强调立功疆场的原本是书生。另外，相比于小说、戏曲等通俗叙事文学，诗词可雅可俗，边塞诗词虽多为文人所作但书写军人心理，更常常可以雅俗共赏。因为很多边塞诗人曾亲赴边地，实实在在体会到戍边征战的艰辛和去国怀乡的感伤，其创作更真实、贴切。另外，主导边塞诗词的崇高、豪放、悲壮等审美风格也对个人多元的情感进行了一定的规束，形成主流性质的情感理念。无论饱学多识的文人士大夫，还是文化程度不高的将校士兵，爱国之情并无二致。因此，借由文人之笔，诉诸诗词，家国一体的价值观念得以书写，爱国精神得以彰显。

二是“诗可歌唱”。所谓“诗歌”，就说明了诗词文学的歌唱属性。古代的诗可以吟唱、吟诵，词是“曲子词”的简称，更堪称“歌词”。比较其他文体乃至文化样式，诗词可以吟诵及配乐歌唱，易于大众接受，也更能引发情感共鸣。有的边疆军旅诗词甚至一定程度上成为“军歌”，发挥了凝聚人心进而增强战斗力的巨大作用。先秦时代的《诗经·秦风·无衣》即是一首战歌：“岂曰无衣？与子同袍，王于兴师，修我戈矛，与子同仇！”通过重章叠唱，增强了表达的效果，更能表现战士们团结一心、同仇敌忾、誓死保卫疆土的义愤和报国热情。边塞诗词相比于其他诗词，更有很多乐府旧题如《塞下曲》《关山月》等大类，歌唱性就更强。诗词是可以谱曲歌唱的，其中的名作大多也是因为被人传唱而流传。诗词可歌的特质更增加了文化的感染力。唐代文献中记载，开元年间，著名诗人王昌龄、高适、王之涣以歌女对各人诗作传唱数量的多少来比拼影响力，王之涣因边塞诗作《凉州词》获胜。这正是诗词传唱及其影响力的生动写照，其中边塞诗的传唱度最广更能说明其感染力最大。诗词在形式上，篇幅短小，易于歌咏传唱，大大地增强了其传播能力。这也为爱国主义的构建发挥了重要作用。从功能上看，诗歌本是诗人书写情志的手段，其篇幅短小、易于歌唱的特点又有助于特定情感的推己及人。爱国情感于是由小流汇聚，因相同的流向，集合成为爱国主义精神的澎湃大河。

北宋边塞诗人积极创作的动力来自于饱满的爱国报国热情。尽管身为一介文士，不能亲至边塞，很多北宋边塞诗人报国热情不减。这些作家中，梅尧臣、苏舜钦是代表。且看苏舜钦的《寄富彦国》：

> 自古猾者胡与羌，胡羌相连动朔方。奸谋阴就一朝发，直欲截割吾土疆。遣使持书至阙下，四方物论如沸汤。天子仄席旰未尝，相君日暮犹庙堂。彦国感慨请奉使，誓将摧折其锋铓。受诏驱马出都门，都人走观叹且伤。猾胡闻风已厌伏，聚

听大议羞乱常。愿如故约不敢妄，脱甲争献宝玉觞。旆旌威迟还上国，所至观者如倾江。杖父奔蹶喜出泣，妇女聚语气激昂。至尊虚怀坐赭床，中人催入见未央。对久赤日下辇道，翠华影转熏风凉。归来堂上拜寿母，宾车塞破甘泉坊。衣尘未涤又出使，往来绝域如门墙。已知高贤抱器识，因时与国为辉光。不烦一甲屈万众，以此可见才短长。彦国本为廊庙器，何祗口舌平强梁。使之当国柄天下，夷狄岂复能猖狂。

在这首作于庆历二年（1042年）初的诗中，苏舜钦对知制诰富弼（字彦国）出使契丹时不畏强梁、为国争光表现出由衷敬意。诗作慷慨激昂，热情饱满，描写、叙述甚为翔实，不乏譬喻等修辞手法，语言也颇为豪放，借此展现出了他本人的万丈豪情。又如黄庶《送李室长庆州宁觐》云："我爱孟坚文学饱，持笔去作将军客。铺张大汉征北功，手携直上燕然刻。千载事挂单于眼，至今犹若擒白黑。几年羌夷疮一方，窟穴未扫壮士瘠。我生南方长诗书，爱国区区肺如炙。欲于塞外勒姓名，往往夜梦贺兰石。一来长安事刀笔，驽骀不展刍粟力。"此诗写出了抒情主人公赤忱的爱国报效之心，虽然生于南方，远离边塞，但爱国心"肺如炙"，日思夜梦，将那种炽热的爱国报效之心描述得淋漓尽致。总而言之，尽管有很多诗人未曾踏足边疆地区的土地、未置身行伍一天，也远不及参政谋国的官位，但其报国之心却丝毫不减。诚然，能力有大小，机会有不同，但爱国之心并无二致。毋宁说，正是因为没有获得赴边报国的机会，他们的热情才持续不断，由此也写出了不少场景虽虚但情意真切的诗篇。

二、设想：艺术的戛戛独造

对边地自然、人文景观的设想与憧憬，是北宋边塞作家对边塞题材作出的独特贡献。情感的描述和抒发不会因有无出塞经历而有大的不同，但对于与平时生活环境差异很大的自然、人文景观的描述则对实际体验有很大的依赖性。《韩非子·外储说左上》中就“画孰最难者”一题有“犬马最难”而“鬼魅最易”之论，原因是犬马“人所知也，旦暮罄于前”，而“鬼魅无形者，不罄于前”。也就是说，以相像的标准来评价艺术作品时，有实践检验的类型不容易做好，而无从检验、可完全借助想象来完成的则容易做好。边塞诗词中对于边地特有的风土人情的描绘正与作画中的“犬马”相类。边塞虽远，但真实存在于那里。因此，如果作者没有亲身游历边塞的实践，创作全部依赖艺术虚构，写出来的东西难免会偏“假”。从梅尧臣等人的诗词中，可以比较清楚地感受到作者限于见闻，对边关战事、人物的许多描写不够真切。

北宋边塞诗词创作中的这种状况，以接受美学的“召唤结构”视角来考察，正是一种积极的文学创造行为。如杨亿《闻北师克捷喜而成咏》诗中描述了层冰合、烟尘起的自然景象，也叙述了前军临瀚海、后骑缚阏氏的军容，将契丹犯边、王师反击的情形表现得颇为真切，仿佛自己亲眼所见。其实不然，这些都是身在内地的作者在关心战事、欢庆胜利的心态下进行的想象，其实单从题名中的“闻”字即可看出此诗的创作是由听到捷报引起的，而非亲身经历。又如文彦博《塞下曲》二首其二云：“朔漠凝寒久，穷荒气候赊。冻云藏虎谷，残雪满龙沙。地迥边风急，天高汉月斜。”该诗几乎全文都是对边塞风景的描写。但严寒的气候、荒凉的大漠、风雪肆虐、冷月边关的场景全部出于诗人的联想。边景在词中的描述，如柳永《一寸金》所云：“井络天开，剑岭云横控西夏。地胜异、锦里风流，蚕市繁华，簇簇歌台舞榭。雅俗多游赏，轻裘俊、靓妆艳冶。当春昼，摸石江边，浣花溪畔景如画。”无论对于剑岭的地貌，还是后面出游的热闹，也出于作者的憧憬。这样的内容，在解读时不能视为真实表达，而是诗人的艺术再造。

三、共情：潜在的动员功能

因为不能亲眼所见，边塞诗人常常大胆地对战争场景进行推断与设想。苏舜钦与苏舜元的《瓦亭联句》记叙了宋军在西夏埋伏突袭下大败的场景。苏舜钦著名的《庆州败》详细描写了宋仁宗景祐元年（1034 年）西夏进攻庆州并大败宋军的战事："今岁西戎背世盟，直随秋风寇边城。屠杀熟户烧障堡，十万驰骋山岳倾。国家防塞今有谁？官为承制乳臭儿。酣觞大嚼乃事业，何尝识会兵之机？符移火急搜卒乘，意谓就戮如缚尸。未成一军已出战，驱逐急使缘崄巇。马肥甲重士饱喘，虽有弓剑何所施。连颠自欲堕深谷，虏骑笑指声嘻嘻。一麾发伏雁行出，山下掩截成重围。我军免胄乞死所，承制面缚交涕洟。逡巡下令艺者全，争献小技歌且吹。其余劓首放之去，东走矢液皆淋漓。首无耳准若怪兽，不自愧耻犹生归！守者沮气陷者苦，尽由主将之所为。"诗中有大量的叙述，描述性很强。写夏军入侵急切，"随秋风"而来，气势汹汹，杀熟户、烧障堡，而防守的宋军不堪一击，兵败如山倒，被俘士卒惨遭屠戮羞辱而敌兵大逞淫威。诗作对战斗前后的情形描述得很细致，真实感很强。但事实上作者并不在其地，只是凭借传闻和自己的艺术想象进行创作。因为这次大败充分暴露了北宋边防的虚弱和边将的无能，对当时的朝野震动很大。苏舜钦不吝笔墨，怀着悲愤的心情站在旁观者的角度"客观"地描绘了战争场景，为诗中的议论做了有力的铺垫。其描述性内容所进行的推断和设想虽非事实，但却是合理的，所以取得了很好的艺术效果。又如梅尧臣《送郑太保瀛州都监》所写："秋气入关河，匈奴久已和。雕弓聊可试，宝剑不须磨。草木将摇落，牛羊自寝讹。能知塞垣景，持以赠吾歌。”其中表现了对于休战的憧憬，也是身在内地的诗人对边塞生活艺术构想的结果。因为出于虚拟，这样的书写中叙述是次要的，主要还是以诗歌来体验别人内心世界，达成一种“共情”。

无论苏氏兄弟的联句，还是梅尧臣的送别，都是诗词酬答，为文人交往重要方式的体现。而由边塞诗酬答联络组成了诗人个体的交往之网。在联络交往中，原本由诗人个体生发的爱国之情，因为同频共振的情感共鸣，凝聚成为了群体共识，对于爱国主义民族精神的形成起到了重要的作用。在战争年代，使用某些方法把人民凝聚在一起，是民众动员的核心目标。而边塞诗词借助爱国情怀的同频共振，把广大民众凝聚在一起，实现了动员的目标。可以歌唱的“战歌”也是特别的边塞诗歌，对于凝聚人心具有重要作用。由此，诗词创作成为了一种独特的动员手段。

身处内地而心系边关者，与塞上诗人在诗词创作水平上没有壁垒。甚至前者的创作有时还有所超越。唐代边塞诗中抨击的“战士军前半死生，美人帐下犹歌舞”（高适《燕歌行》）的将军、官吏，确乎身在“现场”，可能也具备一定的文墨能力，但失之无心，因此成为了边塞诗批判的对象。倒是远在十万里外还密切关注着边关一举一动的诗人，因为寄托了满腔热情，更让人感动。试读苏舜钦的《吾闻》：

> 吾闻壮士怀，耻与岁时没。出必凿凶门，死必填塞窟。风生玉帐上，令下厚地裂。百万呼吸间，胜势一言决。马跃践胡肠，士渴饮胡血。腥膻屏除尽，定不存种孽。予生虽儒家，气欲吞逆羯。斯时不见用，感叹肠胃热。昼卧书册中，梦过玉关北。

作者自言虽生为儒者，但“气欲吞逆羯”。他满腔报国热情，出凿凶门、死愿填窟的果敢决绝，恐怕很多亲至沙场的人都比不上。全诗洋溢着积极向上的情绪，正能量巨大，“百万呼吸间，胜势一言决”的强大气场不减唐人。其“士渴饮胡血”影响了后来人，著名的《满江红》（怒发冲冠）中“壮志饥餐胡虏肉，笑谈渴饮匈奴血”或许就是受其影响。经由诗歌的联络，人们的情感在潜移默化中得以凝聚，士气得以鼓舞。对于梅、苏之辈而言，时代没有给予他们出塞报国的机会，但他们自己用诗笔挣扎出了一片天地，无愧为优秀的边塞诗人。

第二节　纸上谈兵式的论说

北宋边塞诗词中，有相当比重的作品创作于远离边塞、未遭战火的内陆地区。作品中不仅有出于想象的“吾闻壮士怀”式的描述，也有很多议论性内容。宋诗好议论的特点在边塞诗中表现得非常鲜明。实际上，相当多作者并不具备领兵作战或者治国理政的才干，因此这些论说之辞大多是“纸上谈兵”。当然，于诗歌而言，“纸上谈兵”并非是其价值的否定评判。于诗人而言，他们的使命是创作，而非带兵作战，因此与空谈误国的赵括没有可比性。这类诗人只是没有足够多实践基础。作品中的论说有很多成功之处，反而是值得重视的。

一、儒者身份的不断强化

宋代士子普遍具有儒生身份，这一点在文学中不断被强调。即使主旨为“武事”的边塞诗词中也一再出现作者对于自身和他人（包括寄赠的友人）儒者身份的体认。如王禹偁《射弩》中写“如何壮夫事，今作儒者叹”“所得斗升禄，龌龊在朝班”“儒将古所重，料兵如转丸”，不断提及“儒”的身份。梅尧臣的边塞诗几乎每一首都会提到文士（儒者）的身份，如“谁复轻儒者，难淹笔砚间”(《张修赴威胜军判官》)、“天子命儒臣，遐方重专对”(《送王紫微北使》)、“贾谊非俗儒，慎无轻寡变”(《闻尹师鲁赴泾州幕》)、“我世本儒术，所谈圣人篇”(《依韵和李君读余注孙子》)、“淮南命儒帅，塞上足封侯”(《邵伯堰下王君玉饯王仲仪赴渭州经略席上命赋》)、“志士莫忆家，将军亦儒生”(《送顾中舍赴德顺军》)、“儒将一临塞，虏尘无犯边”(《寄渭州经略王龙图》)，而如“吴钩皆尚壮，章甫几为儒。寄谢西曹掾，能吟秀句无”(《杨畋赴官并州》)则更写到了吟诗这样的文人雅事。苏舜钦的诗也颇多“予生虽儒家，气欲吞逆羯”(《吾闻》)、“众人刮目看能事，着鞭无为儒生羞”(《送李冀州诗》)之类句子，同样念念不忘“儒”的身份。

究其原因，大概有两点。从诗歌技法的形式上看，边塞诗要写武写战，必然常用“武（将、帅）”等词。而“文（儒）”无论从平仄还是意义上都与之对得很工整。从思想内容上看，宋代诗人的文士本位心理，使他们时时不忘自己的身份。纵向地考察北宋边塞诗词的发展，对文儒身份的自我认知在诗人那里有逐渐加强的趋势。这大概要归因于崇文抑武的制度。政策的深化对广大文士起到了强化作用。

二、德政王道的治国方略

《论语·季氏》对于治国提出了“远人不服，则修文德以来之”的方略，成为后世儒者秉持的重要理念。在宋代，文士地位明显高于武士，当时甚至有这样的看法：即使取得“将兵数十万，恢复幽蓟，逐强虏于穷漠，凯歌劳还，献捷太庙”[①]的巨大武功，“其荣亦不可及”考中状元。此种观念大行其道，北宋文士的边塞诗词中，也大谈在对外关系中行“王道”，追求“内圣外王”。行“王道”，重视道德感化是宋朝重要的国家方针[②]。如王禹偁《战城南》写道：

边城草树春无花，秦骸汉骨埋黄沙。阵云凝着不肯散，胡雏夜夜空吹笳。我闻秦筑万里城，叠尸垒土愁云平。又闻汉发五道兵，祁连泽北夸横行。破除玺绶因胡亥，始知祸起萧墙内。耗蠹中原过太半，黄金买酎诸侯叛。直饶侵到木叶山，争似垂衣施庙算。大漠由来生丑虏，见日设拜尊中土。自古控御全在仁，何必穷兵兼黩武。战城南，年来春草何纤纤。穷荒近日恩信沾，寒岩冻岫青如蓝。方知中国有圣人，塞垣自尔除妖氛。河湟父老何忻忻，受降城外重耕耘。

诗作鲜明地表达了偃武修文、以德服远的主张。与秦、汉进行对比，秦筑长城、汉发大兵，耗费了大量的人力（“叠尸”）、物力（“垒土”）、财力（“黄金”），仍避免不了战争，一个“夸”字鲜明地表现出作者不以为然的态度。诗人的主张是“自古控御全在仁，何必穷兵兼黩武”，这是儒家修文德以平远的典型表现，对于“祸起萧墙”的议论，与宋朝廷“守内虚外”的方针一致。又如邵雍《送王伯初学士赴北京机宜》：“丈夫志气盖棺定，自有雄图系重轻。去路不能无感旧，到官争忍便忘情。闲时语话贵精密，先事经营在太平。谁谓御戎无上策，伐人谋处不须兵。”诗人强调“上

① 田况：《儒林公议》卷上，中华书局1985年版，丛书集成初编本。

② 张云筝：《宋代外交思想研究》，中国社会科学出版社2012年版，第69页。

兵伐谋”的军事主张，这自然是从兵法角度来说，更是从治国高度去看的，如此主张正是边塞诗词中对于德政王道之治国方略的论说。

追求文德治国可谓“王道”，是“正途”。但文治显然是一种长远而慢效的思路，一旦遭遇军事冲突，弊端难免显露出来。因此宋代的文士，必不少《三国演义》中诸葛亮所批评“笔下虽有千言，胸中实无一策”的空谈者。这也是毋庸讳言的。

三、克敌制胜的军事计谋

边塞诗词中通常有很多诗人对军事主张的论说。如梅尧臣《寄永兴招讨夏太尉》中提出“所宜畜锐保城壁，转馈先在通行商，守而勿追彼自困，境上未免小夺攘。譬如蚊虻噆肤体，实于肌血无大伤”的建议。而石介的古体长诗《感事》：

> 吾尝观中夏，地平如砥石。幅员数万里，车马知辙迹。帝宅居土中，紫垣当辰极。长江断其南，绝塞经其北。东海西流沙，天为限夷狄。三代千余年，天子虽务德。实以险为恃，四夷皆潜匿。汉唐德稍衰，地胜岂殊昔。暂来还亟去，不敢窥城壁。石晋一失谋，六州沦异域。天地破扃鐍，山川无阻扼。贻尔子孙患，固知非远策。桓桓周世宗，三十纂瑶历。一岁破东河，刘崇丧精魄。再岁复秦凤，不庭自柔格。三岁出南狩，王师拯焚溺。江北十四州，取之如卷席。四岁征关南，曾不发一镝。三州相继降，德声畅蛮貊。李昇请臣妾，钱镠修贡职。帝欲因兵锋，乘胜务深击。直取幽州城，拓土开疆埸。重收虎北口，复阏闭寇贼。是时战屡捷，六军气吞敌。平吴如破竹，成功在顷刻。惜哉志不就，暴疾生中夕。帝宋承大宝，声名发丕赫。全蜀献土地，举吴上图籍。荆潭与瓯闽，助

祭来匍匐。开城纳江俘，御楼受晋馘。区内一正朔，六州独割剔。愤愤柳宗仪，才宏包旦奭。生长在河朔，耳目熟金革。旗鼓朝治兵，酒肴夜结客。握臂说心诚，倒囊推金帛。客以豪杰士，遇侯颇感激。往来达厥诚，生死愿效力。万德纳我说，洞然绝嫌隙。事成已有萌，侯去何云亟。豪杰夜空回，帐中屡叹息。我览此二事，天意终难测。抚卷一感伤，两眼泪潜滴。

详尽地阐述了作者对于当时华、胡格局的认识和自己的主张。首几句概括中国的基本地理情况，中原地势平坦，幅员辽阔。后面叙述了从“三代”以迄各朝代的国家格局和边疆状况，几乎堪称一部以诗歌形式写成的“边塞简史”。作者评判了各代的边疆政策之得失，如批判石晋失谋，幽云陷落“异域”而贻害后代；而周、宋两代的明君英武，收复了大片的故土。其思想终归还是德行居要，三代天子务德而四夷潜匿，汉唐德衰则唯凭“地胜”来守。诗人们用文学来提出主张，以诗言志，向当局者建言献策，履行作为一名士大夫的职责，也发挥出了边塞诗的政治功用。

四、腐败落后的揭露批判

尽管很多诗人激情昂扬，寻求报国时机，大部分都不得机遇。大批的在位者却腐化堕落，不堪大用。宋朝对外战争中的败多胜少，外交政策上被迫使用买和的“屈辱”手段，很大程度上应归咎于宋朝军事、政治上的腐败。诗人们对此当然不会无动于衷，他们时常以笔抒怀，揭露谴责腐败落后的现象。

诗歌讽喻的功能在边塞作品中展现了出来。石介《西北》写道：“吾君仁泰厚，旷岁稽天刑。孽芽遂滋大，虵豕极膻腥。渐闻颇骄蹇，牧马附郊坰。吾恐患已深，为之居靡宁。堂上守章句，将军弄娉婷。不知思此否，使人堪涕零。”对文恬武嬉的朝臣进行了无情的揭露和批判，文臣寻章摘句、不务实事，武将舞弄娉婷、毫无刚气，怎么能抵挡勇猛残暴而又虎视眈眈的敌国。

以类型而论，北宋时期，一些未曾亲至边地、未亲身经历战斗的作家，创作中的议论带有明显的“空谈”特点。石介作长诗《感事》，在发了一通议论之后，于结末处写道“抚卷一感伤，两眼泪潸滴”。可见，他所有的观点和情感都是基于书卷、画册，至多是面对边疆地图，但决不是亲临边战的现场。石介的另一首诗《观棋》则写：“安得百万骑，铁甲相磨鸣。西取元昊头，献之天子庭。北入匈奴域，缚戎王南行。东逾沧海东，射破高丽城。南趋交趾国，蛮子舆榇迎。尽西四夷臣，归来告太平。”灭辽破夏、平定四夷，真是豪气干云。可惜这还是一介文士在观棋中的联想，是一种针对现实政局的空谈之论。事实上终赵宋一代，王朝一步步为这些所谓“夷狄”之国蚕食疆土，自保尚且不能，更无论想去完成“射破高丽城”这个盛唐都难以做到的伟大事业。“纸上谈兵”对于宋代边塞诗人甚至具有一定的共通性，不仅未曾亲至边塞的诗人如此，其他人也多有体现。比如，欧阳修尽管有亲至边塞的经历，但也好发高论，其《送任处士归太原》中的“自古王者师，有征而不战”，论调也有比较明显的空谈意味。中国第一部规模宏大的官修综合性军事著作《武经总要》在宋仁宗年间被组织编纂，正是宋人喜欢将一门实用性很强的学问进行“案头化”的表现，真可谓“声容盛而实效衰”①。边塞诗词中不乏在纸端大谈兵戈的内容，与当时人们的边塞诗观和兵学研究是息息相关的。

① 魏鸿编：《宋代孙子兵学研究》，军事科学出版社 2011 年版，第 13 页。

第三节　梅尧臣的热情与边塞诗

宋代有许多文士虽身处内地，也未担任与军事防卫相关的职务，但对于边疆战事与国家对外关系表现出很大的热情，梅尧臣是其中代表。他积极寻求报国机遇，在诗中表达对国家军政事务的看法，将个人抱负付诸诗歌，创作了大量优秀的边塞诗。梅尧臣边塞诗数量多、内容丰，其“纸上谈兵”的创作特色，是北宋边塞诗创作的重要模式，也推动了宋诗走向书斋化，其诗议论化、散文化和尚平淡的特色也引领了宋诗诗风。

一、报国建功的政治诉求与实际行动

梅尧臣仕途不得意，终生沉沦下僚。但位卑不忘忧国，他对国家军政大事倾注了很大热情。综观其诗文，“最突出的是他对于国事的关心和愿为国效力的热烈感情”①。他密切关注边事，积极寻找从军报国的机会，并亲注《孙子》以明志，用实际行动诠释了一介文士的爱国之情。

（一）密切关注边事，积极谋求从军

仁宗宝元、庆历年间，宋夏关系恶化，进而爆发大规模军事冲突。梅尧臣身在内地，但密切关注着战事，写下了很多纪实性作品。他关心民瘼，一生中写了不少反映民众疾苦的诗歌，《田家语》《汝坟贫女》等是其中的代表。而其中最为典型的又莫过于书写身处边疆地区的百姓之作。边地百姓既随时面临外敌侵扰劫掠的威胁，又要承受朝廷所加诸的各种赋税、徭役，梅诗对他们艰难的生

① 朱东润：《梅尧臣诗的评价》，《梅尧臣集编年校注》叙论一，上海古籍出版社2006年版，第9页。

活都有反映。如《送泾州良原何鬲主簿》："春风入边碛，二月沙草生。胡马自偷牧，汉农宁废耕。薄田刈晚谷，又饷防秋兵。县版固当重，调轻无与程。"生活在边地的百姓既要留意"胡马"的袭扰，又要进行农业生产以为朝廷供给军粮，实属不易。再如《送河北转运使陈修撰学士》：

河隍多宿兵，兵食固所须，幸时不战斗，畜养安可无。古兴十万师，七十万家辍耕锄，今来岁调饷，且与往昔殊。不使民转挽，但使民归租，急缓实塞下，商贾以利趋。关西河东亦如此，军食虽足民实虚。公乎抱长才，当有所画谟，应不贷内府，重锦象牙明月珠。边城预自足，宁待临事谕，莫令汉庭臣，独言桑大夫。

该诗作于皇祐四年（1052 年）宋朝与周边民族处于较为和平的时期。当时虽无战事，但边地百姓的生活压力也未减轻。梅诗指出"兴十万师"而造成"七十万家辍耕锄""军食虽足民实虚"的情况，敏感地体察到"与往昔殊"的"岁调饷"，认为官府派以繁重的课税，而商贾又从中渔利的情况在关西、河东普遍存在。和平年代如此，更遑论战乱时期。《襄城对雪》其二写道："登城望密雪，浩浩川野昏。谁思五原下，甲色千里屯。冻禽立枯枝，饥兽啮陈根。念彼无衣褐，愧此貂裘温。"本诗正写于战事迫在眉睫的当时。诗人以士大夫的担当，心系边地人民，为他们的饥寒而难过，甚至为自己身着暖衣而羞愧。

梅尧臣奔走呼吁，积极谋求任职边地、报国建功的机会。在七言律诗《送李泾州审言》中他直言"勇脱区区簿书内，壮心应欲请长缨"。同僚陆诜赴任秦州，他寄诗与之，强调文人对于军队的重要性，"介胄奉儒服，诗书参将谋"，并热情地表示，不愿作文学馆中皓首穷经的腐儒，"岂似瀛洲下，穷年事校雠"（《送陆介夫学士通判秦州》)。康定元年(1040年)三月,好友知长水县尹洙权签书泾原、秦凤经略安抚司判官事时,梅尧臣更表现出了羡慕之情,他在《闻尹师鲁赴泾州幕》中进行了抒写。“青衫出二崤,白马如飞电”写出了梅尧臣的踊跃心情,最后两句直抒其急于从军的意志。对于希望在仕途上有所作为的文士来说,远离朝廷是一件痛苦的事情,范仲淹在其著名的《岳阳楼记》中曾云“去国怀乡”者“忧谗畏讥,满目萧然,感极而悲”。但梅尧臣却言“自有从军乐,应无去国嗟”(《环州通判张殿丞》),若能从军立功,远离朝廷也不会有遗憾,可谓见识独特。

(二)喜好纵谈军事,亲注兵学典籍

出于对边塞的关心,梅尧臣“谈兵与论文,曾不涉陈迹”(《合流值雨与曹光道饮》),他认为“谈兵究弊又何益,万口不谓儒者知”(《醉中留别永叔子履》),喜好纵谈军事。其《夜酌赵侯家闻合流曹光道诣府遂访之一夕纵谈明日光道赴本任邀余诗送因叙其言以赠焉》中云:“方与旧将饮,谈兵灯烛前。闻有故交至,心喜辄轮边。跨马踏明月,往见竟留连。且共语出处,子怀予久然。男儿太平时,功业未可先。故当守诗书,道义跻古贤。苟复不得用,卷以放林泉。吾蕴诚若此,奈何贫所缠。仕宦偶同郡,文字可以传。行行志兹语,聊用乐永年。”鲜明地表现出他喜好谈论军事的特点。

若说口若悬河的纵谈只是“动口”,梅尧臣“动手”亲自注释《孙子》则说明了他把对于军政的关心、对于边塞的关注落到了实处。《宋史》梅尧臣本传称其尝上书言兵法《孙子》十三篇,并获得了时人的赞赏。如胡瑗在《嘉祐上疏》中对梅的举动给予了肯定和赞赏:“顷岁,吴育已建议兴武学,但官非其人,不久而废。今国子监直讲梅尧臣曾注《孙子》大明深义;孙复以下,皆明经旨。臣曾任边陲，颇知武事。若使尧臣等兼莅武学，每日只讲《论语》，使知仁义忠孝之道；讲孙、吴，使知制胜御敌之术。于武臣子孙中选有智略者二三百人，教习之，则一二年间必有成效。”于此，梅尧臣有诗《依韵和李君读余注孙子》记之：

我世本儒术，所谈圣人篇。圣篇辟乎道，信谓天地根。众贤发蕴奥，授业称专门。传笺与注解，璨璨今犹存。始欲沿其学，陈迹不可言。唯余兵家说，自昔罕所论。因暇聊发箧，故读尚可温。将为文者备，岂必握武贲。终资仁义师，焉愧道德藩。挥毫试析理，已厌前辈繁。信有一日长，可压千载魂。未涉勿言浅，寻流方见源。庙谋盛夔禼，正议灭乌孙。吾徒诚合进，尚念有亲尊。

他从儒者的本位角度起笔，指出圣人之篇皆需传笺注解，有鉴于“兵家说”“自昔罕所论”的状况，又值朝廷“正议灭乌孙”的时机，故当仁不让地发箧而读，并加以注解。如此做也是“虽有文事，必有武备”（《穀梁传》定公十年），亦合乎宋王朝崇文抑武的大政方针，无愧“道德”，目的正是“终资仁义师”。欧阳修说“遗编最爱孙武说，往往曹杜遭夷芟”（欧阳修《圣俞会饮》），这或许算是一介书生在从军无路情况下一种报效国家的特别方式，也可谓是无奈之举。

二、边塞诗创作成就与诗歌功能

梅尧臣一生共创作八十余首边塞诗，甚至伴随着他诗歌创作的全过程。梅氏边塞诗创作概况如下表 4-1 所示。

表 4-1　梅尧臣边塞诗创作概表[①]

系年	公元	诗作数	系年	公元	诗作数
天圣九年	1031	1	庆历七年	1047	3
景祐元年	1034	2	庆历八年	1048	5
景祐四年	1037	1	皇祐三年	1051	1
景祐五年即宝元元年	1038	1	皇祐四年	1052	9
宝元二年	1039	2	皇祐五年	1053	2
宝元三年即康定元年	1040	2	至和二年	1055	1
康定二年即庆历元年	1041	5	至和三年即嘉祐元年	1056	7
庆历二年	1042	1	嘉祐二年	1057	5
庆历三年	1043	1	嘉祐三年	1058	18
庆历四年	1044	2	嘉祐四年	1059	6
庆历五年	1045	2	嘉祐五年	1060	3
庆历六年	1046	1	合计 81 首		

梅尧臣的边塞诗创作取得了突出实绩。一是数量多。如表 4-1 所见，梅尧臣集中从卷一到卷三十有 23 卷或多或少保存了边塞题材的作品，初步统计有 81 首之多。他或是北宋时期边塞诗创作量最多的诗人。二是时间跨度大。梅集中创作最早的边塞诗大概是写于天圣九年（1031 年）的《环州通判张殿丞》，最晚的应是嘉祐五年（1060 年）的《送陕西都运彭待制》。前后跨越三十年，几乎贯穿了其创作的全程。梅尧臣的文学活动主要在仁宗一朝，此间发生的很多重大历史事件在梅诗中也多有反映。三是内容丰富。梅氏边塞诗反映了北宋政治、军事、外交等多方面，有包容量大、纪实性强、富于批判精神、笔势酣畅淋漓与心潮奔腾激越、长于议论思辨

① 黄麟书编，程少籍校补:《宋代边塞诗钞》（东明文化基金会 1989 年版）收梅尧臣诗作 50 首。本表以朱东润整理的《梅尧臣集编年校注》（上海古籍出版社 2006 年版）为本进行梳理制作而成。也有研究者统计数据不同，大概因选诗标准有异。

等特点①。

梅尧臣对边塞诗的创作是有意识的。他寄诗给赴官并州的杨畋，问后者对于“寒气盛中都”“车马行临塞，关山见落榆”的情景“能吟秀句无”（《杨畋赴官并州》），正是体现出他用文字来记述边塞生活的创作意识。嘉祐三年（1058年）他在《书李学士北使集后》中云：“苏武艰穷只四篇，五言风格到今传。节旄零落都无咏，枉在胡中十九年。”这是梅尧臣晚年读朋友的文集时题于文后的诗，可视为一则诗论材料。他对在历史和文学上都有重要一席的苏武进行了大胆而独到的评判，肯定他对于以“五言风格”为代表的诗歌发展的贡献，但对他“在胡中十九年”却只有四篇作品，对于很多值得记录之事没有记录表示不满，可谓是“艰穷”，“枉”有那么一番传奇经历。由此可见其文学创作的自觉。

从功用上看，边塞诗之于梅尧臣，可抒情言志，可发表议论，也可促进交流。对于梅尧臣边塞诗的创作类型认识，可以从两个方面来考察：

（一）赋诗以酬唱赠答

统计可见，九成的作品在诗题上都标注有人名，表明了此诗是写给他人的。梅尧臣边塞诗中，“送”“饯”“寄”“和”之作在50首以上，这些诗作基本可以归为送别诗、唱和诗或赠答诗，如《送陆介夫学士通判秦州》《送王待制知陕府》《送刁景纯学士使北》等就被《瀛奎律髓》收入卷二四送别类。题中有“送”“饯”的诗是当面或至少在同一时间段创作并外赠的，有“寄”的诗是遥赠的，有“和”或“依韵”“次韵”则是在收到对方赠诗之后的反馈。根

---

① 张廷杰：《宋夏战事诗研究》，甘肃文化出版社2002年版，第159—161页。

据被赠者的不同，梅尧臣边塞诗分为致边地任职者之作、致使臣之作等几类。

第一类是写给任职边地的同僚或友人之作。其中有的是即时送别之作，有的是寄赠已在边地者之作。梅尧臣送别赴边就职的同僚或友人的边塞诗有近二十首。受赠者去往不同的边疆路、州，《送赵仲宝永兴乾耀提举捉贼》《送渭州刘太保》等诗中的诸君是去往陕西的；《送河北转运使陈修撰学士》《送晁质夫太丞知深州》等诗中的各位是赴职河北的；《送周衍长官知辽州》《送李太保知仪州》等诗中的人则是奔向河东。也有一些诗是寄赠时在边地任职者，如《寄永兴招讨夏太尉》是梅尧臣写给当时的知泾州夏竦的。梅尧臣通过寄赠诗文与远在边疆的故友新朋保持联系，给同一个人的赠诗有时也不只一首。如《寄渭州经略王龙图》有同题的两首，一首是作于皇祐四年（1052 年）的五言律诗，一首是作于皇祐五年（1053 年）的古体诗。

第二类是写给奉命出使邻邦的使臣之作。在宋、辽交聘制度影响下，百年间两国频繁互派使臣。梅尧臣有二十余首诗是送别使臣的①，表现出了对于出使活动的关注。有时一连写几首诗，“跟踪”使臣的活动。如《续资治通鉴长编》卷一六一载，庆历七年（1047 年）八月，太常博士、集贤校理、同修起居注、判度支句院韩综（仲文）为契丹生辰使，梅尧臣写了《送韩仲文奉使》；当韩综完成使命回朝时，梅尧臣又写《闻韩仲文使归》，表示关心。归纳起来，这一类作品表现出一定的“创作模式”：一般首先陈说出使的缘由。通常指出是受天子之命，叙述事件之原委，点明出

① 《全辽诗话》收梅尧臣送人使辽诗 15 首，蒋祖怡、张涤云整理：《全辽诗话》，岳麓书社 1992 年版，第 341—343 页。

使一事。如《送李君锡学士使契丹吊慰》直接言明出使的原因是“昨日匈奴来告哀，殿门不识桃花开。今闻君去作吊使，正值雁嗥从北回”，又如“天子命儒臣，遐方重专对。持书下西阁，拥节来穷塞”（《送王紫微北使》）强调是受王命而行，“驿骑骎骎持汉节”（《送刁景纯学士使北》）是直陈奉使一事。然后是想象边地特别的风景民俗，通过与内地、中原朝廷的对比，表现出对于民族差异的认识。如“紫塞千烽静，黄云万里平”“授馆毡为幄，供庖酪和羹”（《送谢舍人奉使北朝》）不仅写塞上风景，还写胡人宿毡幄、食酪羹的习俗；《送晁质夫太丞知深州》更被方回《瀛奎律髓》收入“风土类”，认为是写边地风土的重要作品。接着设想到达他邦的情景，预计所受到的礼遇。如“戎王拜天赐，虏帅伏名卿”（《送谢舍人奉使北朝》）、“汉使下西清，胡人拥道迎”（《送谢舍人奉使北朝》）。另外还会赞扬使臣取得的功绩（有助于和平）并设想归来情形（封侯进官、青史留名）等。如“甘泉归奏日，重见凤池荣”（《送谢舍人奉使北朝》）、“礼成复命日，菀抑舒杨条”（《送韩仲文奉使》）等。

“诗可以群”，文人借助诗文与故交新友进行交往是常见的方式。边塞诗可谓是梅尧臣联络友朋感情的重要媒介。前文已指出，梅尧臣的很多诗作都是在他与朋友交往过程中产生的，这些作品本身就可以成为联络感情的媒介。如《送潘供奉承勋》中写“与君迹熟情已亲，欲将行迈聊感人。举酒不能效时俗，半醉苦语资立身”，写出了友情。鼓励赴任渭州的王素（仲仪）“淮南命儒帅，塞上足封侯”（《邵伯堰下王君玉饯王仲仪赴渭州经略席上命赋》），写出了给予对方的美好愿望。《送河北转运使陈修撰学士》末句希望“当有所画谟”，使得“边城预自足”，进而为朝廷博得臣民的信赖，而不必念念不忘桑弘羊这样善理财政、富国强军的先贤。《送潘供奉承勋》中写“长大实好带弓剑，何不往助清边尘。门戟虽高岂自有，当思乃祖为功臣”，又写出了对于对方的期望、赞誉、鼓励。《送周衍长官知辽州》中末句所说的“塞地寒且薄，百役子宜轻”，则算是规劝和嘱咐了，如同“此言虽小可喻远，幸公采用不我忘”（《寄永兴招讨夏太尉》）所言。

（二）赋诗以言志议论

第一，边塞诗是梅尧臣抒发个人抱负的平台。如《次韵和刁景纯春雪戏意》末句写“我贫始觉今朝富，大片如钱不解穿”，正是直道出自己的“贫”，虽是“戏语”（方回评）但却有以乐写哀之感。《送周介之学士通判定州》中说“我有愚者虑，赠君临路岐”，虽自谦为愚者，但一个“虑”也写出了士大夫心怀家国的精神状态。《范殿丞通判秦州》中说“主人本燕客，宁独事书诗。志尚功名间，管乐犹一时。去去勿复道，磊落为男儿”，名为说“主人”范殿丞，其实也以自况。《张修赴威胜军判官》末句“谁复轻儒者，难淹笔砚间”则直言自己身为儒者犹心怀报国壮志的抱负。

第二，边塞诗是梅尧臣论述军政主张的阵地。梅尧臣不少作品从不同方面记录了与时局关系密切的战、和大事，表现了他对时事的牵挂。如著名的《故原战》记战事：

> 落日探兵至，黄尘钞骑多。邀勋轻赴敌，转战背长河。大将中流矢，残兵空负戈。散亡归不得，掩抑泣山阿。

这首诗记录了任福战死好水川之事。《宋史·任福传》详细记载了此役，这是一场“大将中流矢，残兵空负戈”的惨烈战斗，梅尧臣用诗笔沉痛地记录了下来，并分析其直接归因于“邀勋轻赴敌”，失策在“转战背长河”。庆历四年（1044 年），宋夏缔结和约，战争的阴云暂时消散，和平曙光投射出来。梅尧臣有不少诗篇写到了“和”。如《范殿丞通判秦州》云：“天水出名马，多称黄金羁。

正值羌已和，边草复离离。乘肥固未失，所蕴不得施。”《送郑太保瀛州都监》也说：“秋气入关河，匈奴久已和。琱弓聊可试，宝剑不须磨。草木将摇落，牛羊自寝讹。”另外，像《元忠示胡人下程图》《蔡君谟示古大弩牙》等诗也颇有特色。前者因图画而想象边塞与国防诸多事端，后者则研究精良先进的武器装备，希望有助于国家和人民。地图、武器，都与战争成败息息相关，是一类特别的边塞诗意象。梅尧臣自己注解《孙子》，也对很多其他的军事因素表现出了兴趣。他诉之于诗，遂记录了这些细节性的事件，也保存了后人了解当时战争、军事的可贵资料。

作为一名儒士，梅尧臣又用诗文阐发了个人对于军事、政治的观点和思想。《送谢师直秘丞通判莫州兼寄张和叔》中说“侵疆古甚炽，‘薄伐’《诗》所云。往今势且异，利害理颇分”，提出儒家重修文德、轻兴征伐的基本主张。《诗经·小雅·出车》云：“赫赫南仲，薄伐西戎。”梅诗引诗为证，表达对边塞防卫的看法“远以塘设险，遂轻甲屯云”。前文所引的《送河北转运使陈修撰学士》中，尽管诗人深切关心边地百姓艰难的生活，指出了很多问题，但他没有否定军费的必要性，从一开始就强调“兵食固所须”，指出即使“不战斗”，“畜养”也是必需的。而边防上要保持警惕，有长久的打算：“未破河西寇，朝廷尚有忧……莫擐黄金甲，须存百胜谋。昔尝经黠虏，今去正防秋”（《邵伯堰下王君玉饯王仲仪赴渭州经略席上命赋》）。又如《和介甫明妃曲》认为和亲政策不足取，均为此类。

由此可见，梅尧臣多年孜孜不倦，有意识地进行大量的边塞诗创作，并以其赠答交流、抒情记事、论说主张，开拓了此类作品的功能。梅尧臣的努力，对于宋诗的发展和边塞诗的转型发挥了重要作用。

三、创作的“纸上谈兵”与边塞诗风之变

梅尧臣是宋诗重要的代表性诗人，其边塞诗中“纸上谈兵”等特色成为北宋边塞诗创作的重要模式，奠定了宋代边塞诗的重要格调。梅尧臣边塞诗好议论、散文化、尚平淡等创作特点和艺术追求，是梅诗总体风格的鲜明体现，也有力引领了宋诗独特风格的形成。梅尧臣的边塞诗创作也为其成为宋诗“开山祖师”作出了重要贡献。

（一）“纸上谈兵”与创作书斋化

文学创作有赖于社会实践。陆游著名的诗句“纸上得来终觉浅，绝知此事要躬行”，正是强调了实践的重要性。排兵布阵、行军作战之类的军事活动，更与实际行动密不可分。但宋代诗人的创作中却呈现出“纸上谈兵”的特色，而且在边塞题材的作品中表现尤为突出。其“纸上”所“谈”的，包括想象中的边塞风光，对于国家军政方针的看法和御敌守边的主张，也包括寄托于家国之中的个人情感。

梅尧臣边塞诗中的内容很多即来自于个人想象。由于没有亲身到达边地，所有的景致都是臆想出来的。如《送郑太保瀛州都监》中说“能知塞垣景，持以赠吾歌”——塞上的景致，是从别人所赠之歌而知晓的。《杨畋赴官并州》说“尝闻地近胡，寒气盛中都。车马行临塞，关山见落榆”，百般塞外风沙奇寒，都是“闻”得来的。“谁思五原下，甲色千里屯”（《襄城对雪》其二），是“思”出来的。《高阳关射亭》也是此类作品，其创作借助了艺术的想象。

想象的产生是被动的，因为未至边疆的诗人了解边疆信息的途径通常要借助别人，但创作的实施却是作者积极进行体悟和思考的主观能动活动。如被认为是梅尧臣用诗记录史实的一首重要作品如

是写："纵横尸暴积，万殒少全生。饮雨活胡地，脱身归汉城。野獾穿废灶，妖鹏啸空营。侵骨剑疮在，无人为不惊。"该诗题目交代了消息的来源——《故原有战卒死而复苏来说当时事》。这首诗的创作，用现代名词说可以是"采访"之后的"通讯"写作，作者对于故原之战的信息，都自前线死里逃生归来的士卒口中得到。应该说，其创作固然已非常接近于现场，但毕竟是得自转述，与范仲淹等"战地记者"亲临实地的"采风"是有明显区别的。

梅尧臣边塞诗多得之于转述，或出于联想和想象，是"虚拟"成分较大的"纸上谈兵"之作。总体上看，宋代文人有"纸上谈兵"的"通病"，故有人作"宋人议论未定而金兵已渡河"之讥。但这里探讨的是文学创作风格，"纸上谈兵"强调了作品产生的创作状态，并不存在贬义色彩，因此并不能削弱甚至否定其价值。恰恰因为身在局外，梅尧臣等"旁观者"看问题可能更"清"。且由于他们倾注了极大热情，对于国家军事安全的关心超越了很多身在高位或者时任边帅者，故他写的景或许有偏差，但其情也真，其论也高，其创作更是出色。

"纸上谈兵"实是宋诗创作走向书斋化的典型表现，因为将边塞题材收之于斗室之内，是宋诗对于唐诗范式的巨大挑战。边塞诗堪称唐诗中最具代表性的一类，唐诗的大多特征都与其边塞诗中的呈现高度一致。汉唐以来，边塞诗形成了一定的范式。北宋的边塞诗较之汉唐边塞诗，在内容和主题上发生很大变化，如宋代边塞诗中对边塞的实际描述地点深入腹地，有泛"边"倾向，别于唐代的"塞诗"，可作"边诗"；"尚武"的倾向也出现明显的削弱与移位；对于战争的态度和审美取向与汉唐存在很大差异。这种特点的形成固然与时代背景和风尚密切相关，同时也是诗歌发展的反映。因此，以梅尧臣等人为代表的北宋诗人，创作出来的边塞诗数量不少，却通常为人们所忽视，并非思想内容不够，也非艺术水准太低，其主要原因还是作品呈现出来的面貌与唐诗判然。通过这样的创作实践，宋诗打破表现方式上的樊篱，突破了诸多原有的唐诗审美范式，形成了自身异乎唐诗的特点，由此“打开自己的道路，不同于唐诗，而又赋有自己的面目，不为唐诗所掩盖”①，恰恰得益于这种对于范式的反动。

（二）议论化、散文化的创作

梅尧臣八十余首边塞诗几乎每作必议，论说成分分量颇大。有的诗几乎全篇议论。如《高阳关射亭》云：“星弧射狼夜夜张，角弓备寇不可忘。将军屯师古关下，不尚武力何由强。日与官兵来会此，弓须射硬箭射长。更如羿中九乌毙，独见杲杲明扶桑”，热烈谈论如何布兵备战，“弓须射硬箭射长”倒与杜甫《前出塞》中的“挽弓当挽强，用箭当用长”之意颇近。议论展现诗人的才学和见识，体现了士的担当，也是宋人作诗的一贯风格。

这一时期边塞诗的散文化倾向也很明显。如《寄永兴招讨夏太尉》中写“宝元元年西夏叛，天子命将临戎行，二年孟春果来寇，高奴城下皆氐羌。五原偏师急赴敌，昼夜不息趋战场，马烦人怠当劲虏，虽持利器安得强。二师覆败乃自取，岂是廊庙谋不臧。朝廷又选益经略，三幙贤俊务所长，或取李悝备边策，或欲五道出朔方”，叙述战争发生的经过，语言与散文很相近。再看《次韵和永叔赠别择之赴陕府》：

> 古人相送赠以言，今人相送举以酒。酒行殷勤意岂疏，酒罢踌躇悲更有。行当何之来者谁，陕府兵吏争迎走。壶浆往往过函关，翰林惜别方携手。自言老大遇知难，愿得公诗为不

① 朱东润：《梅尧臣诗的评价》，《梅尧臣集编年校注》叙论一，第1页。

杇。公因索笔作长谣，落落寓言诚十九。我惭竹管厕宫悬，纵合律度应非偶。太守西行已不贫，忽获明珠盈大斗。归立螭头未是迟，暂向棠阴问遗叟。

全诗贯以散文化的语言。如《送顾中舍赴德顺军》中写“闻从垄坻去，垄坻多羌兵”，重复的词语使得文字略为疏散，与密丽的诗风判然有别。而“昨日匈奴来告哀，殿门不识桃花开。今闻君去作吊使，正值雁嗥从北回”（《送李君锡学士使契丹吊慰》）之类的诗句则浅白如话，散文化的特点更加明显。

（三）平淡风格的追求

梅尧臣的诗以平淡著称，明代胡应麟说：“梅诗和平简远，淡而不枯，丽而有则，实为宋人之冠。”①那么他的边塞诗如何？“梅诗向以风格‘平淡’为论者所推赏。他确有‘风格平淡’之作，但其边塞诸诗却没有丝毫‘平淡’的风格，相反却总给人一种纵横捭阖、起伏跌宕的艺术感受，其间所蕴英雄郁勃之气回环吞吐，更有一股激动人心的冲击力。”②此论大概主要针对其中所表达的感情而言，并且主要针对梅氏的战事诗，难以涵盖其全部边塞诗。“平淡”在梅尧臣的认识上“已是一个全新的诗学名词，它实际上是指一种炉火纯青的艺术境界，一种超越了雕润绮丽的老成风格”，“‘平淡’的诗歌完全可以以激愤感情作为创作的心理基础”③。故作家慷慨激昂的情绪只是心理基础，并非必须造成不平作品。平淡是作品的表现手法和总体境界，与边塞鼓角峥嵘的征战基调和内容并不冲突。

---

① 胡应麟：《诗薮·外编》卷五，中华书局1962年版。

② 张廷杰：《宋夏战事诗研究》，甘肃文化出版社2002年版，第160页。

③ 莫砺锋：《论梅尧臣诗的平淡风格》，《唐宋诗歌论集》，凤凰出版社2007年版，第228页。

宋人对梅尧臣诗风的评价云：

大抵欲造平淡，当自组丽中来；落其华芬，然后可造平淡之境，如此则陶、谢不足进矣。今之人多作拙易语，而自以为平淡，识者未尝不绝倒也。梅圣俞《和晏相诗》云："因今适性情，稍欲到平淡。苦词未圆熟，刺口剧菱芡。"言到平淡处甚难也。所以《赠杜挺之诗》有"作诗无古今，欲造平淡难"之句。李白云："清水出芙蓉，天然去雕饰。"平淡而到天然处，则善矣。①

梅尧臣主张"作诗无古今，唯造平淡难"，并表示对于其诗学主张"愿执戈与戟，生死事将坛"（《读邵不疑学士诗卷杜挺之忽来因出示之且伏高致辄书一时之语以奉呈》）。"平淡"是梅诗的总体风格，也可用来诠释其边塞诗。

关于这一点，可以通过比较来说明问题。梅诗平淡诗风的形成过程中，王维向来被认为是其重要的师法对象。但同样写到边塞题材，两者面貌迥异。如同样以狩猎为材，二人的诗作在气格上有很大的差异，鲜明地反映出"宋调"与"唐音"迥异的面目。且看原作和拟篇：

风劲角弓鸣，将军猎渭城。草枯鹰眼疾，雪尽马蹄轻。忽过新丰市，还归细柳营。回看射雕处，千里暮云平。——王维《观猎》

白草南山猎，调弓发指鸣。原边黄犬去，云外皂雕迎。近出长陵道，还看小苑城。聊从向来骑，回望夕阳平。——梅尧臣《拟王维观猎》

从表层呈现上，王诗鲜明地展现了"强悍"的气魄，而梅诗则

① 葛立方：《韵语阳秋》卷一，中华书局1985年版，丛书集成初编本。

显得文雅平和；从表现对象上，王诗描绘了一次军事演示，梅诗则是叙述了一次娱乐游戏；王诗是一首贴近猎场的“观后”之作，而梅诗是远离猎场的想象之作和模拟前人作品的“读后”之作。总之，梅诗的诗里诗外，全然不是边塞诗的“唐诗气象”，而是另一副面目。即使写战争的诗，梅尧臣也少用夸张的词汇，对于好水川大败造成的死伤无数，他写“大将中流矢，残兵空负戈”，同样处理得很平和。

边塞诗既是唐诗的重要“代言”，在这一类型的创作中融入书斋化的方式以及对于平淡、议论等倾向的追求，正是梅尧臣等人在自觉与不自觉之间作出的诗学探索。从客观上，这也是宋人以边塞诗与唐人“争胜”，进而确立自家诗歌地位的表现。边塞诗堪称研究整个宋诗的一个颇为重要的“剖面”。“纸上谈兵”的形成，正是具有宋代特色的边塞诗得以确立的重要标志。梅尧臣以其边塞诗的创作实绩，为宋诗的凝练与定型作出了重要贡献，有力地引领了诗风。

梅尧臣热心时事，亲注兵书以明志，虽时运不济，报国无门，他却以文学书写情怀，凭借突出的边塞诗创作实绩，为边塞诗类型的开拓发展和宋诗特色的形成作出了重要贡献。“纸上谈兵”，是梅尧臣边塞诗的鲜明特点，也堪称宋代边塞诗区别于唐诗的基本特征之一。

宋人好议论，因此那些未曾到过边地的诗人写出来的边塞诗就难免有“纸上谈兵”的感觉。终其一代，宋朝对外大多处于守势，军事冲突中恐怕也是败多胜少。不仅幽云“故地”不能收复，西北不少城池还被西夏侵吞，因此不得不向辽、夏两方以经济赎买的方式维系和平。在这样的情况下，那些过于意气风发、大谈天朝盛世的边塞作品就流于空想，多少有些“说把势”。若说驻守边关、直接与敌军短兵相接的帅臣和任职边地州县、参与边防的守臣是“真英雄”的话，作为朝廷和皇帝派遣、以维持现状的和平为己任的使臣只能算作“半英雄”。而那些身不曾到塞上，口中侃侃而谈的诗词作家就可以成为“假英雄”了。对比刘敞《没蕃士》与梅尧臣《故原有战卒死而复苏来说当时事》则可见，同是“代言”，刘诗写得详尽痛切，梅诗则简洁传奇，正是两者之异。当然，若单凭字面意思就对“书生论剑”和“纸上谈兵”进行诸如“文士谈兵多谬误，兰台作史漫裁量”（马廷鸾《北平家传成》）一般的负面评价，显然是不公允的。倒是更应该认识到宋代特殊的历史背景下，广大文士“本无谋略强谈兵，每愧临边病未能”（周弼《秋日马上》）的苦衷。因此，这里的“书生论剑”和“纸上谈兵”无感情色彩评判，只就其表现形式而论，是对宋诗“别样”面貌的一种诠释。

第五章

廷议边事及其诗词表达

北宋边塞诗词还呈现出第三种面貌。有不少边塞诗词创作者也曾亲到边关但时间较短，驻守在临近边境的州郡但又未及前线。不同于实至边地者对边塞真实情况的熟悉，也异于远在内陆的诗人全凭问询他人和想象来了解边塞，他们对边塞“若即若离”却非常关注，对边事“一知半解”却喜好表达。以翰林学士等词臣等为代表，一些边塞作家异乎“实至”与“心系”者，创作呈现出自身的特点。

第一节　“正坐喜论兵”：寄寓理性思考的描述

一、“正坐”：疏离于边塞的冷静

边塞之景事，各人所见或不同，笔下所写更有异。远离边塞之地，有一些边塞诗词的作者是以文字为业的词臣，譬如翰林学士。在边塞诗词创作这项文学活动中，他们的创作状态是疏离于作为“第一现场”的边地，身处朝中甚至大内。这些边塞作家，不少具备“廷议”①，即在朝廷上议政发言的资格，也有的有夜宿翰苑值班草制的机会。其职务责任就是“正坐”殿堂之上，以作文献策作为报国的主要渠道。

这类创作疏离于边塞实地，从刘攽《题陕西图三首》就可见一斑。由诗题来看，这显然是一篇“看图作文”，因此诗中“白日长安近，苍山坌坂寒”“山河从割弃，关辅急堤防”“河源来积石，天马涉流沙”之类的描写景象都是假想而成，因为作者是面对地图，而非城池关塞的实景。

苏轼是北宋词臣的杰出代表。作为边塞作家，苏轼一生没有直接出塞入塞或从军征战的经历。但其有在边疆及其周边地区任职、生活的经历：早年任职凤翔，后来再知定州，都是在边地州郡。苏轼于元祐八年（1093 年）秋知定州，这是宋王朝的边防重镇。鉴于当时驻军骄惰、防务废弛等问题，苏轼大力整顿军纪，修缮营房，加强了边防。苏轼在州郡任职时，曾注意到整军备敌的各项设施。如元丰八年（1085 年）苏轼了解到登州“地近北虏，号为极边”（苏轼《登州召还议水军状》），自来驻有水军，“为京东一路捍屏”（同上），后因边境无事，水军官兵屡被他调，武艺惰废，形同虚设。为此他向朝廷上了《登州召还议水军状》，建议朝廷整饬登州水军，“教习水战，旦暮传烽，以通警急”。但苏轼一生仕宦，最具影响力的身份应是翰林学士，是朝中词臣的代表。苏轼有《送蒋颖叔帅熙河》诗云：

西方犹宿师，论将不及我。苟无深入计，缓带我亦可。承

---

① 廷议是朝廷的一种议事制度。如《后汉书·方术传上·郭宪》中载“时匈奴数犯塞，帝患之，乃召百僚廷议”，唐韩愈《送水陆运使韩侍御归所治序》也有“公卿廷议以转运使不得其人”。

明正须君，文字粲藻火。自荐虽云数，留行终不果。正坐喜论兵，临老付边锁。新诗出谈笑，僚友困掀簸。我欲歌《杕杜》，杨柳方婀娜。边风事首虏，所得盖么么。愿为鲁连书，一射聊城笴。阴功在不杀，结草酬魏颗。①

这是一首“送别体”边塞诗，其自注云“颖叔出使临洮，轼与穆父、仲至同饯之，各赋诗一篇，以‘今我来思’为韵，致遄归之意，轼得‘我’字”。可见这是在送别赴边戍守的朋友的席上作的诗。该诗既是远离边塞的文字切磋之作，也是句句不离兵戈战甲和边地防卫主题的边塞诗。比较而言，此时的诗人与边塞的距离，介于边关大帅范仲淹和内地文士梅尧臣两者之间。诗中“正坐喜论兵”正是对于这种写作模式的最生动概括。

二、“喜”：热心于边事的担当

本是文臣，却喜好纵谈边防战事，这在北宋很常见。好论边事，虽然不代表就一定实有其才，但也确实不乏实有才能者。仁宗年间，西夏主努力制造机会，以图激怒宋廷、为起兵提供理由。翰林学士张方平敏锐地察觉到夏人的阴谋，献上《平戎十策》，建言献策，是一位有见地的文臣。他的边塞诗作《喜雪》中写道“愆阳干岁事，斋殿轸予忧。默为斯民祷，心从六事求”，一片为民祝祷的深情尽显国士担当。张方平是苏轼极为敬重的前辈，苏轼《代张方平谏用兵书》中说：“群臣百寮，窥见此指，多言用兵。”描绘了当时群臣议兵的情况。

翰林学士的一项职能是出使外邦。如欧阳修就曾于仁宗至和

① 苏轼撰，王文诰辑注，孔凡礼点校：《苏轼诗集》，中华书局1982年版，第1957页。

二年（1055年）以翰林学士假右谏议大夫充贺辽道宗登位国信使。南宋时代学士使金更成为常态。出使活动是边塞诗词创作的最重要来源之一，因此翰林学士的边塞诗词颇有类型研究价值。

边塞诗对于词臣有重要意义。词臣可以诗为手段批判时务，如宋祁《送平陆知县尹象先》中指出“羌膻污右鄙，秦陇含创痍。健将贪屯聚，砦栅犹鳞差。四年结不解，粮饷先自疲。兵分势已弱，贼入纵横驰。营阵讫不立，安得张吾师。比来守禦计，尚复纷相訾”，对分兵造成势力弱化的部署表示反对。胡宿《凉州》云：“一从天宝陷凉州，路绝阳关数百秋。谁念弓裘侵紫塞，空余歌舞在红楼。将兵古有龙韬略，仗节今无燕颔侯。五鼎元戎方肉食，腐儒何者预军谋。”批判宋朝廷对边防疏于警备。难能可贵的是，他跳出了儒生的自身局限，大胆地指出腐儒不堪用，这在以儒立国、以文治国的当时是犀利的表达，当是诗人在深切反省时弊后得出的结论，对于盲目崇尚文德的倾向是一种矫正。

三、“论兵”：崇尚于理性的创作

严羽《沧浪诗话·诗辨》所谓“本朝人尚理，唐人尚意兴”，指出了宋人崇尚理性的主要倾向。尚理融入诗歌中，宋诗更多的是主体的理性认识，倾向于明晰而非朦胧①。翰苑词臣皆饱学之士，大都有见识、主见强，有稳定的理性思维。他们的边塞诗也有比较明显的论理感，甚至将描述性内容写成了论辩性内容。

宋人有很强的史学思维，好为史论。边塞诗歌常涉史实典故，因此成为了他们在诗中写史论的一方阵地。宋庠的《读史二首》中云“儒生未必无长策”，展现了自信，是从史书中找到的启示。王

① 周裕锴：《宋代诗学通论》，上海古籍出版社2007年版，第398—403页。

安石的史论类边塞诗《明妃曲》得到了很多人的唱和：如《明妃曲二首》有欧阳修、司马光、曾巩、刘敞唱和；《明妃曲》集句诗也得到诗友们的纷纷创作回应——如梅尧臣《和介甫明妃曲》，欧阳修《明妃曲和王介甫作》《再和明妃曲》《明妃小引》，司马光《和王介甫明妃曲》，刘敞《王昭君》《同永叔和介甫昭君曲》，曾巩《明妃曲二首》，等等。这是理性精神在边塞诗歌中渗透的重要体现。宋初著名学士王禹偁的一首边塞诗《对雪》中云“褒贬无一词，岂得为良史”，大概是他们作边塞诗时心态的体现。

在边塞词中，理性也得到一定灌输。苏轼的“以诗为词”，可以被更具体地表述为“以宋诗为词”，它是对中唐、五代以来词的“诗化”历程的继承和发展，即用宋诗的理性精神来把词“诗化”，也就是把宋代道学的理性精神带入词中，“实践了理性精神对词的一大洗礼”[①]。苏轼边塞词就有理性诗意的体现。

边塞之景，在此类书写中颇有特色。宋祁的《张宫苑拜嘉州刺史知恩州》有句“剑南剩腊梅迎使，塞下新春柳映营”，为表达对张宫苑赴任的良好祝愿，设想任地对其必夹道欢迎，其艺术想象充满了人的意志，使腊梅花卉也为之驱使去“迎使”。王钦臣的《使辽回谒恭敏李公席上作》：“穹庐三月已淹留，白雪黄云见即愁。满袖尘埃何处洗，李家池上海棠洲。”其中的“愁”均是因人而使得“物皆着我之色”。司马光的《延安道中作》云：“羁旅兼边思，川原蹀血新。烟云长带雨，草树不知春。细水淘沙骨，惊飚转路尘。今朝见烽火，白首太平人。”写因为国家承平日久，生活在边地的白发老人竟然还是首次见到烽火，以前不知有战争，这与“草树不知春”

① 朱刚：《唐宋四大家的道论与文学》，东方出版社 1997 年版，第 245—246 页。

简直一样。这里描绘边地自然风物，关联了人事世情，哪里是草木不知春，实在是人不知战。“以我观物”，将人的理性带到草木鸟兽中，与范仲淹嗔怪“衡阳雁去无留意”（《渔家傲》）的决绝异曲同工，无理而妙。这一状态是创作主体以理智的思维将个人的感觉融注到外物而形成的。边塞题材为诗人将人类所独有的理性投注到诗歌中提供了平台。胡宿的诗“开了宋人以诗歌论事议政的风气”[①]，在学士、词臣中是有共同性的。正坐于殿堂，不妨碍作诗写边事。其实不唯词臣官士，贵为帝王的宋真宗赵恒也在景德元年（1004年）澶渊之盟签订后作《北征回銮诗》云：“锐旅怀忠节，群胡窜北荒。坚冰销巨浪，轻吹集佳祥。继好安边境，和同乐小康。”作为亲身经历者，真宗对战争轻描淡写，却重点写和平之后的安乐，颇能反映出当时宋政权统治者的心理状态。张先《定风波令》中写“浴殿词臣亦议兵”，意思是身在内地朝堂的文官词臣，也喜好议论兵事，俨然北宋边塞诗词第三种面貌的巧妙注脚。

第二节　学士壮歌式的论说

“学士壮歌”在这里是对一种文学风格的概称，归纳了北宋一类边塞诗词的特点。

一、学士：作者的主要身份

“学士”常作为一种文学式表达统称一类文人或士人。譬如黄庭坚、秦观、张耒、晁补之常被合称为“苏门四学士”，但他们并

① 陶文鹏：《论胡宿的诗学观与诗歌创作》，《北京大学学报（哲学社会科学版）》2006年第1期。

未担任翰林学士或某殿、阁诸学士之职，之所以被称为“学士”，乃是因为曾任史馆、昭文馆、集贤院、秘阁、崇文院、秘书省等的馆阁职事①。北宋期间曾任职馆阁翰苑的士人中42人有边塞诗词的创作，其中召试者有27人，特恩除职者有16人（1人重复）②。而更为准确的学士特指翰林学士。翰林学士可谓唐宋时代的清要职位。宋代崇儒右文，翰林学士也是文臣的重要官职。在北宋，许多曾为翰林学士的臣僚进行了一些边塞诗词的创作，有实至边地经历的成为“书生论剑”的重要代表，未曾亲临边疆的则可称“纸上谈兵”者。北宋的翰林学士中较为重要的边塞诗词创作者，除苏轼外，主要如下：

王禹偁（954—1001年），字元之，济州钜野（今山东巨野）人。太平兴国八年（983年）进士。历任右拾遗、左司谏、知制诰、翰林学士。真宗时再召入都，复知制诰，上书提出“谨边防”，“减冗兵，并冗吏”等事。王禹偁有边塞诗约7首。

杨亿（974—1020年），字大年，建宁州浦城（今福建省浦城县）人。淳化三年（992年）赐进士及第；历任著作佐郎、知制诰。真宗时为翰林学士、户部郎中，知制诰，文格雄健，才思敏捷。真宗后期为群小包围，杨亿遭到排挤，处境艰危。性耿介，尚气节，在政治上支持寇准抵抗辽兵入侵。《宋史》卷三百五其本传载，其对于边防事上书陈见：“咸平中，西鄙未宁，诏近臣议灵州弃守之事。亿上疏曰：‘臣尝读史，见汉武北筑朔方之郡，平津侯谏，以为罢敝中国，以奉无用之地，愿罢之……臣以为存有大害，弃有大利……’”可见杨亿对边事颇为关心。杨亿是西昆体诗人的代表，他也有边塞

① 王水照：《北宋三大文人集团》，上海古籍出版社2021年版，第293页。

② 陈元锋：《北宋馆阁翰苑与诗坛研究》，中华书局2005年版。

诗创作，大概存有 6 首，是边塞诗词类型化写作的重要作家。

胡宿（995—1067 年），字武平，常州晋陵（今江苏常州）人。仁宗天圣二年（1024 年）进士。历官修起居注、知制诰、翰林学士、枢密副使。他在北宋仁宗、英宗两朝为官，位居枢密副使，以居安思危、宽厚待人、正直立朝著称，死后谥文恭。他曾经出使辽，路过边境，有边塞诗创作。今存胡宿边塞诗作多数为固定的旧题，如《塞上》《旧将》《飞将》《凉州》等。

词臣边塞诗创作易堕入形式主义桎梏。词臣的特点就是身在京城乃至大内、远离现实中的边塞，环境偏于优渥，有较高政治身份和社会地位，参政议政的积极性较高。词臣文学的特点是才学高，但好形式，“西昆体”是此类书写的重要参考模式。西昆体诗人的创作在时代性、政治性与现实性等方面都显得薄弱，思想内容偏于狭窄。

譬如杨亿《奉和御制契丹出境将议回銮》是一首五言六韵的排律，有较高的遣词造句水平：“戎辂巡河右，天威詟鬼方。五营开细柳，三令凛飞霜。氛祲消千里，声名耀八荒。灵旗风助顺，黄道日呈祥。偃革边关静，回銮海县康。欣陪从臣末，归跸奉高骧。”杨亿是西昆体的代表，其边塞诗作鲜明地反映了问题。“世人谓宋诗学西昆体有杨文公、钱思公、刘子仪而不知其后更有文忠烈、赵清献（抃）、胡文恭（宿）三家，其工丽妍妙不减前人。”① 胡宿是西昆的重要一家，既有所得，也难免沾染西昆的弊病。如胡宿的诗沿西昆余波，工丽妍妙，好用尖新之字，稍有僻涩之病。西昆体是一种创作风尚，比如追求形式美和高难度。王安石的集句诗《胡笳十八拍十八首》等是“挑战”写诗技术的尝试。胡宿的五言排律边塞诗《吴兴秋晚郡斋长句》押“江阳”韵，一韵到底，声调铿锵，

① 王士禛：《带经堂诗话》，人民文学出版社 1982 年版，第 211 页。

当是诗人呕心沥血、细致推敲之作。

而刘攽有《昭君怨戏赠》，取的是旧题，用来赠答，且“戏”呈现出游戏色彩。刘攽也有排律如《送子惇出使河北》，施展诗技，显示水平。刘攽又有《次韵苏子瞻韩干马赠李伯时》：

韩干画马名独垂，冰纨数幅横素丝。诸公赋诗邀我和，我如钝椎逢利锥。区中才容三万里，正可腰袅一日驰。朝燕暮吴亦其亚，幸得夷路无絷羁。此间三马皆国马，瑰资逸态成崛奇。有如秋空见霜鹘，下睨众禽俱伏雌。良工苦心为远到，天机要眇潜得之。区区驽骀浪自负，岂可丑骨包妍皮。李侯洒笔定超诣，尚有天骥君未知。宛王毋寡今授首，汗血不敢藏贰师。

这显然是一种文学交流用的诗，诗题就提到了苏、李两人。实际上这是一场“诗会”的产物，由诗中“诸公赋诗邀我和”就知不止一人。苏辙作题画诗《韩干三马》，苏轼唱和后，苏颂、黄庭坚、刘攽、王钦臣皆与二苏唱和。“事实上，主动参与和约战，已成为风气。”① 边塞题材也是他们“玩”诗的选材之一。

过分计较于次韵唱和或长篇格律、集锦妙句等形式，诗歌写出来往往就流于形式、内容不佳。这对边塞诗词来说更甚。即使才高如苏轼，在边塞词中也有现实性较弱的作品。如苏轼守徐州作有一首《阳关曲·赠张继愿》词，其云“受降城下紫髯郎。戏马台南旧战场。恨君不取契丹首，金甲牙旗归故乡”，借题发挥，抒写豪情壮志罢了，虽说的是宋辽战事，但没有实际记录的功效。

幸而作家们也注意勇于突破西昆。譬如胡宿一面是西昆的忠诚追随者，一面也是改革者，甚至是后来江西诗派“活法”理论的首

① 陈元锋：《北宋翰林学士与文学研究》，复旦大学出版社 2019 年版，第 303 页。

提者①。他《又和前人》中有句“诗中活法无多子，眼里知音有几人”。胡宿的诗并非是当时边塞战争状况的真实反映，或是浪漫想象、艺术夸张的结果。但其诗也常能述怀咏志、借古讽今，表达居安思危、积极向上的精神。

二、壮歌：主导的艺术风格

将描写写成议论，理直气壮，再写议论则是加倍之论、豪气干云，就堪称“壮歌”。刘敞的《次韵范内翰西圻老人诗》中之句“词臣宗功笔力壮”，用来形容此类书写倒是很贴切。譬如刘敞有一首《幽州图》：“鄙夫平居常叹息，蓟门幽都皆绝域。安得猛士守北方，力排敌人复禹绩。田生手携朔漠图，丹书万里之强胡。挂图高堂素壁上，壮或阴山来坐隅。长城迢迢属沧海，古塞历历生黄榆。纵横指顾皆旧物，抚事忼慨时惊呼。太平壮士多虚死，念君避胡来万里。九关深沉虎豹恶，布衣何由说天子。卷图还君意黯然，咄嗟世事非余耻。”面对着大宋王朝“永远的痛”，诗人心潮澎湃、豪情万丈，在那个整体偏于文弱的环境中真是一抹亮色。

苏轼更是“学士壮歌”最为重要的代表。宋人笔记中所记的时人对苏轼豪放词“关西大汉”“铜琵琶、铁绰板”的评价正是这类写作的鲜活代言。苏轼边塞诗词的价值明显地体现在以唐诗作为参照，其作既坚持了“本色”，又表现出了有宋一代的特色，体现了边塞诗词发展的趋势。

其一，苏轼对唐诗范式“本色”的重审。边塞题材的主导风格是审美范畴中的“崇高”，并与“悲”关系密切，一般与“优美”“喜”“丑”等较为疏离。边塞诗在唐代成就斐然，因此唐代尤

① 曾明：《胡宿诗学“活法”说探源》，《文学评论》2011 年第 2 期。

其是盛唐成为了边塞诗中具有“范式”价值的时代，不妨称为边塞诗中的“唐诗范式”。若做一个简单概括，以盛唐边塞诗为代表的“唐诗范式”在美学上可以用如下之类的词来描述：豪放高亢、悲壮磅礴、雄奇浪漫、强劲有力，等等。这几乎成为边塞诗的“本色”。苏轼边塞诗词大多坚持了“本色”的边塞诗风。譬如其《祭常山回小猎》写“弄风骄马跑空立，趁兔苍鹰掠地飞”这般的气势，《赠狄崇班季子》描绘“指呼索酒尝，快作长鲸吸。半酣论刀槊，怒发欲起立”，都是典型的张扬雄放之风。

其二，苏轼边塞诗词体现了宋诗对唐诗的变革和纠正。由于宋代特定的边塞诗创作生态，宋人对于边塞题材进行了一定程度的变革，其最终呈现出的面貌较之唐代有所不同，“唐代边塞诗的铺张扬厉，在两宋几于绝响，而慷慨悲凉的爱国诗篇却显得特别突出”①。如梅尧臣边塞诗作呈现出来的明显背离唐诗气象的面目。而词向来以婉约为宗，以词来写边塞，则更易出现别样特点，如“真元帅”范仲淹之作因为抒情偏于阴柔而被评“穷塞主之词”。

从汉唐边塞诗到宋代边塞诗，“尚武”主题被削弱，并进行了一定的“移位”。宋人讲究修文德、行“王道”，不尚武力，“太平无限固，道德是金汤”（刘跂《使辽诗十四首之一》）。如欧阳修《马啮雪》云“男儿虽有四方志，无事何须勤远征”，表现出北宋士人较为普遍的一种偃武修文的观念，这与唐代边塞诗中昂扬的立功边疆的思想是大异其趣的。文臣把持军柄，“由来边将用儒臣，坐以威名抚汉军”（欧阳修《寄秦州田元均》）。苏轼诗中也有这样的反映。如其《款塞来享》中云“斥堠销兵火，边城息鼓鼙。输忠修贡职，弃过为黔黎……巍巍二圣治，盛德古难齐”，大力赞扬德治。

① 孙望、常国武主编：《宋代文学史》，人民文学出版社1996年版，第14页。

宋代边塞诗词因作者多缺乏对边塞的实际感受而走向虚拟化程度很深的写作。如梅尧臣将拟王维之作写成了“画图战场”、游戏之笔。苏轼也有类似的作品。如一首边塞诗名为《九月十五日迩英讲〈论语〉终篇，赐执政讲读史官燕于东宫。又遣中使就赐御书诗各一首，臣轼得〈紫薇花绝句〉，其词云：丝纶阁下文书静，钟鼓楼中刻漏长。独坐黄昏谁是伴，紫薇花对紫薇郎。翌日各以表谢又进诗一篇，臣轼诗云》，这显然是一首应制诗，诗题都嵌入了白居易的馆阁诗。此诗虽大谈边防和外交事，但作于禁中，措辞也非常规矩，结末一句“小臣愿对紫薇花，试草尺书招赞普”更是彰显了诗作的文气，是宋代这种边塞诗“变体”的重要表现。

其三，苏轼边塞诗词典型反映了两宋边塞诗词的发展轨迹。总起来看，两宋边塞诗词相较于唐诗范式，呈现先偏离后一定程度上复归的轨迹。宋初，边塞诗的创作中仍见唐代边塞诗的余韵。以寇准、王禹偁、范仲淹等为代表的诗人进行的边塞诗创作中还可以看到不少与唐代边塞诗风格相近的作品。如一代英相寇准所作《塞上》，通过对风、雪、冰、沙碛、归雁、号角等常见意象的描写营造了苍凉雄浑的意境，胡宿的《飞将》被方回评为“壮丽”，更有柳开《塞上》（鸣髇直上一千尺）这样与唐诗一般无二的佳作。但随着宋朝崇文抑武国策的贯彻，边塞诗风丕变，梅尧臣为代表的具有宋代特色的边塞诗渐多起来。而两宋之交的乱世，边塞题材重又向唐诗范式所习用的风格倾斜。在这期间，苏轼总结了北宋，开启了南渡边塞诗风，南渡诗词豪壮审美风格之风由此已见端倪。

苏轼承袭和遵守了边塞诗“本色”的审美风格，也对其有所变革，整体上较为中允。东坡边塞诗词，在审美风格上可以说既富有宋代特色，又坚持了汉唐的主导风尚，总体上比较中允。这使得其成为总结北宋边塞诗、开启南渡边塞诗雄风的代表作家。

第三节　苏轼的情志与边塞词

苏轼所作的边塞词不多，主要有《南乡子》(旌旆满江湖)、《江城子·密州出猎》、《阳关曲·赠张继愿》、《渔家傲·送张元康省亲秦州》及《调笑令》(归雁)等。其作虽数量有限，但价值却不容忽视。譬如其中最负盛名的《江城子·密州出猎》(简称“密州出猎词”)云：

> 老夫聊发少年狂。左牵黄，右擎苍。锦帽貂裘，千骑卷平冈。为报倾城随太守，亲射虎，看孙郎。酒酣胸胆尚开张。鬓微霜，又何妨。持节云中，何日遣冯唐。会挽雕弓如满月，西北望，射天狼。①

既被视为苏轼壮词的第一首，亦是宋词风格之转捩与唐宋边塞词横出杰作的重要代表。从苏轼一生词创作的历程看，这首猎词之问世颇有些“突然”。那么，这首词究竟在怎样的内外环境中创作出来、表现了苏轼哪般情志、麟角凤毛的苏轼边塞词有何词史意义？这需要精读文本，结合主客观各方面原因综合分析该作之创作动因。其实，苏轼边塞词既出于有意，亦与偶然的特定时事密切相关，是各种因素综合作用的结果。

一、得失之寄情：新体验诱发创作

主观体验是苏轼边塞词创作的第一层面的因素。密州出猎词与苏轼至密州后在主观上获得的前所未有的体验有密切关联。熙宁七

---

①　龙榆生校笺：《东坡乐府笺》，上海古籍出版社2009年版，第80页。

年（1074 年）九月，苏轼由杭州移知密州，十二月到任，次年即熙宁八年（1075 年）冬作密州出猎词。新来密州见识当地风物以及首次作为知州主政一方的新体验，是该词创作的重要诱因。

其一，所得者，自然风物提供了新体验的“江山之助”。

研究者将宋代“体验诗学”概括为两个主题：“一是‘穷而后工’，强调社会经历对诗人的玉成；二是‘江山之助’，重视自然世界对诗人的激发。”①苏轼一生行、居多地，经历丰富。来密州之前，苏轼的行踪可概略为：出蜀至汴京及从汴京回眉山、任凤翔签判、任杭州倅②，主要活动地在四川故乡、汴京、凤翔、杭州。熙宁七年（1074 年）是他首次到齐鲁之地的密州，这里的风土人情自然是他先前所未曾经历过的。南宋王十朋曾以绝句评白（居易）、苏（轼），其《游东坡十一绝之二》言二人“文章均得江山助”③。刘勰《文心雕龙・物色》评“屈平所以能洞监风骚之情者，抑亦江山之助乎”④，“江山之助”作为诗学概念，大意是指某一地域的自然风貌，能培养出具有地方特色的性格、气质以及审美观念，从而使其创作呈现出和自然风貌相似的风格。⑤密州风物恰为苏轼文学创作提供了“江山之助”。

一方面，此地呈现出异乎之前经历的特有风景，爱好游赏山水的苏轼于此深刻领略了北方式的粗犷。这里地势南高北低，南部为

---

① 周裕锴：《宋代诗学通论》，上海古籍出版社 2007 年版，第 116 页。

② 李常生：《苏轼行踪考》，城乡风貌工作室 2019 年版。

③ 王十朋著，梅溪集重刊委员会编：《王十朋全集》，上海古籍出版社 1998 年版，第 452 页。

④ 刘勰著，周振甫注：《文心雕龙・物色》，人民文学出版社 1981 年版，第 494 页。

⑤ 汪涌豪、骆玉明编：《中国诗学》第 4 卷，东方出版中心 2008 年版，第 320 页。

起伏较大的低山丘陵，间有若干谷状盆地，中部向北为波状平原，边缘有低山缓丘分布。尽管苏轼已年届四旬，也曾到过很多地方，但此处均与之不同。较之于“江山风物之美”①的杭州，山川城郭“漠漠同一形”②的凤翔，密州之地颇多不同。“东武（即密州）滨海多风，而沟渎不留”③、地势“出入岩峦千仞表”④，也见“白云生翠巘”⑤，总之“高密风土食物稍佳”⑥。尽管出身川蜀，也见识过西北、江南的景致，但海岱之间的密州还是为苏轼提供了生活场景的一种新模样。苏轼言“亦解观形胜”⑦，自认为具备游赏山水的品位和能力，在密期间也遍游当地山川，作了《卢山五咏》组诗等专描景致之作。之于这一方土地，苏轼自称是“雨雪之朝，风月之夕，余未尝不在”⑧。从文艺理论的角度阐发，这是一种明确的“在场”的强调。苏轼在主观上已经将己身深刻融于当地，对于这里的山川草木非常熟悉，因此对于此间风物的体会也是鲜明的。

---

① 《与王庆源十三首》之一，孔凡礼点校：《苏轼文集》卷五十九，中华书局 1986 年版，第 1811—1812 页。

② 《凤翔八观·真兴寺阁》，王文诰辑注，孔凡礼点校：《苏轼诗集》卷三，中华书局 1982 年版，第 114 页。

③ 《雩泉记》，孔凡礼点校：《苏轼文集》，中华书局 1986 年版，第 378 页。

④ 《游卢山，次韵章传道》，王文诰辑注，孔凡礼点校：《苏轼诗集》卷十三，中华书局 1982 年版，第 619 页。

⑤ 《祭常山回小猎》，王文诰辑注，孔凡礼点校：《苏轼诗集》卷十三，中华书局 1982 年版，第 647—648 页。

⑥ 《与王庆源十三首》之二，孔凡礼点校：《苏轼文集》卷五十九，中华书局 1986 年版，第 1812 页。

⑦ 《荆州十首》其二，王文诰辑注，孔凡礼点校：《苏轼诗集》卷二，中华书局 1982 年版，第 63 页。

⑧ 《超然台记》，孔凡礼点校：《苏轼文集》卷十一，中华书局 1986 年版，第 352 页。

苏轼一生行迹及其边塞诗词重要创作地，如图 5-1① 所示。

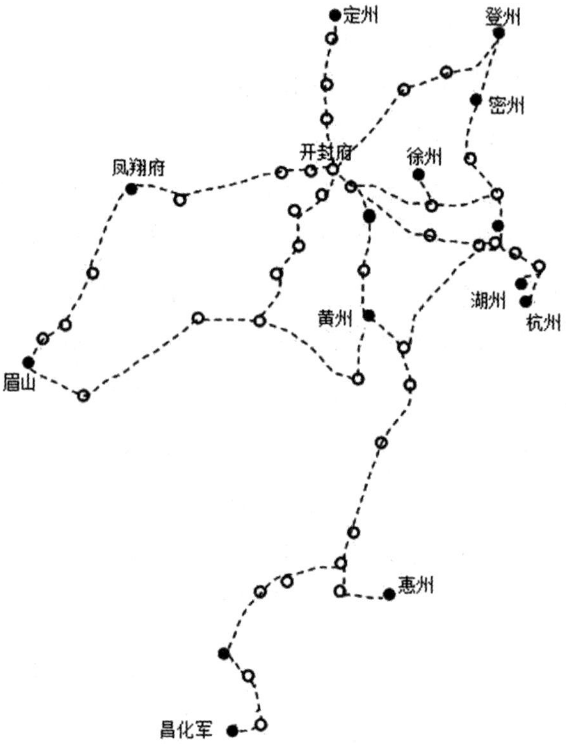

图 5-1　苏轼一生行迹及边塞诗词重要创作地位置示意图

另一方面，生活条件较为艰苦，苏轼在逐渐适应环境的过程中也酝酿了豪放之情。苏辙《超然台赋》中对苏轼到任时密州的环境进行了描述："其地介于淮海之间，风俗朴陋，四方宾客不至。受命之岁，承大旱之余孽，驱除螟蝗，逐捕盗贼，廪恤饥馑，日不遑给。几年而后少安，顾居处隐陋，无以自放，乃因其城上之废台而

① 按：本图据李常生《苏轼行踪考 · 绪论》中图 01004 及谭其骧《中国历史地图集》等绘制。

增葺之。”[1] 尽管密州不比富庶的杭州，这里的生活也是相对艰难，苏轼却声明“苟有可观，皆有可乐，非必怪奇玮丽者也”，“餔糟啜漓皆可以醉，果蔬草木皆可以饱”[2]，自觉地准备了一双善于发掘美与艺术灵感的眼睛。尽管多年的游历，使苏轼见识过中原、西北和江南的景致，但海岱之间的密州却为他提供了一种生活环境的新模样。因此，他进行了自觉的创作。个人体验上多多少少的“新”或“奇”全都诉诸笔端。

其二，犹“病”者，主政僻州促发了新创作的“穷而后工”。

苏轼政治身份上也有了新体验，在新的职任带来的得失中，他产生新的文学表达。由苏轼熙宁七年（1074 年）十一月所上的《论河北京东盗贼状》可见其官衔为“太常博士、直史馆、权知密州军州事”[3]。据乾隆《诸城县志》卷一四《金石考》，苏轼在熙宁九年（1076 年）四月的官衔全称为“朝奉郎、尚书祠部员外郎、直史馆、知密州军州事、骑都尉”[4]。在密州的两年里，他的官衔有所升迁，其中“（权）知密州军州事”是苏轼具有实际职权性质的差遣，也即“知密州”或所谓“密州知州”。这一职务给苏轼带来了正反两方面新的体验。

一方面是知州重任带来的获得感。这是苏轼首次担任一州长官，在政治上独当一面，主管一州行政、军事等。苏轼是从杭州

---

① 苏辙：《超然台赋》，陈宏天、高秀芳校点：《苏辙集》，中华书局 1990 年版，栾城集卷十七，第 331 页。

② 《超然台记》，孔凡礼点校：《苏轼文集》卷十一，中华书局 1986 年版，第 351 页。

③ 孔凡礼点校：《苏轼文集》卷二十六，中华书局 1986 年版，第 753 页。

④ 孔凡礼：《苏轼密州系年》，李增坡主编：《苏轼在密州》，齐鲁书社 1995 年版，第 59 页。

通判改任密州的。通判是州郡中次于知州的官职。据《神宗正史·职官志》记载："知州事、通判州事各一人，府、军、监事如州，视地望重轻。以资级应选者充藩方剧郡，则通判二人。知州掌郡国之政令，通判为之贰。"[①] 通判作为州郡地方"副职"的特点凸显。因此，由杭州通判"转正"为密州知州，于苏轼而言是晋升。

苏轼对于这个知州是有明确的体认的。知州，相当于古时的太守。这在词中也有体认，无论是"为报倾城随太守"的明言，还是作为古太守"排场"的"千骑"待遇的暗示，以及"锦帽貂裘"除了近于汉羽林军装束，据《南史·齐废帝纪》中载，帝在内尝"着红紫锦绣新衣、锦帽"[②]、《北史·裴矩传》中"赐矩貂裘及西域珍器"[③] 等也可以看出这是较为高贵的太守服饰的体现，都无疑表现出苏轼对这一职务的看重。"为报"，即告于合城民众知晓，也有明显的行政主官意志的体现。

另外，与通判相比，知州一个重要的新职能，即是对于军事的承担。尽管不同时期有所变化，但在神宗熙、丰年间，通判在行政、军事等方面的权力大抵有所下降，有时候人数也不只一人。后来的元祐时代明确规定"诏知州系帅臣，其将下公事不许通判同管"[④] 在此期间已见端倪。密州在北宋常被设为防御州，因此练兵就更显得重要。安民与练兵可谓知州的两大任务。《密州谢上表》中苏轼明确表示"要使民之安臣，则为臣之

---

① 徐松辑，刘琳、刁忠民、舒大刚校点：《宋会要辑稿》，上海古籍出版社2014年版，职官四七，第4271页。

② 李延寿：《南史》卷五，中华书局1975年版，第137页。

③ 李延寿：《北史》卷三十八，中华书局1974年版，第1391页。

④ 脱脱等撰：《宋史》卷一百六十七，中华书局1977年版，册12，第3974页。

报国”，他也“乐其风俗之淳”[①]。正是体现了主观意识上的积极担当。

应该说，这首词里有明显的自我意识。“亲射虎”“挽雕弓”“射天狼”，一反诗词中惜字如金的习惯，多次用“射”字和与射相关的“弓”字，也彰显了苏太守精通射技的特长。另外，“倾城”有“美人”之意的可能[②]，也是抒情主人公自我意识的体现。

另一方面是僻乡繁务引起的紧张感。尽管成为了一州之长官，但所任之地却不尽如人意。从词中“持节云中，何日遣冯唐”的表达，也可以理解到，任职密州，在实质上仍是外任地方，远离朝廷。加之身为知州，处在执行新法的层面上，对于新法弊端的体会也是深切的。

苏轼所知之密州，存在各种困难，如自然灾害（旱灾、蝗灾）、盗匪等，可谓贫瘠而灾害横生。苏轼对密州的体悟，在《超然台记》中有集中的表达：“余自钱塘移守胶西，释舟楫之安，而服车马之劳，去雕墙之美，而庇采椽之居，背湖山之观，而行桑麻之野。始至之日，岁比不登，盗贼满野，狱讼充斥，而斋厨索然，日食杞菊。”[③]这样的表述，既是艺术的，也是写实的。《铁沟行赠乔太博》中有句“城中病守无所为，走马来寻铁沟水”[④]，“病”的表达即为个人状况的认知。因此有的研究者认为密州之任仍“不过是此前杭

① 《超然台记》，孔凡礼点校：《苏轼文集》卷十一，中华书局1986年版，第352页。

② 钟振振：《苏轼〈江城子·密州出猎〉新解》，《名作欣赏》2003年第4期。

③ 《超然台记》，孔凡礼点校：《苏轼文集》卷十　，上海古籍出版社2009年版，第351页。

④ 《铁沟行赠乔太博》，王文诰辑注，孔凡礼点校：《苏轼诗集》卷十二，中华书局1982年版，第601页。

州放逐的一个继续”[1]。

尽管有军事管理的职责，而从本身的意愿看，苏轼更倾向于以文臣的方式实现政治理想。苏轼幼年读《范滂传》，与母亲有一段深刻的对话，大概就奠定了儒者报国的基本路径。苏轼作于密州的诗《和梅户曹会猎铁沟》有“谁信儒冠也捍城”[2]之句，流露出其儒者本位的意识。《祭常山回小猎》说“圣明若用西凉簿，白羽犹能效一挥”[3]，也是对文人报国形象的描摹。

苏轼对于将领与君主之间的关系有较为清醒的认识。其《孙武论》提出“天子之兵，莫大于御将；御将之术，开之以其所利，而授之以其所忌”[4]，他对君主和武将之间的利害关系进行了冷峻的剖析：“天下之患，不在于寇贼，亦不在于敌国，患在于将帅之不力，而以寇贼敌国之势邀其君。”[5]有宋一代，武将命运多舛，以文转武更如明珠暗投，即使谨守“得带内朝职名节制边事”（范仲淹《让观察使第二表》）方式来使用兵权的范仲淹在西北边塞时也难免有被朝臣请斩的危机。聪慧如苏轼当然是明白这一点的。即使是提倡武勇，苏轼表示“臣欲使士大夫尊尚武勇，讲习兵法”，他的目标是力图实现士大夫轻武观念的改变，并非使文臣改去从武，说到底

---

① 李世忠：《苏轼〈江城子·密州出猎〉考论》，《广西社会科学》2011年第11期。

② 《和梅户曹会猎铁沟》，王文诰辑注，孔凡礼点校：《苏轼诗集》卷十三，中华书局1982年版，第648页。

③ 《祭常山回小猎》，王文诰辑注，孔凡礼点校：《苏轼诗集》卷十三，中华书局1982年版，第647—648页。

④ 《孙武论下》，孔凡礼点校：《苏轼文集》卷三，上海古籍出版社2009年版，第93页。

⑤ 《孙武论下》，孔凡礼点校：《苏轼文集》卷三，上海古籍出版社2009年版，第93页。

还是一种文臣本位的意识。

“情动于中而形于言”，因为有交织着前所未有的得失新体验，密州出猎词抒写了苏轼之于一方风物和为官一任的感受。这是密州出猎词产生的第一层原因。而宋词在走出“代言体”的曲子词窠臼之路上，书写真实的体验正是其中重要的一个环节。在此意义上，边塞词务实事、抒真情的功用对于词的发展无疑是意义显著的。

二、文武之出处：由时事刺激写作

所谓“文章合为时而著，歌诗合为事而作”，苏轼边塞词的创作，并非纯乎因个人体验，还与特定政局时事之刺激密不可分。《阳关曲·赠张继愿》所谓“恨君不取契丹首，金甲牙旗归故乡”[①]正是鲜明地对于时事的反映。而密州出猎词更是由表层到深层，回应了近在身旁的“小事”与远在朝廷的“大事”。

表层上，直接记叙祈雨有应、酒酣射猎，尽“太守”之使命。密州出猎词之本事，如宋傅藻《东坡纪年录》所记：“冬祭常山，回与同官习射，放鹰作诗《和梅户曹会猎铁沟》，又作《江神子》(即《江城子》)”[②]。苏轼自言“数日前，猎于郊外，所获颇多，作得一阕”[③]，狩猎是这首词创作的直接诱因。

密州的铁沟河、黄茅冈，即可被视为这一诗一词的“创作现场”，其直接记叙的就是祈雨有应后的射猎活动。作为知州，苏轼

① 龙榆生校笺：《东坡乐府笺》，上海古籍出版社 2009 年版，第 128 页。

② 王水照整理：《宋人所撰三苏年谱汇刊》，上海古籍出版社 1989 年版，第 414 页。

③ 《与鲜于子骏三首》之二，孔凡礼点校：《苏轼文集》卷五十三，上海古籍出版社 2009 年版，第 1560 页。

要保境安民，“比年以来，蝗旱相仍，盗贼渐炽”[①]是亟待解决的现实难题。祈雨和出猎，正是苏轼的应对之策。

面对旱灾，苏轼除了带领百姓进行水利工程这样的“务实”外，还要充分“务虚”，重拾民众抗旱的信心。而常山祈雨就是顺应民意的一种仪式，因为“祷于兹山，未尝不应。民以其可信而恃”。实际上，苏轼自己清醒地认识到“滨海多风，而沟渎不留”是“苦旱”之因，而“兹山之所以能常其德”是因为“出云为雨”[②]，也就是自然气候使然。可见祈雨其实是一件安慰民众的工作，苏轼本人并不见得笃信。毋宁说，这只是鉴于对当地气候的了解，利用气象学知识进行的预测，其效果颇类于三国故事中著名的“孔明借东风”。

田猎首先是求雨成功的一次庆典仪式。射艺本为古六艺之一，再佐以诗、酒，如《和梅户曹会猎铁沟》中所写的“东州赵叟饮无敌，南国梅仙诗有声”[③]，就更加多样、热闹。词云“酒酣胸胆尚开张”，由于酒起到了一定催化作用，诗词为之助兴。答谢礼活动有文娱性质，这首宋诗背后的表现对象正如游戏一般，或要有一定“狂欢”的特点，因此老夫也聊发少年之狂。而联系苏轼“善用兵者，先服其心，后屈其力”[④]的用兵攻心为上的观念，词作起笔就言“狂”，也是在为大家打气。“为报倾城”，太守亲自表演，又可与民同乐，凝聚民众。

---

① 孔凡礼点校：《苏轼文集》卷二十六，上海古籍出版社2009年版，第753页。

② 《雩泉记》，孔凡礼点校：《苏轼文集》，上海古籍出版社2009年版，第378页。

③ 《和梅户曹会猎铁沟》，王文诰辑注，孔凡礼点校：《苏轼诗集》卷十三，中华书局1982年版，第648页。

④ 《乞诏边吏无进取及论鬼章事宜札子》，孔凡礼点校：《苏轼文集》卷二十八，上海古籍出版社2009年版，第801页。

田猎同时又是震慑盗贼、加强治安防卫的练兵[①]。苏轼对于以田猎教民强兵是有意识的，其《策别·安万民五》中说：“昔者先王知兵之不可去也，是故天下虽平，不敢忘战。秋冬之隙，致民田猎以讲武，教之以进退坐作之方，使其耳目习于钟鼓旌旗之间而不乱，使其心志安于斩刈杀伐之际而不慑。”[②]苏轼有比较明确的“兵民”思想，《策别·训兵旅二》云“使民得更代而为兵，兵将复还而为民，则天下知兵者众，而盗贼戎狄将有所忌”[③]，所以他重视对于地方民众的军事训练。具体方法上，苏轼主张新老兵“杂居而教之，则缓急可以无忧”[④]，以老带新，提高官兵素质。因此，虚岁四十的苏轼在词中自称“老夫”，或许也有这么一层“老兵”的使命意味。苏轼也懂得就地取材，把本地人熟悉地形、环境和人情风俗的有利条件转化为防卫资源，其《私试策问八首》其三中云：“古之为兵者，戍其地则用其地之民，战其野则食其野之粟，守其国则乘其国之马，是以外被兵而内不知，此所以百战而不殆也。”[⑤]故借助密州地势特点，以田猎练兵，是其有意为之的政治作为。

深层里，间接回应国忧思将、将星陨落，见志士之情怀。祷雨有应而出猎的演练活动，引发由韩琦去世等事件带来的国是思索，进一步促发了写作。神宗熙宁初年对外战和的格局，隐然是这首词间接回应的大背景。

熙宁年间外患犹重。尽管相近时间里确实有熙宁五年（1072

① 乔云峰：《苏轼“密州出猎”本事考——兼论“密州出猎”的文化意义》，《乐山师范学院学报》2017年第9期。

② 孔凡礼点校：《苏轼文集》卷八，上海古籍出版社2009年版，第263页。

③ 孔凡礼点校：《苏轼文集》卷九，上海古籍出版社2009年版，第278页。

④ 孔凡礼点校：《苏轼文集》卷九，上海古籍出版社2009年版，第278页。

⑤ 孔凡礼点校：《苏轼文集》卷七，上海古籍出版社2009年版，第202页。

年）对吐蕃的一次“宋自对外用兵以来，空前之大胜”①，但更为整体地看，这次战役只是为了从根本上解决来自西夏问题的辅助之战，“帝志复河、陇，筑古渭为通远军”②，其胜利不足以解除夏人的威胁。且在前不久的熙宁三年（1070年）大顺及抚宁诸砦战役中，失城亡将。而与吐蕃交锋之胜，一定程度上使宋军将士产生骄兵情绪，甚至想一举攻下河、洮、珉。但经过两次小的溃败后“羌势复炽”，于是朝廷不得不令王韶的军队“持重勿出”。而熙宁八年（1075年）七月，辽主胁迫宋朝割地以界、失地七百里。故而来自敌对邻邦的军事威胁仍然十分明显，《中国历代战争史》的论断为“外患益亟”③。后来也得到印证，“夏人围永乐城，厚数里……将士昼夜血战，城中乏水已数日，凿井不得泉，渴死者大半，至绞马粪汁饮之”，终致“城陷，汉、蕃官二百三十人，兵万二千三百余人皆没”④。

当此局势，宋人多有畏战心态。立国百年，宋朝的“崇文抑武”已深入国家机器的运行机制中，积弊已久，“天下之人，骄惰脆弱，如妇人孺子不出于闺门。论战斗之事，则缩颈而股栗；闻盗贼之名，则掩耳不愿听。而士大夫亦未尝言兵，以为生事扰民，渐不可长”⑤，“缘边之民，西顾而战栗。牧马之士，不敢弯弓而北向。吏士未战而先期于败”⑥，整个环境充斥着孱弱的气息。故而《南乡

① 台湾三军大学：《中国历代战争史》第11册《宋、辽、金、夏（上）》，中信出版社2013年版，第297页。

② 脱脱等撰：《宋史》卷三二八，中华书局1977年版，册30，第10580页。

③ 台湾三军大学：《中国历代战争史》第11册《宋、辽、金、夏（上）》，中信出版社2013年版，第296页。

④ 毕沅：《续资治通鉴》卷七十七，岳麓书社2008年版，第222—223页。

⑤ 孔凡礼点校：《苏轼文集》卷八，上海古籍出版社2009年版，第264页。

⑥ 孔凡礼点校：《苏轼文集》卷九，上海古籍出版社2009年版，第274页。

子》（旌旆满江湖）中之谓“投笔将军因笑我，迂儒，帕首腰刀是丈夫”[①]或许正是针对这般情况发出的无奈之声。

国忧思将，然而将星陨落。熙宁八年（1075 年）六月，早年因抗击西夏而获盛誉的名臣韩琦在相州溘然长逝。这潜移默化地刺激了苏轼。

其一，韩琦是苏轼早年崇敬、一生尊重的前辈。苏轼《范文正公文集叙》中说他早年求学时读到石介《庆历圣德诗》，仰慕“四贤”盛名，“韩（琦）、范（仲淹）、富（弼）、欧阳（修），此四人者，人杰也”，后来举进士得入欧阳修门下，并“因公以识韩、富”[②]。因此韩琦去世对苏轼产生了影响。熙宁八年（1075 年）七月，韩琦去世不久，苏轼作《祭魏国韩令公文》，文中追评“盗起西夏”的危机下韩琦“入赞兵政，出殿大邦”而“兵练民安，四夷屈降”[③]的伟业。同年十一月，苏轼又应韩琦子忠彦之请，为韩琦的醉白堂作记，并颇为遗憾地说：“昔公尝告其子忠彦，将求文于轼以为记而未果。公薨既葬，忠彦以告，轼以为义不得辞也，乃泣而书之。”[④]《醉白堂记》赞颂韩琦“文致太平，武定乱略，谋安宗庙，而不自以为功”。斯人已去，影响犹在，后来，苏轼任职韩琦曾为官的定州，更处处以韩琦为榜样，《祭韩忠献公文》云“我生虽晚，尚及昔人”，“我与弟辙，来自峨岷。公罔罗之，若获凤麟。契阔艰难，手书见存”，“援手拯溺，期我于仁”，表示“况我小生，罕见寡闻。敢不师公，治民与军。虽无以报，不辱其门”[⑤]。苏轼举办春

① 龙榆生校笺：《东坡乐府笺》，上海古籍出版社 2009 年版，第 46 页。

② 孔凡礼点校：《苏轼文集》卷十，中华书局 1986 年版，第 311 页。

③ 孔凡礼点校：《苏轼文集》卷六十三，中华书局 1986 年版，第 1938 页。

④ 孔凡礼点校：《苏轼文集》卷十一，中华书局 1986 年版，第 345 页。

⑤ 孔凡礼点校：《苏轼文集》卷六十三，中华书局 1986 年版，第 1954 页。

季军礼检阅活动收服了副总管王光祖，使“定人言：自韩魏公去，不见此礼至今矣”[①]，实现了初时的期待。

其二，韩琦在熙宁间的政治、军事主张与苏轼相似，增加了二人的亲近感。韩琦反对新法，如熙宁三年（1070年）二月上疏反对青苗法，认为这种做法“与初诏抑兼并、济困乏之意绝相违戾”[②]，这甚至直接影响了神宗变法的决心。韩琦早年在西北与范仲淹一起获得威名，后来虽身为宰相，却始终以边事为念，曾多次就边防问题上书皇帝，陈说方略。神宗初年，韩琦奉旨判永兴军兼陕西四路经略使。针对辽朝利用宋朝与西夏战争和国内危机而提出的割让领土要求，韩琦表示应该拒绝其无理要求，献策加强防范，增强对辽朝的军事准备，用武力抗击侵略、洗雪旧耻。这些都与苏轼有相近之处。因此，韩琦之死对苏轼的影响是很大的。

若说得雨狩猎是庆典，而诱发创作的重要因素韩琦去世是悲事。词作则是两种因素交替作用的结果。“悲喜交织”式的复杂情感，在文本中以一种潜在的“矛盾”表述呈现出来：既言“老夫”，又说“少年”与“郎”；既说白发“鬓如霜”，又说无妨；牵犬架鹰，勇逞“射天狼”之宏志，却又需借“酒酣”之助；自视颇高，有冯唐、魏尚之比，但自身价值的实现还要期待一个“何日”。凡此种种，处处透露出无意识的矛盾。这应不是词人有意为之，而是心态的不经意流露。

---

① 苏辙：《亡兄子瞻端明墓志铭》，陈宏天、高秀芳校点：《苏辙集》，中华书局1990年版，栾城后集卷二十二，第1125页。

② 韩琦：《上神宗乞罢青苗及诸路提举官》，赵汝愚编：《宋朝诸臣奏议》，上海古籍出版社1999年版，下册，第1208页。

三、尊词之自觉：求创新驱动试验

有了对于自身环境、身份等新体验，又述说特定事件、抒发志士情怀，苏轼边塞词的问世，还需要不可缺少的内驱力，即作者对于文学创新的自觉意识和勇于试验的创作实践。从边塞词的创作看，作《阳关曲·赠张继愿》赠人、"效韦应物体"赋《调笑令》（渔父），是苏轼自觉承继晚唐五代边塞词的传统。而对于新体式的《渔家傲·送张元康省亲秦州》，也勇于引入边塞题材内容。这正是苏轼对于词中边塞风格探索的体现。

其一，文学交流引发创作自觉。

知密时期的苏轼有文学创作的自觉。据统计，苏轼在密州创作的诗、词、文超过二百篇，离密后又多有追忆之作。而创作的自觉很大程度上来自于切磋交流的需要。创作与挚友鲜于侁的关系很大。① 在和挚友鲜于侁的书信中，苏轼说"所索拙诗，岂敢措手！然不可不作，特未暇耳"，作了词之后又说"写呈取笑"②，明确显示诗词创作的切磋交流功用。

苏轼在密州交流的最主要对象是鲜于侁，后者对于苏轼在密州的词创作有特殊的重要意义。苏轼在密州前后都与鲜于侁有频繁联系。苏轼守密，鲜于子骏出为京东西路转运使："其后八年，予守胶西，而子骏始移漕京东"③，两人交往比以前方便。苏轼与鲜于侁

① 王水照：《苏轼的书简〈与鲜于子骏〉和〈江城子·密州出猎〉》，《学术月刊》1984 年第 5 期。

② 《与鲜于子骏三首》之二，孔凡礼点校：《苏轼文集》卷五十三，中华书局 1986 年版，第 1559、1560 页。

③ 《题鲜于子骏八咏后》，孔凡礼点校：《苏轼文集》卷六十八，中华书局 1986 年版，第 2127 页。

关系密切，有研究者评二人“是超越个人利害计较的真正的知己和知音”[①]。作为前辈，鲜于侁的为政得到苏轼、苏辙兄弟的高度认同和钦佩。苏辙对鲜于侁之政绩有高度评价：“推行以理，取于民有度，能使一路独无甚扰。近者京东经吴居厚刻剥之余，人情不安，朝廷特起侁于疾病之中，副以安集。侁劳来几岁，民亦以宁。”[②]苏轼对鲜于侁的文学成就作过高度评价：“所惠诗文，皆萧然有远古风味。然此风之亡也久矣。”苏轼曾在给弟子秦观的信中说“子骏固吾所畏”[③]，作为是自己的重要推荐人、长辈和知己，苏轼很看重鲜于侁对于自己文学的评价，向他讲述自己的文学主张，如一种追求印可的状态。文学切磋要求苏轼在创作上有所精进。

适度的交流，作为成熟条件，保障了创作实践。苏轼的词创作经历了一个过程。若以密州为界，先前可以看作是苏轼词创作的学习和试验期，到了密州才开启独领风骚式的创作。词史论者艺术地比喻“密州是苏轼的蜜乡，熙宁是苏轼的蜜月”[④]。因为真正的艺术创造需要特定的条件。创作是必然的，只是在等待时机。而交流之于艺术创作又有双刃作用——若无交流则孤陋寡闻，若过分沉浸在礼尚往来的应酬中也难以锤炼文字。先前在杭州，苏轼的创作多是应酬，缺乏精品产生的创作条件。到了密州，有一定相对安静的时间来形成文字。这比在杭州时的唱和，是更有利于打磨精品的。在

① 喻世华：《论苏轼与鲜于侁的忘年交谊》，《南京晓庄学院学报》2012 年第 5 期。

② 《乞推恩故知陈州鲜于侁子孙状》，陈宏天、高秀芳校点：《苏辙集》卷四十一，中华书局 1990 年版，第 720 页。

③ 《与秦太虚七首》之四，孔凡礼点校：《苏轼文集》卷五十二，中华书局 1986 年版，第 1536 页。

④ 肖鹏：《宋词通史》，凤凰出版社 2013 年版，第 280 页。

密州，一方面，与鲜于侁等人的交流需要；另一方面，又没有过度的酬唱，有独立的空间。这正是好的作品所需要的条件。

从作品形成后对于期待的反馈来看，苏轼实现了他的目标。他的这首词，确乎掀起了词史上的轩然大波。尽管词作问世的当时或许没有特别明显的反应，但从整个宋词乃至词文学发展史上来说是影响甚巨的。而创作实践的完成，使作者原先酝酿的“不平”得以消解，而后续的创作也不再急切。纵观苏轼一生的词创作，真正能称为“豪放”如同这首出猎词的也不多。也就是说，他实验过了，成功了，也就可以了。即使改变不了“柳七郎”风味主导的词的天下，也“指出了向上一路”，提供了词这种文学样式发展的另外一种可能。

其二，范式困境刺激创新试验。

密州出猎词中写“亲射虎，看孙郎”，暗含了比试和较量的意味。但比试的是否只是射技武功，还有无别的，其实是一个值得深思的问题。从整个词史看，密州出猎词引起了一次词的范式之争，即“花间范式”和“东坡范式”的较量。

《江城子·密州出猎》是一首典型的边塞词。实际上在这首词问世前，北宋的边塞词面临双重的“范式困境”。第一层面的是宋人对边塞诗词的创新。由于边塞题材是唐诗的代表性题材之一，唐代边塞诗尤其是盛唐边塞诗成就辉煌，在成为边塞诗类型代表的同时，也为后世造成了艰难的共同创作处境。边塞题材之于宋代诗词，就成为创新的“瓶颈选题”。第二层面是宋人对曲子词的创新。于曲子词而言，以前代《花间》和当代柳永为代表的范式存在。“穷而后工”是宋代“体验诗学”的两大主题之一，时代造成了边塞词创作的“穷”，也迫使其在重大的压力下寻求突破，宋词也在客观上期待变革。刘熙载《艺概·诗概》评云：“唐则子美，宋则苏、黄。要其胸中具有炉锤，不是金银铜铁强令混合也”。[①] 指出了杜甫、苏轼、黄庭坚等大家在文学上的勇于革新。苏轼《与鲜于子骏书》所言“近却颇作小词，虽无柳七郎风味，亦自是一家”[②]，俞文豹《吹剑录》所载的关于“我词比柳词何如”[③] 之问，正是以新的创作暗自与潜在的“对手”——柳永（七）模式（即花间范式）争胜的体现。

文学的探索是无既定方案的。要想突破，只能尝试。叶燮《原诗》所谓“夫厌陈熟者，必趋生新；而厌生新者，则又反趋陈熟”[④]，开辟新路子的方法是“人无我有”。苏轼主张“用兵必出于敌人之所不能”[⑤]，出猎的豪情犹在，遂作一“令东州壮士抵掌顿足而歌之，吹笛击鼓以为节，颇壮观”[⑥] 的词，也在情理之中。

既是试验，就难免有得有失。苏轼“在曲子词领域的探索……完成了词体父本功能的再造，完成了唐五代曲子词传统定义的废除与疆域的扩展”[⑦]；而客观地看，密州出猎词之类的作品在当时却相当异乎人们对曲子词的审美习惯。苏轼指出鲜于侁的诗文“欲以求合世俗之耳目，则疏矣”，因此“但时独于闲处开

---

① 刘熙载著，刘立人、陈文和点校：《刘熙载集》，华东师范大学出版社1993年版，第103—104页。

② 《与鲜于子骏三首》之二，孔凡礼点校：《苏轼文集》卷五十三，中华书局1986年版，第1559页。

③ 俞文豹：《吹剑录全编》，古典文学出版社1958年版，第38页。

④ 叶燮《原诗》卷三，王夫之等撰：《清诗话》，上海古籍出版社1999年版，第591页。

⑤ 《策断二》，孔凡礼点校：《苏轼文集》卷九，中华书局1986年版，第285页。

⑥ 《与鲜于子骏三首》之二，孔凡礼点校：《苏轼文集》卷五十三，中华书局1986年版，第1560页。

⑦ 肖鹏：《宋词通史》，凤凰出版社2013年版，第282页。

看，未尝以示人，盖知爱之者绝少也”[1]，这其实未尝不是一种夫子自道，与苏轼自己所作的这首词在世人眼中的态度非常相似。探索效果存在偏差，自己的努力也未必为人所认可，这正是一种流露。

从整体上考察，使“《花间》为皂隶，柳氏为舆台”[2]的苏轼词，并非一蹴而就，而是在不断的尝试中锤炼出来的。在“范式之争”中，苏轼于密州完成了重大的“试验”。两首《江城子》，“十年生死两茫茫”是对本色词文体的“总结性”创作，是情词，是婉约的风格；而“老夫聊发少年狂”则是对“非本色”的词创作的尝试，则是壮词，是豪放之作。可以说，有了这两者的试探，才有后来旷古绝今的“明月几时有”，非婉非豪，又超越了两者。

于苏轼而言，个人的新体验，为密州出猎词的创作提供了可能性——他由于到了具有新地貌的环境中、因为担当了前所未有之职责而产生了新的感受并有诉诸文字的可能；其时其事的发生，偶然地刺激了创作主体，促发了用诗词来消解“心中不平”的实现；而深藏在背后，长时间以来对于词文学创新的主观意愿，是该作品最终形成的必然原因，是内在的驱动。实际上，细致发掘可见，这首词问世于主客观环境多种因素的共同作用下，且颇有代表性地体现出了苏轼的情志。早年研习兵书，入仕后学习射箭的经历，在诗中表达如《赠李兕彦威秀才》中的“誓将马革裹尸还，肯学班超苦儿女。封侯卫霍知几许，老矣先生困羁旅”“弃书捐剑学万人，纨绔儒冠

---

① 《与鲜于子骏三首》之二，孔凡礼点校：《苏轼文集》卷五十三，中华书局1986年版，第1559页。

② 胡寅：《题酒边词》，毛晋辑：《宋六十名家词》，上海古籍出版社1989年版。

皆误身”[①],《犍为王氏书楼》中的“书生古亦有战阵，葛巾羽扇挥三军”[②]，苏轼之于边塞和军事是有意识的。因此，密州出猎词鲜明地表现了对于战争和边事的关注，对于安边意愿的表达还是不可忽视的，很难说毫无“安边之志”，而单纯“表达他期待重获朝廷信任，走出政治逆境之情怀”[③]。文学创作论认为，创作动机的触发源分为两类：一类是外部环境的刺激，另一类是心灵自动受激。[④]《江城子·密州出猎》由祷雨有成而出猎演练，继而因卫国名臣韩琦去世引发国是思索，又经由文学交流以创作实践革新词文体的理念，成就了这一名篇。苏轼在边塞词中对情志的表达，一如这首词的豪放风格。

苏轼边塞词于推勘其人思想、厘订宋词嬗变有独特价值。密州出猎词是苏轼边塞词最具代表性之作。边塞词揭橥苏轼情志，生动却不委曲。

现实的边塞与文学的边塞显然存在差距。因此边事史实既是诗词中描述的基本依据，也并非完全的“映射”，文学作品中的高谈阔论必然也并非言之凿凿。北宋的边塞较之汉唐已大不同，北宋边塞诗词也颇异其趣。由于亲到边地与否的经历不同，抑或基于亲身体验，抑或借助主观想象，甚至人在朝堂、坐而论兵。诗人各骋其

① 王文诰辑注，孔凡礼点校：《苏轼诗集》卷四十三，中华书局1982年版，第2353页。

② 王文诰辑注，孔凡礼点校：《苏轼诗集》卷一，中华书局1982年版，第18页。

③ 李世忠：《苏轼〈江城子·密州出猎〉考论》，《广西社会科学》2011年第11期。

④ 杨立元、杨扬：《创作动机新论》，现代出版社2014年版，第82页。

笔，也大体趋同于宋人理性好议的特点。另外，诗人的经历与文学的高下当然不是对应的，“书生论剑”的产生归因于文臣帅兵的制度，“纸上谈兵”也非史学典故层面的诟病，“学士壮歌”倒更见北宋词臣心系社稷、积极议政的精神面貌。类型的划分主要是为了从不同侧面考察北宋边塞诗人诗词的“别样”面目，却不能狭隘地作为泾渭分明、非此即彼的认定标准。

下编

战争与和平是牵动人心的大事，是文学不变的主题之一，边塞诗词更是专注于此。北宋的诗人作家亲历战事、奉使出访，对于战、和的景象，他们以诗词进行了描摹，并将个人的情绪、观念表达了出来。边塞诗词成为文学家留给后世的时代记录。文学演进，波澜起伏，百转千回。诗唐之后向何处发展？花间词滥调如何救赎？北宋边塞诗词凭“气势恢拓”的题材作出了探索。承接汉唐边塞诗辉煌，北宋诗人戛戛独造，奋力开拓别于唐诗气象的宋调风味。在文体的演进中，词人们也在有意无意地打破范式壁垒，以崇高审美风格为主导的边塞题材成为救纤弱、立新章的绝佳素材，终致词风转捩。后世喜见宋诗开辟新境、宋词蔚为大观，是历时的总体印象。而文学经典化的进程中，问边塞诗词贡献几何，却是对其得失的一种严苛而有益的考量。

第六章

北宋边塞诗词的战和书写

边塞因国之防卫而设，在战争时自然是重要的军事策源地，而和平时也常常是邦国使臣来往必经之地。边塞诗词艺术地反映了一段历史时期的国家、民族关系。以“战 / 和”的视角来审视，这段历史时期又会被截分成为若干个小段，分属于“战”或“和”。再同类项整合，北宋边塞诗词关于宋王朝与邻邦、战争与和平的艺术呈现即豁然开朗。

第一节　北宋与周边政权的战和格局

一、“边”的观念及其文学观照

在中国古代士大夫的观念中，《诗经・小雅・北山》中阐述的“普天之下，莫非王土”的思想根深蒂固。从逻辑上，先要有国家、天下与胡汉分野，才能有所谓“边”。由先秦经典构筑的“天下”观与“边”观，在崇儒尚文的宋人那里更是牢固的意念。因此，纵然现实中收复燕云无望，但宋王朝统治者并不愿意承认这一事实。这从北宋朝廷对于“云中府路”的规划和建置就可见一斑。《通鉴长编纪事本末》卷一四三、一四四载，宋徽宗宣和五年（1123 年）

四月，收复燕京诸州，但“实未尝得山后诸地”；七月，原为辽占的朔、武、蔚、应四州降宋，但次年（1124年）复为金人攻取；凭借宋、金“海上之盟”，宋遣使议交割事，遭金方拒绝。因此“北宋实未取得山后云中诸州地……云中府路只是北宋准备建置而并未实现的路制”①。即使没有实际控制也不愿放手，设置上仍归在“王土”之中。这与后来南宋定“临安”为“行在”，对原籍北方的士人在籍贯上仍可记故地之名等表现一样，除了标榜恢复之志外，也是心里深处“王土”观念的反映。

现实中，古代中国在边界问题上存在内治性与国土范围的确切性、依存保守性与边界模糊性等特点。② 形象地理解，“有边陲、无边界”的效果，是将一条线进行“放大”处理，图像“模糊”之后形成了一个面。这如同对地图进行比例尺的调整，小比例尺图下的黄河只是一条线（这条线有时确实成为某种分界线），在大比例尺下成为了一条粗线乃至一个面，外延大大伸展。这种情况既符合北宋边疆的实际，又与文学中的“虚拟”表现殊途同归。具体到边塞文学，即把边塞扩展表现至整个边疆地区，“边塞”投射到文学作品中，其外延在艺术加工中被拉伸扩展。

除了由边线而边疆的艺术变形，还有可能进行虚拟设置，划出外拓型边线。南宋陆游诗中的“四道边塞”即是一个极为典型而又饶有趣味的例子。他在诗中构建了四道边塞：第一道是西自大散关、五丈原之北，中经唐、邓之西南，东至淮水中游为界——这是现实中南宋绍兴年间，宋、金约定的界线；第二道是燕云十六州北界之北齐隋代长城，西自灵武，东至绥州、麟州，兼有河外之怀

① 郭黎安编著：《宋史地理志汇释》，安徽教育出版社2003年版，第263页。

② 参见郑汕：《中国边疆学概论》，云南人民出版社2012年版。

远；第三道核心是定襄、五原，意即秦皇长城及汉武障塞；第四道，在天山北城含义为“唐三边”。①

北宋王朝疆域较之汉、唐已然狭小很多，北边与西北的边境线向内陆大大推进，而至于陆游所在时代的偏安王朝，实际边塞与传统意义上以长城为基准线的边塞已相去甚远。比较之下，“穷”与“达”一目了然，而“穷”者会千方百计寻求安慰。陆放翁乃个中高手，他将作诗填词之“笔”化为开疆拓土之“刀”，硬生生为大宋辟出偌大的版图。这倒很像一种“精神胜利法”。边塞诗歌就成为这种意义上孱弱王朝抚慰伤痛、重拾信心的一剂良方。不过，文学原本就是陶冶人、净化人的良药。陆游用边塞诗划出的边线寄托了他恢复汉唐故土的宏伟理想——第一道边的目标为北定中原、恢复关辅，重建长安、洛阳、汴京三都；第二道边收复燕云十六州，坐拥古都燕京，完成祖宗遗志；第三道边“定襄五原间，乃可画地守”（陆游《水亭独酌十二韵》），已近盛唐；第四道边拓展到史上最盛。文学的魅力正在于艺术的加工，现实中版图的狭小并没有束缚住诗人的诗心。诗人能有如此格局，是边塞诗之幸。边塞诗中能谋划如此伟业，价值得以凸显。

二、百又六十年间宋朝的对外格局

北宋一个半世纪中与周边民族政权时战时和，情况较为复杂。梳理、归纳其间军政大事与战和事件要点，大致上有几个阶段②：

---

① 黄麟书：《读陆游放翁边塞诗随笔》，《边塞研究续集》，东明文化基金会1986年版，第101—134页。

② 参见台湾三军大学：《中国历代战争史·宋辽金夏上》及地图册，中信出版社2013年版。

第一阶段是太祖、太宗、真宗前期。主要事件是攻灭北汉进而与辽交战，历二十年，由澶渊之盟而和。期间与党项人有初步的接触。宋太祖朝，开宝元年（968 年）接连三次攻伐北汉而不克。宋太宗朝，太平兴国四年（979 年），攻灭北汉；是年六月，高梁河之战，宋攻辽守（是为宋第一次北上），宋太宗攻幽州，宋大败而归；九月，辽反攻（是为辽第一次南下），与宋军战于满城，辽败归；五年（980 年）十月，瓦桥关之役（是为辽第二次南下），辽攻宋守，辽先胜后败；六年(981 年)，辽攻宋守，在河北、山西等地(是为辽第三次南下)，辽皆败；七年（982 年），党项李继迁叛宋，宋、夏（党项）战争开始；雍熙元年（984 年），宋攻李继迁，破之；三年(986 年) 三月，宋攻辽守(是为宋第二次北上)，以曹彬等三路，重点在岐沟关，至五月皆败，名将杨业被俘而卒；十二月，辽攻宋守，辽军大举入侵（是为辽第四次南下），宋迎战于君子馆而全军覆没；同年，李继迁结连契丹敌宋；端拱元年（988 年），宋遣李继捧图李继迁；二年（989 年），辽自河北、山西等进攻（是为辽第五次南下），皆败于徐河、雁门等地；淳化二年（991 年），李继捧改依附契丹，李继迁伪降于宋，宋廷乃以继迁代继捧；五年(994 年)，李继迁攻灵州；至道三年（997 年），宋廷应继迁要求，再予之五州地与官爵。宋真宗朝，咸平二年（999 年）十月，辽攻宋守，取裴村（是为辽第六次南下），辽胜，君子馆宋军败没；四年（1001 年）十月，辽攻宋守，遂城（是为辽第七次南下）辽军败；五年（1002 年）李继迁攻破灵州，并以此为都；六年（1003 年）四月，辽攻宋守，取定州（是为辽第八次南下），辽胜，宋将王继忠与之战于望都，被擒；六年（1003 年）党项李继迁卒，子德明立，附契丹又归诚于宋以求自立；景德元年（1004 年）闰九月，辽攻宋守，大举兵（是为辽第九次南下），攻瀛州不克，疾趋澶州；十一月，澶渊之盟缔结。宋辽自此数年基本言和。

第二阶段是真宗后期、仁宗、英宗、神宗前期（熙宁年间），与辽基本言和，与夏交战，但大部分时间都是和平的。宋仁宗朝，天圣十年即明道元年（1032 年）党项德明卒，元昊立，攻宋；景祐二年（1035 年）元昊攻取瓜沙肃三州；景祐五年（1038 年）元昊称帝，西夏立国；康定元年（1040 年），夏攻延州，转攻三川寨，歼所在宋军；康定二年即庆历元年（1041 年），夏于好水川尽歼守地宋军；庆历二年（1042 年）夏于定川寨胜宋军；三年（1043 年）宋夏议和；八年（1048 年）元昊卒，其子立。宋英宗朝，治平四年（1067 年），西夏谅祚卒，子秉常立。

第三阶段是神宗后期至于北宋末，与夏短期战争，大部分时间较为和平。宋神宗朝，元丰四年（1081 年），宋攻夏守，宋举五路而败；八年（1085 年）宋夏复和。哲宗朝，元祐年间范纯仁与西夏讲和，但西夏进攻遂挫败；绍圣年间又承神宗开边之志。徽宗、钦宗朝基本和平，宋统治阶级集中精力于内部的党禁。直到徽宗后期联金抗辽的“海上之盟”，其后钦宗靖康间亡于金。

总体上看，第一阶段中大致是前十年与北汉战，中间十年与辽战，后十年与辽和而与夏战，最后五年宋、辽和；第二阶段是三十年较为和平，之后十年宋夏战争，其后数十年又较为和平，未有大的战争；第三阶段是神宗在位时五六年的宋夏战争，其后至于北宋末都较为和平，直至靖康。

宋与辽（契丹）的关系，从战略上是北宋国防的重点。两者关系总体上和平多于战争，是整体实力相近情况下维持的平衡。第一，宋初实现基本统一时期的相对友好。宋朝北向的战争主要目标是恢复对燕云地区的控制。燕云地区对于中原王朝的战略位置非常重要，正如叶隆礼《契丹国志》卷三所云，“遂乃控弦鸣镝，径入中原，斩馘华人肆其穷黩。卷京洛而无敌，空四海以成墟”。鉴于当时的形势，制定了“先南后北”的总体方针。为避免两面受敌，对辽以和为主，进行积极的防御。开宝六年（973 年）三月，宋朝遣使赴辽议和，与之签订了“开宝和议”，确定互不侵犯、和平交往的基本原则。八年（975 年）正月，宋主动派使臣出使辽朝。其后的三月，辽遣送使臣回访宋，两国的交聘由此而始。之后，宋朝北伐攻灭北汉，完成了北方区域初步的统一。但随着原来北汉疆土收入版图，宋就直接面对强大的辽政权了。国家利益造成了临时友好局面的瓦解，宋太宗后期至真宗初，宋、辽停止了使臣的来往。第二，战争时期。第三，盟约后的相对和平时期。更改行政区划的名称，如《续资治通鉴长编》卷五八所载“改威虏军曰广信、静戎曰安肃、破虏曰信安、平羌曰保定、宁边曰永定、定远曰永静、定羌曰保德、平虏城曰肃宁”，也表现出一定维持和平的诚意。《契丹国志》卷二十云“世修欢契，时遣使轺，封圻殊两国之名，方纪册一家之美”。第四，新形势下关系的破裂与终结。在近百年的军事对峙与相对和平的时间中，宋、辽两国在政治上都逐渐显露出腐化，但从经济上宋朝保持了繁荣。随着女真崛起，契丹政权衰落，昏聩的宋徽宗及把持朝政的权臣错误地制定了联金攻辽的方略。重和元年（1118 年）与宣和二年（1120 年），宋廷两次遣使臣与金接洽，签订了“海上之盟”。若说对燕云之地的幻想是北宋历代帝王念念不忘的情结，尚情有可原的话，对自身军事力量的认识不清和寄收复故地的希望于他人的心态则是彻底的错误。直至女真人独力灭辽之际，宋廷都在与辽军残余势力的军事交锋中一再败北，最终导致燕云之地再次落入他人——新兴的金朝手中。而不明白“唇亡齿寒”道理的宋徽宗也终于付出了身俘国灭的代价。

三、战和切换中边塞诗词的概略走向

北宋一百六十余年，对外战战和和，而以“战争与和平”为核心话题的边塞诗词也经历了发展嬗变的过程。总体上看，第一时期大体在宋初统一战争与宋辽战争，时间大致在宋立国至真宗澶渊之盟前后。此期间进行边塞诗词创作的是“先头部队”的个体作家，未出现大家。第二时期主要在宋夏战争，时间主要在仁宗前期。这时出现了作家群体第一梯队中的主要人物，范、宋、梅、欧、韩、苏引领了当时的边塞诗词创作。第三时期是较为和平时期宋辽交聘的使臣诗，主要在仁宗后期、英宗朝，约三十年。这段时间中刘敞、司马光、苏颂、王安石、沈遘为主要作家。第四时期是宋夏战争接续期，主要是神宗朝十余年，此时，王安石、刘攽、范纯仁等较为活跃。第五时期是北宋后期，在哲宗、徽宗、钦宗朝，以使辽的奉使诗等为主。其中，苏轼、苏辙、彭汝砺、黄庭坚是最为重要的作家。

从北宋边塞诗词创作主体角度看，三个“梯队”分属不同历史时期。第一批诗人主要活跃于北宋前期的八十年间。从宋立国到仁宗庆历八年（1048 年），是宋廷对外关系中战争主导的期间。在此期间宋廷经历了太祖、太宗兄弟相继，南征北战并初步实现相对统一、北向上与契丹（辽）由战而和、西北方向与夏州及后来的西夏时战时和。但随着西夏景宗元昊卒，宋夏战争暂时告一段落。第二批诗人集中在北宋中期，而第三批诗人则主要在后期。这是创作主体由帅守、使臣逐渐向没有边地经历的纯文士过渡的过程。由于“崇文抑武”制度已深入社会生活，主动从武要求的士人越来越少：宋初尚有柳开由文主动要求换武；接下来范仲淹拒观察使、韩琦勉强接受而终于未改；再后来，贺铸由武改文的选择则鲜明地体现出这种变化。此过程也与宋诗走向书斋的过程相契合。边塞作品的基调由起先的较为激昂雄壮向着沉稳冷静的方向发展。柳开《塞上》那样一支箭即可震慑敌方三百骑精兵的自信作品在后来鲜见。边塞诗词风格平淡化趋势较为明显，梅尧臣的边塞诗是其中典范，代表了宋诗特色化发展的大致方向。

第二节　战事诗词与战争的文学呈现

战争是边塞文学表现的核心内容之一，北宋边塞诗词对于北宋王朝与周边民族政权之间的军事冲突也投入了大量笔墨。这些战事诗词在北宋边塞诗词中占很大比重。这一类边塞诗词有两方面特点。一是并非为写战争而写战争，记叙战争往往只是手段和方式，揭露战争残酷、控诉战争不义乃至追求“止战”才是目标。二是叙述记录非其所长，与其他的表现战争的文学类型（如小说）相比有所不及。因此，考察边塞诗词对战争的表现力，需要借助一定的“参照物”。以“全能”的“升维”视角对古典文学整体鸟瞰，后世创作的叙事文学作品如杨家将小说，因取材的接近从文学家族中脱颖而出，为考察北宋边塞诗词的战争书写提供了一个颇具特点与趣味的“参照物”。

一、文学写历史：诗词、小说的相近取材

对于北宋时期的边战而言，创作于同一时代的诗词与产生于后世的小说都是对这段历史事实的文学书写。边塞战争的历史事实是“现实物”，边塞诗词、演绎小说是这方面历史在文学中的映射，都如同“镜中像”。考察一种“镜中像”的模样，可以通过对比，反

观另一种“像”的表现力强弱和侧重点。这也就是杨家将小说之于北宋边塞诗词的参考价值。“杨家将”是北宋时期著名的武将家族，其事迹史书有载。杨家将小说是在历史事实基础上演绎而成的融合了英雄传奇和历史演义的系列故事。

在宋代历史题材的演义小说中，杨家将小说对于北宋边塞与对外军事冲突的文学性书写具有代表性。一是时间跨度大。杨家将故事主要讲述杨家五代人前后相继、戍守边疆、浴血征战、尽忠报国的动人事迹，时间起自北汉统治者屏逐忠臣、宋朝建立，直到宋神宗时期，历史跨度逾百年。二是牵涉战事多。按照小说所表现的，杨家将参与了北宋年间北伐灭北汉、抗击辽的入侵与反击、平定广西侬智高起义、兵征西夏、击破新罗李王等战事，几乎涉及了除与金战争之外北宋所有的大规模军事冲突。三是关联人物众。杨家将故事中的主角是兼有江湖草莽气的武将，配角则关联了上至宋、北汉、辽、西夏、新罗等的君主、王侯、将相，下至平民百姓、走卒贩夫、江湖豪杰的各阶层人物。这些人物形象有的是确有其人，有的纯属艺术虚构，还有以历史人物为原型进行改造者。

杨家将小说以历史人物为本，通过艺术虚构丰富、形成了人物形象群。杨家将小说中的几代核心人物是杨业（继业）、杨延昭（杨景）、杨宗保、杨文广、杨怀玉。而有历史记载的只有杨业、杨延昭、杨文广三代。《宋史》卷二百七十二有第一代核心人物杨业的传记：

> 杨业，并州太原人……弱冠事刘崇，为保卫指挥使，以骁勇闻。累迁至建雄军节度使，屡立战功，所向克捷，国人号为“无敌”。太宗征太原，素闻其名，尝购求之。既而孤垒甚危，业劝其主继元降，以保生聚。继元既降，帝遣中使召见业，大

喜，以为右领军卫大将军。[①]

杨业归宋后，“帝以业老于边事，复迁代州兼三交驻泊兵马都部署”，对其信任有加，委以重任。杨业也不负所望，曾“由小陉至雁门北口，南向背击之，契丹大败”，以至于“自是，契丹望见业旌旗即引去”，成为了名副其实的无敌将军。而杨业的子嗣，史书中杨延昭有较为详细的事迹：“延昭本名延朗，后改焉……太平兴国中，补供奉官……大中祥符七年，卒，年五十七。”“（延昭）在边防二十余年，契丹惮之，目为杨六郎”，这是“杨六郎”的来历。杨业还有一子杨延玉，战死于陈家谷一役中。第三代杨家将核心人物，“（延昭）子文广。文广字仲容。以班行讨贼张海有功，授殿直……辽人争代州地界，文广献阵图并取幽燕策，未报而卒，赠同州观察使”。其后，欧阳修为杨业旁支后人杨琪作墓志铭《供备库副使杨君墓志铭》云：“君之伯祖继业，太宗时为云州观察使，与契丹战殁，赠太师中书令。继业有子延昭，真宗时为莫州防御使。父子皆为名将，其智勇号称无敌，至今天下之士，至于里儿野竖皆能道之。”[②]可见，杨业或名“继业”，与子延昭皆为名将。这也是重要的史料，是杨家将故事产生的历史依据之一。与杨家有交往的一些知名文臣武将，史有其人。杨业在抗辽战役中与忠武军节度使潘美，西上阁门使、蔚州刺史王侁，军器库使、顺州团练使刘文裕共事；杨文广尝置于范仲淹麾下，从狄青南征，又与韩琦有交往。

边塞诗词同样将历史人物作为重要的书写对象。北宋的一些文臣武将，亲身参与了边战时事，作为历史“局中人”，也常出现在

---

① 脱脱等撰：《宋史》，中华书局 1985 年版，第 9303 页。

② 欧阳修：《供备库副使杨君墓志铭》，李之亮笺注：《欧阳修集编年笺注》第二册，巴蜀书社 2007 年版，第 468—469 页。

时人所作的边塞诗词中。如毕仲游的《送朱彦文通直从庆阳辟命》回首仁宗年间西北边防："君不见高平范公庆历时，往筑大顺人不知。千金散士得死力，横山可取犹提携。至今塞下呼老子，关中使者公之儿。当年议奏千万语，攻守二策真可师。勿云近事不足道，狄青之辈为偏裨。"就写到人称"小范老子"的范仲淹，说其影响犹在、"当年"的攻守之策"至今"仍可师法，也提到狄青之辈，对"范公"等人激赏不已。而赵抃《送韩丞相琦出镇陕右》、邵雍《和人闻韩魏公出镇永兴过洛》、李师中《韩魏公席上作》均写给韩琦。范、韩、狄都是在宋廷对外战争中建立丰功伟绩的名臣良将。

杨家将叙事文学的形成有一个从"史"到"文"的演进过程。自北宋初年杨业战死于宋辽战争中，稍晚欧阳修等通过撰写墓志铭的形式对其事迹进行保存之后，南宋文人的笔记中也有一定的记录，宋、元之际的小说集已收录有以杨令公、杨五郎等人故事为题材的小说。约略同时或其后，以杨家将故事为题材的金院本、元杂剧等各种形式的叙事文学颇为丰富。明之后乃至现当代，各种形式的文学艺术作品对杨家将故事的演绎、改编版本更不胜枚举。明代章回体小说对杨家将故事进行了集成式的整合与创作，成为后世对该故事传播的主要来源。明代杨家将小说的版本主要有两大系列：一是以秦淮墨客（纪振伦）校阅的《杨家府世代忠勇通俗演义》（一般简称《杨家府演义》或《杨家府通俗演义》，八卷五十八则），一是熊大木（号钟谷）整理创作的《杨家将演义》（又名《北宋志传》《杨家将传》，不分卷共五十回）。尽管两种作品具体内容有所不同，但以故事起讫时间最大化、人物出场最多化的标准进行取舍、综合，可期形成杨家将小说对于北宋边塞战事的基本认识，为考察边塞诗词提供对比。

杨家将小说中的内容，包括其中经典场景的形成，或许受边塞诗词的影响。杨家将事迹从历史到演义，杨业之死是其中变化很大、甚为巧妙的一个细节。事实上他确是战死，如欧阳修所作墓志铭中所云“与契丹战殁”，但方式有所不同。《宋史》其本传载，杨业死于“雍熙三年，大兵北征”时，在陈家谷因孤军奋战、无援军接应而“身被数十创，士卒殆尽”，“马重伤不能进，遂为契丹所擒”，最终“乃不食，三日死”，即被俘后不屈、绝食而死。但演义中为了增强矛盾冲突，地点改为名称更为凶险又深有寓意的狼牙谷，方式改为更为壮烈的头撞李陵碑而死：

令公遥见前山一庙宇，乃引众军往视之，却是李陵之庙。遂下马题诗一律于壁间云……却说令公见辽兵不来索战，遂绝食三日不死……令公……主意已定，乃望南拜曰：“太宗主人，善保龙体。老臣今生不能还朝再面龙颜矣。”言讫，取下紫金盔，撞李陵之碑而死。年凡五十九岁。——《杨家府演义·令公狼牙谷死节》

（众人）遂拥业走出胡原，见一石碑，上刻“李陵碑”三字。业自思曰：“汉李陵不忠于国，安用此为哉?”顾谓众军曰：“吾不能保汝等，此处是我报主之所，众人当自为计。”言罢，抛了金盔，连叫数声：“皇天！皇天！实鉴此心。”遂触碑而死。可惜太原豪杰，今朝一命胡尘。——《杨家将演义·呼延赞大战辽兵　李陵碑杨业死节》

而缘何杨业撞死李陵碑、杨业是如何与李陵产生联系的？这也与宋代边塞诗歌关系匪浅。宋室南渡初年，程旸所作《团练统制程公全哀挽》两首五言律诗，其一云：

江迹留空垒，牙枭谶异徵。报君忠贯日，吞虏气填膺。死战悲杨业，生降唾李陵。哀荣褒典厚，主上已中兴。

诗中有“死战悲杨业，生降唾李陵”之句，把近时的杨业与过去的李陵相对比，这应是杨业与李陵在文学中产生联系的较早表述。若元杂剧《昊天塔孟良盗骨》首次出现杨业撞李陵碑而死的情节，完成了元代曲家的一大发明[①]，剧作者或许受到了程旸诗的启发。程旸系两宋之交著名理学家程颐之孙。他的这首挽诗是写一位团练统制程全的。《大清一统志》卷二百五十一中载："程全，北海人，建炎中为筠州都监。金人攻江西，守臣遁，全摄州事。有盗祝生者来攻，全拒之，兵少力罢，盗执之刳其腹而去。"可见程全死于南宋初年金人南侵战争中，是殁于王事。那么用杨业、李陵来比较，是合乎情理的。杨业与李陵产生了联系，再将远在内蒙古的李陵墓碑搬至"狼牙谷"，"移花接木"，成全老英雄的壮烈之举，对于文学创作者来说就轻而易举了。

二、战事有胜败：过程、结果的书写侧重

其一，写宋辽战争，诗词多简记，小说更详细。

整体上看，诗词对于宋辽战争的描写偏于简省。如咸平二年（999 年）宋军击败南侵的契丹军，杨亿作《闻北师克捷喜而成咏》，因为闻听捷报，诗中洋溢着积极气氛，只是全诗多是惯用的诗语，如"烟尘""瀚海""羽檄"等物象、"文昌""阏氏"等名词，颇有西昆体特征，对于战争的过程写得非常简略，除了诗题之外几无纪实的价值。王安石有《澶州》五言诗云："津津河北流，嶭嶭两城峙。春秋诸侯会，澶渊乃其地。书留后世法，岂独讥当世。野老岂知此，为予谈近事。边关一失守，北望皆胡骑。黄屋亲乘城，穹庐矢如猬。纷纭擅将相，谁为开长利。焦头收末功，尚足夸一是。欢盟

① 张春晓：《两宋民族战争本事小说戏曲故事演变》，暨南大学出版社 2013 年版，第 161—162 页。

自此数，日月行人至。驰迎传马单，走送牛车弊。征求事供给，厮养犹珍丽。戈甲久已销，澶人益憔悴。能将大事小，自合文王意。语翁无叹嗟，小雅今不废。”是记澶渊之盟为主，且多论说，如大胆地评判这次事件——“书留后世法，岂独讥当世”，说“野老岂知此，为予谈近事”等。韩驹有一首《故资政忠惠韩公挽词》（其一）是咏怀徽宗宣和四年（1122年）宋人败盟、宋辽邦交破裂的：“籍甚中山守，风流世有人。猎围边月晓，筵蹋塞花春。金絜盟犹在，灰钉事已新。使公长卧护，何地起胡尘。”诗作有一定的时事记录功用。

对于宋辽战争进行“同步”记述的诗词数量有限，但后来追忆性的诗词却较为丰富。譬如宋辽订立盟约、就此言和一事，宋人一直吟咏不断。词如李纲《喜迁莺·真宗幸澶渊》，在近百年后仍在追怀。而诗如王安石《澶州》、张耒《听客话澶渊事》，也颇具代表性：

> 去都二百四十里，河流中间两城峙。南城草草不受兵，北城楼橹如边城。城中老人为予语，契丹此地经钞虏。黄屋亲乘矢石间，胡马欲踏河冰渡。天发一矢胡无酋，河冰亦破沙水流。欢盟从此至今日，丞相莱公功第一。——王安石《澶州》(七言诗)

> 忆昔胡来动河朔，渡河饮马吹胡角。澶渊城下冰载车，边风萧萧千里余。城上黄旂坐真主，夜遣六丁张猛弩。雷惊电发一矢飞，横射胡酋贯车柱。犬羊无踪大漠空，归来封禅告成功。自是乾坤扶圣主，可能功业尽莱公。——张耒《听客话澶渊事》

两诗对战争有一定的描绘，但盟约签订来自后来人的回首，王诗云“城中老人为予语”，张诗是“听客话”。这些带有“怀古”特点的作品描述虽然生动，但完全是出于想象。虽然二诗都标榜自己“言之有据”，但他们对于这件发生在本朝但非当代的大事颇多“旁观者”的不在意。理论上，此类作品都是“心系边关”之类。二诗对于战斗过程的表现较之历史史实都有“浮夸”之嫌，这与后来的演义故事有相似之处。

杨家将的主要功勋是抗击辽的入侵，因而在演义中对于宋辽战争描写很细致、详尽。《杨家府演义》中直接点明宋辽战争（战斗或对峙）的回目有：“令公狼牙谷死节”“六郎三关宴诸将”“孟良带马回三关”“孟良计赚万里云”“杨六郎私下三关”“六郎兴兵救驾”“六郎明下三关”“孟良入辽求发”“孟良金盔买路”“黄琼女反辽投宋”“令婆攻打通明殿”“王钦诳旨回幽州”“孟良偷路回取兵”“六郎回兵救朝臣”“六郎攻破幽州城”“真宗封征辽功臣”。而《杨家将演义》中更几乎回回题涉争战，如“大辽出兵救晋阳　郭进大破耶律沙”“太宗下议征大辽”“高怀德幽州大战　宋太宗班师还汴”“李汉琼智胜番将　杨令公大破辽兵”“曹彬部兵征大辽　怀德战死岐沟关”“呼延赞大战辽兵　李陵碑杨业死节”等。

总起来看，北宋反映宋辽战争的诗词还是较少的，为数不多的作品对于战争的表现也较为简略。这或许是由于宋与辽之间虽然长期军事对峙，但大规模的冲突相对还是时间很短的，没有给当时的诗人以充足的时间进行创作。倒是后世的小说戏曲，对宋辽战争进行了详细的演绎，弥补了对这段历史在文学中记录很少的遗憾。不过，在后来人追述澶渊之盟的诗词中，也萌生了一些推举英雄人物、夸大胜利成果等倾向，这些或为后来文学产生了影响，具有一定的借鉴作用。

其二，写宋夏战争，诗词记过程，小说重结果。

与记写宋辽战争的缺乏相比，专写或写到宋夏战争的边塞诗词丰富得多。边塞诗词记录了宋夏战争爆发前后的全程，较为详尽地展示了当时社会的方方面面。

宋夏大战之前，敏感的诗人们已觉察到气氛的紧张，边塞诗词中已有相关的表现。如苏舜钦《己卯冬大寒有感》云："延州未撤警，夕烽照冰雪。穷边苦寒地，兵气相躔结。主将初临戎，猛思风前发。朝笳吹余哀，叠鼓暮不绝。淹留未见敌，愁端密如发。予闻古烈士，自誓立壮节。丸泥封函关，长缨系南越。本为朝廷羞，宁计身命活。功名非与期，册书岂磨灭。然由在遇专，丑类易翦伐。训士无他才，赏罚在果决。近闻边方奏，中覆多沉没。罪者既稽诛，功者不见阅。虽使颇牧生，勇智当坐竭。或云庙堂上，与彼势相戛。恐其立异勋，歘然自超拔。不知百万师，寒刮肤革裂。关中困诛敛，农产半匮竭。我欲叫上帝，愿帝下明罚。早令黠虏亡，无为生民孽。"己卯年是宋仁宗宝元二年（1039 年），是年夏主元昊称帝改元，既而兴兵进犯，西北局势非常危急。苏诗中写"延州未撤警"，正是基于对环境的敏感感知。当时诗人以光禄寺主簿、知长垣县归京，闻知宋夏临战，国困民穷，感而作诗。诗语悲壮沉郁，抒发了重重担忧，内忧国民，外恨群敌，表现出强烈的爱国精神。而祖无择《夏州叛》如是写："羌寇奸诛轸圣忧，出师十万拥貔貅。朝迁命将诗书府，廊庙论兵帷幄筹。舜后舞干期振旅，汉臣投笔待封侯。宣王六月存周雅，愿继徽声颂国猷。"此作记宋夏战争之起，朝廷开始调兵遣将。作品表达了作者对于时事之隐忧和对于和平结局的期待。

在战争时期，边塞诗词也发挥了一定的记录作用。对于战争的体会，莫过于身在行伍之人了。而军队中既能亲见战斗，又比较有机会在残酷的战火中存活进而用文学进行记录的，边地的帅守最具条件。曾身为边帅的范雍有《纪西夏事》三首，写出了身临其间的将士所能体会的情形：

七百里山界，飞沙与乱云。虏骑择虚至，戍兵常忌分。啸聚类宿鸟，奔败如惊麕。难稽守边谣，应敌若丝棼。

承平废边事，备预久已亡。万卒不知战，两城皆复隍。轻敌谓小丑，视地固大荒。愿因狂狡叛，从此葺边防。

剧贼称中寨，驱驰甲铠精。昔惟矜突骑，今亦教攻城。伏险多邀击，驱羸每玩兵。拘俘询虏事，肉尽一无声。

这三首诗可谓边帅范雍对于战事的总结，其一叙述宋军败退之事，描绘当时情状；其二分析败亡的原因，抒发慨叹；其三针对具体战事，表现敌军的强势和顽固。《儒林公议》载："夏寇既败官军，刘平石元孙陷没，延州几至不守。雍日告朝廷益兵，复为诗，以言贼事凡数十章，其传播者云……屡得贼中谍者，虽脔其肉且尽，终无一言。故雍诗有云。初朝廷轻视元昊，边臣奏请，不甚允从。至是方罪枢臣而逐之。"这段材料是对范诗本事的介绍，可以作为诗作的背景来了解。范雍在对西夏的战争中虽功绩不显，但他这组诗对于战争的纪实却功不可没。冯山有诗《送江衍巨源提举赴阙》亦在当时记录宋夏战争："连兵巨费久乃定，得失未可相偿赔。去秋西师出四路，欲举夏寇除根荄。精强挽运一蹉跌，十存四五良可哀。河南数州人封略，恶土弃壤如尘灰。传闻敌气渐衰弱，阃外复委将军裁。借将贺兰作都护，戍守尚恐难栽培。况今秦人极疲敝，菽粟贵重如琼瑰。诸军零落气未振，肯听号令传风雷。"此诗叙述当时的大概情况，揭露了战争给边地百姓带来的巨大苦难——"秦人极疲敝""菽粟贵重"，指出"诸军零落"，一盘散沙。冯氏《侠少行》中则如是说："传闻留后收兰州，姓名御笔亲点抽。"这也是写宋夏战争的，是一笔简省的记录。如欧阳修《送任处士归太原》正写于宋夏战争时，原注："时天兵方讨赵元昊"，其云："一虏动边陲，用兵三十万。天威岂不严，贼首犹未献。自古王者师，有征而不战。胜败系人谋，得失由庙算。是以天子明，咨询务周遍。直欲采奇谋，不为人品限。公车百千辈，不下遗仆贱。况于儒学者，延纳宜无间。如何任生来，三月不得见。方兹急士时，论择岂宜慢。任生居太原，白首勤著撰。闭户不求闻，忽来谁所荐。人贤固当用，举缪不加谴。赏罚两无文，是非奚以辨。遂令拂衣归，安使来者劝。嗟吾笔与舌，非职不敢谏。”诗作叙写了战争发生后朝廷的反应——“用兵三十万”，发表自己对于王师有征无战、胜败归于德政的看法，也表现了士人争相用命的可喜局面，由此更衬托出后来任处士报国无门的悲哀。此诗将个人的利益得失置于国家征伐、朝廷选才等大背景中，写时事与写个人相互配合，获得了较好的效果。

宋师之败绩是无法掩饰的，在诗词中也被记录了下来。苏舜钦《庆州败》即是此类作品。刘敞《闻伯庸再安抚泾原》亦是，其注云“壬午九月镇戎丧师复再往”，诗作写道：“西师又失律，将帅各颠覆。流血丹川原，积尸委山谷。咄嗟仁寿域，短夭生理促。王命有不行，国威为之衄。鄙夫无忧责，感慨祇恸哭。况闻哀痛诏，辍食想颇牧。朝廷足名卿，多垒各含辱。谋议宜深长，疮痍待湔浴。使乎非常任，天子意所属。百万气未苏，吾民且局缩。贤人勤功名，报国忍劳笃。往者博望侯，昔时来君叔。再三持汉节，白发走川陆。岂不久憔悴，事业光简牍。关河据上游，郡国同心腹。征膳向五年，强宗亦单独。君乘赤轮车，一一询比屋。唐虞升平风，惆怅难再沐。”描绘了战争中血肉横飞、尸骨遍野的惨状。据相关史书记载，此战中宋军战亡超过六千。因为“将帅各颠覆”的是宋朝一方，诗人感到深切的悲哀痛心。

胜利当然是人之所望，也必成为诗人着重描写的。神宗时，宋廷在针对西夏的战事中取得了胜利，当时士人鼓舞雀跃。相关的诗词也很快创作出来。如文同《收复河湟故地》："哑儿峡西山已尘，驮金辇帛无断群。河湟故疆尽收复，解辫厥角归如云。堂中玉带赐丞相，陇外金节酬将军。唐兵万里若日月，请作古今人未闻。"孔平仲《熙宁口号》其四："近闻寇盗理戈殳，太府输金入大炉。百炼刚刀斫西夏，万钧强弩射单于。"沈括更是有《鄜延凯歌》五首：

先取山西十二州，别分牙将打衙头。回看秦塞低如马，渐见黄河直北流。

天威略地过黄河，万里羌人尽汉歌。莫堰横山倒流水，从教西去作恩波。

马尾胡琴随汉车，曲声犹自怨单于。弯弓莫射云中雁，归雁如今不寄书。

灵武西凉不用围，番家总待纳王师。城中半是关西种，犹有当时轧吃儿。

旗队浑如锦绣堆，银装剑背打回回。先教净扫安西路，待向河源饮马来。

这组诗分层次地表现了宋军收复西地的策略和步骤。诗题为"凯歌"，当是带有军歌性质的作品，有的版本即题这组诗为"口号"。因为是用以鼓舞士气、精神宣传，诗作较为平易，短小精悍。沈括另有《延州诗》，也是写在宋夏边界上。而刘攽《西戎》写于"时元昊始死"的情况下："旄头占虏候，鸣镝射单于。哀死知明主，和亲愧腐儒。边烽少南牧，天马自东趋。看撤山西戍，无劳议远图。"诗人借助边塞诗来阐发个人主张，也记录了战争接近尾声的状况。通过军事斗争，"西戎"终于"屈服"，战争结束，这在边塞诗词中也有所表现。如以下几首诗：

玉关依斥堠，荒服祀春秋。干羽由来事，桑榆尚可收。发书迎宝马，锡贡入貂裘。高枕兴王世，吾生免外忧。——刘攽《闻西戎乞降》

南国传消息，西戎送好音。怀柔知帝力，启佑亦天心。御酒葡萄远，离宫苜蓿深。仍闻编旧礼，五岳望君临。——刘敞《西戎乞降》

万国休兵外，群生奏凯中。寒日边声断，春风塞草长。传闻汉都护，归奉万年觞。——滕元发《西旅来王》

上举三首诗都是同一主题内容，即通过战争，西夏终于臣服。如前者说“干羽由来事，桑榆尚可收”，后者写“万国休兵外，群生奏凯中”都是点明战争结束、偃兵息鼓。中者强调了怀柔政策的重要性。“高枕兴王世”“启佑亦天心”“归奉万年觞”都写出了和平的表现。此外，苏轼《闻捷》《闻洮西捷报》等亦是记录同一事件，可互相参照。

北宋与西夏的军事冲突，在杨家将故事中也有相当篇幅的笔墨。尽管杨家将以戍守北疆、抗击辽兵著称，小说家仍借杨文广随狄青平南、定西的历史点染出大段的故事。如《杨家府演义》卷八有“十二寡妇征西”。《杨家将演义》中第四十六回“达达国议举伐宋　杨宗保兵征西夏”中，西夏达达国王李穆缉探宋朝已破幽州，有臣僚借“中原将士调残，杨六使等已皆丧亡；沿边守将，武备不修，一闻烽警，人各望风而走”而谏之“不因此时进兵而取中原，尚何待耶?”由是两国再起争端，直至“杨宗保平定西夏　十二妇得胜回朝”，此版本的杨家将故事也落下帷幕。

杨家将演义故事对于历史最大的改动在于结果——“胜利”与大团圆式结局。这表现出与杨业死节、抗辽失利南辕北辙的结局。其实这种“精神胜利”原本有它的滋生土壤。“北宋对辽低头，却还没有屈膝，觉得自己力量小，就装得气量很大。”[①] 从当时就有的“虚拟胜利”的倾向，恰如田锡《圣主靖边歌》所言“太平盛世今亲睹”一般。杨家将故事却赋予了杨家以破辽平夏、荡涤宇内的巨大功绩，其目的与民国年间周大荒《反三国演义》颇有相似之处。这大概符合了时人对于文学的期待视野。因为宋朝在对辽战争中败多胜少，广大士人心中难免有“意难平”之感，因此有意识地在文学中强调胜利之处，夸大英雄人物的作用，可以获得一定的“心理代偿”——这或是当世边塞诗词和后世叙事文学无意识的共同目标！

三、人物论英雄：是非、高下的价值评判

与北宋边战有关的历史人物，是边塞诗词和杨家将小说都着力描写的。若以历史人物为中心，边塞诗词与杨家将小说就是针对同一“传主”的不同“传记”作品。

国危思将，名将常引人缅怀。杨业死后，时人在宋辽边境的古北口建立祠庙以纪念。后来出使辽国的宋朝使臣路过这里，常有诗篇创作以咏怀，边塞诗词中就不乏此类作品。刘敞《杨无敌庙》云“西流不返日滔滔，陇上犹歌七尺刀。恸哭应知贾谊意，世人生死两鸿毛”，赞颂将军之死重大。苏颂《和仲巽过古北口杨无敌庙》云“汉家飞将领熊罴，死战燕山护我师。威信仇方名不灭，至今奚虏奉遗祠”，说因杨家将有威名，番人也供奉他们。宋人对于杨家将的留意似只在杨业一人，未见有文学作品进行群体描绘。而宋人对于杨业的关注是在于他战死沙场，且有祠庙为纪念。如苏辙奉使契丹所作二十八首诗之《过杨无敌庙》：“行祠寂寞寄关门，野草犹知避血痕。一败可怜非战罪，太刚嗟独畏人言。驰驱本为中原用，

① 钱锺书：《宋诗选注》，三联书店 2002 年版，第 229 页。

尝享能令异域尊。我欲比君周子隐，诛彤聊足慰忠魂。”彭汝砺也有《古北口杨太尉庙》：“将军百战死嵚岑，祠庙岩岩古到今。万里胡人犹破胆，百年壮士独伤心。遗灵半夜雨如雹，余恨长时日为阴。驿舍怆怀心欲碎，不须更听鼓鼙音。”二诗都对这位殒身疆场的名将深表同情，加以吊慰。其后，黄彦平《欢喜口号》其二、杨无咎《瑞鹤仙》其四以及金代赵秉文《过杨太尉坟》，也都有凭吊杨业的内容。

在文学中突出特定历史人物个体的倾向，从北宋边塞诗词中就能见端倪。如前引王安石、张耒的边塞诗中都在结句提到了寇莱公，即大名鼎鼎的寇准。寇准在澶渊之役中确实发挥了巨大作用，为后来人所歌咏也是当然。李纲《谒寇忠愍祠堂六首》其一：“亲征决策幸澶渊，南北欢盟有本原。丞相莱公功第一，犹将孤注作谗言。”亦是将功劳归于寇准。而路过实地者，如李复《过澶州感事》所云：“孙村黄河决北流，北使年年过澶州。澶州两城战格尽，七十余年废不修。昔岁契丹倾国起，欲投马箠渡河水。烽火夜夜照前殿，殿前群臣色如死。心忧社稷输至忠，殿上只有寇相公。默使敌计堕吾计，独屈黄屋亲临戎。敌惊溃奔虎北门，从此愿讲兄弟亲。平时危冠尽肉食，一旦仓猝方见人。”李复诗与李纲诗有相似之处，即再次把论述的重点即胜利的功劳归之于寇准一人身上。李复甚至在诗中进行夸张的描述，以“殿前群臣色如死”来与主人公寇公对比，直接的评价是“心忧社稷输至忠，殿上只有寇相公”，因为他有“默使敌计堕吾计，独屈黄屋亲临戎。敌惊溃奔虎北门，从此愿讲兄弟亲”的本领。将战争胜利归于具有关键作用的良臣身上，好像说到宋、辽在真宗时的那场大战，说到澶渊之盟，就绕不过寇准。这种书写具有鲜明的英雄主义倾向，与杨家将故事中寄战争的胜利于良将身上殊途同归。

杨家将小说更是将对杰出人物个体的“期待”付诸实践。强化英雄的作用，刻意地壮大杨家的力量，具体做法是进行了一系列改写使实际的败转化为假想的胜。一是由有限个体扩展到大群体：从主要不过杨业、杨延昭、杨文广的杨家将领，扩展到杨家府数十位之众。又由文臣“人脉支援”武将。杨业的儿子中，《宋史》卷二百七十二《杨业传》载：“其子供奉官延朗为崇仪副使，次子殿直延浦、延训并为供奉官，延瑰、延贵、延彬并为殿直。”只有延朗是武职，其余均是文职。史传中共载有七位杨家儿郎，到了小说中已全部成为武艺高强的武将。二是由男性群体移位于女性群体：令婆、穆桂英等为代表，直到十二寡妇出征，杨门女将的力量达到顶峰，成为杨家将的特色之一。三是由武力虚化为超自然力量：杨业虽被称“无敌”将军，但也只是武力。小说中，杨业后代中法术、神力等超自然力量被使用了起来，杨家的力量由此而虚化和增强，甚至因为神力扩大化到无节制而造成因果轮回等迷信。

突出正面人物，须对其不足进行“文饰”，甚至不惜贬黜、丑化乃至“制造”反面人物。北宋对辽、西夏的战争基本上是失败的，原因在外部是敌方势力的强大，在内部则被归结为统治阶级的腐败。从故事的讲述上，一面是君主客观的低素质，另一面是奸臣主观的佞言陷害。前者表现为在位皇帝昏聩，忠奸不分、用人不当，轻信易怒。但在忠君思想甚至“愚忠”观念的左右下，君王被谅解为受到佞臣蒙蔽的无辜者，所有的罪责似乎都推到了奸佞之臣身上。其代表人物是潘仁美、王钦、张茂等。在小说虚构的艺术加工下，甚至产生了一个畸形的逻辑链条：国家命运—君主责任—奸臣下场，甚至有“每况愈下”的趋势。从此类小说的发展看，对于反面人物的裁决倾向于激烈而不讲“人道”，堪称“对奸臣接受的极端暴力”。①

以杨家将为代表的演义小说，对北宋时期以边塞战争为中心的内政外交状况进行了艺术的书写。小说的演绎曲折地反映了现实，而宋朝对外战争遭受的挫折和失败的现实依据即在于其制度。一是“崇文抑武”所带来的情感倾向。宋朝奉行文官政治，武将权力受到极大限制，甚至备受猜忌。有宋一代，武阶的将帅大多遭受了很多来自制度上的压抑，乃至成为“武将的悲哀”的时代。但当国家遭遇战争时，赴边杀敌的是军人，而非文人。一般认识上，出生入死、浴血奋战的将帅和言之凿凿、“只动口不动手”的文臣，大众的同情往往会倒向前者。尽管战争中自来就有“运筹帷幄之中”的谋士，大众的认识上也承认这一点，但毕竟军事实践还是要靠广大的将士来完成，军人在战争时期没有功劳也有苦劳，而安居朝中、远离边塞的文臣则不具备这种优势。因此当两者出现矛盾时，军人比文人更容易博得大众的精神支持。杨家将故事中，作为正面主角的杨家，无论男女老幼，是清一色的军人，且大多武艺高强；而反面角色中，潘仁美、王钦则主要是文臣角色。宋以后的叙事文学对于宋代战争本事故事的演绎上，将武将与文臣对立，正是“崇文抑武”制度的一种艺术化表现。二是对文臣意见分歧的特定理解。宋代的文臣在议政进言方面享有很大的自由，而且受到保护，“不杀士大夫及上书言事者”。因为是纸上谈兵，缺乏实践的回馈和验证，加之诉诸口舌，行之较为轻巧，朝臣们对于外交和国防上的很多事务常常分歧很大。终宋一代，朝臣对于外交上基本都存在主战、主和两派，且不断争执。其实从客观地看，对于同一件事情的不同看

① 张春晓：《两宋民族战争本事小说戏曲故事演变》，暨南大学出版社2013年版，第59页。

法，很多时候见仁见智，或许都言之有理，也都有一定的不足。退一步说，即使不同意见对于解决特定问题来说有优劣之分，这只是献言之人认识的不同，是治政或管军能力的差异，较少存在主观上"蓄意谋害"的动机。但这种情况到了以通俗、简单为重要特征的叙事文学那里，就被"歪曲"了。不同朝臣、将帅原本在能力上的差异，被移位解读为品德上的分化。一些文臣、武将才干上的缺失被曲解为德行上的沦丧，于是奸臣的形象越发鲜明化。若以历史为准绳，小说之得失，也由此可见一斑。

可见，北宋边塞诗词在宋辽战争上的简省与在宋夏战争上的详细，与杨家将小说恰好相左，两者也因此既可"对照"又甚至可"互补"。那么将两者结合阅读，加之对文学表达真实性的辩证看待，对于北宋时期对外战争的文学表现这一话题，应有新的认识。如果形象地加以理解，辅之以数轴式的图示。如图 6-1 所示。图中，虚线圆形代表边塞诗词、虚线方形代表家将小说的大致情况。以历史事件发生之时为起点（O），则横向上 OT 为时间实线轴，t 为"当代"（即北宋）与"后世"（即晚于北宋的历史时期）的界点。纵向数轴

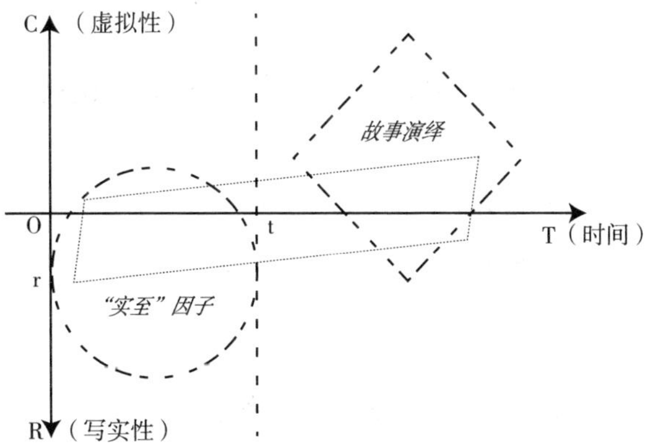

图 6-1　边塞诗词与家将小说文学表达关系示意图

表示文学上的虚实程度，C 代表虚拟性，R 代表写实性。而虚线平行四边形或可大体体现文学作品的“精彩程度”或“可读性”。

探察边塞诗词对于战争的书写，是以“文”为据进行“史”的研究。诗词与小说均为文学文献，史料价值不一。但以历史史实为“辅助线”，可以通过对比北宋当时的诗词和后世的叙事文学来认识边塞及边塞文学创作。诗词固然是抒情性主导的文学样式，但其纪实性反而强；小说戏曲是叙事文体，但演绎的成分更大，虚构性更强。这好比边塞诗词的书写，有向历史真实“无限逼近”乃至“相切”的 r 点，其中写实度高的内容多来自于亲临现场的“实至”因子。家将小说主要通过故事演绎完成对年代较为“久远”的历史的认识。杨家将故事把现实的失败演绎为精神的胜利，对与北宋边塞诗词相同的素材——历史事实，进行了不同的裁剪，有曲解之处，也映射了史实。不同作品通常表现有差异。就如边塞的“雪花”，是李白所慨叹的其“大如席”，还是岑参咏赞的美若“梨花”，各有千秋。相同的“本体”当然可有不同喻体，崇高、优美风格有异，但都不失为精彩的描摹。边塞诗词与家将小说，二者侧重不同，但各有特点，也都进行了精彩而别样的文学表达。

第三节　奉使诗词与和平的文学建构

战事诗词与奉使诗词是北宋边塞诗词的两个重要类型，这两者的主要指向不同，前者以对战争的表现为中心，后者则主要反映和平时期的状况。

一、北宋的和平外交活动与文学创作

北宋对外关系中“以和为贵”的观念起主导，其和平外交活

动主要体现在与辽使臣往来上。从宋真宗景德元年（1004 年）至徽宗宣和三年（1121 年）的一百多年间，宋遣使臣至辽贺生辰 140 次、贺正旦 139 次、其他事由的 19 次，辽遣使至宋贺生辰 135 次、贺正旦 140 次、其他事由的 20 次[①]。而这些身负王命的使臣又多是文士，进行了不少诗文创作，如宋祁使辽诗 2 首、韩琦使辽诗 3 首、王珪使辽诗 16 首、刘敞使辽诗 29 首、欧阳修使辽诗 14 首、范镇使辽诗 3 首、沈遘使辽诗 9 首、王安石使辽诗 14 首、郑獬使辽诗 7 首、陈襄使辽诗 2 首、苏颂前使辽诗 22 首、苏颂后使辽诗 24 首、刘挚使辽诗 2 首、王钦臣使辽诗 1 首、苏辙使辽诗 21 首、彭汝砺使辽诗 46 首、张舜民使辽诗 5 首、刘歧使辽诗 18 首[②]，等等。

对于大部分身处书斋的北宋诗人来说，出使活动无论从仕宦角度还是文学创作角度，都是一次不同寻常的经历，因此大多使臣诗人在完成“公文式”的写作之外，也专门以诗词的形式记录奉使之行。有的诗人还有系列组诗的创作，如刘跂有《使辽作十四首》《虏中作四首》，苏辙有《奉使契丹二十八首》等。汇总梳理可见，北宋使辽的诗词作家及其出使、创作情况主要如下：

宋祁于仁宗景祐三年（1036 年）以左正言、知制诰、史馆修撰衔充契丹生辰使，有出使诗 2 首，如《题北楼》等。

余靖（1000—1064 年），本名希古，字安道，号武溪，韶州曲江（今属广东韶关年）人，仁宗天圣二年（1024 年）进士，庆历四年（1044 年）受命为出使契丹，以高明外交手段折服辽主，五

① 聂崇岐：《宋辽交聘考》，《宋史丛考》下册，中华书局 1980 年版，第 334—375 页。

② 参见蒋祖怡、张涤云整理：《全辽诗话》，岳麓书社 1992 年版。

年（1045 年）正月为回谢契丹使，有《塞上》诗等。

韩琦于仁宗宝元元年（1038 年）以右司谏、直集贤院假太常少卿、直昭文馆充贺契丹正旦使，有出使诗 4 首，如《雄州遇雪》等。

王珪（1019—1085 年），字禹玉，成都华阳人。仁宗庆历间曾接伴契丹使，皇祐三年（1051 年）以太常博士、直集贤院同修起居注衔充贺契丹正旦使，有出使诗 18 首，如《思乡领》等。

吴奎（1011—1068 年），字长文，潍州北海（今山东潍坊）人，仁宗天圣五年（1027 年）进士，累官同知谏院、翰林学士，至和元年（1054 年）以起居舍人直集贤院为贺辽太后生辰国信使，有断句“奚车一牛驾，朝马两人骑”一则。

刘敞于仁宗至和元年（1054 年）为契丹国母生辰使，有出使诗 34 首，如《檀州》《初出古北口大风》等。

欧阳修于仁宗至和二年（1055 年）以翰林学士、吏部郎中、知制诰、史馆修撰假右谏议大夫充贺辽道宗登位国信使，有出使诗 12 首，如《马啮雪》等。

范镇（1008—1087 年），字景仁，成都华阳人，仁宗至和二年（1055 年）以起居舍人直秘阁知谏院为契丹国母正旦使，有出使诗 2 首，如《幽都赋》。

沈遘于仁宗嘉祐四年（1059 年）以太常博士集贤校理判理欠凭由司为贺契丹主正旦使，有出使诗 6 首，如《题渔阳图》。

王安石于仁宗嘉祐四年（1059 年）十、十一月任陪伴使护送辽国使臣至宋辽边界处，单程十八天，来回需月余；五年(1060 年)以度支判官、祠部员外郎、直集贤院衔为贺契丹正旦使，辞行，作《尹村道中》；又于嘉祐八年（1063 年）春使辽，有出使诗 13 首，如《奉使诗录》等。

郑獬（1022—1072 年），字毅夫，安州安陆人，仁宗皇祐五年（1053 年）进士第一，嘉祐七年（1062 年）以右司谏、直集贤院、同修起居注使辽，有出使诗 7 首，如《云中忆归》《离云中一首》《回至涿州》等。

陈襄（1017—1080 年），字述古，福建侯官人，仁宗庆历二年（1042 年）进士，治平四年（1067 年）英宗卒，神宗即位，以开封府推官、盐铁判官充皇帝登宝位告北朝皇太后国信使，有出使诗 2 首，如《使还咸熙馆道中作》等。

苏颂于神宗熙宁元年（1068 年）为使辽贺生辰、正旦，有《前使辽诗》30 首，十年（1077 年）充大辽生辰国信使，有《后使辽诗》28 首。

刘挚（1030—1097 年），字莘老，永静东光人。仁宗嘉祐四年（1059 年）进士。神宗元丰五年（1082 年）以朝奉郎守礼部郎中为贺辽主正旦使，有诗《城北》。

王钦臣（1034—1101 年），字仲至，应天宋城人。以父荫入官，文彦博荐试学士院，赐进士及第，历集贤殿修撰，哲宗元祐二年（1087 年）以太仆少卿为太皇太后贺辽国正旦使使辽，有出使诗《使辽回谒恭敏李公席上作》1 首。

苏辙于元祐四年（1089 年）为贺辽主生辰国信使，有出使诗《奉使契丹二十八首》。

彭汝砺于哲宗元祐六年（1091 年）以集贤殿修撰、刑部侍郎充太皇太后贺辽生辰使，有出使诗 60 首，如《古北口杨太尉庙》《过虎北口始闻鸡》《过右北平》《塞外冬至》等。

张舜民（1034—1100 年），字芸叟，邠州人，英宗治平二年（1065 年）进士，哲宗元祐九年（1094 年）以秘书少监被遣回谢大辽吊祭宣仁圣烈太皇太后礼信使使辽，有出使诗 3 首，如《燕山闻杜鹃》。

时彦（？—1107年），字邦彦，河南开封（今河南开封）人，神宗元丰二年（1079年）状元，哲宗绍圣三年（1096年）为贺辽国正旦使，有出使词《青门饮》。

刘跂（约1048—1117年），字斯立，东光（今属河北）人，刘挚子，元丰二年（1079年）进士，曾出使辽国，有《使辽作十四首》。

二、北宋文人的奉使及边塞诗词创作

（一）保和平：出使期待与诗词抒发

国家之间互有信使来往，加强民族交流与沟通，首先就是和平友好的表现。北宋的奉使类边塞诗词即传递了对于和平主题的期盼及守望，或对于战争的反感。这与历代的边塞文学有相通之处。

从宏观视野上分析，“中国古代王朝对外政策的基本点是和平的文化影响，而非武力的征服和领土的扩张；是国际体系的领导者和维护者，而非统治者和掠夺者”①。具体到赵宋王朝，最高统治者在外交思想中更凸显“以和为贵”的特点②。如澶渊之盟是宋辽止戈修好的象征，时人极言此盟带来的好处：“近有西北使还者，言顺安军西至定州，旷土尽垦辟，苗稼丰茂，民无差扰，物价甚贱。”（《续资治通鉴长编》卷六七）宋人对澶渊之盟后宋、辽双方的和平局面及北宋方面表现的和平精神给予了极高的评价。如《建炎以来

---

① 韩昇：《中国古代的外交实践及其基本原则》，《学术研究》2008年第8期。

② 张云筝：《宋代外交思想研究》，中国社会科学出版社2012年版，第65页。

系年要录》卷一三八云："太祖开万世之基，太宗定四海之难，而和戎戢兵，以致太平者，真宗也。"边塞诗中也对这种观点有积极呼应。如欧阳修《边户》写道："自从澶州盟，南北结欢娱。虽云免战斗，两地供赋租。将吏戒生事，庙堂为远图。身居界河上，不敢界河渔。"即是表现了当时两方对盟约的遵守、维护，守护和平使得"南北结欢娱"。只因为如此一次和谈，本来政绩平庸的真宗也因此博得了赞誉："自景德以来，四方无事，百姓康乐，户口蕃庶，田野日辟。"①

"谨边防，通盟好"②，追求和平的主张一以贯之。端拱年间太仆少卿张洎上疏言边防事云："审睹天下之形势，忧患未已，唯与之通好，或可解纷。"即使面对契丹虎视眈眈的紧张局面，朝臣仍主张"不用干戈，不劳飞挽，为万世之利者，敢献其说，惟明王择之。古者兵交，使在其间，飞矢在上，走驿在下。盖礼道信义，自有典常，不可废阙也……此时犹须行礼命之书，通和之事，自然驯致率服，永无战争，复三皇道德之风，广一统太平之业"（《续资治通鉴长编》卷二八）。而此论得到了"上嘉之"的回馈，正是君臣主张一致的表现。宋代国策右文抑武，而文人也有普遍的文人本位观念，由是对和平的盼望更为鲜明。

宋人"化干戈为玉帛"的思想观念在边塞诗词中体现了出来。如彭汝砺诗云"古来长用武，今日许通和。岂乏嫖姚将，君王悟止戈"（《大小沙陀》其一），指出国家不尚武力，并非无良将，而是懂得"止戈为武"的道理，爱好和平。诗词中表现出和平景象，

---

① 脱脱等撰：《宋史》卷一七三《食货志·农田》，中华书局1985年版，第4163页。

② 脱脱等撰：《宋史》卷二九三《王禹偁传》，中华书局1985年版，第9797页。

如苏辙《渡桑干》中云“胡人送客不忍去，久安和好依中原。年年相送桑干上，欲话白沟一惆怅”，反映了少数民族人民也热爱和平，珍惜民族间友好的情谊。沈遘《道中示三使二首》其一云：“初持诏节下宫衙，四牡临门敢顾家。稍远郊畿还感慨，却瞻原隰自光华。使行万里谁非病，义重千钧始拜嘉。遥指燕山数归日，都城犹未有多花。”其二云：“汉家恩信抚群戎，坐息边民乐岁丰。自古所求中国治，于今无复四夷功。金缯但取一州赋，使介何辞万里通。顾我衰羸岂堪此，共扬威命赖诸公。”也是珍视和平的表现。欧阳修《送渭州王龙图》：“汉军十万控山河，玉帐优游暇日多。夷狄从来怀信义，庙堂今不用干戈。吟余画角吹残月，醉里红灯炫绮罗。此乐直须年少壮，嗟余心志已蹉跎。”表现安于和平的愉悦。

保和平是诗人之心，如胡宿《塞上》云：

汉家神箭定天山，烟火相望万里间。契利请盟金匕酒，将军归卧玉门关。云沉老上妖氛断，雪照回中探骑还。五饵已行王道胜，绝无刁斗至阑颜。

据《资治通鉴》卷第一百九十一载，唐贞观元年，“颉利来请和，诏许之。上即日还宫。乙酉，又幸城西，斩白马，与颉利盟于便桥之上。突厥引兵退”。此即是著名的“渭水之盟”。唐朝此举避免了在不利条件下作战的巨大风险，通过谈判盟约稳定了局势。胡宿诗表现出对于盟约带来和平的赞赏和期盼，希望将军能“卧”，“妖氛可断”。而韩琦《过故关》云：

春入并州路，群芳夹故开。前驺驱弩过，别境荷戈还。古戍余荒堞，新耕入乱山。时平民自适，白首乐农闲。

写出了边塞春来群芳盛开，人民安居的景象，方回评之“承平之际，并州用武之地亦闲乐如此”①。

（二）行路难：羁旅苦辛与家国之思

很多边塞诗词直言羁旅在外的艰辛。对于远离中原、出使他国的使臣来说，旅途的辛苦是不可避免的。如欧阳修《马啮雪》备写羁旅之苦：“马饥啮雪渴饮冰，北风卷地来峥嵘。马悲踯躅人不行，日暮途远千山横。我谓行人止叹声，马当勉力无悲鸣。白沟南望如掌平，十里五里长短亭。腊雪销尽春风轻，火烧原头青草生。远客还家红袖迎，乐哉人马归有程。男儿虽有四方志，无事何须勤远径。”苦楚是由羁旅而造成的，这也是因为所到之地自然条件艰苦，如“旷野多黄沙，当午白日昏。风力若牛弩，飞砂还射人”（欧阳修《书素屏》）的自然环境即是重要表现。刘敞《送隐直侍行陕郊》中言“如何羁旅后，弃我复远适。贫病束我身，送子恨不得”，也是对于羁旅苦辛的表现。

奉使诗词中，思乡是重要的主题。身处边地，远离故国，乡思是乃人之常情。即使功业如范仲淹者，也有《城大顺迴道中作》云“三月二十七，羌山始见花。将军了边事，春老未还家”，《和李光化秋咏四首·晚》云“晚色动边思，去年犹未归。戍楼人已冷，目断望征衣”等，表现出幽幽的思乡情怀。这种情怀具有普遍性，在由奉使而作的边塞诗词中颇多表现。诗如王珪《思乡岭》：“晓入燕山雪满旌，归心常与雁南征。如何万里沙尘外，更在思乡岭上行。”思乡岭本来只是一座山，但由于与“归心”“雁南归”等意象叠加，更深一层的意境即对家乡的思念油然而生。词如欧阳修《清商怨》：“关河愁思望处满。渐素秋向晚。雁过南云，行人回泪眼。双鸾衾

① 方回著，李庆甲集注校点：《瀛奎律髓汇评》，上海古籍出版社 1986 年版，第 93 页。

裀悔展。夜又永、枕孤人远。梦未成归，梅花闻塞管。”亦是用视觉意象“雁”、听觉意象“管”等抒写思乡之情，“关河愁思望处满”将无形的“愁思”进行艺术的量化，直接道出情感。欧阳修的诗《奉使契丹初至雄州》云：“古关衰柳聚寒鸦，驻马城头日欲斜。犹去西楼二千里，行人到此莫思家。”“莫思家”则好似是反语，其实是思家的加倍，这在其《奉使道中作三首》中也有运用。且看这三首反复抒写思念家乡、亲人之情的诗：

执手意迟迟，出门还草草。无嫌去时速，但愿归时早。北风吹雪犯征裘，夹路花开回马头。若无二月还家乐，争奈千山远客愁。

为客莫思家，客行方远道。还家自有时，空使朱颜老。禁城春色暖融怡，花倚春风待客归。劝君还家须饮酒，记取思归未得时。

客梦方在家，角声已催晓。匆匆行人起，共怨角声早。马蹄终日践冰霜，未到思回空断肠。少贪梦里还家乐，早起前山路正长。

这是一组古体杂言诗，其文笔流畅自然，更易于情感的表达。第一首使用了叠词，使情感细腻化，后面的直抒胸臆更使全诗灵动可爱。第二、三首颇有小词的风味，一再吟咏对还家的渴望和羁旅的幽怨。宋代士人有一定的恋家情结，如王安石《尹村道中》所言“万里张侯能奉使，百年曾子肯辞亲。自怜许国终无用，何事纷纷客此身”“丈夫许国当如此，男子辞亲亦可怜”是例证。

写给妻子的“寄内诗”在奉使之作中也较常见。如以下几例：

离别始十日，已若十岁长。行行见新月，泪下不成行。念我一身出，万里使临湟。王命不得辞，上马犹慨慷。一日不见君，中怀始徊徨。我行朔方道，风沙杂冰霜。朱颜最先黧，绿发次第苍。腰带减旧围，衣巾散余香。邮亭苦夜永，灯火寒无光。独歌使谁和，孤吟讵成章。辗转不得寐，感极还自伤。思君知何如，百语不一详。胡雁方南飞，玉音未可望。愿君爱玉体，日看庭树芳。欲知归期早，东风弄浮阳。——沈遘《道中见新月寄内》

春到燕山冰亦消，归骖迎日喜嫖姚。久行胡地生华发，初试东风脱敝貂。插髻小幡应正尔，点槃生菜为谁挑。附书勤扫东园雪，到日青梅未满条。——苏辙《春日寄内》

前者是使臣沈遘在旅途中看到新月而思乡，因“王命不得辞”而离家，但禁不住“一日不见君，中怀始徊徨”。诗作格调轻柔婉转，“腰带减旧围”“辗转不得寐”的脉脉情话与边塞诗词常见的雄壮豪迈之风大异其趣。后者是苏辙《奉使契丹二十八首》之一，写春来冰消，游子想家“生华发”，思念远在家乡的妻子。由于是写给妻子，这类诗中毫无冠冕的话语或陈俗的套话，通篇浓浓真情。这些寄内诗，因系出使、过塞所作故可归入边塞诗，并为以崇高、悲壮为审美主调的边塞诗词增添一抹优美格调的亮色。

从深层次的心理上分析，思乡念家乃至眷恋祖国，是人类对于家国深刻的认同和对实际所处环境的不自觉排斥造成的。“乐不思蜀”和“故国不堪回首月明中”从正、反两方面说明了若身处愉悦的环境中，即使是在他乡也没有思乡之感；而身处艰难险阻的环境中则极易回望故乡、思念父母。具体到出使外邦的使臣，其羁旅的苦辛之感一方面是客观上物质条件缺乏造成的，一方面也是心理上不自觉地对于外界环境不认同的表现。使臣对塞外之地不认同的感觉也来自一种华夷之辨的民族自尊心理。刘跂《虏中作》之二所道“甘作河南犬，休为燕地人”，正是民族极度自尊、自觉排斥外族心态的夸张表现。而行在路途中的使臣之间的诗词交流，则是对同邦之人乃至天涯沦落的同志之士的认同感。如沈遘有写给唐介的《雄州遇唐子方奉使先还奉赠》，而刘敞给“后予数日使北”的欧阳修寄诗《寄永叔》云：“俱持强汉节，共下承明殿。相从不相及，相望不相见。平生慕俦侣，宿昔异乡县。展转多远怀，恍惚犹对面。”正是羁旅途中人之间的相互慰藉。

（三）远边靖：边塞诗词中的南疆与远邦

华夏民族历史悠久，历来中原朝廷多以“中国”自居。即使在较为统一的历史时期，围绕在中原王朝周围也有很多少数民族聚居的区域，有的建立了独立的政权，有的依附于中原朝廷。宋代虽疆域偏狭小，但也有许多小邦依附。因为向北方向战略拓展的受限，宋王朝较有意识地对于向南方向的民族、政权给予关注。边塞诗词中，也写到了南疆边地和远邦。

如冯山在其诗《送江衍巨源提举赴阙》中提到了西夏、南诏、吐蕃等多个与宋王朝并立的周边民族政权：“江阳夷蛮互雠格，边将生事惊风埃”“去秋西师出四路，欲举夏寇除根荄”“看唐南诏吐蕃传”。该诗是送人之作，其中对《续资治通鉴长编》卷一五〇“庆历四年六月戊午”所载的富弼之论“自契丹取燕蓟以北，拓跋自得灵夏以西，其间所生英豪，皆为其用。得中国土地，役中国人力，称中国位号，仿中国官属，任中国贤才，读中国书刊，用中国车服，行中国法令。是二敌所为，皆与中国等”的现实有所反映。

宋代的广南西路是少数民族集中居住的地区，宋朝廷对其施行羁縻制度。王安国《送德之提刑赴广西》等即是送官吏到彼处任职的诗。仁宗年间，广源州壮族首领侬智高在宋中央朝廷和越李朝等政权的夹缝中谋求自立的过程中终于揭竿而起。先时，他多次击退交趾入侵，但再三请求归附宋朝未果，于庆历元年（1041 年）

在傥犹州建“大历”国，与交趾李朝相抗衡。其后又建立“南天”国，并称帝建号，试图摆脱宋朝的控制。皇祐四年（1052年），侬举兵反宋，并很快破邕州，改国号为大南国，并数败宋朝廷征剿之兵。宋廷派名将狄青平定了这次起义。诗词对此有所反映。如郑獬《戍邕州》：“兵符下西州，将军催部伍。鸣锣张大旗，早发邕州戍。家家送出城，走哭遮行路。邕州万里余，北人那可去。毒草见人摇，雄虺大如树。二月瘴烟发，薰蒸剧甑釜。病者如倒林，十才起四五。偶有脱死归，扶杖皆病偻。逃生既不暇，安能捕寇虏。跳踊一蛮来，取之易攫鼠。顾彼有土人，挥金可召募。狃练得精卒，亦足为爪距。妻儿蓄里闾，于心必爱护。较之勇怯间，相去犹豚虎。一朝有缓急，伸缩用臂股。何必遣戍兵，觳觫就死所。愿留中州人，无填岭南土。”诗中极写北兵南征遇到的巨大困难，一是遥远，“万里余”，而自然环境恶劣，“毒草见人摇，雄虺大如树”，“二月瘴烟发，薰蒸剧甑釜”，因此死伤无数。最后发自内心地感言：“愿留中州人，无填岭南土”！

有的作品写到了一些少数民族。黄庭坚《采桑子》其二《送彭道微使君移知永康军》写“画戟森森镇八蛮”，又一首写“威竦西山八诏蛮”，写蛮夷来朝。苏舜钦《串夷》写道：“区区黠虏敢狂呼，遣使峨冠谒上都。辄出封章辞国命，妄传声势困军须。闭之塞漠为良策，啖以民膏是失图。淳俗易摇无自挠，每闻流议一长吁。”串夷是古代少数民族名。而晁端礼《鹧鸪天》所写的“八彩眉开喜色新。边陲来奏捷书频。百蛮洞穴皆王土，万里戎羌尽汉臣”也有这方面的内容。

宋元之交，方回编纂《瀛奎律髓》，其中卷三八专有一个门类“远外类”，收五七言诗16首，如贾岛《送褚山人归日东》等，全是唐诗。宋代疆域不及唐代广大，但诗词中也有不少写到了一些

"远外"之地、之邦的。这些作品与边塞文学有密切的关联。如欧阳修《日本刀歌》、徐铉《贡院锁宿闻吕员外使高丽赠送》写到了高丽等，都拓展了宋诗的题材内容。

边塞诗词的创作与当时王朝对外关系的战、和是密切相关的。"边塞"在历代各有不同，投射到文学作品中外延也有所拓展。北宋一百六十年间，与周边的民族、政权如辽、西夏等时战时和，局势在特定时间段常发生变化。表现在边塞诗词中，集中描绘战争内容的战事边塞诗和集中表达和平内容的奉使边塞诗成为两大部分。在对宋与辽、宋与夏战争的反映中，边塞诗词表现出与后世叙事文学的差异。奉使活动是以和平友好为出发点的，与之相关的边塞诗词主要有保和平、行路难、远边靖三方面的内容。"战争与和平"是人类的永恒话题，也是边塞诗词的必选论题。

第七章

北宋边塞诗词的文学成就

北宋王朝从始至终面临着强敌环伺的复杂环境，特定的军政制度、外交政策又直接影响了边疆的安定。边塞诗词一定程度上承担了书写时代的责任，宋人有这样的自觉，付出的积极努力也获得了回报，在文学史上赢得了应有的席位。

第一节　承与变：北宋创作之于边塞诗

北宋边塞诗承接汉唐而来，有因有革。边塞诗发展到北宋，传统的主题和意象有所更易。新的条件下产生新成果，边塞诗由此也不只盛唐一种“范式”，而出现了别样面貌，丰富了诗歌世界。

一、边塞主题的承继与嬗变

在边塞诗的发展史上，唐代是公认的巅峰时期。从汉代以来，边塞诗的内容大体上可归纳为五个主题：苦寒主题、尚武主题、征战主题、乡恋主题、风俗主题。[①] 这为北宋边塞诗提供了一个有章

① 阎福玲：《汉唐边塞诗研究》，中华书局 2014 年版。

可循的思路。以汉唐边塞诗为对照，北宋边塞诗与之相似，又有所不同。

（一）征战与乡恋主题得到沿袭

表现征战是边塞诗的主要功能，失去了征战主题就无所谓边塞诗。因此无论汉唐边塞诗，还是宋代或者其后的边塞诗，对于军事冲突和征战主题的表现是不可或缺的。北宋边塞诗对于征战主题是沿袭的。

同样，边塞远离内陆和家乡的属性从古至今一直存在，因此，乡恋主题也就随之而存在。乡恋主题更多地存在于实至边塞者的作品中。未至边塞者的作品中，当然可能也有一些乡恋内容，那多是作为边塞诗固有的主题，或者以古体乃至旧题形式写就的。“与唐代边塞诗相较，北宋使辽诗受限于两国和平，局限于出使身份，制约于‘守内虚外’之国策，因此未有初唐边塞诗之英爽豪迈，亦乏盛唐边塞诗之浪漫悲壮；中唐边塞诗之慷慨凄怆、晚唐边塞诗之萧瑟悲苦，则或多或少为北宋使辽诗所承继，而思乡情怀为其中一大主题。”① 乡恋主题也是北宋边塞诗沿袭的主题内容。

（二）苦寒、风俗主题出现变异

从历史事实上看，宋远不如汉唐疆域广阔，因而其四边就远远不到唐代边塞诗中所写到的新疆等地。领土控制上，北宋尚且能掌握黄河流域，南宋则纯乎偏安江南，如林升《题临安邸》所谓“暖风熏得游人醉，直把杭州作汴州”，从实际体验上说根本就不懂得何为“苦寒”。因而诸如陈傅良等南宋诗人作品中出现的雪意象，都带上了一定程度的故国之思——因为只有宋南渡前的故土中才常

① 张高评：《自成一家与宋诗宗风——兼论唐宋诗之异同》，万卷楼图书股份有限公司 2004 年版。

常能下大雪，念念不忘雪其实是心中常怀故国。因此宋代边塞诗中的对于寒冷的体现就弱了很多。当然，如苏舜钦《己卯冬大寒有感》中写道："延州未撤警，夕烽照冰雪。穷边苦寒地，兵气相黜结。主将初临戎，猛思风前发。朝笳吹余哀，叠鼓暮不绝。淹留未见敌，愁端密如发。"宋仁宗宝元二年（1039年），夏主元昊兴兵进犯，西北局势非常危急。因此"大寒"，是实际中对于天气寒冷的感受，并以此来起兴，渲染战争威胁的紧迫气氛。"夕烽照冰雪""穷边苦寒地，兵气相黜结"极言边塞之寒，是未至边塞者的一种虚拟化的书写。另外，有一点需要注意的是，从中国古代气候变迁角度考察，北宋太宗中期至南宋前半期为历史上的寒冷期[①]。因此尽管北宋边疆在地理位置上较之唐代有很大的内收，但其边地仍是相当寒冷的。若不以实际边塞为本，缺乏实地的体验，仅凭文学的想象来创作，任何时代的作者可以写得并无差异。苦寒主题在北宋边塞诗中有所变化，但变化不大。

风俗主题的变化与苦寒主题有相似之处。因为边塞诗实写的风俗，是与具体的地理位置息息相关的。唐代的边塞是延伸到包括今天新疆大片土地在内的西域地区的，而北宋的疆域则远没那么辽阔，而且其边塞也向内地收敛了许多。因此唐代边塞诗中所写的西域风俗，在北宋边塞诗中就表现不出来了。至于写北方游牧民族的风俗，因为宋与辽常有使臣来往，故北宋边塞诗中的风俗主题主要通过奉使诗体现出来。如苏颂《虏中纪事》云："夷俗华风事事违，矫情随物动非宜。腥膻肴膳尝皆遍，繁促声音听自悲。沙昧目看朱似碧，火熏衣染素成缁。退之南食犹成咏，若到穷荒更费辞。"此诗写出了华夷风俗之殊，契丹人的食物"腥膻肴膳"，相貌是"沙

① 刘昭民：《中国历史上气候之变迁》，台湾商务印书馆1992年版。

昧目看朱似碧”，衣着是“火熏衣染素成缁”，皆与内地不同。总体上，风俗主题有所变化，失去了汉唐边塞诗写风俗的很多“资源”（如西域地区），但保留了其中的大部分。

（三）尚武主题有所削弱、发生移位

宋代“崇文抑武”制度以及边塞作品中对于文士身份的强调，都是北宋边塞作品对尚武主题削弱的表现。宋人讲究修文德、行“王道”，不尚武力，“太平无限固，道德是金汤”（刘跂《使辽诗十四首之一》）。边塞诗中也时有相关表述，如“方知中国有圣人，塞垣自尔除妖氛。河湟父老何忻忻，受降城外重耕耘”（王禹偁《战城南》）、“夷狄从来怀信义，庙堂今不用干戈”（欧阳修《送渭州王龙图》）。如欧阳修《马啮雪》云“男儿虽有四方志，无事何须勤远征”，表现出北宋士人较为普遍的一种偃武修文的观念，这与唐代边塞诗中昂扬的立功边疆的思想是大异其趣的。文臣把持军柄，“由来边将用儒臣，坐以威名抚汉军”（欧阳修《寄秦州田元均》），甚至连“好男儿”也只能是“东华门外以状元唱出者”①。王安石《飞雁》写道“人生何必慕轻肥，辛苦将身到沙漠。汉时苏武与张骞，万里生还值偶然”亦是此观点，甚至一反旧说，把士人历来无比敬仰的苏武和张骞视为“个例”，从基本认识和态度上表现出对于战争的厌弃。由此不难想见，从汉唐边塞诗到宋代边塞诗，“尚武”主题被削弱，并进行了一定的“移位”。唐陈子昂《和陆明府赠将军重出塞》中“宁知班定远，犹是一书生”是鼓励书生出身的将军建立功业，而宋范仲淹《依韵答梁坚运判见寄》中所言“功名早晚就，裴度亦书生”则是强调立功疆场的原本是书生。

---

① 王铚:《默记》卷上，中华书局1981年版，第15—16页。

宋人对于战争的态度表现出厌战愿和、追求安定的倾向，很少有对主动向外进行军事扩张的诉说。如田锡《圣主靖边歌》所谓“夷人背信阙汉边”，指出发生冲突的起因是敌对方首先背信弃义，打破友好局面，这是对于战争性质的认定。如冯山《侠少行》所描写的“有田无人耕，有子不养家，田间父老长咨嗟”之类的作品，揭示了战争对人民生活的严重影响和改变。诗论家方回在评论梅尧臣《送刁景纯学士使北》时也表达了相似的看法：“祖宗时与契丹盟好甚笃，故凡送使人诗亦不敢轻易及边事。熙、丰以来，人人抵掌，务欲生事于西北，遂致靖康之祸，悲夫！”① 张咏《登麟州城楼》：“莫问戎庭苦，高栏是夕攀。时清官事少，边静戍人闲。雉堞临寒水，穹庐倚乱山。皇恩正无外，不拟更移关。”麟州是西北边州，处在与西夏的边界附近。由于政治清明，没有多少事务要处理，边地静谧祥和，呈现出一番人民安居乐业的景象。无怪乎诗的开头直接说“莫问戎庭苦”。张方平《喜雪》中表达对于和平的祈望：“愆阳干岁事，斋殿轸予忧。默为斯民祷，心从六事求。同云俄蔽景，盈尺忽呈休。淅沥千琼树，峥嵘万玉楼。尘氛开紫宙，气象露皇州。雕鹗精神劲，松筠操禀优。边庭伤久戍，农亩庆来粹。咨尔臣邻地，常期九叙修。”

北宋边塞诗尚武精神的表达移位于文事——作诗、作文等的一再提及：“梦回夜帐闻羌笛，诗就高楼对陇云”（欧阳修《寄秦州田元均》）、“多谢高篇远相劳，召南风格本王基”（韩琦《次韵答渭州王龙图》）、“多羡甘棠阒无讼，时将佳句恼粗人”（韩琦《再答陕府春卿资政》），等等。

---

① 方回著，李庆甲集注校点：《瀛奎律髓汇评》，上海古籍出版社1986年版，第1075页。

尽管尚武的主题在北宋边塞诗中被削弱了，但毕竟未消失，也不可能完全消失。如石介《观棋》开始写“人皆称善弈，伊我独不能”，以为是谦虚之词，往下读到“试坐观胜败，白黑何分明。运知奇复诈，用心险且倾”才发现这只是作者借题发挥，他要说的在最后，“谁能凭文楸，两人终日争”，原来是轻视“文楸”之事，意思是希望能够付诸实践。欧阳修《边户》中“家世为边户，年年常备胡。儿僮习鞍马，妇女能弯弧。胡尘朝夕起，虏骑蔑如无。邂逅辄相射，杀伤两常俱”写出了特殊地区的尚武余风。冯山《侠少行》云“山东自古多才雄，辍耕陇上羞为农。乡兵名在万选中，一日声价闻天聪。十石弩力三石弓，殿前野战如飘风。白锦战袍腰勒红，诏容走马出阊阖，都人仰看如飞鸿”也流露出尚武之风，而其《再和〈岑岩起见寄〉》甚至流露出些许对于“书生无用”的认识：“诗书非无助，爵赏不见畴。尚能解客嘲，相欢咏蘋洲。”

二、诗歌风貌的转变与创新

（一）“立体”边塞的展示

宋朝疆域比盛唐狭小很多，即使较之晚唐也内收严重。宋代的边塞由原本的长城一线萎缩至于今山西的河曲、岢岚、原平、代县、繁峙至河北的阜平、满城、容城、霸州以及天津一线，燕京则根本就不在宋王朝的控制之内。宋朝建立之后，在向北拓展的战略雄图遭到挫折之后一度不敢言兵，以至于宋初之后的帝王对放弃燕云故地采取了事实的默认态度。加之宋初“统一战争”中南方的战事相对顺利，宋人对于南方的关注比前代加强了很多，故南方之“边”渐渐进入视野，而“边塞”的观念也发生了变化。仁宗在位时，广西侬智高叛乱而狄青受命平定，这是北宋时期的大事。后世的杨家将小说等把这一系列的军事行动作为重要素材，也说明了南边的重要性。后世小说中，大理政权也被一再被突出。这都说明南部之“边”，甚至“海疆”也纳入到边疆体系，成为“立体”的“边”，“塞”的外延也发生了一定变化，可以说是“立体”的边疆、边塞。

（二）“边诗”更有代表性

与之相对应的，宋代边塞诗中对边塞的实际描述地点也深入腹地，并且有泛“边”化倾向。因此，若说唐人所作的边塞诗为“塞诗”，是突出表现了长城沿线为代表的边界以北和西域地区的战争和生活；那么宋人所作是边塞诗堪称“边诗”，泛指边疆地区。原本的“边”不等于“塞”，经过文学的艺术转化，在宋代边塞诗词中已难辨孰为“边”、孰为“塞”。另外，边塞诗除了表现战争，最为突出的特色之一即是对异域风光民俗的表现。以长城沿线为代表的边塞正是游牧民族和农耕民族势力在地理上的大致界线，这样塞内塞外的不同是明显的，差别很突出。因而边塞诗在汉唐时期写得尤其有特色；而宋代“边”的概念泛化，加之缺乏到达边地的经历，诗歌好议论，传统意义上的边塞诗诗风由此丕变。因此，唐、宋边塞诗有很大的不同，其不同风味也是唐音宋调之异在局部的表征。

（三）审美倾向反“崇高”

在北宋边塞诗中，还有一些唐代边塞诗中少见的特别意象，如羸马、老兵等，颇值得注意。如“久戍人将老，长征马不肥”（郭震《塞上》）、“弊车载书史，病马悬囊橐”（王禹偁《酬种放徵君一百韵》）、“屈产遭驽马，丹山困吓鸱”（王禹偁《谪居感事》）、“归来出万死，羸马亦摧藏”（梅尧臣《董著作尝为参谋归话西事》）、“路人但觉骢马瘦，不知铁槊大如椽”（苏轼《郭纶》）、“瘦马识騄耳，枯桐得云和”（苏轼《次韵范淳父送秦少章》）等。这样的孱弱意象出现在北宋边塞诗中，是当时宋王朝边备疲软、军人素质低下、军用设备落后的一个表现。这样的描写实际上符合历史事实，是边塞诗纪实功能的体现。

沉雄的风格特征无疑是边塞诗歌艺术张力的突出体现之一[①]。但边塞诗发展到北宋的确发生了明显的变化。一些张扬在盛唐边塞诗中的气质不见了，一些新的意象出现。边塞诗曾经以崇高雄壮为“唯一”的审美风格，经过北宋边塞作家的一番改造、开拓，出现了新的面目——不同于唐的“别样的”面目。北宋边塞诗实为边塞诗之一“变体”与“亚类”。

第二节　破与立：边塞题材之于北宋词

一、前路的摸索：北宋词的起步

词被后世称为有宋“一代之文学”，但词至宋初却遭遇颇为“萧条”的开局。若以增订本《全宋词》为本考察，从宋朝建国（960 年）至仁宗朝前期（1030 年前后）的约七十年间仅有 38 首词流传后世。无怪乎苏轼在《六一居士集叙》中说“宋兴七十余年……斯文终有愧于古”，而王灼所谓“国初平一宇内，法度礼乐，浸复全盛。而士大夫乐章顿衰于前日”（《碧鸡漫志》），与“长短句独精巧高丽，后世莫及”（《直斋书录解题》卷二十一《花间集》）的晚唐五代比确实相形见绌。这一现象该如何认识？

（一）鄙弃与需求：宋初政治环境与对词的矛盾态度

词的产生、发展都与音乐有密切的关系。但宋初人们对于音乐的较真反而影响了词的发展。一方面，宋初从君主到保守的文

① 高峰：《中国古代军旅诗歌的尚武精神》，《江苏社会科学》2023 年第 1 期。

人士大夫，从音乐“品质”的高下和政治功能上利弊对词进行武断评价，形成了不利于词发展的显性与隐性的影响因素。词是“音乐文学”，因此评判很容易会与音乐联系在一起。《礼记 · 乐记》所言“治世之音安以乐，其政和；乱世之音怨以怒，其政乖；亡国之音哀以思，其民困”，认为“声音之道与政通”的观点对后世影响深远。这种认识将音乐按“品格”分为三类，并提出不同音乐与政治的对应关系。而文人词从产生到宋初恰恰大致经历三个最主要阶段，表现为三种不同面貌样式，即中唐文人风景风俗词、五代花间词和南唐词。若将这三阶段与“乐”的三种不同类型机械对应的话，则很容易得出这样的结论：以表现女子艳情闺怨为主要对象的花间词堪称“乱世之音”①；渗透了浓重感慨、忧患感和哀伤情调的南唐词则是“亡国之音”；那么唯有以张志和、白居易、刘禹锡等人为代表的中唐文人词可称“治世之音”。史载，宋太祖对于西蜀、南唐国君耽于词曲而亡国有明确判断，他认为“孟昶君臣溺于声乐，炯至宰相，尚习此伎，故为我擒”（《续资治通鉴长编》卷六），即西蜀花间词乃是如宫体诗一般的“靡靡之音”，当然应鄙弃。而针对“南唐后主围城中作长短句，未就而城破”的情况，太祖也不客气地说：“李煜若以作诗工夫治国事，岂为吾虏也。”（蔡絛《西清诗话》）这种“贴标签”式的认识是武断和片

---

① 自《礼记 · 乐记》《史记 · 乐书》等开始，后世一般把“郑卫之音”代表的淫靡风格乐曲看作“乱世之音”。花间词的末流接近于“郑卫之音”，而其产生的时代——晚唐五代确系“乱世”（如杨海明《唐宋词与人生》云“在那晚唐五代的乱世，花间词人却只管在水精帘或绣罗幕内做他们的绮梦或重温其旧梦”，参见《杨海明词学文集》第 4 卷，江苏大学出版社 2020 年版，第 22 页；同时代的南唐词也堪称“乱世中的优雅”，参见高峰：《乱世中的优雅：南唐文学研究》，人民出版社 2013 年版）。花间词的“乱世之音”属性，也是一种“治乱所形成的时代风格”（参见周振甫：《风格例话》，中国青年出版社 2022 年版）。

面的，但反映了作为胜利者的宋王朝统治者的观念。宋初是由战乱逐渐走向和平的时期。乱世之中，士人往往纸醉金迷，词作为享乐生活的重要的催化剂，是被“畸形”重视的——以其作为娱乐工具，根本态度可谓玩弄。这一时期对于文化并没有多少控制，曲子词也便“如野草一般自由而杂乱地生长”，因此五代十国时期还几乎形成了西蜀、南唐和吴越三个词坛中心。但随着赵宋立国并逐步统一，各割据势力相继国灭主易，“治世”有望，对于文化的控制便被重视起来。曲子词这种花间席上的“小道”自然被否定和鄙弃。

另一方面，沿袭陈见却造成了宋初统治者对曲子词矛盾的态度。词向来地位低下，出于文学艺术教化功用的考虑，统治者在政策上打击曲子词而崇尚儒家节操，这在表面上看是理性判断、“理智”的表现，其实很大程度上也只是局部的、感性的体认。因为从皇帝到不同层次官僚士大夫的整个统治集团自身都摆脱不了对词的不自觉喜爱。史载，太祖尝辟花间词人欧阳炯为翰林学士，并因闻其“雅喜长笛”而召之，但为御史中丞刘温叟谏乃止。另外，词有一些潜在的“有益”政治用途可为所用。其一即词本身“娱宾遣兴”的功用有助于宋朝廷优待士大夫政策的执行。为改变唐季以来中央集权削弱的格局，引导士子改变“宁为百夫长，胜作一书生”（唐杨炯《从军行》）的观念，宋初统治者确立了具有自身特色的优待文人、鼓励他们享受富贵生活的基本方针。而作为“都市的娱乐性的文学”[①]的曲子词又是重要的佐欢助兴文艺样式。其二，词体有粉饰太平功用之潜在特质。宋人陈世修《阳春集》序言“及乎国

① 袁行霈：《中国文学概论》，《袁行霈文集》第二卷，山东人民出版社 2020 年版，第 224 页。

已宁，家已成，又能不矜不伐，以清商自娱，为之歌诗，以吟咏情性，飘飘乎才思何其清也”，即表达了“国宁”“家成”的“治世”中包括词曲在内的歌诗的功用，是积极的。宋初和岘、苏易简、丁谓等人就小心翼翼地创作了一些词来应制称颂，虽然为数不多，但值得关注。

（二）旧体与新声：宋初时代对于词的期待

词将何去何从？是否“重归花前月下，以艳情为主要创作话题，有其时代的必然性”[①]？恐怕并非如此。因为纵观词的发展，它最终走向了“雅化”的道路，渐渐向着有庙堂之高的诗靠近，诗词有初步融合的趋势。

在宋初特殊的环境下，词的创作主体——前一时代过渡到宋初的老一辈作者即各国降臣中本是词人的（李煜作为特例除外）个个缄口，具有最鲜明特色的五代十国词风销声匿迹。退一步说，即使降国君臣入宋后坚持了词写作，但若继续墨守成规，就仍是五代词的“余波”，不能称宋词的“新声”。

那么怎样的词作品才能算得上宋词新声？“新”的参照物主要是最为邻近的晚唐五代词。宋初的词从自身发展角度，对于晚唐五代词的反动也成为了必然，似之则亡，破之可生。这一时期是词文体中保守因素和激进因素相互较量的过程，原本“主乎淫，谓不淫非词也”（汪莘《方壶诗余自序》），但在这时已开始了一定程度谋求“自尊”的探索之路。也即从文体发展角度，词已经不再满足自身只作为“聊佐清欢”工具的地位了，而期望借助特殊的历史环境，探索一些新的发展，谋求一些独特的身份。事实上，后来人从各种

---

① 陶尔夫、诸葛忆兵：《北宋词史》上册，北方文艺出版社 2019 年版，第 36 页。

角度论词“别是一家”，可谓此期曲子词自身定位“试验”的理论归纳。

（三）休整与探索：宋初词的客观评判

身陷“当局”之中的文人是无法确定自己文化走向的，文学的发展也没有现成的“纲要”，因此很多创作都带有尝试的性质。当时的文坛逐渐掀起了复古之风，想从前人那里寻求借鉴。在诗坛有所谓宋初“三体”，这即是一种“试验”。表现在词中，试验的情况也在所难免。而蓦然回首，宋初词可用的“资源”大概主要有两方面：一是从已有的前代作品中的提炼可取因子，在备选项中唯有中唐词未被否定。二是回到民间这个巨大的文艺资源库中汲取营养。而两种倾向叠加，白居易、刘禹锡等中唐文人的风俗风景词渐渐进入了宋初词人视野中。若以文学作品来描绘美景，吟咏大好山河，不明显表现一些政治诉求（如宋室南渡后的一些词中描绘大好江山的目的常常是借以引出“恢复”主题），则潜在的艺术效果就是表现江山如画，而国泰民安。这实是统治者喜闻乐见的。因此，潘阆的一组词也取得了一定意义上的成功，堪称一时之最。

宋初词人在题材、风格的选取顺应了当时时代对于文学的期待，其实践是特定时代背景下的被动接受。这一时期的沉静是必要的，此时是在为即将到来的“质变”积累“量变”的因素。词这种原来主要流行在上层士人那里的文学样式“跌落”至民间。从客观上，这一方面使词失却了来自帝王贵胄的关注，使得其生存环境变得艰难。但另一面却也给了其走向民间，并从中汲取营养的机会。这主要表现在题材扩大化，而风格上一定程度地偏离了绮丽艳冶。或者说，词在被迁到北方因环境的巨大变化而荒芜的同时，也进行了一种类似“宫体诗的自赎”的“休整”和重新规划。而作为创作主体的文人，进行了力所能及的努力尝试，又从前代的范例中找到了契合点。两相配合，加之以两宋之间一直存在的民间词的“潜流”的客观支持，曲子词完成了在宋朝初年的休整与探索。

总之，宋初词坛相对萧条，宋初统治者对词表现出既鄙弃又喜爱的矛盾态度，期待在承袭旧体基础上相对意义新声的出现。曲子词要获得发展，即须寻找不同以往的路径，其方式唯有尝试。客观全面地看，宋初是词的休整与探索时期。边塞词作为宋词中颇为“异类”但有特别价值的一种，是值得专门研究的。

二、可选的参考：唐五代边塞词

边塞题材为词的发展提供了可选的素材。诗歌对战争题材的使用与其产生大略上是同步的，古代诗歌从很早就对于不同民族、国家之间的军事冲突有所反映。《诗经》中的很多作品就有征战戍守内容。后世军旅题材的文学作品更是非常丰富。随着秦汉等大一统国家的形成，在与异族的关系处理中，一般意义上的“边塞”随之形成，征战题材的内容也更多地由边塞诗歌表现出来。词产生以后，边塞题材自然也成为这种新的文学样式的选材之一。这既是合乎情理的，也确实合乎实际。实际上，唐五代的边塞词与边塞诗同步，为边塞题材“落户”词中进行了有益的探索。

“早者产生于初、盛唐之际，晚者至唐末、五代”[①]的敦煌边塞词代表了边塞词的早期状态。这个时期的边塞词不甚复杂，但对于边塞战争、边地景致风物、戍边情怀等边塞文学基本性的内容都有涉及。如《失调名》（大丈夫汉）中“单枪匹马抢排阵，尘飞草动便须去，已后敬家斤”是描绘战争场景，《浣溪沙》中“忽见山头水道烟，鸳鸯擐甲被金鞍。马上弯弓搭箭射，塞门看”是写边地风

① 刘尊明：《敦煌边塞词：唐五代的西部歌谣》，《文艺研究》2005 年第 6 期。

光，《菩萨蛮·敦煌将》中“只恨隔蕃部，情恳难申吐。早晚灭狼蕃，一齐拜圣颜”是抒写报国情怀，《破阵子》的“年少征夫堪恨，从军千里余。为爱功名千里去，携剑弯弓沙碛边，抛人如断弦”是抒发思乡之情，《凤归云·闺怨》中“绿窗独坐，修得为君书。征衣裁缝了，远寄边隅”是表达闺中人对征夫的思念，等等。应该说，早期边塞词有一定数量的创作（40余首），内容上较为丰富，只是表现的深度不够。

敦煌词主要是民间词，相近时代的文人词创作中也有边塞作品。如戴叔伦、韦应物的《调笑令》都是词中名作。韦词云：“胡马，胡马，远放燕支山下。跑沙跑雪独嘶，东望西望路迷。迷路，迷路，边草无穷日暮”，目光追随着活动的骏马来浏览广阔的边塞草原，并以马的“迷路”状态来隐晦地发表议论，反映边塞生活。而戴词云：“边草，边草，边草尽来兵老。山南山北雪晴。千里万里月明。明月，明月，胡笳一声愁绝”，较之韦词在抒写情感上更为明了，“兵老”“愁绝”在草尽、雪晴、月明的环境衬托下将深沉的思乡之情和盘托出。文人边塞词较之敦煌边塞词在表达上多了一些婉曲感，用语也更为讲究。

《花间集》中的边塞词大致有十余首，这在镂玉雕琼、裁花剪叶“用资羽盖之欢”的花间词中显得很特别。如牛峤《定西番》云：“紫塞月明千里，金甲冷，戍楼寒，梦长安。乡思望中天阔，漏残星亦残。画角数声呜咽，雪漫漫。”抒写戍边将士身处边塞的苦寒与思乡，其境阔声切，颇有艺术震撼力。毛文锡《醉花间》云：“休相问，怕相问，相问还添恨。春水满塘生，鸂鶒还相趁。昨夜雨霏霏，临明寒一阵。偏忆戍楼人，久绝边庭信。”则是从闺中思妇的角度表达对于远在边庭的丈夫既怨恼又思念的情感，正是王昌龄《闺怨》中“悔教夫婿觅封侯”在词中的相似表达。就连被称“花间鼻祖”的温庭筠都有边塞作品，如其《蕃女怨》：“碛南沙上惊雁起，飞雪千里。玉连环，金镞箭，年年征战。画楼离恨锦屏空，杏花红。”本词从塞上和家中两地进行表现，既写征夫和闺妇双向的情感，又写出了“女怨”的直接原因是“年年征战”。战争是造成“画楼离恨”的罪魁祸首，而世间绝非只有这一对思夫怨女，这个小家只是一个缩影，词作反映的是当时战火连绵，广大民众长期饱受摧残的状况。文学是表现现实人生的，即使花间词注目于花间月下，也非不食人间烟火。《花间集》的作者们生活在战乱的时代，其作品也必然对于当时的边塞有所反映。可以这么认为，边塞题材等异乎“主流”的“调和”元素，使得花间词更能全面地反映当时时代与社会状况，也增加了花间词的价值。

同时代的《尊前集》中也收录了边塞词，边塞与地方风物甚至被认为是其主题之一[①]，如前文所引的韦应物《调笑令》即收入其中。又如主要作品被收入《花间集》的皇甫松，有一首《怨回纥》被收在《尊前集》中，词云：“白首南朝女，愁听异域歌。收兵颉利国，饮马胡卢河。毳布腥膻久，穹庐岁月多。雕窠城上宿，吹笛泪滂沱。”这首词中的主人公是一名被胡人掳去北地的汉族女子。她被迫离开家乡，多年以来食胡食、宿胡帐，垂老于异域，但难忘故国桑梓地。这位蔡文姬式的女子所经历的生活，在当时应该并非孤例。词作的书写正是当时社会现象的记录，有重要的价值。

唐代是边塞诗繁盛的时代，盛唐边塞诗又堪为唐诗的代表。唐五代的边塞词与之大略同时，又均是取材边疆战和与民族关系等，表现上却相形见绌。其中的原因是多方面的，但这与词文学整体的

① 阮珮铭：《〈尊前集〉研究》，台湾“中央大学”2008年硕士学位论文，第117页。

发展、成熟程度关系密切。莫说边塞词，这一时期的曲子词文学仍是成就有限的。但从整个边塞词发展的历程看，唐五代边塞词在主题内容、表现方式等很多方面都取得了不可忽视的成就，为这一类型的文学在后来的发展作出了有益的探索。因有了此时期对于边塞题材在词文体中进行表现的尝试，才有后来宋代边塞词的繁荣。

三、题材的助力：边塞对词的“改造”

词原本以优美为主导审美风格，但一味优美化只能沿着花间之风越走越远，终难免失之纤弱。在词中引入边塞题材，即引入崇高风格的因子，对纤弱之病进行改造，由此词文学的艺术表现力获得突破和提升。艺术表现力指在艺术作品中所表现出的感染力，是艺术作品水准的重要评价标准，在绘画、摄影等艺术的理论批评中使用较多。通过对作品抒情议论功能和叙述描写功能的分析，可见北宋边塞词的艺术体现了词逐渐走向成熟的过程。

（一）抒情议论真实感增强，虚拟代言性减弱

若将唐宋词从抒情角度归为三种不同的类型——花间范式、东坡范式和清真范式，则三者的主要区别在词作对于词人主体意识的抒写程度。如东坡范式的主要特征是“着重表现主体意识，塑造自我形象，表达自我独特的人生体验，抒发自我的人生理想和追求”①。

边塞词的发展颇能体现唐宋词范式的演进。唐五代边塞词抒情上“代言”的特点明显，大量闺中思妇形象在词中存在就是说明。加之当时大部分的词人缺乏亲身游历边地的实践体验，因此大多只

① 王兆鹏：《宋南渡词人群体研究》，凤凰出版社 2009 年版，第 147 页。

能如“辽塞音书绝”（顾敻《遐方怨》）、“梦断辽阳音信”（毛文锡《何满子》）这般通过书信来了解边塞的情况。毛文锡《甘州遍》云：“秋风紧，平碛雁行低，阵云齐。萧萧飒飒，边声四起，愁闻戍角与征鼙。青冢北，黑山西。沙飞聚散无定，往往路人迷。铁衣冷，战马血沾蹄。破蕃奚，凤皇诏下，步步蹑丹梯。”咏写边塞军旅生活，写景议论都朴实而生动，足开宋代边塞词先河，但却纯乎出于词人的想象和拟写。

宋初边塞词“拟”的特点仍很明显。如寇准《阳关引》（塞草烟光阔）既题为“阳关引”，则明确了对唐王维《送元二使安西》即《阳关曲》的隐括，词中“渭水”“春朝雨”“轻尘”“青青杨柳”“更尽一杯酒”“念故人”等语词就是明确的体现，词意上“仿制”的特点鲜明。寇准有丰富边地生活经历，他不仅曾是真宗年间对辽作战时主持事务的名相，一生还曾在同州、凤翔、陕州、大名、永兴军等边郡任职，但作边塞词犹如此，更不用说那些无实际经历的词人了。这种情况体现了边塞词中抒情性内容仍是“代言”主导。

而随着词的发展，边塞词中抒写自我化的情感的成分多起来。著名的范仲淹《渔家傲》是宋代边塞词发展中具有“异军突起”效果的作品。词作写出了一位边帅纠结于慷慨报国与缠绵念家的独特心情，这是没有亲身体会、单靠想象来进行守边情感假设的词人难以写出来的。从范式的演进上看，可以说范词已“前卫”地越过很多词人，跨到了东坡范式。但尽管范仲淹的这首著名的边塞词颇有“超越时代”之感，但并非偶然。范词的创作有深刻的现实基础。经略边疆的亲身经历是范词产生的内因，具有个性化。而同期的其他文学创作也产生了影响，是为外因。范仲淹《渔家傲》组词的创作受到了范氏出知延州的“前任”长官——“大范老子”范雍边塞诗的影响[①]。这说明了书写对于边塞生活的真情实感、实现“东坡化”的抒情表达对于当时的诗词创作主体已是常事，只是大部分人付诸诗罢了。范仲淹在词中写出融有家国和个人情感的复杂情感，是他对宋词的巨大贡献。

到了北宋中期，边塞词中如蔡挺《喜迁莺》中所抒的“尽道君恩难报”“岁月向晚愁思，谁念玉关人老”之情感，是基于他数年知任庆州、渭州等边疆州郡的体验，基本接近表现主体意识、抒发自我情感的要求。至于苏轼，词中的东坡范式定型，边塞词的面貌较之宋初已然不同。

抒情主体从花间范式的“幕后”走到东坡范式的“台前”，情感抒发上就有更好的效果。如用于送别，试比较下面两词与前引寇准词：

帐离阕。淮南三度梅花发。梅花发。片帆西去，落英如雪。新秦古塞人华发。一樽别酒君听说。君听说。胡笳征雁，陇云沙月。——吴则礼《忆秦娥》

尧天雨露承新诏。珂马风生趋急召。玉符曾将虎牙军，金殿还升龙尾道。征西镇北功成早。仗钺登坛今未老。樽前休更说燕然，且听阳关三叠了。——王安中《木兰花》

其中，吴词标明“送别”，王词下题“送耿太尉赴阙”，都说明这与寇词是一种类型。吴则礼词因为点明了“淮南”地点，并通过合理的艺术想象，描绘环境，以此烘托气氛，再举杯送别，真挚感人。王词将“阳关三叠”作为一种象征，与“燕然勒功”进行对比，隐含了词人这样的“潜台词”——作为好友，我对你依依不舍的感觉

① 王兆鹏、肖鹏：《范仲淹边塞词的现场勘查与词意新释》，《文艺研究》2017年第2期。

此刻已超过了希望你能建功立业的情感。这样一来，表达上就更为动人。

词中议论性的内容通常占有很大比重，如表达对战争的厌恨、对朝廷边疆政策的批评等。边塞词中的议论，常与抒情融合在一起。如刘潜《水调歌头》（落日塞垣路）中“堂有经纶贤相，边有纵横谋将，不作翠蛾羞。戎虏和乐也，圣主永无忧”。借古讽今，既表达对贤相谋将的渴求，又表现对于和平的盼望之情。

（二）叙述内容增加，描写功能得到增强

叙述内容在边塞诗歌中占有重要一席。如《木兰辞》中有很大篇幅对出征前的准备等内容的叙述，甚至还使用了排比手法。具体到词中，叙述性内容的多少与词的体式关系密切。唐五代的词多是小令，篇幅很短，内容上也多侧重描写和抒情，直接叙事的少。但随着宋词在柳永等人手中的开拓，长调慢词兴起，篇幅长了，叙述性内容也增加了。如刘潜《水调歌头》（落日塞垣路）上片：“落日塞垣路，风劲戛貂裘。翩翩数骑闲猎，深入黑山头。极目平沙千里，惟见雕弓白羽，铁面骇骅骝。隐隐望青冢，特地起闲愁。”其中叙述夹杂在描写中铺展开，作者以第三人称全知视角写“翩翩数骑”行猎至于黑山头，表现其见闻感受。

词中题序的使用越来越多，也增强了词作叙述功能。很多边塞词是送别词，如张先《定风波令》（浴殿词臣亦议兵）的词牌下为“次子瞻韵送元素内翰”，黄庭坚《采桑子》（荔枝滩上留千骑）词牌下为“送彭道微使君移知永康军”，皆是此类。沈唐《望海潮》（山光凝翠）注有“上太原知府王君贶尚书”，时彦《青门饮》（胡马嘶风）词题是“寄宠人”，晁补之《满江红》（华鬓春风）则系“次韵吊汶阳李诚之待制”所作。南渡后，叶梦得《水调歌头》（霜降碧天静）有序云：“九月望日，与客习射西园，余偶病不能射。客较胜相先。

将领岳德，弓强二石五斗，连发三中的，观者尽惊。因作此词示坐客。前一夕大风，是日始寒。”因有了这则小序说明，词中对于霜、夜的描写皆有了事情发生时与地的功用，作品的叙事功能更强了。词序的设置极大地增强了词的叙述功能。

描写与叙述融于一体，随着词中叙述内容的加大，表现能力也增强了。王安中的两首边塞词就具有很强的记录实事的特点，如其《菩萨蛮》云：“中军玉帐旌旗绕。吴钩锦带明霜晓。铁马去追风。弓声惊塞鸿。分兵闲细柳。金字回飞奏。犒饮上恩浓。燕然思勒功。”词中描述的，正是词序所说的“六军阅罢，犒饮兵将官”的情景，描写也颇为精到。

而叙述功能的加强也有助于抒情。北宋王安中词即为一例。又如南宋辛弃疾曾作题序为“有客慨然谈功名，因追忆少年时事，戏作”的《鹧鸪天》，其上片云：“壮岁旌旗拥万夫，锦襜突骑渡江初。燕兵夜娖银胡𩨚，汉箭朝飞金仆姑。”词作通过对词人当时率兵突击敌军情形的细致描绘，叙述了高宗绍兴三十二年（1162年）义军自北南下投奔朝廷的事迹。因为词人亲身经历了这样惊心动魄的过程，词的叙述就简洁而精要，通过“银胡𩨚”“金仆姑”写出了冷兵器时代弓箭的优势作用。词作的叙述有力地推助了下片的抒情。

总之，北宋边塞词在不断发展中，逐渐形成了自己的风格，超越了唐五代边塞词虚拟性很强的模式，取得了应有的成绩，对于边塞词在南渡后大放异彩作了积极的准备。边塞题材对于词文体的“破与立”具有“催化剂”的作用。

四、成功的尝试：范仲淹《渔家傲》（塞下秋来风景异）

若推选北宋边塞词最为著名的作品，当首选范仲淹《渔家傲》。范仲淹镇守边疆战功卓著，但这位“真元帅”的《渔家傲》却被评为“穷塞主之词”，这与其中抒发的情感偏于阴柔风格有关。范仲淹不愿以文易武，与宋代文人政治背景息息相关。而出入文武的特殊人生经历，造成了其情感的复杂性。

（一）“穷塞主之词”

对于这首词，宋代魏泰《东轩笔录》录其本事：“范文正公守边日，作《渔家傲》乐歌数阕，皆以‘塞下秋来’为首句，颇述边镇之劳苦。欧阳公尝呼为‘穷塞主之词’。及王尚书素出守平凉，文忠亦作《渔家傲》一词送之，其断章曰：‘战胜归来飞捷奏。倾贺酒，御街遥献南山寿。’顾谓王曰：‘此真元帅之事也。’”[①]这就是著名的“穷塞主之词”说。

事实上，范仲淹作为朝廷任命坐镇西北的帅臣，抵御外敌是卓有成效的，西夏人敬畏他“腹中有数万甲兵”。他自宋仁宗康定元年（1040年）三月以天章阁待制出知永兴军始，后为陕西经略安抚副使、经略安抚招讨使等，战功卓著，威震敌军，时人传言“军中有一范，西贼闻之惊破胆”[②]。他的作为得到了朝廷的认可及赞扬，并因之而擢枢密副使、拜参知政事。因此范仲淹非但不是“穷塞主”，而恰是“真元帅”。

那么现实中的“真元帅”何以写出了“穷塞主”的词？这是词中抒发的情感造成的。远戍边疆，故园万里归不得，借酒浇愁并诉诸诗词，人之常情，词中“家万里”“归无计”即明确表明该词抒发了深切的思乡之情。但这种感情的流露却与特定情况下的客观需求存在某种程度的“违和感”。

一方面，伤感忧郁的抒情和悲观内敛的情绪，在实际功用上可

① 魏泰著，李裕民点校：《东轩笔录》卷十一，中华书局1983年版。

② 朱熹：《五朝名臣言行录》卷七，上海书店出版社1989年版。

能会对士气产生消极影响。因为将士镇守边关是军事行动，需要张扬和强调的是爱国热情和报国壮志。但本词情感的落脚点却专注于“家”，而非“国”。因“燕然未勒”故“归无计”，表现爱国报国的“勒石燕然”甚至成了归家的障碍，这与强调勇于牺牲、忘却小我的主导思想是大相径庭的。所谓“男儿有泪不轻弹”，更何况胸有甲兵万千的边疆将帅！而且，思乡情绪若超出合理的尺度，蔓延于军队之中则容易产生“四面楚歌”的效果，这势必会影响士气。明代瞿佑指出本词“句语虽工，而意殊衰飒，以总帅而所言若此，宜乎士气之不振，所以卒无成功也”①，并认为这是欧阳修称之为“穷塞主”的原因，是有见识的。词中渗透的悲观内敛情绪，也确乎与“战胜归来飞捷奏”的乐观自信迥异。

另一方面，词作（尤其是下片）呈现出偏于阴柔的审美格调，与“边塞雄风”有悖。塞上粗犷峥嵘的环境形成了边塞文学特有的品质，如钟嵘《诗品》序中所言“负戈外戍，杀气雄边”，是雄浑豪壮的。而这首《渔家傲》却倾吐无奈，抒发悲苦，表现夜不能寐、愁肠百转，柔弱和缺乏信心的意思很明显。全词以“泪”收尾更使审美上柔性特征鲜明化。这属于审美范畴中的“优美”，与边塞文学通常呈现的“崇高”是迥异的。因为偏离了边塞题材通常表现出来的面貌，该词在一定程度上显出了困蹇窘迫的面貌——这亦是“穷塞主”之论的评判理由。

那么，如此豪词中渗透伤感的微妙情感是如何产生的？这要考察作者的人生经历及其心路历程，并紧密联系时代背景进行分析。

（二）“真元帅”之心

从个人主观思想上看，范仲淹有向专任儒臣回归的愿望，这并

---

① 丁福保辑：《历代诗话续编》，中华书局 1983 年版，第 1251 页。

未因其立功边疆而改变。范仲淹是通过科举考试进入仕途的，从出身上看是典型的文臣。他深受儒家思想影响，主张“弦歌始能治”(《上汉谣》)、“以理定区中，文经天下”(《铸剑戟为农器赋》)，认为“儒者报国，以言为先”(《让观察使第一表》)，并非诉诸武力。他在《用天下心为心赋》《尧舜帅天下以仁赋》《政治在顺民心赋》等作品中都对这种思想有所阐述。他入仕后积极参政议政，并几次不惜被贬而直言进谏，这其实是秉承了“文死谏”的传统。然而时势弄人，范仲淹没有在文臣的职位上实现政治理想，却在边疆危急时被任命为经略西北的将帅。客观条件造成了他报效朝廷的方式变为“武死战”，这与范仲淹的初衷是南辕北辙的。《渔家傲》词中“归无计”之“归”，实非单纯意义上的回家乡，也暗含了重回朝廷，同时回归他文臣“岗位”的意思。范仲淹思想中的念家与爱国情怀统一于以文臣报国的理想途径上。

范仲淹这一思想倾向的形成，是由宋朝文人政治的特色体制造成的。“崇文抑武”“以文驭武”格局在宋初形成，文人士大夫待遇优厚、受到重用，而武官却一直备受猜忌防范，故北宋有狄青，南渡后有宗泽、岳飞等，虽战功赫赫却均以悲剧收场。文武有别，以文易武者往往仕途坎坷，如柳开主动换武而仕途坎坷；张亢几度变换文武身份故终不得志。文尊武卑，轻视武官在当时非常普遍。仁宗初年李维以文阶易武职，受到文官嘲讽抨击；真宗朝陈尧咨因射术非凡被朝廷改为武职，即使许以节度使的隆高头衔，其母竟也以“不务行仁化而专一夫之伎”为由杖之并“碎其金鱼”①。这正是范仲淹不愿改任武阶、坚持文臣身份的客观原因。

---

① 王辟之：《渑水燕谈录》卷九，中华书局 1985 年版，丛书集成初编本。

推敲《渔家傲》词中的情感，更要仔细考察范仲淹的个人际遇。专任文臣时范仲淹因“死谏”而屡遭贬黜；身为边帅时他唯“死战”报效，本已远离朝中斗争，却也遭遇了凶险的政治处境。庆历元年（1041 年）范仲淹焚毁了夏主元昊送来的有辱宋廷的书信，此事遭到朝臣弹劾：“大臣以为不当辄通书，又不当辄焚之，宋庠请斩仲淹”（《宋史》卷三百一十四）。将在外，“君命有所不受”是常识，镇守边关的将帅本有便宜行事的权力。但军权极可能转化成为君权的威胁，因此对于臣子来说也成了双刃剑，助其建功的同时也带来了风险。赵宋王朝自来有不杀文士的传统，但对手掌兵权者却缺乏信任。范仲淹作为文臣几次直言顶撞皇帝、太后和宰相，都只是被贬出京；但当其镇守边疆，手握兵权时，竟出现了上述的危机。范仲淹深谙个中道理，因此他一面不愿意从武，一面又不得不如履薄冰地尽职尽责做好一名边帅。范仲淹“以儒者奉武事”的个人际遇及其心境，正是形成他词中豪迈又夹杂柔弱的风格的内因。

综合看来，范仲淹、欧阳修二人对于边塞词的不同认识应归因于他们不同的人生经历。沈际飞在评论时指出《渔家傲》词类比地以例说明：“昔宋儒有自翰林左迁，至任谒当辖，退而叹曰：‘今日廷参，始觉身是县令。’盖不左迁，不知县令之苦。”① 人生经历影响了作品表达的情感。欧阳修也偶写边塞诗词，但他没有驻守边关的经历，最多只是作为使臣过境边塞，故终究无法理解一位镇守边疆的文臣在特殊军事体制下，苦心孤诣抵御外敌、维系国家安全的心情，也难以感受到范氏那样交织着个人理想与现实矛盾的复杂感情。刘永济指出二者写作动机的差异：“范词乃自抒己情，欧词乃

① 张璋等编纂：《历代词话》，大象出版社 2002 年版，第 524 页。

送人出征，用意自然不同也。”[①]人是“真元帅”无疑，而词有“穷塞主”的意味，正是这首《渔家傲》词的独特之处。

（三）品佳作之“用”

范仲淹《渔家傲》词作为典型个案，对于北宋边塞词研究具有见微知著的作用和价值。一是由典型选题扩展到类型研究。该词是宋代边塞词的代表作之一，其中表现的作者深受时代政治体制影响，纠结于文臣、武将身份之间的矛盾心情，是很有代表性的。唐代士人“宁为百夫长，胜作一书生”（杨炯《从军行》），讲求“丈夫三十未富贵，安能终日守笔砚”（岑参《银山碛西馆》），表现在边塞诗歌中多是寻求从武而建功立业的豪情壮志。至于宋代，世殊时异，“勒石燕然”退化成为保境安民的“防守型”要求；士风丕变，边塞诗歌中则多是“功名早晚就，裴度亦书生”（范仲淹《依韵答梁坚运判见寄》）这样文人本位立场的话语。宋代诗词，即使是边塞题材，也少有“功名只向马上取，真是英雄一丈夫”（岑参）的气魄。在对比中深入认识边塞诗歌在唐、宋时代的不同面貌，由此也可对“唐音宋调”（即唐宋文学的差异）有更全面深入的认识，正是本题的扩展性意义。

二是研究中文本精读与背景分析结合方法的必要。文学研究中，文史互证、“知人论世”的方法是值得重申的。缺乏对于相关的背景性内容的深刻发掘，就无法准确理解文学作品的内在意蕴。探究这首《渔家傲》词，因为注意到了作者范仲淹徘徊于文武之间的个人境遇，又进一步深挖其背后的时代原因，就更有助于一层层剥离表面、深入其实质。

---

① 刘永济：《唐五代两宋词简析　微睇室说词》，中华书局2010年版，第43页。

五、可期的前景：北宋之后边塞词的发展

北宋边塞词的探索取得了成功，为边塞词的发展奠定了基础。

第一，南宋边塞词取得了辉煌成就，成为边塞词的典范。以崇尚文事、文化繁盛著称的“天水一朝”，随着靖康年间女真铁骑的肆虐，终于在文学上被迫改变了基本的格调。具体到边塞词，则由范仲淹式的“燕然未勒归无计”而成为岳飞式的“待从头、收拾旧山河，朝天阙”，也不再是欧阳修式的“倾贺酒，御街遥献南山寿”，而是辛弃疾一般的“待他年整顿乾坤事了，为先生寿”。南宋边塞词的成就不必多论，只一位辛弃疾就是词史上一流的大家。

第二，元代也有边塞词的创作，不应忽视。元朝享国时短，统治阶级对文学缺乏重视，疆域辽阔更甚盛唐而其间变动很大。种种原因都造成了元代无论词的创作还是边塞文学的创作，都与之前的宋、之后的明清无法比拟。因此历来研究边塞词者对元代论述极少，这恐怕也是不妥当的。元代边塞诗取得了一定成就并已受到关注①，元代边塞词也非一无可取。元诗中的名家如萨都剌也有词的创作，如《卜算子·泊吴江夜见孤雁》云：“明月丽长空，水净秋宵永。悄无乌鹊向南飞，但见孤鸿影。自离边塞路，偏耐江波静。西风鸣宿梦魂单，霜落蒹葭冷。”此词写边塞景致颇有清丽之感。另如无名氏《添声杨柳枝》：“已谢芳华更不留。几经秋。故宫台榭只荒邱。忍回头。塞外风霜家万里，望中愁。楚魂湘血恨悠悠。此生休。”本词却是寄怀古之情于边塞地，悲壮动人。

① 如有郭小转：《多元文化背景中元代边塞诗的发展》，中央民族大学 2012 年博士学位论文。

其他的，如王恽《木兰花慢·赋红梨花》“塞上胭脂夜紫，雪边蝴蝶朝寒”、刘秉忠《忆秦娥》“斜阳暮。西风落叶关山路。关山路。归鸿巢燕，笑人来去”之类写边塞内容的词句，也颇有可取之处。

第三，明清边塞词取得了一定成就，有一定承、启作用。明代的边塞词一直以来被认为乏善可陈。但至少注意到这样几点：一是作为承接宋代而来的较为统一的汉族王朝，明朝也面临着颇为严重的外患，也即有边塞诗词创作的时代刺激因素。二是岳飞《满江红》（怒发冲冠）词多种重要文献出自明代，祝颢、孙承宗、卢象昇等对于范仲淹《渔家傲》（塞下秋来风景异）词的追和，都说明明人对于边塞词的高度热情。由此可见，明代边塞词的成就或许值得重新认识。而清代边塞词获得“复兴”式的发展。

前人论词有云：“词有婉约，有豪放，二者不可偏废，在施之各当耳。房中之奏，出以豪放，则情致绝少缠绵。塞下之曲，行以婉约，则气象何能恢拓。”[①] 豪放、婉约各有所长，关键在“施之各当”。从这种意义上，边塞题材自身的“恢拓”属性对于偏于婉弱的曲子词是一种气质上的救济和改造。因有边塞之材，词的发展开拓出向上一路。甚至于边塞诗中，不仅有慷慨雄壮的军士粗犷，其内容中也有闺中怨妇的婉转，以及《渭城曲》一般的优美。这是诗歌广泛反映社会生活的体现。

与边塞诗的发展需要跨越盛唐这座“大山”不同，边塞词没有前代的“优质样板”作参照，同时也没有一种既定的规范加以约束。北宋边塞作家的努力，为边塞诗家族贡献了新成员，同时也为词文学在宋代开拓出新路提供了营养。

① 沈祥龙：《论词随笔》，《词话丛编》，中华书局 1986 年版，第 4049 页。

第三节　得与失：古典文学中的北宋边塞诗词

北宋边塞诗与边塞词因创作实绩而占据了古典文学中的一席之地。“经典化”是对经典作品的筛选和建构过程，其筛选标准也会随着社会和时代风气的变化而变化，“文学经典”是“在文化时空流转中逐渐积淀而成的典范作品，不仅作为一种具有感召力的审美形式，同时作为一种最高的审美等级，影响着不同文化传统的审美记忆和精神基因的形成。”①而从经典化的视角来审视，北宋边塞诗词主要对后世文学、文化有哪些贡献？这是一个很有文学史意义的论题。

一、总览两宋与合论诗词

尽管北宋与南宋有很大的不同，但两宋前后相继，有相同的文化传统，一脉相承。要明晰北宋边塞诗词的价值，首先应该置之于两宋的整体中进行分析。进行两宋边塞诗词的整体性研究，具有重要的学术价值。

一是研究对象有价值。宋代边塞诗词数量大，质量高，有特色。其一，初步文献考察即见仅北宋就有百名以上作家，创作了逾 1200 首作品，南宋则更多。其二，不乏名作如范仲淹《渔家傲》（塞下秋来风景异）；不乏大家，如陆游、辛弃疾；也不乏整体创作水平有限但边塞诗成就突出者，如洪皓。其三，由宋型文化影响下的文人含蓄敛静心态在边塞题材创作中尤为凸显，宋代边塞作品呈现出与唐代既大异其趣又有共通之处的鲜明特色，从

---

① 蒋述卓、李石：《新中国精神与文学经典的生成》，《中国社会科学》2021 年第 2 期。

文、史两方面及在整个宋代文学、边塞文学中都有不可替代的研究价值。

二是研究内容有意义。宏观把握着眼于与盛唐边塞诗词不同的文学现象，进行跨越式对比研究，考察宋代边塞诗词在国家边防、民族关系、文化建设、士人需求、理想架构等多领域的形成机制，梳理边塞文学演进脉络，归纳创作模式、审美范式等文学规律，是对宋代文学和边塞文学以典型带动整体的研究。微观研究以代表作家个案为切入，发掘两类创作主体，在比较中探究模式和规律。

三是研究视角较新颖。既充分以其他时代（主要是盛唐）边塞诗（及其主导风尚）为参照对比，又谨守宋代边塞诗词为“阵地”的本体研究，避免陷入“孰优孰劣”的片面探讨，进行总体认识，客观评价得失。主体研究打通诗、词，又兼顾文体特征，总分结合。

四是研究方法寻创新。除了传统的文本考索外，尤其强调实地考察①，以地理现实（及其过去状态）为重要参考，深入发掘与作品相关的景致、情感、观点、风味的表现，总结其特色。基于文献考索，可以大致厘清整个宋代边塞诗词发展的主脉：创作主体有七“主将”、六“梯队”构成的群体，有范仲淹、梅尧臣、苏轼、洪皓、陆游、辛弃疾、刘克庄七位典型作家。在相对独立的单元中，兼以对比，可见边帅重臣、翰苑文臣、奉节使臣、边地游士、纯粹文士、江湖文士等不同类型作家的特色。宏观考察之，可以进一步辨

---

① 按：笔者进行了相关的实地考察，如针对苏轼边塞词代表作——“密州出猎词”的创作，多次赴山东诸城等地实地考察，并围绕考察调研情况，编制了苏轼文化资源图表，发表了相关研究成果。

明边塞诗词由唐入宋、由北（宋）而南（宋）的整体风貌和演进轨迹。而重点把握政局剧变节点（如唐季五代到北宋建立、宋室南渡前后、南宋末年）上边塞诗词的呈现，以汉唐（尤以盛唐“范式”）为对照，边塞诗风丕变、沉淀及复归的基本走势可以判明。另外，分析宋代边塞诗词反映社会生活的深度与广度。联系宋型文化的特质，通过“穷塞主之词”“以词名家”等重要论题，探索宋代边塞诗词的独特价值。从文学范式角度认识宋代边塞诗（词）“变体”的意义，可以重估其在文学史上的地位。

二、文学类型与美学风格

第一，边塞题材对于宋诗乃至宋代文学有特别的意义。边塞诗是能体现宋诗特色的一个重要代表——宋人以边塞诗与唐人“争胜”，边塞类型成为重要的一个部分。边塞诗通常涉及较为重大的题材，故而容易引起人们的重视。几乎所有重要的北宋诗人、词人都有边塞题材的创作。梅尧臣堪称北宋边塞诗人的代表，他正是宋诗定型历程中的重要作家个体。很多诗人存诗数量很少，而很少的存诗中就有边塞诗。如鲁交存诗 10 首，就有 1 首《经战地》是边塞题材。而被黄麟书《宋代边塞诗钞》收录的苏轼《郭纶》是苏轼第一首诗作，系在其全集中首篇。

第二，北宋边塞诗词是边塞文学家族中的重要一分子。北宋边塞诗、词在整个文学类型发展中呈现出自身的特点，以独特性论堪为一“亚类”。这对于丰富此种文学样式有积极价值。

第三，边塞题材为宋词注入了崇高的审美风格因子，促进了其发展。边塞题材的雄壮风格向以柔美为“本色”的词文体输送了刚健的因子。这种是对于纤弱风格的反动，对于宋词走出一条不同于唐五代的新路有重要的促进作用。边塞题材特有的崇高审美风格救济了词纤弱绮丽，使词文体真正成长起来。从花间边塞词一路发展起来，北宋边塞词的代表和典范——“东坡范式”之于宋词的发展具有重要意义。

第四，北宋边塞诗词中的一些创作手法及其中的佳作对于后世文学也有较大影响。如周煇《清波杂志》卷二中所载的“夏竦何曾耸，韩琦未足奇。满川龙虎辈，犹自说兵机”，使用人名与人物特点的谐音字来表现形象，甚至影响了后世巨著《红楼梦》的创作。《红楼梦》第五回金陵十二钗册子中妙玉的判词：“欲洁何曾洁，云空未必空，可怜金玉质，终陷淖泥中。”这真是“可知后者的文体渊源有自，亦如铜山西崩，洛钟东应也。”① 又如，柳开《塞上》是一首短小精悍的边塞诗，捕取了塞上一个特别的场景，通过先声夺人的一支响箭射向天空引起“三百骑”的惊动，来表现边塞紧张的气氛。小诗短短二十余字，却有“点”有“染”，写作方式上合乎了“一”与“多”对照的结构②，取得了可谓“一箭定千军”的艺术效果。这首《塞上》所写的场景颇为特别，影响了后代的文学创作，如武侠小说家金庸《雪山飞狐》的开头两段在对《塞上》描绘的情景几乎完全照搬。

鸣髇直上一千尺，天静无风声更干。碧眼胡儿三百骑，尽提金勒向云看。——柳开《塞上》

嗖的一声，一支羽箭从东边山坳后射了出来，呜呜声响，划过长空，穿入一头飞雁颈中。大雁带着羽箭在空中打了几个筋斗，落在雪地。西首数十丈外，四骑马踏着皑皑白雪，奔驰

① 吴世昌著，吴令华编：《吴世昌全集》第 9 册第 9 卷《红楼碎墨》，河北教育出版社 2003 年版。

② 参见程千帆：《古典诗歌描写与结构中的一与多》，张伯伟编：《程千帆诗论选集》，山西人民出版社 1990 年版。

正急。马上乘客听得箭声，不约而同的一齐勒马。四匹马都是身高肥膘的良驹，一受羁勒，立时止步。乘者骑术既精，牲口也都久经训练，这一勒马，显得鞍上胯下，相得益彰。四人眼见大雁中箭跌下，心中都喝一声彩，要瞧那发箭的是何等样人物。——金庸《雪山飞狐》

小说的描写可以说就是诗作内容的铺展和演绎。由此可见《塞上》一诗富有的魅力和显著影响力。

三、历史文献与文化交流

曹丕《典论·论文》言，“文章”乃是“经国之大业，不朽之盛事”，边塞诗词当然也可归为“文章”之属。而《左传·成公十三年》所谓“国之大事，在祀与戎”，那么具有记录“戎”事的边塞诗词自然就非“小道”可以比拟了。与山水田园诗词或咏物诗词等类型相比，边塞诗词一个很明显的特点是还有很重要的历史、文化意义。

一是历史文献价值。以边塞之事为切入口，可以通过剖面反映一个时代的政治、军事、经济等各方面状况。北宋边塞诗词中所表现出来的“书生论剑”“纸上谈兵”正是有宋一代崇文抑武、文官主导政治在文学上的反映。而边塞诗词中反复强调的“和为贵”、对外友好国策，正是宋王朝奉行的国家方针，也为后来人借鉴。明太祖朱元璋言：“四方诸夷，皆限山隔海，僻在一隅，得其地不足以供戎，得其民不足以便令。若其不自揣量，来扰我边，则彼为不祥。彼既不为中国患，而我兴兵轻伐，亦不祥也。吾恐后世子孙倚中国富强，贪一时战功，无故兴兵致伤人命，切记不可。但东北与西北边境，互相密迩，累世战争，必选将练兵，时谨备之。”[①]《明太祖实录》卷七十八载有“来则御之，去则勿追，斯为上策。若专务穷兵，吾所不取”的边塞理念，即深受宋代影响。宋代军政制度的模式在对后代产生影响的过程中，边塞题材的诗词的传播功能起了很大作用，功不可没。

二是民族交流意义。有宋一代，文化繁盛，而与邻邦来往时，诗词、对联也成为了重要的交流媒介。譬如叶梦得《避暑录话》载，柳永词“凡有井水饮处即能歌”是由一位西夏“归明官”所述。从中可见，诗词在民族交流之间有重要作用。宋代的士人常拥有官吏和作家双重身份，有很多外交使臣本身就是文学家，前文已有考述。他们很多人都参与到用诗词进行的民族间文化交流之中。如苏轼对于辽、金的影响明显，《渑水燕谈录》载：“张芸叟（张舜民）奉使大辽，宿幽州馆中，有题苏子瞻《老人行》于壁者。闻范阳书肆亦刻子瞻诗数十篇，谓之《大苏小集》。”又如蔡襄作诗《四贤一不肖》以讽刺时政，“契丹使适至，买以归，张于幽州馆”（《宋史》卷三百二十）。而前文所引的“夏竦何曾耸，韩琦未足奇”出于从宋入西夏的张元之手，也可以看出诗词对于民族文化交流之间的突出作用。

三是文化发展意义。第一，北宋边塞诗词作为宋代文学的一分子，对于熔铸形成不同于前代的“宋型文化”作出了贡献。因为边塞题材是唐诗最为突出的“代言”之一，宋代文学要走出新路，必然无法绕过这一选题。宋人以边塞题材为“考题”，作出了不同于唐人的“答案”，也创造了自己的特点。这对宋代文化的形成、发展具有不可或缺的意义。第二，北宋边塞诗词发明了特殊的意象、形象，推广了具有典范意义的题材。如杨家将故事本于史实，但经

① 申时行等修：《明会典》卷九十六，中华书局 1989 年版，万历朝重修本。

过诗词的记述、传播，再经由后世小说戏曲等俗文学的发衍，形成了同一题材世代累加、反复创作的特殊文化现象。第三，北宋乃至宋代边塞诗词中有不少佳作，成为传世名篇为后来人再演绎，推动了文化发展。譬如当代以北宋历史为题材的影视作品中就多有此类作品，如电视剧《清平乐》中范仲淹《渔家傲》（塞下秋来风景异）是重要插曲；寇准《阳关引》（塞草烟光阔）被用为电视剧《大宋宫词》片尾曲；而岳飞《满江红》（怒发冲冠）① 更堪称电影《满江红》之“核心”，为其艺术演绎提供极为生动的内涵“道具”。边塞诗词作为中华优秀传统文化中的重要代表，为文化发展贡献良多。

四、语文教育与文化普及

边塞诗是古典文学中的重要部分，不少经典作品流传至今，既被历来的各种选本收录、阐释，也被广泛选入当下的中小学教科书中，成为语文教育不可或缺的内容。考察教材对于边塞诗词的选用情况，有助于认识语文教学中这一类型作品在整体中的地位和作用。语文课本及其“课程标准”中的“推荐书目”，即中小学语文教材堪称具有重要文化普及意义的独特“选本”（“选目”），对于考察边塞诗词的经典化及文化普及影响力也有特别的价值。

（一）基本设置

教材的选录体现了教学计划的宏观设计。而语文教材又有旧版与新版的不同，体现了教材的与时俱进。

① 《满江红》（怒发冲冠）是否为宋代名将岳飞所作，向来被认为是词史公案。质疑者主要集中在文献来源、词意阐释等方面。但现有的质疑论据尚不能否定这首词是岳飞所作。参见钟振振：《“贺兰山”和“靖康耻”能证伪岳飞〈满江红〉吗》，《光明日报》2023 年 4 月 24 日。

其一，旧版语文课本①选录边塞诗词情况较为复杂，各有侧重。其概况如表 7-1。

表 7-1　旧版初高中语文教材中选录古代边塞诗词情况简表

时段	诗题	作者	时代	体裁	被选次数
初中	《十五从军征》		汉	乐府	1
	《木兰诗》		北朝	民歌	3
	《凉州词》（黄河远上白云间）	王之涣	唐	绝句	1
	《从军行》（青海长云暗雪山）	王昌龄	唐	绝句	1
	《送元二使安西》	王维	唐	绝句	2
	《使至塞上》	王维	唐	律诗	4
	《观猎》	王维	唐	律诗	1
	《白雪歌送武判官归京》	岑参	唐	古体	4
	《走马川行奉送封大夫出师西征》	岑参	唐	古体	1
	《夜上受降城闻笛》	李益	唐	律诗	1
	《雁门太守行》	李贺	唐	古体	3
	《渔家傲》（塞下秋来风景异）	范仲淹	宋	词	3
	《江城子·密州出猎》	苏轼	宋	词	3
	《十一月四日风雨大作》	陆游	宋	绝句	2
	《破阵子·为陈同甫赋壮词以寄之》	辛弃疾	宋	词	3
	《南乡子·登京口北固亭有怀》	辛弃疾	宋	词	1
高中	《饮马长城窟行》		汉	乐府	1
	《白马篇》	曹植	三国	古体	1
	《从军行》	杨炯	唐	律诗	1
	《送魏万之京》	李颀	唐	律诗	1

① 相关教材有多种，使用度相对较广、影响较大的主要有人民教育出版社（人教版）、江苏教育出版社（苏教版）、广东教育出版社（粤教版），另外，语文出版社、山东人民出版社、北京师范大学出版社等各家也颇有代表性。

续表

时段	诗题	作者	时代	体裁	被选次数
高中	《从军行》(烽火城西百尺楼)	王昌龄	唐	绝句	1
	《从军行》(青海长云暗雪山)	王昌龄	唐	绝句	1*
	《观猎》	王维	唐	律诗	1*
	《兵车行》	杜甫	唐	古体	3
	《蓟中作》	高适	唐	古体	1
	《燕歌行》	高适	唐	古体	2
	《走马川行奉送出师西征》	岑参	唐	古体	1*
	《热海行送崔侍御还京》	岑参	唐	古体	1
	《塞下曲》	李益	唐	绝句	1
	《贺新郎》(梦绕神州路)	张元幹	宋	词	1
	《满江红》(怒发冲冠)	岳飞	宋	词	1
	《诉衷情》(当年万里觅封侯)	陆游	宋	词	1
	《书愤》	陆游	宋	律诗	1
	《永遇乐·京口北固亭怀古》	辛弃疾	宋	词	1
	《鹧鸪天》(壮岁旌旗拥万夫)	辛弃疾	宋	词	1

可见，中学语文各种版本的必、选修教材中共选边塞诗 32 首，其中初中 16 首，高中 19 首，王昌龄《从军行》(青海长云暗雪山)、王维《观猎》、岑参《走马川行奉送出师西征》这三首名作在不同版本教材中分别被初中和高中重复选录（以星号标出)。这些作品体裁上，共有古体诗（乐府、民歌、五七言古风及歌行等样式）11 首，近体的律诗绝句 12 首，词 9 首；创作年代上，先唐有 4 首，唐代有 17 首，宋代有 11 首。初中教材中被选最多的是王维《使至塞上》和岑参《白雪歌送武判官归京》，其次为北朝民歌《木兰诗》、李贺《雁门太守行》、范仲淹《渔家傲》(塞下秋来风景异)、苏轼《江城子·密州出猎》、辛弃疾《破阵子·为陈

同甫赋壮词以寄之》；高中教材中被选最多的是杜甫《兵车行》，其次为高适《燕歌行》。

另外，考察专题设置可见，中学语文教材中也专门设置边塞诗的主题板块，较为集中地收录这一类作品。如北师大版八年级上册第五单元的“比较·探究”板块为“边塞诗歌四首”，选了王之涣《凉州词》、王昌龄《从军行》（其四）、王维《使至塞上》、岑参《白雪歌送武判官归京》。粤教版高中选修《唐诗宋词元散曲选读》中设置有“边塞战争诗四首”专题，选王昌龄《从军行》（其一）、高适《蓟中作》、岑参《热海行送崔侍御还京》、李益《塞下曲》，另在“爱国词”专题中，张元幹《贺新郎》（梦绕神州路）、陆游《诉衷情》（当年万里觅封侯）和刘辰翁《柳梢青》（铁马蒙毡）也属边塞词。也有一些小专题，如苏教版高中必修二中“和平的祈祷”专题下的“遭遇战争”部分、“历史的回声”专题下的“千古江山”和“血与火的记录”部分，鲁人版高中第二册第四单元“解读昨日战争”，粤教版高中选修《唐诗宋词元散曲选读》中“咏史诗”专题等，均与边塞诗有关。

其二，新版语文教材①选录边塞诗词经过整合实现了统筹。其概况如表 7-2。

① 新版教材即俗称的“（教育）部编版”或“统编本”。即中华人民共和国教育部制定：《义务教育语文课程标准（2022 年版）》，北京师范大学出版社 2022 年版；中华人民共和国教育部制定：《普通高中语文课程标准（2017 年版 2020 年修订）》，人民教育出版社 2020 年版；人民教育出版社出版的各年级《语文》课本。前两者可简称为“课标”。

表 7-2 新版各阶段语文教材中选录（目）古代边塞诗词情况简表

时段	诗题	作者	时代	体裁	课标
义务教育阶段	《敕勒歌》（敕勒川）		北朝	民歌	课标推荐
	《出塞》（秦时明月汉时关）	王昌龄	唐	民歌	课标推荐
	《凉州词》（葡萄美酒夜光杯）	王翰	唐	绝句	课标推荐
	《塞下曲》（月黑雁飞高）	卢纶	唐	绝句	课标推荐
	《从军行》（青海长云暗雪山）	王昌龄	唐	绝句	
	《秋夜将晓出篱门迎凉有感》（其二）	陆游	宋	绝句	课标推荐
	《凉州词》（黄河远上白云间）	王之涣	唐	绝句	课标推荐
	《送元二使安西》	王维	唐	绝句	课标推荐
	《行军九日思长安故园》	岑参	唐	绝句	
	《夜上受降城闻笛》	李益	唐	律诗	
	《十一月四日风雨大作》	陆游	宋	绝句	
	《木兰诗》（《木兰辞》）		北朝	民歌	课标推荐
	《逢入京使》	岑参	唐	绝句	
	《使至塞上》	王维	唐	律诗	课标推荐
	《雁门太守行》	李贺	唐	古体	课标推荐
	《渔家傲》（塞下秋来风景异）	范仲淹	宋	词	课标推荐
	《江城子·密州出猎》	苏轼	宋	词	课标推荐
	《破阵子·为陈同甫赋壮词以寄之》	辛弃疾	宋	词	课标推荐
	《十五从军征》		汉	乐府	课标推荐
	《白雪歌送武判官归京》	岑参	唐	古体	课标推荐
	《南安军》	文天祥	宋	律诗	
高中	《燕歌行》	高适	唐	古体	课标推荐
	《书愤》	陆游	宋	律诗	课标推荐

总体上看，“课标”推荐的背诵篇目均出自于课本，如义务教育阶段的21首中选7——《敕勒歌》（敕勒川）、《出塞》（秦时明月汉时关）、《凉州词》（葡萄美酒夜光杯）、《塞下曲》（月黑雁飞

高）、《秋夜将晓出篱门迎凉有感》（其二）、《凉州词》（黄河远上白云间）、《送元二使安西》，高中的《燕歌行》《书愤》等，是精中选精，均为边塞名篇。时代布局上，唐代最多，共13首，占总数的一半左右。

（二）选材得失

总体上看，教材对边塞诗的选取是基本合理的。若以分析作品传播度和影响力的《唐诗排行榜》为标准来考察教材中所选17首唐诗，其中有超过10首跻入前百位，王维《送元二使安西》和王之涣《凉州词》（黄河远上白云间）这样的名篇更是高居榜单的第二和第三位，高适《燕歌行》（第二十二）、王维《观猎》（第二十四）也名列前茅①。甄选精华而以佳作名篇来作课文的理念值得赞同，可以说教材在"抓典型"方面是有见地的。

教材的专题安排体现了对边塞诗的重视，对其学术研究价值的肯定。从中可提炼出一些与边塞诗关系密切的名词，如"边塞""战争""爱国""历史""原野""咏史""血与火"等。举一反三，还可联想出不少与边塞诗有关的词语——边疆、边关、边境、边界、边地、边城、关塞、要塞、战事、军事、军旅、征伐、征战、报国、怀古等。这些词汇鲜明地表现出了边塞诗这类文学作品的独特之处，这体现了教材编者的良苦用心。新课标明确建议要引导教师"了解语言、文学、文化研究的前沿成果"②，反观之，教材的设置也是回应了学术前沿，对研究推进有积极作用。

仔细考究，教材对于边塞诗选录设置"求全面"还存在一些可

---

① 王兆鹏等：《唐诗排行榜》，中华书局2011年版。

② 中华人民共和国教育部制定：《普通高中语文课程标准（2017年版2020年修订）》，人民教育出版社2020年版，第53页。

改善之处。

其一，边塞诗概念含混和界定模糊，造成基本认识上的不明。诗歌大家庭中，有很多类型的诗歌如战事诗、战争诗、军事诗、怀古诗、爱国诗、军旅诗、征戍诗，都与边塞诗堪称“近亲”。这些概念与边塞诗交叉、相关但不等同。概念界定上，作为类别的划分，边塞诗的概念有一定的相对性和“兼容”性。边塞的功用是助于国家防务，边塞诗势必会与军事、战争联系密切。单纯写一个边塞常用的孤立意象，如雁、刀等，而不涉及更多边关防卫内容的，不能算作边塞诗。比如，屈原的《国殇》是战争诗，杜牧的《赤壁》是怀古诗，都不宜归入边塞诗类型。教材的课文设置，或选而不明确概念（如原人教版），或表述中兼用多个概念（如苏教版）。但实际的授课和考试中，“边塞诗”已成为约定俗成概念广为使用，其实教材是避不开的，含混和模糊无益于教学。北师大版八年级上册第五单元“原野放歌”两篇主要课文北朝民歌《敕勒歌》和鲍尔吉·原野的《静默草原》随后的“比较·探究”板块为“边塞诗歌四首”、粤教版高中选修《唐诗宋词元散曲选读》有专题名为“边塞战争诗四首”之类的设置，因为在导论部分缺少对这些概念的适度辨析，容易使初学者将边塞诗与战争诗等概念等同。其实，界定模糊现象也同样存在于古代文学研究领域，如佘正松《边塞诗选》等几种选本收入《国殇》等篇目，这种入选标准有待商榷。

其二，所选作品从时代上失之偏颇，总体上显得不够全面。一方面，对于全局观照不够。教材只选录了宋代以前（包括宋代）的边塞诗，这是不全面的。其实，宋以后的边塞诗也取得了一定成就。譬如清代出现边塞诗“勃尔复兴”“蔚为壮观”的局面[①]，涌现

① 黄刚：《边塞诗论稿》，黄山书社 1996 年版。

出一大批诗人、诗作，甚至堪称边塞诗创作中的两大巅峰时期之一。因此若忽视了清代，只取汉魏唐宋，就可谓“断章取义”，丢掉了“半壁江山”，无法认清边塞诗的整体面貌。而唐代之前，汉、三国、晋乃至南北朝的边塞诗人不少于130家、诗作超过340首，而宋代边塞诗人更是至少490家，诗作超过2300首[①]。可见，中国古代边塞诗数量巨大，要从这个“大数据库”中提取具有典型性的“样本”，还需仔细斟酌。

另一方面，所选宋代作品过于局限。宋代是历代之中极为特殊的一代，其与辽（契丹）、西夏、金（女真）、元（蒙古）的战、和情况复杂，因之而诞生的大量的边塞诗也甚有时代特色。但教材除了选几首词外，五七言诗只选了陆游一家，这显然过于局限。北宋边塞诗中不乏脍炙人口的名篇，如柳开的《塞上》，单以白描状写边塞，“诗人犹如技术高超的摄影师，在最引人注目的一瞬间按下快门”[②]，别具一格，被多种选本选录[③]，或可考虑编入教材。

当然，基础性教育不能也不应面面俱到。但考虑到教学中“精英教育”的要求，教材还可以适当改进。如果清代边塞诗尚不能入选必修教材，在选修中给予一席之地还是应当的。现当代不同时期

---

① 见黄麟书《宋代边塞诗钞》及其附录（黄麟书著，程少籍校补：《宋代边塞诗钞》，东明文化基金会1989年版）。

② 缪钺等编著：《宋诗鉴赏辞典》，上海辞书出版社1987年版，第8页。

③ 如孔凡信：《历代边塞诗赏析》（明天出版社1987年版）、崔际银：《历代边塞诗百首》（河北美术出版社1994年版）、更生选注：《历朝边塞军旅诗：定西番卷》（华夏出版社2000年版）、卢冀宁等：《边塞诗词赏析》（军事谊文出版社2013年版）、许菊芳：《古代边塞诗词三百首》（中国国际广播出版社2014年版）等。

的边塞诗选本[①]都均衡地选录了多个时代的作品，很多选本还专辟清代边塞诗单元，可以作为借鉴。事实上 2007 年高考语文山东卷以清代徐兰的《出关》一诗作为考察对象就说明了其必要性。

其三，所选边塞作品体式不均衡，不能很好地为整体“代言”。中小学教材选边塞诗，在其体裁样式的选择上不完善、不均衡。如对于乐府边塞诗中具有代表性的诗题“塞上”“塞下”“出塞”“入塞”选录偏少，带有“关”“陇”等字眼而能鲜明体现边塞诗类型特征的作品也罕有选录，这不能不说是教材设置上的不足。而有的旧版本教材在选五七言诗时存在一定程度上“唯唐”倾向。如北师大版初中教材中“边塞诗歌四首”专题和粤教版高中选修《唐诗宋词元散曲选读》教材“边塞战争诗四首”专题都只选唐诗。没选其他时代的作品当然不代表其他时代就没有，但不做说明的选择容易造成边塞诗唯有唐代才有的错觉，这一点是必须要认清的。尽管“边塞诗派”通常特指盛唐以高、岑为代表的诗人群体，但边塞诗并不等同于边塞诗派诗人的诗，当然也非唐代独有。早在宋元之际，方回在其《瀛奎律髓》中已将宋祁、梅尧臣、王安石、王珪等宋代诗人的作品编入“边塞”类中。边塞诗“唯唐”倾向，大概是受所谓唐诗、宋词、元曲、明清小说这样“一代有一代之文学”观念的影响。须知唐代边塞诗与边塞诗、唐诗宋词与古代诗歌都是部分与整体的关系，不能以偏概全。因而唐诗成为“代言”、宋代入选者多为词，而宋以后没有诗词入选，这与上文中讨论的作品时代有欠缺也是相关的，都有待改进。新版在这方面得到改进，但仍需完善。

---

① 如刘长耿等编选：《边塞古诗百首》（海燕出版社 1989 年版）、崔际银：《历代边塞诗百首》（河北美术出版社 1994 年版）、更生选注：《历朝边塞军旅诗：定西番卷》（华夏出版社 2000 年版）、刘冬颖：《边塞诗》（中华书局 2015 年版）等。

（三）优化建议

新时代语文教育尤其是高中课程标准侧重对于“语文核心素养”的培养，讲求把握语文课程“工具性与人文性统一”的特点，培育语言建构与运用、思维发展与提升、审美鉴赏与创造、文化传承与理解四个方面的能力[①]。因此，有针对性的目标结合有成效的方法，应成为必选项。

其一，因材施教，分层次分类别展开教学。中小学语文教育的对象主要包括两类，大部分学生在日后不会从事相关领域的工作，相应的教育是“大众化”的，只起通识作用；另一部分学生在日后修习中文学科，甚至走向文史研究岗位，相应的教育是“精英化”的，具有专业基础课的作用。虽然传统意义上的文、理分科在中学教育中趋于淡化，但高等教育分专业是基本情况。故从“生存”与“发展”两层面综合考虑，中学语文中对于边塞诗词的教学也要统筹兼顾。

“大众教育”目标决定了教学重点的设置，只要求把握边塞诗的基本特点和代表作家。边塞诗主导风格豪迈、苍凉、雄壮、遒劲；常见意象有楼兰、凉州、玉门关、天山、长城、瀚海、辕门等空间，羌笛、胡笳、琵琶、芦管、号角、鼓等乐器，旌旗、烽火、弓、戈等战具，大漠、烽烟、黄沙、雪山、孤城等景物，单于、戍卒、将军、征夫等人物；常用技巧、手法如渲染、夸张、排比；抒发情感常为报国杀敌的热情、建功立业的壮志、抨击战争给人民带来的苦难等。边塞诗以盛唐时期最为辉煌，代表诗人有高适、岑参、王昌龄、王之涣等，诗人群体有“边塞诗派”之称。这些都是

---

① 《基础教育课程》编辑部：《走进新时代的语文课程改革——访普通高中语文课程标准修订组负责人王宁》，《基础教育课程》2018 年增刊第 1 期。

以往教学中一般能注意到的。

“精英教育”目标则决定了教学难点的设置，要求进行比前者更为全面和深入的认识。一是了解边塞的重要意义与边塞诗的重要性。战争关系国家命脉，国防对于国家至关重要，边塞价值得以凸显。中国古代有“诗言志”传统，边塞诗即是表现边疆防卫各方面内容的诗歌，是文学中不可或缺的一类。二是通过辨析相近概念，加强对边塞诗特殊性的认识。对于那一部分有独特兴趣和专长的学生来说，可视之为高教中的文史学科“预科班”学员，一定程度内加强教育还是有必要也应是有成效的。

其二，拓展视野，教学方式讲求灵活多样。由于教材在选录边塞诗作品时存在上文所探讨的“以偏概全”的局限，教学实践中就需有意识地弥补不足，自觉拓展视野。譬如可以自选一些高质量的诗词选本，如宋诗选本中的《宋诗选注》（钱锺书选注）、《宋诗三百首》（金性尧选注）以及上文所列的几种边塞诗专题选本，都可以拿来作为扩展阅读教材。

在教学手段上提倡使用多媒体设备。因为边塞诗是特点鲜明的一类文学作品，传统灌输式讲授常会陷于枯燥。数字时代的今天，古典诗词的鉴赏通过多媒体设备，增强直观的感性的认识，加深受众的印象，往往能事半功倍[①]。通过播放风景图片，对比内陆和边疆地区自然风光的不同，才能理解“北风卷地白草折”（岑参《白雪歌送武判官归京》）和“塞下秋来风景异”（范仲淹《渔家傲》），视频、纪录片甚至影视资料对于理解边疆与内陆人文风俗的差异、和平年代与战争时期的不同、豪放与婉约风格的不同都有很大帮

① 王兆鹏：《一句一镜头，一诗一电影——数字时代的古典诗词欣赏举隅》，《中学语文教学》2015 年第 9 期。

助。如中央电视台曾摄制60集电视专题片《边塞诗赏析》（后有专著出版）可作为素材来辅助教学。另外，诗歌是“有声”的，古典诗歌与音乐关系密切，如王维《送元二使安西》就是可歌的，以《渭城曲》名称于世。因此在诗歌教学中，诵读对于培养鉴赏能力很重要。“诵读古代诗词”①的要求应是一种教学目标，只是落实到实践中有时候会被忽视。学当以致用，学要善得法。

总起来，观、讲、读、背、写结合是值得鼓励的方法。教材虽历年有变，课文也或有增删，但经典凝聚了先贤的智慧，恒为流传、历久弥新。这既是学术研究之必要，也是文化传承之必需。

大浪淘沙，吹尽得金。以经典化的视角和高度来审视北宋边塞诗词，是对其成就和价值的一种高标准评估。无论从专业的古代文学研究角度，还是大众普及的文化传承发展角度，都应该形成如下的认识并自觉担负相应的使命：

> 从根本意义上说，经典著作流传至今的价值并不仅仅是专供学者研究，更应该是供大众阅读、学习，从而获得精神滋养。实现中华民族伟大复兴是全民族所有成员的神圣职责，阅读古典名著从而汲取其中蕴含的文化精神，也是全社会所有成员的权利和义务。古典名著数量众多，非专业的广大读者不可能全面阅读。古典名著在字句解读、意义阐释上都具有一定的难度，社会大众直接阅读比较困难。这就向当代学者提出了迫切的任务，既要精选某些价值最高的经典介绍给社会大众，又要对它们进行准确可靠的注释及生动灵活的解说，从而让古典

① 中华人民共和国教育部制定：《义务教育语文课程标准（2011年版）》，北京师范大学出版社2012年版，第16页。

名著脱离学术象牙塔的束缚而走进千家万户。①

因此，通过北宋边塞诗词对前代边塞诗的继承与新变、对词文体的打破与改造等维度考察其文学成就，很必要，但不充分。更为现实、更为重要的，或许在于找到使之跨越时空、“焕发现代光彩”②的路径。这样的研究要本于学术、但又不囿于象牙塔。唯其如此，北宋边塞诗词的成就与价值才真正得以彰显。

* * *

总而言之，唐音宋调，面目有异；诗词长短，各有得失。边塞之什呈现出来，是大漠、长河、落日圆，还是长烟、落日、孤城闭，并非必然一致。“宁为百夫长，胜作一书生”，抑或“功名早晚就，裴度亦书生”，也是见仁见智。或者说，恰恰是多样的呈现给文学带来了色彩美和生命力。一种文学类型通常有一种主导的审美风格，比如边塞诗之有盛唐雄风。但文学之河又常见汊流，“变体”与“亚类”普遍存在，新“范式”就在不同之中产生。北宋边塞诗词总体上不似盛唐一般表现出“大国气象”。但从整个文学发展进程看，边塞诗由唐入宋变化明显、自成一体，而边塞词则异军突起，与宋词大放异彩之“东风”一道，共同为边塞文学增添了一抹别样的亮色。北宋边塞诗词应获得必要的肯定与客观公允的评价。北宋边塞诗词的特点与其产生的时代背景息息相关，其成就与诗人作家戛戛独造的努力密不可分。“实至边地”“心系边关”“廷议边事”

① 莫砺锋：《普及古典名著　弘扬传统文化》（在文化传承发展座谈会上的发言之一），《人民日报》2023年6月4日。

② 莫砺锋：《让古典名著焕发现代光彩》，《文学遗产》2023年第5期。

三种创作类型各有特点，边帅使节、词臣士僚表达各异。写景叙事、抒情言志，北宋时代的诗词作品承担起了边塞文学赋予的既定“任务”，乃至有所创新，譬如议论功能的增强、诗歌形式的琢磨推进等。而着眼于独具特色的北宋边塞诗词，以较为系统的研究发掘其“别样”的特质，并不计较于对“宋不及唐”成见的商榷，更为形成关于这一论题可征探讨的学术观点，进而对全面认识“边塞诗歌”提供些许助益。既打破诗、词界线，又注意文体的差异；立足与汉唐时代的比较，又紧扣北宋、不囿于优劣高下的判定；本于考论结合、文史互证的学术研究，又适当顾及文学性的阅读期待，是本著孜孜以求的崇高目标。然而志高才疏、汲深绠短，恐怕终究还是挂一漏万，也或不乏引喻失义之处。其中不当及讹误，且有待于方家斧正！

主要参考文献

一、专著类

1. 朱熹撰:《论语集注》，齐鲁书社 1992 年版。

2. 司马迁撰:《史记》，点校本二十四史修订本，中华书局 2014 年版。

3. 脱脱等撰:《宋史》，中华书局 1985 年版。

4. 徐松辑，刘琳等校点:《宋会要辑稿》，上海古籍出版社 2014 年版。

5. 陈邦瞻撰:《宋史纪事本末》，中华书局 1977 年版。

6. 张鉴撰:《西夏纪事本末》，浙江古籍出版社 2015 年版。

7. 司马光编著:《资治通鉴》，中华书局 2009 年版。

8. 毕沅编:《续资治通鉴》，上海古籍出版社 1987 年版。

9. 李焘撰，上海师大古籍所、华东师大古籍所点校:《续资治通鉴长编》，中华书局 2004 年版。

10. 黄以周等辑注，顾吉辰点校:《续资治通鉴长编拾补》，中华书局 2004 年版。

11. 陆心源撰，吴伯雄点校:《宋史翼》，浙江文丛本，浙江古籍出版社 2016 年版。

12. 缪钺等编:《中国野史集成》正编及续编，巴蜀书社 2000 年版。

13. 朱易安、傅璇琮等主编:《全宋笔记》第一编—第十编（全 102 册），大象出版社 2003—2018 年版。

14. 厉鹗撰:《宋诗纪事》，上海古籍出版社 1983 年版。

15. 孔凡礼撰:《宋诗纪事续补》，北京大学出版社 1987 年版。

16. 昌彼得编:《宋人传记资料索引》，鼎文书局 1986 年版。

17. 郭绍虞编:《宋诗话辑佚》，中华书局 1980 年版。

18. 吴文治主编:《宋诗话全编》，江苏古籍出版社 1998 年版。

19. 何文焕主编:《历代诗话》，中华书局 1981 年版。

20. 丁福保主编:《历代诗话续编》，中华书局 1983 年版。

21. 唐圭璋编:《词话丛编》，中华书局 1986 年版。

22. 张璋等编纂:《历代词话》，大象出版社 2002 年版。

23. 王水照编:《历代文话》第 1 册，复旦大学出版社 2007 年版。

24. 蒋祖怡、张涤云整理:《全辽诗话》，岳麓书社 1992 年版。

25. 程毅中主编:《宋人诗话外编》，国际文化出版公司 1996 年版。

26. 黄宗羲:《宋元学案》,《黄宗羲全集》第三—六册，浙江古籍出版社 1992 年版。

27. 李昉等编:《文苑英华》第二册、第三册，中华书局 1966 年版。

28. 姚铉编，许增校:《唐文粹》卷十二、十七，浙江人民出版社 1986 年版。

29. 郭茂倩编撰，聂世美、仓阳卿校点:《乐府诗集》，上海古籍出版社 1998 年版。

30. 陈旸:《乐书·乐图论·诗中》卷一百六十,《文渊阁四库全书》本。

31. 蒋景祁:《瑶华集》，中华书局 1982 年版。

32. 陈元龙:《格致镜原》，江苏广陵古籍刻印社 1989 年版。

33. 沈德潜选编，李克和等校点:《唐诗别裁集》，岳麓书社 1998 年版。

34. 吴之振等编:《宋诗钞》，中华书局 1986 年版。

35. 傅璇琮等主编:《全宋诗》，北京大学出版社 1998 年版。

36. 陈新撰:《全宋诗订补》，大象出版社 2005 年版。

37. 唐圭璋编，孔凡礼补辑:《全宋词》，中华书局 1999 年版。

38. 曾枣庄、刘琳主编:《全宋文》，上海辞书出版社、安徽教育出版社 2006 年版。

39. 祝尚书编:《宋人别集叙录》，中华书局 1999 年版。

40. 祝尚书编:《宋人总集叙录》，中华书局 2004 年版。

41. 方回撰，李庆甲集评校点:《瀛奎律髓汇评》，上海古籍出版社 1986 年版。

42. 锺嵘撰著，曹旭集注:《诗品集注》，上海古籍出版社 1994 年版。

43. 刘勰撰，黄霖汇评:《文心雕龙汇评》，上海古籍出版社 2005 年版。

44. 赵汝愚编:《宋朝诸臣奏议》，上海古籍出版社 1999 年版。

45. 王亦军、裴豫敏编:《李益集注》，甘肃人民出版社 1989 年版。

46. 范仲淹撰，李勇先等校点:《范仲淹全集》，中华书局 2020 年版、2021 年重印。

47. 范仲淹撰，薛正兴点校:《范仲淹集》，江苏文库精华编本，凤凰出版社 2019 年版。

48. 梅尧臣撰，朱东润校注:《梅尧臣集编年校注》，上海古籍出版社 2006 年版。

49. 欧阳修撰，李之亮笺注:《欧阳修集编年笺注》，巴蜀书社 2007 年版。

50. 韩琦撰，李之亮、徐正英笺注:《安阳集编年笺注》，巴蜀书社 2000 年版。

51. 苏舜钦撰，傅平骧、胡问陶校注:《苏舜钦集编年校注》，巴蜀书社 1991 年版。

52. 苏舜钦撰，沈文倬校点:《苏舜钦集》，上海古籍出版社 2011 年版。

53. 司马光撰，李文泽、霞绍晖校点整理:《司马光集》，四川大学出版社 2010 年版。

54. 王安石著，王水照主编:《王安石全集》，复旦大学出版社 2016 年版、2017 年重印。

55. 苏轼撰，王文诰辑注，孔凡礼点校:《苏轼诗集》，中华书局 1982 年版。

56. 苏轼撰，孔凡礼点校:《苏轼文集》，中华书局 1986 年版。

57. 苏轼撰，龙榆生校笺:《东坡乐府笺》，上海古籍出版社 2009 年版。

58. 苏轼撰，邹同庆、王宗堂编年校注:《苏轼词编年校注》，中华书局 2002 年版。

59. 苏轼撰，张志烈、马德富、周裕锴校注:《苏轼全集校注》，河北人民出版社 2010 年版。

60. 苏辙撰，曾枣庄、马德富校点:《栾城集》，上海古籍出版社 1987 年版。

61. 苏辙撰，陈宏天、高秀芳校点:《苏辙集》，中华书局 1990 年版。

62. 黄庭坚撰，刘琳等点校:《黄庭坚全集》，四川大学出版社 2001 年版。

63. 陆游撰，钱仲联校注:《剑南诗稿》，上海古籍出版社 1985 年版。

64. 胡云翼:《唐诗研究》，商务印书馆 1930 年版。

65. 胡云翼:《宋诗研究》，商务印书馆 1930 年版。

66. 胡云翼:《新著中国文学史》，北新书店 1932 年版。

67. 徐嘉瑞:《中古文学概论》，《民国丛书》之一，亚东图书馆 1924 年版。

68. 黄麟书:《边塞研究》，造阳文学社 1979 年版。

69. 谭其骧:《中国历史地图集》第六册，中国地图出版社 1982 年版、1996 年重印。

70. 黄麟书:《边塞研究续集》，东明文化基金会 1986 年版。

71. 西北师范学院学报编辑部等编:《唐代边塞诗研究论文选粹》，甘肃教育出版社 1988 年版。

72. 黄麟书编，程少籍校补:《宋代边塞诗钞》，东明文化基金会 1989 年版。

73. 胡大浚:《唐代边塞诗选注》，甘肃教育出版社 1990 年版。

74. 张伯伟编:《程千帆诗论选集》，山西人民出版社 1990 年版。

75. 吕一燃等:《中国边疆史地论集 1990》，黑龙江教育出版社 1991 年版。

76. 程千帆、吴新雷:《两宋文学史》，上海古籍出版社 1991 年版。

77. 孙望、常国武主编:《宋代文学史》，人民文学出版社 1996 年版。

78. 刘经庵:《中国纯文学史纲》，东方出版社 1996 年版。

79. 黄刚:《边塞诗论稿》，黄山书社 1996 年版。

80. 王水照:《宋代文学通论》，河南大学出版社 1997 年版。

81. 安国楼:《宋朝周边民族政策研究》，文津出版社 1997 年版。

82. 孔凡礼:《苏轼年谱》，中华书局 1998 年版。

83. 刘建丽:《宋代西北吐蕃研究》，甘肃文化出版社 1998 年版。

84. 马大正主编:《中国边疆经略史》，中国边疆通史丛书，中州古籍出版社 2000 年版。

85. 程千帆:《程千帆全集》第 8 卷《唐代进士行卷与文学、古诗考索》，河北教育出版社 2000 年版。

86. 程杰:《北宋诗文革新研究》，内蒙古教育出版社 2000 年版。

87. 王水照:《王水照自选集》，上海教育出版社 2000 年版。

88. 李之亮:《宋代郡守通考》丛书，巴蜀书社 2001 年版。

89. 李之亮、李迪:《边塞诗精华》，京华出版社 2001 年版。

90. 钱锺书:《宋诗选注》，生活・读书・新知三联书店 2002 年版。

91. 张廷杰:《宋夏战争诗研究》，甘肃文化出版社 2002 年版。

92. 郭黎安编著:《宋史地理志汇释》，安徽教育出版社 2002 年版。

93. 张高评:《自成一家与宋诗宗风——兼论唐宋诗之异同》，万卷楼图书股份有限公司 2004 年版。

94. 陈元锋:《北宋馆阁翰苑与诗坛研究》，中华书局 2005 年版。

95. 郎樱、扎拉嘎主编:《中国各民族文学关系研究（先秦至唐宋卷）》，贵州人民出版社 2005 年版。

96. 陈文新总主编，诸葛忆兵等分卷主编:《中国文学编年史（宋辽金卷）》，湖南人民出版社 2006 年版。

97. 莫砺锋:《唐宋诗歌论集》，凤凰出版社 2007 年版。

98. 周裕锴:《宋代诗学通论》，上海古籍出版社 2007 年版。

99. 赵崇祚编选，高峰注评:《花间集注评》，凤凰出版社 2008 年版。

100. 王兆鹏:《宋南渡词人群体研究》，凤凰出版社 2009 年版。

101. 曾枣庄、吴洪泽编:《宋代文学编年史》，凤凰出版社 2010 年版。

102. 陈峰:《武士的悲哀：北宋崇文抑武现象研究》，人民出版社 2011 年版。

103. 魏鸿编著:《宋代孙子兵学研究》，军事科学出版社 2011 年版。

104. 王兆鹏等:《唐诗排行榜》，中华书局 2011 年版。

105. 张云筝:《宋代外交思想研究》，中国社会科学出版社 2012 年版。

106. 台湾三军大学编著:《中国历代战争史》第 11 册，中信出版社 2013 年版。

107. 高峰:《乱世中的优雅：南唐文学研究》，人民出版社 2013 年版。

108. 肖鹏:《宋词通史》，凤凰出版社 2013 年版。

109. 张春晓:《两宋民族战争本事小说戏曲故事演变》，暨南大学出版社 2013 年版。

110. 阎福玲:《汉唐边塞诗研究》，中华书局 2014 年版。

111. 张再林、王金伟:《宋代文人结盟与文学研究》，广西师范大学出版社 2016 年版。

112. 李常生:《苏轼行踪考》，城乡风貌工作室 2019 年版。

113. 陈元锋:《北宋翰林学士与文学研究》，复旦大学出版社 2019 年版。

114. 杨海明:《唐宋词史》(杨海明词学文集第 2 卷)，江苏大学出版社 2020 年版。

115. 朱自清:《经典常谈》，生活·读书·新知三联书店 2021 年版。

116. 王水照:《北宋三大文人集团》，上海古籍出版社 2021 年版。

117. 肖鹏、王兆鹏:《重返宋词现场：宋词可以这样读》，东方出版中心 2021 年版。

118.[美] M.H. 艾布拉姆斯:《镜与灯——浪漫主义文论及批评传统》，郦稚牛等译，王宁校，北京大学出版社 1989 年版。

119.[美] 孙康宜、宇文所安主编:《剑桥中国文学史》上卷，刘倩等译，生活·读书·新知三联书店 2013 年版。

120. 无名氏:《杨家府演义》，上海古籍出版社 1980 年版。

121. 侯忠义主编:《明代小说辑刊》第 2 辑《杨家府通俗演义》，巴蜀书社 1995 年版。

122. 熊大木著，穆公校点:《杨家将演义》，上海古籍出版社 2004 年版。

123.《古本小说集成》编委会编:《古本小说集成》第 2 辑《南北宋志传》上，上海古籍出版社 2017 年版。

124. 中华人民共和国教育部制定:《义务教育语文课程标准(2022 年版)》，北京师范大学出版社 2022 年版。

125. 中华人民共和国教育部制定:《普通高中语文课程标准(2017 年版 2020 年修订)》，人民教育出版社 2020 年版。

二、论文类

1. 吴庚舜:《谈边塞诗讨论中的几个问题》,《文学评论》1981 年第 6 期。

2. 王水照:《苏轼的书简〈与鲜于子骏〉和〈江城子·密州出猎〉》,《学术月刊》1984 年第 5 期。

3. 胡大浚:《边塞诗之涵义与唐代边塞诗的繁荣》,《西北师院学报》1986 年第 2 期。

4. 吴逢箴:《论北宋边塞词》,《西藏民族学院学报(社会科学版)》1990 年第 2 期。

5. 陈德:《宋代“边塞词”思考》,《西南民族学院学报(哲学社会科学版)》

1991 年第 5 期。

6. 王水照:《论北宋使辽诗的两个问题》,《山西师范大学学报》1992 年第 2 期。

7. 何尊沛:《论宋代边塞词》,《四川师范学院学报(哲学社会科学版)》1994 年第 5 期。

8. 刘庆:《文人论兵和宋代兵学的发展》,《社会科学家》1994 年第 5 期。

9. 李炳海:《北朝民族融合与纪实型边塞诗》,《民族文学研究》1996 年第 1 期。

10. 李炳海:《民族融合与古代边塞诗的战地风光》,《北方论丛》1998 年第 1 期。

11. 胡大浚、马兰州:《七十年边塞诗研究综述》,《中国文学研究》2000 年第 3 期。

12. 周惠泉:《辽金文学的历史定位与研究述评》,《中国社会科学》2005 年第 5 期。

13. 张晓明:《20 世纪边塞诗研究述评》,《青岛大学师范学院学报》2005 年第 4 期。

14. 诸葛忆兵:《论北宋使辽诗》,《暨南学报》2006 年第 3 期。

15. 任文京:《论隋代边塞诗》,《文学遗产》2007 年第 6 期。

16. 王辉斌:《宋金元奉使诗探论》,《江淮论坛》2010 年第 2 期。

17. 陈大远:《两宋出使辽金诗阐论》,《北方论丛》2012 年第 6 期。

18. 刘尊明:《论唐五代文人边塞词》,《词学》2013 年第 1 期。

19. 莫砺锋:《论北宋名臣韩琦的诗歌》,《文学遗产》2014 年第 1 期。

20. 杨晓霭、高震:《21 世纪边塞诗研究述略》,《青海师范大学学报(哲学社会科学版)》2014 年第 2 期。

21. 张邦炜:《重文轻武:赵宋王朝的潜规则》,《四川师范大学学报(社会科学版)》2015 年第 1 期。

22. 樊文军:《空间诗学:回归文学生命意义现场——以北宋陕北地区边塞诗为例》,《兰州学刊》2015 年第 7 期。

23. 王兆鹏、肖鹏:《范仲淹边塞词的现场勘查与词意新释》,《文艺研究》2017 年第 2 期。

24. 王启玮:《梅尧臣、苏舜钦边塞诗的角色想象与诗史意义》,《文学遗产》2020 年第 2 期。

25. 蒋述卓、李石:《新中国精神与文学经典的生成》,《中国社会科学》2021 年第 2 期。

26. 高峰:《中国古代军旅诗歌的尚武精神》,《江苏社会科学》2023 年第 1 期。

27. 莫砺锋:《让古典名著焕发现代光彩》,《文学遗产》2023 年第 5 期。

28. 莫砺锋:《普及古典名著　弘扬传统文化》,《人民日报》2023 年 6 月 4 日。

29. 张高评:《南宋使金诗与边塞诗之转折》,《第二届宋代文学国际研讨会论文集》, 2002 年编。

30. 谢承国:《中国古代边塞词研究》, 华中师范大学 2022 年博士学位论文。

31.[韩] 李浚植:《边塞诗概念小考》,《中国韵文学刊》2013 年第 1 期。

后 记

别样，本是对研究对象一种极为笼统的“印象”，后来却发现十分贴切地概括了若干组对比项的不同：北宋与盛唐、边塞诗与边塞词、固定题与自由题、实写型与虚拟型、战争与和平、诗词与小说、“正体”与“变体”、基础研究与普及应用……并延伸出纸面，而波及“我”与十年前之“我”——宛如唯美主义艺术画像的“反噬”使画外的人被卷入其中。

卷入其中，是因为某种沉迷，或至少是喜爱。我应该算得上一个文学爱好者，这比成为“文学博士”要早许多。自我幼时就记得，并不宽裕的家里书却不少见。乡间老屋中那个尘封的旧书橱现在仍挺立于彼，时刻守望着为我作证。有一次我甚至心血来潮地数过，这些书拉拉杂杂竟然文、史、哲、理、工、农、医各类都有。父亲似乎喜欢书。但我已无法将这本姗姗来迟的书送给他，不能不说是遗憾。他偏好理科，反而外祖父常与我讲一些“老事儿”。他们都与往事一起渐远，但有许多于我而言或许终身不变，比如对书和文学的喜欢。

喜欢所以毅然选择、决心坚持。从由理到文的漫长逃离，到并不华丽的缓慢转身，个中委曲难以言表。十年前，我到南京入随园求学，爱好成为了专业。在导师高峰教授的悉心指导下，我如期完成学业。那篇博士论文固然是我研究所得的小成果，也凝聚了老师的心血，幸而获得了认可。答辩时，张伯伟教授不吝给予首肯，徐兴无教授也对代群考察等研究思路表示“欣赏”，钟振振教授、程杰教授从两宋诗词发展整体的高度提出了富有参考价值的意见，徐克谦教授、王青教授也莅临现场。几位当时曾在课堂或通信中予以特别指点与帮助的先生，东南大学建筑学院朱光亚教授、南京大学文学院莫砺锋教授、南京师大历史学院李天石教授、武汉大学文学院王兆鹏教授，我都深为感激。诸位先生及其著作给予了我不少启发。

启发与教育施之于我，连接了邕、宁两地的“南师”，串起了我的求学之路。之前，读硕士时，在导师张再林教授与杨东甫研究员、梁德林教授、翟建波研究员、龙文玲教授、黄权才研究馆员诸先生的启蒙下，我走上古代文学学习研究之路。其后，博士毕业、来济工作，我也收获了不少本专业师长前辈的点拨。有幸常获山东师大陈元锋教授指点，先生所赐新著对我研究很有帮助。崔海正教授、陈才智教授、刘培教授、马银华教授及乔云峰先生等苏轼学会、“二安”学会的前辈学者在学术会议等活动中给予了不少指点，助我成长。

成长之路上，也有三五学友同窗，切磋交流、一起提升。李常生先生年逾古稀犹老骥伏枥，读完工、史、文三科博士，热情而坚韧地追寻苏轼。先生忘我工作的精神令人感佩，在整理文献、解读文本和实地考察等各方面，尤其在苏轼研究上对我指导甚多。杨锦辉博士、李吾铭博士对本书撰写给予了帮助，锦辉兄指导了其中家将小说和语文教育方面的相关研究，吾铭兄指点了书名集字并惠赠墨宝。在校时和毕业后，博士同年中管正平兄、姜广振兄、华云刚兄及各位同门等，时有交流，或赠新作，也对我多有助益。

多有助益者，还来自我的工作单位。山东省委党校（山东行政学院）文史部主任张文珍教授、王凤青教授等领导、同事，热情关心我的工作及本书出版，给予了很多帮助。人民出版社郭娜、王怡石老师为本书的审编出版付出了辛劳，也提出了许多宝贵意见。《学习时报》陈思老师斧正、刊发了相关篇章。在此也深表感谢！大家的帮助，连同工作所需，坚定了我修订论文出版的决心。

决心修订论文出版，就意味着一项“大工程”启动。由于工作，多年来虽一直未放下此项研究，但“突然”捡起置之几年且有些篇幅的文稿，仍压力巨大。重拾论题需“热身”，检视前沿又感“落伍”。箭已在弦上，开弓难回头。古所谓“止于至善”，那么当前连“小善”都难求又该如何努力？深知不可恋战，但又不可不细察。有科学的精神，不放弃文艺追求。因此期年又半载间，无时不扰心。“大进军”之际，更焚膏以继晷，每晨光不熹微。一次趴桌小憩，竟梦回校园，与同学听讲座后一起拜见主讲人。因为仰慕这位业界名家，于是带了“淘”来的其著作索要签名，翻开书却见扉页上有书店老板铅笔手写的“特价书 3 元”。名家见了一笑搁笔：这还如何签……惟余无边的尴尬。

尴尬幸而不是现实，惊恐之余却感触良久。此时，为完成这部书稿而进行最后一段文字写作，也是一个有仪式感的动作。文学的文字，无论艺术创作还是学术研究，似乎都应保持一点个性。虽不能至，心向往之。此刻笔者恐怕已违背了“低调平和，朴实无华”师训，但自认为坚守了“不争不抢，认真做事”的门风。誉之非之，是读者权利，作者提前奉上的是由衷的感谢，谢谢大家关心和支持！

关心和支持也来自我的家人。妻子崔晶博士以文学专业与编辑职业双重“视角”审读了文稿，纠正了一些错误与不妥之处。母亲勤劳操持家务，保障了我们的舒适生活。而女儿的可爱笑颜与牙牙童语又堪称最为治愈的宝贝。需感谢的人很多，应记叙的事也不少，但文终有结，愿余韵不绝。论文、专著两稿中二论“十年”，不愿说岁月之倏忽，只想道喜欢与坚持。由是更追慕那个秋来塞下的书生及其词句。纵然不优秀，亦有别样情；岁月如刀剑，记之以诗笔。

癸卯立秋日于济南历城初稿、七月廿三于千佛山下写成

责任编辑：郭　娜　王怡石
装帧设计：周方亚

图书在版编目（CIP）数据

别样的刀与笔：北宋边塞诗词研究 / 王金伟 著 . — 北京：人民出版社，
2024.9
ISBN 978 – 7 – 01 – 026458 – 5

I. ①别…　II. ①王…　III. ①边塞诗 – 诗歌欣赏 – 中国 – 北宋　IV. ① I207.2

中国国家版本馆 CIP 数据核字（2024）第 067129 号

别样的刀与笔
BIEYANG DE DAO YU BI
——北宋边塞诗词研究

王金伟　著

人民出版社 出版发行
（100706　北京市东城区隆福寺街 99 号）

中煤（北京）印务有限公司印刷　新华书店经销

2024 年 9 月第 1 版　2024 年 9 月北京第 1 次印刷
开本：710 毫米 ×1000 毫米 1/16　印张：21
字数：361 千字

ISBN 978 – 7 – 01 – 026458 – 5　定价：86.00 元

邮购地址 100706　北京市东城区隆福寺街 99 号
人民东方图书销售中心　电话（010）65250042　65289539